悪逆

Hiroyuki Kurokawa

黒川博行

朝日新聞出版

悪逆

主な登場人物

大阪府警察本部

舘野雄介……刑事部捜査一課強行犯係（清水班）捜査員

千葉……刑事部捜査一課管理官

清水……刑事部捜査一課強行犯係長

白井……清水班主任

坂上……清水班捜査員（部屋長）

須藤……清水班捜査員

園田……清水班捜査員

下村……清水班捜査員

佐々木……清水班捜査員

杉本……清水班捜査員

笹井……清水班捜査員

守屋……鑑識課長

津島……捜査一課管理官（成尾事件担当）

高梨……捜査一課強行班係（藤井班）捜査員

箕面北署（大迫事件）

玉川伸一……刑事課暴犯係（部屋長）

松田理……刑事課暴犯係長

春日出署（成尾事件）
間宮……刑事課強行犯係長
美濃……刑事課強行犯係（部屋長）

滋賀県警（田内事件）
蟹江……刑事部捜査一課管理官
河本……刑事部捜査一課強行犯係長
北原……刑事部捜査一課強行犯係（部屋長）

被害者および関係者
大迫健司……広告代理店『ティタン』元経営者
尾野久美子……大迫の元妻。『パトリシア化粧品』代理店代表
長谷川柚季……大迫と尾野の娘
森下康子……祇園の地方
島崎……『ティタン』元社員

成尾聖寿……『エルコスメ・ジャパン』元代表
仲野玲子……成尾の内妻。ラウンジ『エルグランデ』ママ
西村正也……行人会準構成員。成尾のボディガード兼運転手

浪川司郎……貴金属ブローカー
仁田……貴金属業者『ＺＰＭＣ』社員。浪川の元同僚

田内雅姫……『東亜九星信教会』教祖
田内博……雅姫の兄で、博之の父。元宗務総長
田内博之……『東亜九星信教会』宗務総長。雅姫の甥
田内一郎……辰巳機関創設者・辰巳元の遠縁。雅姫と博の父

海棠汎……『ライトイヤー』主宰者。本名・湊孝昌

平沢稔……占い師
伊島……情報屋
志岐彰一……道具屋
花井……『総都新報社』社主兼発行人

総合探偵社ＷＢ
箱崎雅彦……探偵社代表
牧内玲奈……所員
亀山俊郎……パート所員

1

アウディA3とカローラのフロントナンバープレートを外して部屋に持ってきた。二枚を作業机の上において汚れを拭きとる。

霧吹きで湿らせた厚手のケント紙をアウディのプレートに被せた。スティック糊の丸いキャップの部分で少しずつ捺していくと、〝8〟と〝6〟の数字がケント紙に浮かびあがった。同じように二枚目のケント紙も数字をなぞって〝8〟と〝6〟を写しとった。

ケント紙を外して扇風機の風をあてた。部屋を出てダイニングへ行き、四杯分のコーヒー豆を挽いてコーヒーメーカーにセットした。

淹れたコーヒーをモーニングカップに注ぎ、リビングに移動した。アンプの電源を入れ、ターンテーブルのレコードに針を落とす。今日はピンク・フロイドだ。

ソファに腰をおろしてヒュミドールの蓋を開けた。コイーバの〝シグロⅢ〟を出して吸いつける。コーヒーとシガーにプログレッシブロック。これはよく合う。ソファにもたれて曲を聴くうちに、いつしか眠りにおちていた。

目覚めたときはターンテーブルの針があがっていた。壁の時計を見る。深夜一時すぎだ。二時間近く眠ったらしい。シガーは灰皿の中で消えていた。

ダイニングへ行ってモーニングカップにコーヒーを入れ、レンジで温めた。吸いさしのシガーをくわえて仕事部屋にもどる。

扇風機の前の二枚のケント紙は乾いていた。作業机にマットを敷き、カッターナイフでケント紙の〝8〟と〝6〟の数字を切り抜いた。ナンバープレートの数字の横に並べて比較する。字体と大きさにちがいはない。

アクリル絵具のグリーンとブラックをパレットに出し、面相筆に水を含ませた。ナンバープレートの数字の色に合わせて混ぜていく。途中、何度もケント紙に混ぜた絵具を塗り、プレートの色に合致するまで三十分以上かかった。

調色したアクリル絵具を、切り抜いた〝8〟と〝6〟に厚く塗り、乾くのを待ってクリアラッカーを二度、吹きつけた。色も艶もプレートの数字と見分けがつかない。〝8〟と〝6〟の裏に両面テープを貼り、カローラのナンバープレートの〝7〟の上に〝8〟を、〝0〟の上に〝6〟を貼りつけた。いい出来だ。昼間でもよほど近くで目視しないかぎり、偽造プレートだとは気づかれないだろう。

作業を終えたのは午前三時だった。アウディのナンバープレートと偽造プレートと偽造数字を持って仕事部屋の横の階段を降り、半地下のガレージに入る。カローラのフロントに偽造プレートを取りつけ、リアのナンバープレートに〝8〟と〝6〟を貼りつける。

《大阪　5××　ひ　43-07》が《大阪　5××　ひ　43-68》に化けたのだ。

アウディのプレートをフロントに取りつけて一階にもどり、シャワーを浴びて寝た。

十月三日、日曜日——。午後二時に起きた。窓の外は薄暗い。雨が降っていた。予報どおりだ。夕方から夜半にかけて雨脚は強くなるだろう。

ダイニングに降り、冷蔵庫から牛乳を出した。深皿にシリアルを入れ、蜂蜜と牛乳をかけて食う。

二時半、ジャージに着替えてガレージに降りた。アウディに乗り、コントローラーでシャッターをあげる。ガレージを出てシャッターをおろし、アウディを運転して市の体育館へ行く。ジムでルーティンのトレーニングをし、四時に帰宅した。

バスタブに湯を張り、入浴した。T字剃刀とシェービングフォームで左脚から右脚、左腕から右腕、臍下から股間へ体毛を剃っていく。体毛は日頃から剃っているので、そう長いものは泡の中にない。

入浴を終えてバスローブをはおり、リビングに行った。全身にボディークリームを塗る。ソファにもたれてユーチューブをザッピングしながら日暮れを待った。

五時四十分、グレーのカーゴパンツにグレーのTシャツ、脇下にホルスターを装着し、カーキ色のマウンテンパーカを着た。グレーのバックパックに、布テープ、ナイロンロープ、催涙スプレー、スリングショット、ハンティングナイフ、スタンガン、特殊警棒、L字ドライバー、結束バンド、剪定鋏、ペンチ、大判のタオル二枚と、畳んだスポーツバッグを入れた。グロックはマガジンに八発の銃弾を詰めてホルスターに挿し、パーカのジッパーを首元まで締めた。金は札入れから十万円を抜いてカーゴパンツの後ろポケットに入れる。セブンスターの吸殻一本とマールボロの吸殻二本を入れた封筒は、ペンライトといっしょに右ポケットに入れた。

バックパックを肩にかけてガレージに降りた。雨にそなえてカローラのフロントナンバープレートとリアナンバープレートにもう一度、クリアラッカーを吹きつけた。

六時、グレーのワッチキャップを被り、素通しの黒縁眼鏡をかけた。黒いマスクをつけてカローラに乗る。シャッターをあげると雨は本降りになっていた。

六時十分、幹線道路沿いのマクドナルドのドライブスルーでダブルチーズバーガーセットを買った。パーキングに車を駐めて食う。コーラは少し飲んで捨てた。


七時十分――。箕面《みのお》に着いた。箕面二丁目のT字路を右折し、男神山《おがみやま》の住宅地に向けて曲がりくねった坂をあがっていく。強い雨のせいもあるだろうが、行き交う車はほとんどなく、人通りはまったくない。

大迫《おおさこ》の邸《やしき》は門灯と庭園灯が点いていた。そのまま走り過ぎてポンプ場まで坂をあがり、少し奥まったフェンス際に車を駐めた。エンジンを切り、ランプを消す。雨がルーフを打ち、フロントウインドーを伝い落ちる。

CDをデッキに挿した。クラプトンのルーズなブルースが流れはじめる。ボリュームを絞り、シートを倒して眼を瞑った。


午後八時――。頃合いだ。今日は日曜だから大迫の邸に手伝いの女性は来ていない。あと一、二時間もすれば、大迫はホームセキュリティシステムを作動させるだろう。

エンジンをかけて坂を降りた。大迫の邸から百メートルほど離れた公園の植栽の脇に車を駐めた。ラテックスの薄い手袋をつけ、マウンテンパーカのフードを目深に被って車外に出る。バックパックを背負って歩きだした。

大迫の邸のセキュリティ警告ランプはガレージ奥のポールに取り付けられていた。邸の東側は幅三メートルほどの私道で、突き当たりに平屋の隣家がある。隣家の玄関近くまで行って大迫邸のガレージ横、生垣のあいだから敷地内に侵入した。警告ランプは点滅せず、電子音も聞こえない。

身体を低くし、庭園灯を避けて立木伝いに少しずつ裏庭へ移動した。バシャッと水音がした。池だ。鯉が跳ねたのか。

テラスにたどりついた。手すりを跨いで這いあがる。

掃き出し窓に近づいてカーテンの隙間から中を見た。仄暗いが書斎だと分かる。木製の両袖机、その後ろに木製の書棚とキャビネット、仮眠用だろう、シングルベッドにはキルトふうのカバーがかけられている。

掃き出し窓を横に引いた。動かない。もしセキュリティシステムが作動していたら、この時点で電子音が鳴っているはずだ。

ペンライトを点けてクレセント錠の位置を確認し、バックパックを庇《ひさし》の下においてスリングショットを出した。七ミリの弾をホルダーにつけてゴムを引き絞る。クレセント錠から二センチほど離れたところを狙って弾を放つと、ボシュッとガラスは割れて、銃の射入口に似た、周りに蜘蛛の巣状のヒビが入った丸い穴があいた。穴にL字ドライバーを差し込んでクレセント錠のレバーを押すと、ロックは解除された。

スリングショットとドライバーをバックパックにもどして書斎に入った。床は毛足の長いカーペット敷きだ。掃き出し窓を閉じてカーテンを閉め、マウンテンパーカとレインシューズを脱ぐ。Tシャツと靴下は濡れていなかった。

摺り足でドアのそばに行った。微かに聞こえるのはテレビの音だろう。

バックパックから布テープと特殊警棒とスタンガンを出した。テープはカーゴパンツの右ポケットに入れ、警棒はシャフトを振り出して右手に持つ。スタンガンは左手に持った。

ドアハンドルに指をかけて、少しずつ、少しずつ引いた。

テレビのこちら側にベンチソファがあった。背もたれだけが見える。大迫はその背もたれの向こうにいるはずだ。

特殊警棒をベルトに差し、スタンガンを右手に持ち替えてリビングに入った。カーペットに膝をつき、這ってベンチソファに近づく。

ソファのすぐ後ろで立ちあがった。誰もいない。ガラステーブルの上には白いスマホ、ウイスキーのグラスとアイスペール、チーズとナッツの皿がある。

――と、足音がした。ガラスドアの向こうだ。

壁際に走った。ドアが開く。半身を入れた男の脇腹にスタンガンをあてた。

男は倒れた。苦しげに呻《うめ》く。男を引きずってうつ伏せにし、腕をとって後ろ手に布テープを巻きつけた。

男の呻きがやみ、声を発しようとした。膝を曲げて逃げようとする。背中にスタンガンをあてた。男は痙攣して横倒しになった。

「やめろ。暴れるな」

男の眼前にスタンガンをかざした。青白い火花が飛び、バチバチッと音が鳴る。男は理解したのか眼を瞑った。スタンガンの一撃を食らうと、意識ははっきりしていても筋肉が痙攣して自由に身体を動かせなくなり、それが数分間はつづくのだ。

「すまんな、大迫さん。じっとするんだ」

眼鏡は外れてドアのそばに落ちているが、男は大迫にまちがいなかった。

「あんた、セキュリティはどうしてるんだ」テレビの電源を切って、訊いた。

「…………」大迫は答えない。ただ、ぼんやりしている。

布テープをとり、大迫の口に貼った。両膝を合わせて二重に巻く。

リビングを見まわした。セキュリティシステムのコントローラーらしいものはない。

大迫が出てきた隣室に行った。ダイニングキッチンだった。左の壁に照明やエアコンの集中操作パネルがあり、その下に『セファ』のホームセキュリティコントローラーがあった。〝セキュリティ解除〟のランプが点いている。

〝在宅セキュリティ〟のボタンを押したが、反応しなかった。専用のICカードが要るようだ。

ダイニングの椅子を持ってリビングにもどった。大迫の脇を抱えて立たせる。大迫はふらついたが、椅子に腰をおろした。太股と座板を布テープで巻き、背中と背もたれを合わせて同じように巻く。後ろ手にしていたテープを切って両肘を左右に広げ、背もたれの支柱に両手首を固定した。大迫はまったく抵抗しなかった。

大迫のズボンのポケットを探ってキーホルダーを出した。車や家のキーのなかにICスティックがあった。

キーホルダーを持ってダイニングへ行き、コントローラーの溝にスティックを挿して〝在宅セキュリティ〟のボタンを押すと、緑の作動ランプが点いた。

ダイニングボードから湯飲み茶碗をひとつ出して流しの水を少し入れた。カーゴパンツの右ポケットから封筒を出して、吸殻を茶碗の中に落とす。茶碗を流しの下のトラッシュボックスに捨てて、封筒はポケットにもどした。

書斎のバックパックを持ってリビングにもどった。大迫の視線がこちらに向く。

「どうだ、ちょっとは楽になったか」

大迫は曖昧に首を振った。少し怠《だる》そうだ。

「これから質問をする。いいな。静かに答えるんだ」

スタンガンの火花を飛ばした。「まず、防犯カメラのレコーダーはどこだ」

口に貼ったテープを剝がした。大迫は咳き込んで唾を吐き、

「そこだ」力なくいって、テレビの横のキャビネットを見た。

キャビネットの扉を開けると、デスクトップパソコンがあった。四分割の画面に邸の周辺と裏庭が映っている。侵入した生垣とテラスも画面の一部に見えた。システムを作動させるデッキがパソコンの下にあるが、画像を記録する外付けハードディスクのようなものはない。

「このデッキがレコーダーか」

「そうだ」六十日ごとに上書きされる、と大迫は答えた。

パソコンとデッキのプラグを抜いてキャビネットから出した。バックパックのそばに置く。

「明日、手伝いのひとが来るのは何時だ」訊いた。

「九時……。朝の九時」

「朝食だな」

「ああ……」大迫はうなずいた。

「そのあと、掃除や雑用をする。昼食の支度をして、一時に帰る」

「どうして、知ってるんだ」

「調べた。あんたのことはな」

「なぜ、調べた」

「あんたが悪党だから」

「ばかばかしい……」力なく大迫は笑った。

「あんたに恨みはない。目的は金だ」

「金ならやる。金庫にある」

「どこだ、金庫は」

「寝室。クロゼットの中」

「寝室は二階か」

「階段をあがった右側だ」

「金庫に入ってるのは現金か」

「そうだ」四、五百万円はあるという。

「開ける方法は」

「テンキーと、あんたに奪《と》られたＩＣスティックだ」

「ＩＣスティック……。その金庫は『セファ』の防盗金庫か」

「そうだ……」

「テンキーの暗証ナンバーは」

「１・２・４・８」

「分かりやすいな」１×２が２、２×２が４、４×２が８だ。

「忘れにくいからな」

　このナンバーは嘘だろう。もし〝１・２・４・８〟と押せば『セファ』が異常を察知する仕組みだと直感した。

「おれはな、大迫さん、札束じゃなくて金塊が欲しいんだ」

「いってることが分からんな」

「あんた、稼いだ金は金塊に換えて隠してるんだよ」

「おもしろい。誰に聞いたんだ」

「さっきもいった。あんたのことは調べた。……馴染みのクラブ。ふたりの愛人。そのマンションと月々の手当。愛人が飼っているペットの餌までな」

「あんた、何者だ」

「それを聞いたら、あんたは死ぬことになる」

「じゃ、聞かないよ」

さすがに、この男は名にしおう悪党だ。肚が据わっている。

「大迫さん、金塊の在り処を教えてもらおうか」

「そんなものはない」

大迫はかぶりを振った。「さっきは嘘をついた。金庫の中にある現金は一千万円だ」

「おれも舐められたもんだな。たった一千万の端金《はしたがね》でごまかすつもりか」

「金庫を開けてみろ。一千万と二、三百万はあるはずだ」

「おれの読みを教えてやろうか」

「なんだと……」

「おれは寝室へ行ってクロゼットの金庫のテンキーを押す。〝1・2・4・8〟だ。……金庫は開かない。おれはもう一度、あんたにテンキーのナンバーを訊く。あんたはまた〝1・2・4・8〟を押してみろというから、おれはそのとおりにする。……やはり、金庫は開かない。するとあんたは、まちがったといって、ほんとうのナンバーをいう。おれはそのナンバーで金庫を開ける。金庫の中の現金をバッグに詰めて、ここを出ていくころには『セファ』の保安員が邸を囲んでいるんだよ」

「ばかをいえ。考えすぎだ」

「そうかな。金庫の中に札束があるのはほんとだろうが、二回、テンキーを押しまちがった瞬間に電子音が鳴って警告ランプがまわるのかもしれない」

「…………」大迫は口を噤んだ。テンキーのナンバーはやはり罠なのだ。

「あんたはおれを嵌めようとした。罰を受けるんだ」

大迫の眼と口に布テープを貼った。バックパックから結束バンドと剪定鋏を出す。

大迫の左手の小指と右手の小指の第二関節の下に結束バンドを巻いて絞った。第一関節の下に剪定鋏の刃をあてて一気に握ると、あっけなく指先が落ちた。大迫の悲鳴が小さく聞こえた。

「分かるか。あんたはいま、指を詰めたんだ」

大迫は苦悶する。滴る血がカーペットを赤く染めた。

間をおかず、右手の小指も切断した。大迫は跳ねて、椅子ごと横倒しになった。

椅子を起こした。大迫の眼と口は塞がれている。

「金塊の在り処を吐くまで、指を切り落とす。止血しているから命に別状はない。……次は親指だ。不自由になるだろうな」

大迫は呻いた。頭を振る。

「どうした。いうことがあるのか」

大迫はうなずいた。剪定鋏の刃を喉元にあてて口のテープを剝いだ。

「あんたの勝ちだ……」

「そう、あんたは負けた」

「池だ。池の中」

「金塊だな」池の水中に隠しているようだ。

「池の左端、底に排水口がある。排水口の蓋をとれ」

「排水のバルブは」

「給水栓の横だ。見れば分かる。……でも、水は抜かないでくれ。鯉が死ぬ」

「金塊より鯉が大事か」

「もう九年も生きてる」

「分かった」

大迫の口にテープを貼った。両膝に巻いたテープを剝がして両脚を広げ、膝下にテープを巻いて椅子の脚に固定した。

ダイニングへ行き、コントローラーでセキュリティを解除した。リビングにもどってバックパックからスポーツバッグを出す。

書斎に行って、靴下を脱ぎ、素足にレインシューズを履いた。グロックとホルスターを足もとに置いてテラスに出る。雨脚は強い。

ペンライトを点けて池に行った。池は楕円形で、広さは八畳ほどか。かなり大きい鯉が十数匹、餌をもらえると思ったのか、そばに来た。

池の左に給水栓と排水バルブと水の循環装置が並んでいた。バルブをまわして水を抜く。

五分ほど待つと水位がかなり下がった。バルブを閉めて、慎重に足先から池の中に入る。

池は四十センチくらいの深さだった。底は滑らかでモルタル塗りのようだ。

池の左端に行き、水中に手を入れて探ると格子があった。大迫のいった排水口の蓋だ。鋳造だろう、厚みがあってかなり重い。

両腕を肩口まで水に浸けて格子をあげた。蓋の下は四角の枡になっていて、なにか柔らかいものが指に触れた。ベルトだ。つかんで引きあげようとしたが、あがらない。ベルトの先はバッグのようだ。枡の中に入って脚を踏ん張り、バッグの持ち手をつかんで引きあげた。大量の水が水面に落ちる。黒のボストンバッグだった。そう大きくはないが、ずしりと重い。二十キロ……、いや三十キロはありそうだ。

バッグを循環装置のそばに置き、ジッパーを引いた。中身は金の延べ板だった。

また池に入って排水口の蓋をもとにもどした。池から出て、給水栓を開く。水がオーバーフローすると給水は自動的にとまるようだ。

ボストンバッグを引きずるようにしてテラスにあがり、書斎に入った。身体中から水が滴り落ちる。ボストンバッグをスポーツバッグに入れ、レインシューズを脱いだ。カーペットで足を拭き、靴下を履く。

ホルスターを脇下につけてリビングに入った。

「金塊を回収した」

いって、大迫の口に貼ったテープを剝いだ。「まだ、あるだろ」

「ない……」

「ほんとか」

左手の親指を剪定鋏ではさんだ。

「やめろ。ほんとだ。嘘じゃない」大迫は喘《あえ》いだ。

「あの延べ板は何枚だ」

「三十枚」

一キログラムの延べ板が三十枚——。重いはずだ。

「あんたが稼いだ金は、金塊三十キロどころじゃない」

「だから、金塊はほかにもある」

「それを早くいえ」

「貸金庫だ。大同銀行に十五キロ、三協銀行に十五キロ、大都銀行に二十キロ……」

「貸金庫のキーは」

「書斎だ」

大迫はよく喋る。貸金庫に計五十キロの金塊を預けているのはほんとうだろうが、それを手にするのはリスクが大きすぎる。銀行の担当者は大迫を見知っているだろうし、暗証番号を入力しても、金庫室を出たときは警備員か制服警官が待っている。

「金塊のほかにも隠してるものがあるだろ」

「株がほとんどだ。ＦＸ、無記名割引債もある」

どれも危ない。現金化はできない。

「あんた、おれを嵌めようとしてるな」

「そんなことはしない」

「分かった……」

ベンチソファのクッションをとった。グロックをホルスターから抜く。テープで眼をふさがれた大迫には見えない。

右手とグロックをクッションで覆った。銃口を大迫の額にあてる。トリガーを引いた。脳漿《のうしょう》が飛散し、大迫はゆっくり後ろに倒れた。

薬莢を拾ってカーゴパンツのポケットに入れ、バックパックにスタンガン、特殊警棒、結束バンド、剪定鋏、布テープをもどして、もう一度、部屋を見まわした。〝忘れ物〟はない。大迫の頭部からカーペットに鮮血が広がっていく。

防犯カメラのシステムデッキとデスクトップパソコン、大迫のスマホを持って書斎に行き、スポーツバッグに入れた。レインシューズを履き、マウンテンパーカを着る。バックパックを背負い、スポーツバッグのベルトを肩にかけてテラスに出た。

三十キロの金塊はさすがに重い。ベルトが肩に食い込む。しかし、休みはせず、入ってきた生垣の隙間から道路に出た。暗い。街灯は点いているが、激しい雨に煙っている。

公園の脇に駐めた車にたどり着いた。トランクを開けてスポーツバッグとバックパックを積み、車に乗った。マウンテンパーカのフードをあげ、ワッチキャップをとって、濡れた髪をタオルで拭く。助手席に置いていた野球帽をかぶり、シートベルトを締めて、エンジンをかけた。

男神山の住宅地から府道に出た。箕面二丁目を左折して国道171号に入った。東へ走り、萱野から新御堂筋へ。

篠突く雨。ワイパーがうるさい。ＣＤの音量をあげた。

2

十月四日――。台風は山陰から日本海に抜けて、雨はようやく小降りになっている。邸の周辺には何台ものパトカーと警察車両が駐められ、門前には立入禁止テープが張られていた。午前十時四十分、舘野《たての》は腕の時計に眼をやって、テープの下をくぐった。鉄平石の門柱には《大迫》と表札があり、その右にレンズ付きのインターホンがあった。門柱と門扉の辺りは左のコンクリート塀に取り付けられた防犯カメラに捕捉されているだろう。

寄木の門扉を押して敷地内に入った。須藤が玄関先にいた。

「どうや」声をかけた。

「ひどいですね」

須藤は顔をしかめた。「拳銃による射殺です。額に射入口と火薬痕、後頭部はテニスボール大の穴があいてます」

「それ、見たんか」

「ちゃんとは見てません。矢野さんに聞きました」

矢野は鑑識の写真班だ。舘野もテニスボールを見ないでおこうと決めた。

「弾は」

「九ミリ弾です。被害者《ガイシャ》の頭を貫通してリビングの壁に食い込んでました」

死亡したのは大迫健司、五十八歳。椅子に布テープで縛られ、後ろ向きに倒れた状態で手伝いの女性に発見されたという。

「田嶋敬子さん。四十七歳です」

『さくらホームサービス』という家政婦紹介所の契約スタッフで、週に五日、九時から十三時まで大迫邸に来ているという。「田嶋さんは合鍵を持ってます。玄関ドアを開けたんは九時五分前で、いつもなら『おはようございます』と声が流れるそうです。そしたら、田嶋さんはダイニングへ行って、ボードの抽斗からＩＣスティックを出して〝在宅セキュリティ〟を解除する。……田嶋さんはダイニングに行きました。ダイニングテーブルの四つの椅子のうち、ひとつがない。ふっとリビングのほうを見たら、ガラスドアが半開きになってる。大迫さんが椅子ごと倒れてて、カーペットが血に染まってたというわけです」

「そら、田嶋さんも災難やったな」

「いまも満足に口を利けんみたいです」

田嶋の一一〇番通報は要領を得ず、通信指令室の係官が何度も聞き返して現場を特定した──。

「緊配《きんぱい》は」

「所轄の警官と刑事が現場に入ったんは九時二十二分、機捜と鑑識が入ったんは九時五十分です」

「してません。検視官が見たところ、被害者の死亡推定時間は昨日《きのう》の二十時から二十四時です」

「死因は」念のために訊いた。

「頭部損傷です」

被害者は絞殺等で死亡したあと撃たれたのではなく、生存時に射殺されたのだ。

「地取りは」

「箕面北署から三十名。周辺をあたってます」

「箕面北署の刑事課長は」

「友田課長。盗犯担当の長いベテランやと聞きました」

「犯人《ホシ》の遺留品は」

「現在のところ、未発見です」

「被害者の家族は」

「独り暮らしです。田嶋さんの話では、十年ほど前に離婚して、娘さんがいます」

元妻は西宮、娘は結婚して横浜に住み、こちらに向かっているという。

「被害者の職業は」

「いまのとこ、無職です」

「無職……。無職の人間がこんな豪邸に住めるんか」

芝生の前庭は広い。コンクリート打ち放しの塀と生垣を巡らした敷地は三百坪はありそうだ。陸屋《ろくや》根《ね》の白い建物はバルコニーの大きい二階建で、パイプシャッターのガレージに駐められていたのは白のマセラティ、白のベンツGクラス、白のフィアット500だった。

「これも田嶋さんの話ですけど、被害者は大阪市内で広告代理店を経営してました」

「いつのことや」

「一昨年の春までです」

その広告代理店は倒産したという。

「倒産した会社のオーナーが、この暮らしとはな……」偽装倒産か。

「田嶋さんは、いつからや」

「かれこれ七年になるそうです」

「被害者はこの家に住んで、何年や」

「十年か九年です。離婚して、西宮の家を奥さんに渡して、そのあと、この家を買うて越してきたみたいです」

「普通は家を売却して半分ずつにするやろ」

「ま、金に不自由してないんでしょ」

「税務調査をせんといかんな」

被害者はどこか胡散臭い。そう思った。「離婚してからはずっと独り暮らしやな」

「と、田嶋さんはいうてます」

「よっしゃ、分かった」

須藤を残して、玄関から中に入った。舘野はビニールのシューズカバーを履き、薄手の布手袋をつけて廊下にあがる。洗面所やトイレのドアは開いていて、鑑識課員が遺留品と指紋を採取していた。

廊下の突きあたり、ダイニングに入った。鑑識課員ふたりと、部屋長の坂上がいた。

「ご苦労さんです」頭をさげた。

「いま、来たんか」

「いえ、玄関先で須藤から報告もろてました」

舘野はいって、「ほかは」

「主任は二階、園田は裏庭、下村と佐々木は外回りや」

総勢十人の清水班で、班長のほかにまだ来ていないのは杉本と笹井だけだった。

「班長は」

「まだや。さっき電話があって、千葉さんといっしょや」

千葉は捜査一課の管理官、班長の清水は千葉の部下が運転する車に同乗して来るらしい。

「それが『セファ』のシステムユニットや」

坂上が指差したのは壁付けの白いコントローラーだった。「セキュリティは解除されてた。犯人の仕業やろ」

ボタンに指紋は付着していない。いまのところ、邸内のどこからも、それらしい指紋は採取できていない、と坂上はいった。

「複数犯ですか」

「単独犯ではないやろ。……三年前の夏から秋にかけて、池田、箕面、茨木の高級住宅地で中国人窃盗団による空き巣と金庫盗が多発した。窃盗団のうち二人は逮捕したけど、残党がまだ七、八人はおるみたいやな」

その手口は荒っぽい。昼間、敷地の広い一軒家のインターホンを押して家人がいないとみると、裏庭にまわって窓のガラスを割り、侵入して金品を物色する。金庫があれば、その場では破らず、ロープをかけて外に運び出し、ミニバンやワゴンに積んで走り去るというものだった——。「もし、家人がおったら、ためらわず、刃物を突きつける。家人が通報しようとしてたら殴りつける。付近住民に金庫を運び出すとこを目撃されても、途中でやめることはない。……複数犯、単独犯にかかわらず、わしは流しの犯行と見た。その理由は被害者の指や」

「どういうことですか」

「ま、見てみい」

坂上はあごでリビングを指した。床に倒れた椅子の脚が見える。椅子の向こうに屈んでいるのは検視官の隅田だ。

坂上に付いて、舘野はリビングに入った。強い血の臭いがする。二十畳は優にある広いスペースの真ん中で、倒れた椅子に男が腰かけた状態で縛りつけられ、顔だけが横を向いていた。隅田は男の着衣──ストライプのシャツと丸首の下着を首もとまでたくしあげて脇腹から背中を見分し、後ろの鑑識課員が隅田の言葉をメモしている。

舘野は隅田に一礼し、遺体に近づいた。布テープで目隠しされた男の額にはポツンと赤い穴が空き、後頭部の一部が欠けていた。壁やテレビに付着しているのは脳漿だろう。

舘野は鼻と口を押さえた。男の欠けた後頭部はともかく、飛び散った脳漿と血の臭いで胃のあたりがむかむかする。舘野のようすを見たのか、坂上はにやりとした。

「そこにころがってるのは指や。落花生みたいやろ」

倒れた椅子の脚のすぐそばに血染めの指があった。それも、ふたつ。小指か。背もたれの支柱に布テープで縛りつけられた男の両手を見ると、小指の第二関節の下に細い結束バンドが巻かれ、関節から先が欠損していた。

舘野は片膝をつき、顔を近づけて右手の小指の切断面を見た。骨がすぱっと一直線に切れている。

「これは刃物でごしごし切ったんやないですね」坂上にいった。

「そうやろ。わしは鋏状のもので切断したとみた」

「金切鋏ですか」

「分からん。金切鋏も剪定鋏も、この部屋にはない」

「ということは、犯人が持ち込んだんですか」

「たぶんな……」

坂上はうなずいて、「犯人は結束バンドで血止めをした。端《はな》から指を落とすつもりでバンドと鋏を準備してたんや」

「その理由はなんです」

「被害者を責めて、口を割らした……。金の在り処を訊いたんや」

「被害者は吐いたんですね」

「そら吐くやろ。指を二本も切断されたんや」

「金庫とか、あるんですか」

「『セファ』の防盗金庫がある。二階や」

「金庫ごと盗み出すんが中国人窃盗団の手口やないんですか」

「防盗金庫は床に固定されてる。金庫を動かした瞬間にサイレンが鳴って『セファ』と制服警官が来る」金庫内の盗難被害については未確認だと、坂上はいった。

「しかし、拷問して金の在り処を聞いたあとで、ひとを殺しますかね」

「ま、普通は殺さんわな。けど、これが外国人強盗団の犯行やったら、殺すことにためらいはない。

……わしはこの現場を見て、ぴんと来た。情報屋がらみの強盗殺人や。八王子のスーパーナンペイ事件、世田谷一家殺人事件、板橋の資産家夫婦殺人事件、どれも未解決のままや」

坂上はいって、「犯人《ホシ》は手慣れてる。クッションを消音に使《つこ》て被害者を撃った」

「あれですね」ベンチソファの上にエルメスのロゴが入ったクッションがあった。

「火薬の臭いが付いてる。薬莢はない」

坂上はテレビの横のキャビネットを指差した。「防犯カメラのモニターと記録装置もない」

「防犯カメラとセファのセキュリティシステムは……」

「別系統や。手伝いの女性がいうには、デスクトップのパソコンとシステムデッキがキャビネットの中に置いてあった」

「置いてあった、、、……」

「パソコンもデッキもないんや。犯人が外して持っていった」

「なんと、手慣れてますね。それも半端《ヤマ》やない」

ふっと、嫌な予感がした。この事件はこじれる──。

「侵入口は書斎や」

リビングの奥、坂上につづいて書斎に入った。床はリビングより厚いカーペットが敷きつめられていて、足音はまったくしない。どっしりした両袖机、ガラス扉の書棚とキャビネット、壁は腰板と漆喰、天井も漆喰仕上げで、埋め込みの照明が淡い光を落としている。机のそばにキルトふうのカバーがかけられたベッドがあり、その右が遮光カーテンのかかった掃き出し窓だった。鑑識課員が指紋採取をしている。

舘野は課員の邪魔をしないよう、窓のそばに行った。銃の射入口を思わせる小指ほどの穴がクレセント錠のすぐ横に空いていた。

「この丸い穴はスリングショットですか」振り向いて、坂上にいった。

「よう分かったな」

「前任署で同じような現場を見たことがあります」舘野は横堀署の盗犯係だった。

「スリングショットの弾が机の脚もとにころがってた」直径約七ミリの鋼球だという。

「弾に指紋は」

「付いてへん」

犯人は手袋をしていた、と坂上は断定した。「足跡《ゲソ》もない。昨日の大雨や。侵入口はその掃き出し窓やろけど、足跡がないんや」

床に眼を落とした。ライトグレーのカーペットが窓の近くだけ濃いグレーに変わっている。

舘野は屈んでカーペットに掌《てのひら》をあてた。濡れている。

「この濡れ方はそうとうにひどいですね。なんべんも出入りしたんですか」

「犯人はひとりやないやろ。二人、三人が侵入したんや」

「で、リビングにおった被害者を襲って、ダイニングチェアに縛りつけた……」

リビングのダイニング寄りドアの近くに鼈甲《べっこう》ふうのセルフレームの眼鏡が落ちていたのは、被害者が抵抗したのだろう。

「犯人は被害者を責めて防犯カメラの記録装置の有無を訊いた。そして、キャビネットの中のパソコンとデッキを外した。普通はそこで叩き壊すはずが、わざわざ盗んでいきよった。九ミリ弾の薬莢も回収した。金切鋏も剪定鋏もない。結束バンドと布テープの残りもない。足跡もない。つまるところ、遺留品がない」

坂上はいって、首の後ろに手をやった。「家政婦が休みの日曜日、台風が接近した大雨の夜、それも被害者がホームセキュリティを作動させる前の時間を見越して、犯人はテラスから書斎に侵入した。それもスリングショットで窓を破ったから、ほとんど音はせんかったやろ」

「プロですね」

「盗みのプロや。それも、よほど用心深い。……しかし、プロのくせに仕上げは残忍や。なんかしらん、日本人の犯行とは思えん」

「犯人は外国人、それも複数、流しの犯行、ですか」

「わしはそう見た」

自分も同意見です――とは、いわなかった。坂上の見立ては鋭いが、いまはまだ手がかりが少ない。

そこへ、須藤が書斎を覗いた。千葉と清水が臨場したという。

「主任は二階やな……。わしが守《も》りをしよ」

坂上は玄関のほうに眼をやり、「もうすぐ、被害者の元妻が来るはずや。名前は尾野久美子。ふたりで事情を訊け」いって、書斎を出ていった。

「舘野さん、たった二日の非番でしたね」須藤がいった。

「しゃあない。おれらの都合で事件が起きるわけやない」

清水班は暴力団絡みの殺人事件を捜査四課と合同で捜査していた。十日前、指名手配していた被疑者が所轄の泉陽署に出頭し、四課が身柄を拘束して取調べをした。清水班は四課のバックアップにまわって裏付け捜査をし、一件書類を揃えて地検に引き継いだのが三日前だった。その後、二日間だけ、清水班は待機班となり、舘野たちもひと月ぶりの休みがとれたのだが……。

舘野と須藤は書斎からテラスに出た。広さは書斎と同じ十六畳ほどか。床は板敷きで、左にテーブルと四脚の椅子が置かれ、木製の手すりの切れ間に低い階段が設えられて、庭に降りるようになっている。庭はおそらく二百坪を超えていて、真ん中の芝生を囲うように立木と植栽が配されている。奥は隣家、右は生垣、生垣とテラスのあいだに楕円形の池があり、ポンプで水を循環させている。

「あの池は鯉でも飼うてるんですかね」

「鯉やろ。金魚にあんな大きい池は要らん」

テラスから池の中は見えない。水面は水草で蔽われている。

「芝生はゴルフのパッティング練習ですか」

「贅沢やの」

芝生のところどころにホールが切られていて、ボールもいくつか転がっている。

舘野はテラスのスティールロッカーを開けた。ゴルフバッグふたつと冷蔵庫、その上の棚に鯉の餌を入れたバスケットがあった。冷蔵庫の扉を開けると、缶ビールが隙間なく並んでいる。被害者は鯉に餌をやり、テラスでビールを飲むのが好きだったようだ。

舘野はテラスから池に向かって手を叩いた。水面が揺れて白や赤の体色が見えた。大きい鯉は五、六十センチはありそうだ。

「よう馴れてる。餌くれ、いうてる」

「やりましょか、餌」

「あかん。現状保存や」

子供のころ、舘野は夜店ですくった金魚を飼っていた。二日や三日、餌をやらなくても魚は弱ったりしない。


テラスから書斎に入った。もう一度、カーペットを仔細に見る。ところどころでキラッとするのはスリングショットで破《わ》られたガラスの破片だろう。ひとの足跡を思わせる凹みはない。カーペットの弾力と復元力のせいだ。

書斎からリビングを抜けてダイニングに行ったとき、玄関のほうで女性の声がした。

「すーちゃん、元妻や」

須藤とふたり、玄関へ行った。ピンクのニット、オフホワイトのパンツ、赤い髪の女が制服警官と話をしている。

「尾野さんですか。尾野久美子さん」

声をかけた。女はこちらを向いて、小さくうなずいた。色が白い。口紅が濃い。

「わたし、府警本部捜査一課の舘野といいます」頭をさげた。

「同じく、須藤です」須藤も一礼した。

「話をお聞きします。どうぞ、こちらへ」

玄関から外に出た。前庭のガレージのそばにガーデンセットがある。そこに案内した。

久美子は鋳物の椅子に腰をおろして、あたりを見まわした。

「すごい広い」驚いたようにいった。

「あの、この家は……」

「初めて来ました。まさか、こんな大きな家に住んでたんや」

「大迫さんは離婚されたあと、この家を買われたんですね」

「そのことはよう知りません。大迫が西宮の家を出ていったきり、音沙汰なかったから」

離婚に関する手続きは、双方とも弁護士を立てた、と久美子はいった。

「連絡はとってなかったんですか」

「そんなん、あたりまえでしょ。籍を抜いたら他人なんやから」

嚙みつくようにいわれた。この女は思ったことをストレートに口に出すようだ。

「いま、住んでおられる西宮のお家は」

「こんな豪邸とちがいます。百四十坪の土地に築十五年の古家です」

「住所は」

「苦楽園《くらくえん》」

苦楽園の百四十坪の家なら充分に豪邸だ。二億円はするだろう。勤め人に手が出る家ではない。

「失礼ですが、お齢は」

「ほんとに失礼なこと訊くんですね」

「すんません。これが仕事ですから」

「五十一です」

大迫が五十八だから、けっこう齢が離れている。

「ご主人との生活は」

「なにが訊きたいんですか」

「いや、いつ結婚されたんかと……」

「わたしが二十六のときです」

「ということは、ご主人は三十三歳？」

「そう、七つちがいやから」

自分は初婚だが、大迫は再婚だった、と久美子はいった。

「そのとき、ご主人にお子さんは」

「いませんよ。子持ちの男と結婚なんかするわけないでしょ」

さも面倒そうに久美子はいって、「さっきから、ご主人、ご主人って、やめてくれません？」

「あっ、そうですよね。またまた、すんません」

頭をさげた。「尾野さんはいま……」

「独りです」

「大迫さんと別れて、再婚はされなかった？」

「しませんよ」

久美子は手を振った。「男はもう懲り懲りです」

「お仕事は」

「誰の……」

「尾野さんです」

「わたしは代理店をやってます」

「代理店？」

「『パトリシア』のね」

パトリシア化粧品か。その代理店なら、苦楽園でエステサロンも経営しているのかもしれない。久美子の服装はぱりっとしているし、化粧も巧い。

「尾野さんは化粧品の代理店。……大迫さんのお仕事は」

「広告代理店でした」

手伝いの女性の証言と一致した。

「大迫さんはいつから広告代理店をされてましたか」

「わたしと結婚する前からです」

「社名は」

「『ツインマーケティング』。共同経営でした」

共同経営者は那賀《なが》芳雄といい、大迫が三十歳のとき、それまで勤めていた広告代理店を退職して、ふたりで会社を設立したという。「共同経営といっても、株の七割は那賀さん、大迫は三割でした。だから、社長は那賀さんで、専務が大迫です」

「ツインマーケティングの経営はうまく行ったんですか」

「はじめのころは中吊り広告が主でした。……関西って、私鉄が多いでしょ。だから、そこに食い込んだんです」

　主なクライアントは飲食店チェーンだった。起業したときは総勢五人の零細企業だったが、那賀が企画、大迫が営業を担当し、年ごとに売り上げを伸ばしていったという。「大迫の営業はすごかった。接待がもう天才的で、ひとを逸らすことがないんです。お金も遣いましたね。これと見込んだ相手は絶対に落とすというのが大迫のポリシーでした」

「お詳しいですね」この女はツインマーケティングに勤めていたのだろうか。

「大迫さんとはどういうご縁で知り合われたんですか」須藤が訊いた。

「わたしね、新地にいたんです」

「ああ、やっぱり」

　須藤はうなずいて、「そんな感じがしてました。すごい垢抜けてはるから。……北新地のクラブですか」

『漣《れん》』というお店です。格はありましたね」

　五年ほど前、ママが引退して『漣』は閉店したという。

「大迫さんと結婚されて、北新地のお勤めは」

「辞めました。お腹に子供がいたんです」

「娘さんですよね」

「柚季《ゆき》っていいます」

　さっき新幹線に乗ったと、横浜から電話があったという。

「これからはちょっと、訊きにくいことをお訊きします」

　舘野はいった。「大迫さんが経営されてた広告代理店は倒産したんですよね」

「よくご存じですね」

「いや、ちょっと耳に入りました」

「大迫が三十七のとき、那賀さんが亡くなりました。肺がんでした。大迫はツインマーケティングを解散して、『ティタン』という広告代理店を立ち上げました」

「ティタンのビジネスは」

「詐欺です」

「えっ……」

思わず、久美子の顔を見つめた。久美子は眼を逸らさず、

「でも、よくは知りません。わたしは大迫の仕事に興味がなかったし、大迫も家で仕事の話をしなかったから」

「でも、詐欺というのは……」

「ティタンはあっというまに大きくなったんです。大迫がわたしと離婚したころは、神戸と東京にも事務所をおいて、社員も七、八十人以上はいたんやないかな。ティタンは『大阪ミリアム』という会社のパートナーでした」

大阪ミリアム――。それを聞いた瞬間、舘野の疑問は解けた。この豪邸と大迫の暮らしだ。大阪ミリアムは消費者金融の過払い金請求代行で有名になった弁護士法人で、一時はテレビや雑誌で派手な宣伝をし、地下鉄の中吊り広告でも社名をよく見かけた。

「大阪ミリアムは潰れましたよね。金融会社から回収した過払い金を依頼者に返還せずに着服したか、横領したかで。……破産したんは去年、いや、一昨年でしたか」

「一昨年の初めです」

「そうか、もうそんな前になりますか……」

大阪ミリアムが破産したあおりを食って、ティタンも破産したのだろう。

「大迫と離婚したのは破産が理由やないんです。大迫の女癖です」

「愛人、ですか」成功した男にはありがちなパターンだ。

「わたしが知っているだけで三人はいましたね。大阪にひとり、京都にひとり、東京にひとり。……東京の女は社員というデタラメぶりでした」

大迫が苦楽園の家に帰るのは月に三、四日だったという。「なんかね、罰《ばち》が当たったんですよ。ひとのとしてまちがってたから」

大迫が殺されたと聞いたとき、大した驚きはなかったという。

「しかし、尾野さんはこうして、この家に駆けつけた……」

「わたしと大迫は他人です。でも、娘にとっては父親です。娘が来るというから、わたしも来ました」

「大迫さんは外に子供がいてましたか」須藤が訊いた。

「います。京都にね。認知もしてます」

「モテたんですね、大迫さん」

「あなた、なにいってるんですか」

久美子は須藤を睨みつけた。「それって、わたしと娘をバカにしてるんですよ」

「あ、すんません。つまらんこといいました」須藤は首を振った。

「大阪ミリアムの負債額はいくらですか」舘野は訊いた。

「知りません」

「ティタンの負債額は」

「知りません」

知りたくもない、と久美子はいい、「もういいですか」

「はい、けっこうです。ありがとうございました」

「娘が来ても、余計なことは訊かないでくださいね」

久美子は立って、門のほうへ去っていった。

「どえらい我の強いよめはんでしたね」須藤が笑う。

「よめはんやない。元よめはんや」

「愛人の名前と、認知した子供の名前を訊いたらよかった」

「無理に怒らすことはない。いずれ分かる。あのおばさんは放っとこ」

舘野と須藤も立ちあがった。玄関から邸内に入る。捜査二課黒沢班の主任、北川がいた。

「ごくろうさんです」

一礼した。「なんで、北川さんが臨場しはったんですか」

「千葉さんに呼ばれた」

千葉管理官の車に、一課班長の清水と同乗してきたという。「被害者の大迫健司は〝大阪ミリアム破産〟の黒幕で『過払い金マフィア』の大物や。黒沢班が立件しようとして、わしが本人の調べをしたこともあった」

「過払い金マフィア、いうのは……」

「大阪ミリアムが破産したんは知ってるよな」

「もちろんです」

「ほな、大迫との絡みも知ってるやろ」

「そこのとこが、もうひとつ定かやないんです。教えてください」須藤がいった。

「君はサラ金を利用したことないんか」

「学生のころ、菊富士のカードを作りました。淀や仁川《にがわ》の競馬場でなんべんか使うたけど、親父に見つかって取り上げられました」

「親としてまっとうな判断や」

「いまも頑固親父です」

「人間、頭のあがらん相手がおるのはええことやで」

北川は須藤を見た。「そもそも、過払い金とはなんや」

「サラ金の客が払いすぎた利息でしょ」

「そう。消費者金融の客が利息制限法の上限金利を超えて金融業者に支払うた利息や」

「利息制限法と、もうひとつ法律があるんですよね」

「そのとおりや」

「けど、ほんまの仕組みは分かってないんです」

「利息制限法の上限金利は年利一五から二〇パーセントや。対するに出資法の上限金利はかつて二九・二パーセントで、このあいだに発生する金利は〝グレーゾーン金利〟と呼ばれてた――」

長年、消費者金融会社はグレーゾーン金利で顧客に融資をし、莫大な利益をあげてきたが、二〇〇六年一月、最高裁がグレーゾーン金利を無効とする判決を言い渡したことにより、消費者金融の顧客のあいだに過払い金の返還を請求する流れが広まった。消費者金融大手四社の『アダム』、『ホルムス』、『プライム』、『菊富士』は毎年、三百億円から千数百億円という莫大な過払い金を返還する義務を負い、経営が急激に悪化した――。

「メインバンクのなかった最大手の菊富士は四千億以上の負債を抱えて二〇一〇年の九月に倒産した。そら毎年、一千億以上の過払い金を請求されたら倒れるわな」

他の三社はメガバンクに経営を移譲することによって倒産を免れた――。「この最高裁判決以降、『過払い金バブル』が発生した。過払い金は確実に返還される上に、請求業者の稼ぎは返還額の二〇パーセント超。ひどいとこは三〇パーセントもピンハネしてる」

北川は舌打ちした。「過払い金の計算や金融会社宛の請求書を作るのは弁護士や司法書士である必要はない。バイトの事務員にやらせといたらええんやから、もう笑いがとまらんやろ」

「サラ金を利用したことのある客さえ集めたら、それこそ〝濡れ手で粟〟ですね」

「せやから広告宣伝がエスカレートした。『過払い金バブル』が『弁護士広告バブル』になったんや」

九九年からの司法制度改革によって弁護士が急増し、二〇〇〇年の弁護士広告解禁と二〇〇一年の司法書士広告自由化によって、大量の広告を打つ弁護士事務所、司法書士事務所が乱立した、と北川はいった。

「過払い金請求の弁護士に矜持とかプライドいうやつはないんですかね」須藤がいう。

「きれいごとで飯は食えんわな」

「そういうとこ、美容整形の医者に似てないですか」

「ま、あの業界も宣伝第一みたいやな」

北川と須藤の話はズレてきた。弁護士や美容整形医の矜持など、どうでもいい。

「大阪ミリアムの破産は一昨年ですよね」舘野は訊いた。

「一昨年の一月や」

北川はいった。「大阪ミリアムはアダムとかホルムスとかの消費者金融会社から回収した過払い金、二十億円を依頼者に返還せずに破産した」

「二十億はひどいな」

「二課がつかんだ額がそれや。実際は二十五億、三十億をババにしよったやろ」

「大阪ミリアムの広告宣伝を請けてたんが、ティタンですね」

「弁護士法人の大阪ミリアムを設立させたんが、ティタンの代表の大迫や」

「広告代理店が弁護士法人を、ですか」

「大阪ミリアムの代表は向井誠一という弁護士やった」

向井は西天満《にしてんま》のマンションの一室に民事専門の『向井法律事務所』をおいていたが、顧客はつかず、その経営は苦しかった。向井は過去に二回の懲戒処分がある不良弁護士でもあり、そこに眼をつけた大迫が向井を取り込んで『向井法律事務所』を『大阪ミリアム』に改称し、過払い金請求を大々的に宣伝して、最盛時は二千人もの客を集めたという。

「飛ぶ鳥を落とす勢いというのはあのことや。大阪ミリアムの過払い金請求手数料収入は月に一億から二億はあったけど、それ以上の経費が大迫のティタンに流れてた。……大阪ミリアムは慢性的な赤字で、ティタンは超のつく高収益や。大迫は稼ぐだけ稼いで、大阪ミリアムを赤字にして、積もり積もった負債をみんな大阪ミリアムに被せて倒産させる図《え》を描いてたんや」

「その、月に一億、二億の経費て、なんですか」

「まずは人件費や。大阪ミリアムの社員は百人を超えてた。……それに、もっと大きいのは広告宣伝費。……過払い金請求、アスベスト被害賠償、B型肝炎給付、交通事故示談と、いま流行りの法的請求は、広告宣伝なしには成り立たん。ティタンはもともと士業をクライアントにした広告代理店やけど、大阪ミリアムに事務員を派遣し、事務所の家賃や固定費、通信費なんかを丸抱えにし、地方で開催する『過払い金相談会』の人員から設営費まで、なにからなにまで面倒を見た。……要するに、大阪ミリアムのヒト、モノ、カネのすべてをティタンが握ってたということやな」

「大阪ミリアムの慢性的な赤字を埋めてたんは、依頼者に返還すべき過払い金ですか」

「そのとおりや」

北川はうなずいた。「法的に、消費者金融会社から顧客に直接、過払い金が支払われることはない。請求代理人である大阪ミリアムの口座に振り込まれて、預かり金という形になる。その預かり金を依頼者に支払うのが大阪ミリアムなんやけど、頭から腸《はらわた》までティタンというエイリアンに食われてる。預かり金に手をつけるのはあたりまえや」

「大迫はマフィアのドン、向井はマフィアのアンダーボスやったんですね」

「大迫はドンやけど、向井は使い捨てや。弁護士バッジさえあったら、どんな能なしでもかまへん。実際、大阪ミリアムの実務は大迫が集めてきた菊富士のOBが差配してた」

「菊富士のOBいうのはおもしろいですね」

「元横浜支店長や札幌支店長がおった。菊富士の顧客名簿を使うて集客してたという噂もあったな」

「昨日まで客に金を貸してたやつらが、今日は過払い金を毟《むし》り取る側にまわったんですか」

「大迫だけやない。大阪ミリアムは潰れたけど、ひとの褌《ふんどし》で相撲をとる『過払い金マフィア』や『士業マフィア』は腐るほどおる。大迫もほとぼりが冷めたら、また新手の士業詐欺をやる肚やったんとちがうか」

「大阪ミリアムの売り上げは、トータルしてなんぼほどあったんですか」

「設立は二〇〇九年で、倒産は二〇一九年やった。一年あたり、平均して十五億の売り上げやと、百五十億か。……預かった過払い金は四百八十億やったな」

負債額は未払いの預かり金を含めて四十一億円だったという。

「ティタンの破産はどうやったんですか」

「形は大阪ミリアムへの売掛金である広告宣伝費、九億円が焦げついた連鎖倒産やった。ティタンの顧問税理士事務所は大阪でも有数の大手で、帳簿上の不正もないから、突っ込みようがなかった」

「損をしたんは消費者金融の客だけですか」

「その客もな、もひとつ被害者意識が薄いんや。大阪ミリアムに過払い金請求を依頼するまで、自分が利息を払いすぎてたという自覚がなかったんやからな」

「いうたら、棚からぼた餅みたいな感覚やったんですかね」

「それはいいすぎやろ」北川は小さく笑った。

「黒沢班は大迫を詐欺罪で引きたかったんですか」舘野は訊いた。

「大阪ミリアムからティタンに流れる広告宣伝費が月に一億というのは、弁護士法人を隠れ蓑にした詐欺や。……わしらは三カ月も内偵した。しかし、大阪ミリアムとティタンは別会社で資本関係もない。両者の関係はあくまでも契約であり、そこに違法性はなかった。大阪ミリアムが倒れようが潰れようが、ティタンの責任を問うことはできんかった」

「つまりは、一般的な倒産劇やったんですね」

「悲しいかな、そういうことになってしもた」

大迫にも向井にも菊富士のOBにも手錠《ワッパ》をかけることはできなかった、と北川はいった。

「大迫の調べをしたんですよね。二課に呼んだんですか」

「わしと相勤のふたりでティタンの事務所に行った。淀屋橋の住東ビルの十五、六階やったか、広い事務所の応接室で、窓の向こうに日本銀行や府庁が見えた」

「どういう男でした、大迫は」

「腰が低い。口数が多い。初見やのに十年来の知り合いみたいな顔して、訊きもせんことをよう喋る。ぱりっとしたスーツ着て、エルメスみたいなネクタイ締めて、こいつこそ詐欺師やと感心した」

「向井はどうでした」

「貧相なくせに横柄やったな。背が低うて痩せてた。こっちが訊いたことに、ぼそぼそっと答えはするけど、言質《げんち》をとられるようなことはいわん。ま、ああいうのが弁護士やろ」

「懲戒二回というのは」

「一回は無資格者である事務職員に任意整理案件を一任して戒告。もう一回は戸籍謄本の目的外請求をして戒告や。弁護士のくせに遵法精神の希薄な爺さんやった」

「向井は年寄りやったんですか」

「七十七、八やったな。大迫の操り人形には都合がよかったんやろ」

向井は大阪弁護士会から除名処分を受け、今年の春、亡くなったという。「大阪ミリアムには破産管財人が入ってるけど、債務の返済は一千万もないやろ」

「要するに、大迫の独り勝ちやったんですね」

「詐欺師や。稀代《きたい》の詐欺師。……けど、頭に穴があいて死によった」

「悪名を轟かした罰ですか」

「大迫がどういうやつで、どれほどの金を稼いだか、日本中の情報屋に流れてたわな」

「この事件《ヤマ》は情報屋からネタを買うたギャングの仕業ですか」

「わしはそう見た。なにせ、やり口が荒い。外国人ギャングやろ」

独りごちるように北川がいったところへ、杉本と笹井が現れた。スーツ姿の男をふたり連れている。

「そちらさんは」訊いた。

「『セファ』の大阪支社のひとです」

杉本がいった。ふたりは技術担当だという。「セファのセキュリティシステムと防盗金庫を見てもらいます」

「それはありがとうございます」

須藤がいった。「セキュリティのコントローラーはダイニングで、防盗金庫は二階の寝室です」

「どうぞ、こっちです」

舘野がダイニングへ、須藤が二階へ、セファのふたりを連れていった。

3

目覚めたのは八時だった。すぐには起きず、ベッドの中からテレビの電源を入れる。当然だが、大迫殺しはまだニュースになっていない。大迫の邸に家政婦が来るのは九時だ。

ベッドを出て洗面所に行った。歯を磨き、バスルームでシャワーを浴び、バスローブをはおってキッチンへ。冷蔵庫からレタス、ホウレンソウ、ニンジン、茹でたブロッコリー、パプリカ、アボカドを出して包丁で刻み、大皿に盛る。ベーコンをカリカリに炒め、スクランブルエッグをのせる。アルミパックのジャガイモスープをスープ皿に入れ、バゲットを温めてバターを添えた。グラスに氷を入れてシィクヮーサー果汁を炭酸水で割り、椅子に座った。ゆっくり、よく嚙んで食う。

帰宅したのは深夜、日付が変わるころだった。ガレージにカローラを入れてシャッターを閉め、ナンバープレートに貼っていた〝6〟と〝8〟の数字を剝がした。スポーツバッグに入れていたボストンバッグは、スポーツバッグごとガレージのロッカーに押し込んで施錠した。野球帽とマスクをとり、マウンテンパーカを脱ぎ、脇下に吊っていたホルスターも外して段ボール箱に放り込んだ。

ホルスターに挿していたグロックは、男神山公園の植栽の脇に駐めていたカローラの車内で、マガジンを抜き、スライドとフレームを分離してマズルを外した。国道171号から新御堂筋を南下する途中、神崎川にかかる十八条大橋の上で停車し、小便をするふりをして欄干のそばに立ち、分解したグロックと剪定鋏をバラバラに捨てた。そのあとまた南へ走り、淀川にかかる新淀川大橋を徐行しながら、防犯カメラのシステムデッキとデスクトップパソコン、大迫のスマホ、特殊警棒、L字ドライバー、素通しの眼鏡、ラテックスの手袋を捨てた。

バックパックに入れていたスタンガンはガレージのコンクリート床に置き、ハンマーで叩き壊した。スリングショットはボルトクリッパーで細かく切断し、スタンガンといっしょにウエスで包んだ。ペンライト、結束バンド、布テープもウエスに包んで透明のごみ袋に入れた。ハンティングナイフと催涙スプレー、ナイロンロープとペンチと大判のタオルは処分せず、スチール棚に置いた。

カッターナイフと裁ち鋏で〝6〟と〝8〟の数字を原形がなくなるまで切り刻み、茶封筒に入れた。同じようにバックパック、マスク、ワッチキャップ、野球帽、マウンテンパーカ、脱いだカーゴパンツ、レインシューズ、ホルスターも切り刻んでごみ袋に詰め、片付けが終わったときは午前二時をすぎていた。月曜はごみの回収日だから、十一時ごろパッカー車が来る。ごみ袋ふたつを蓋付きのごみ箱に入れてガレージの外に出し、湿ったTシャツを着替えて寝たのは二時半ごろだった——。

八時五十分——。玲奈《れな》の携帯に電話をした。

——おはよう。

――おはようございます。
――今日は事務所には出ない。東大阪をまわってみる。
――わたしは亀山くんと南港をまわります。
――なにかあったら、スマホにメッセージを入れてくれ。
――承知しました。亀山くんが来たら、いっしょに出ます。
――じゃ、よろしく。
電話を切った。コーヒー豆を挽き、ドリッパーにセットした。

十二時――。NHKと民放各局からニュースが流れはじめた。箕面市男神山の住宅で男の射殺死体が発見された、と。
警察関係者によると、発見されたのは、この家に居住する大迫健司さん・五十八歳とみられる男性で、発見者は手伝いの女性だった。女性によると、朝九時ごろ合鍵を使って大迫さん宅に入ったところ、一階リビングで大迫さんは頭から血を流して倒れており、警察に通報した。大迫さんは拳銃のようなもので頭部を撃たれたものと警察は見ている――。

ニュースの扱いは思っていたより大きかった。〝射殺〟にインパクトがあったのだろう。民放の一局は『板橋資産家夫婦強盗殺人事件』――二〇〇九年五月、閑静な住宅地の広大な邸で火の手があがり、焼け跡から惨殺された老夫婦の遺体が発見されたが、事件は未解決のまま十数年が経過している。暴力団関係者が資産情報を集め、不良外国人が個人宅、事務所に押し入る。全国で発生してきた残虐な強盗殺人事件の陰には個人情報の収集、計画、実行の分業ネットワークが存在している――に言及していたから、捜査陣のなかに〝外国人ギャング団による犯行説〟が浮上したにちがいない。狙いどおりの展開だ。

日暮れまで各局のニュースを見つづけたが、新たな情報はなかった。八時にタクシーを呼び、ミナミの馴染みのキッチンバーに向かった。

＊　＊

箕面北署五階の講堂に捜査会議が招集された。長テーブルとスチールチェアに捜査員が約七十人。被害者がひとりの殺人事件としては大がかりな陣容だ。

午後八時――。大阪府警刑事部長、捜査一課長、捜査一課管理官、捜査一課係長、鑑識課長、箕面北署署長、副署長、刑事課長、大阪地検の本部係検事と事務官が入室し、ホワイトボードを背に並んで着席した。

それでは捜査会議をはじめます――。副署長が発言し、刑事部長が立ちあがった。捜査員も全員が立って一礼する。刑事部長は事件を『箕面男神山資産家強盗殺人事件』と命名するといい、「事件の早期解決に向けて努力されたい」と型どおりの挨拶をした。

次に捜査一課長が立った。

「この事件は椅子に縛りつけた被害者の小指を切断し、眉間を拳銃で撃った射殺事件であり、極めて悪質。社会的反響、注目度も大きい。各人、意識して捜査にあたられたい」

短くいって着席し、次に管理官の千葉が発言した。

「現時点での情報を共有します。疑問はその都度、挙手をして訊いてください。……それでは、鑑識から」と、鑑識課長の守屋に眼をやった。

「遺体の両手小指の切断面には生活反応がありました。第二関節の下部に結束バンドを巻いたあと、第二関節と第一関節のあいだを切断してます。切断面はきれいで、出血はそう多くない。片手で握れる、刃が半円状の剪定鋏で切ったのではないかと考えられますが、これはあくまでも推論です。金切鋏や大型の裁ち鋏の可能性もあります」

守屋はいって、顔をあげた。誰も質問しないのを見て、つづける。

「死因は頭部脳損傷です。犯人はリビングのソファのクッションで拳銃を覆い、至近距離……銃口を被害者の額から数センチ内にかまえて撃ってます。弾道はほぼ水平で、額から後頭部に抜けた弾が後ろの壁の漆喰を破り、木部に食い込んでました。薬莢がないため確定はできませんが、おそらく、九ミリパラベラム弾です」

弾がひどくは潰れておらず、線条痕を検出できたという。「現在《いま》のところ、他の事件であがった線条痕とは一致してません」

「薬莢がないというのは、回転式の銃を使うたんですか」

後ろの捜査員が手をあげて発言した。

「その可能性は低いと思います。九ミリ弾を使用するリボルバーはそう多くないです」

「クッションに穴は空いてましたか」右の捜査員が訊いた。

「空いてません。焦げ痕もない。火薬臭を感知しました」

「サプレッサーは使うてないんですな」

「そこは不明です」

サプレッサー（消音器）を装着していてもクッションや衣服を巻いて銃を撃つ可能性はある、と守屋はいった。「死亡推定時刻は昨日、十月三日の二十一時から二十三時半です。剖検によると、被害者は健康体。胃の内容物は米飯、鰻、卵、ナッツ、チーズ等で、ナッツのほかはほぼ消化されてました」

「被害者は午後六時前、箕面駅近くの鰻料理店『菱藤《ひしとう》』から鰻《う》巻き弁当の出前をとってる」

千葉が補足した。『菱藤』の店主によると、被害者は馴染み客やからと、雨の中、店主が車で弁当をとどけた。被害者は玄関内で弁当を受けとって、ズボンのポケットから五千円札を出した。弁当は四千八百円。店主は釣りを渡した。被害者のようすに変わったところはなかった」

「被害者のズボンに財布はあったんですか」左の捜査員が訊いた。

「財布等はなし。現金が十五万三千円、左のポケットに入ってた」

「物取りにしては、余裕ですな」

「リビングも書斎も、物色の痕はなかった」

「被害者のスマホは」

「どこにもない。犯人が持ち去ったと思われる」

千葉はいって、また守屋を見た。守屋は小さくうなずいて、「被害者の胃内容物のうち、未消化のナッツとチーズについては、リビングのガラステーブルにつまみの皿がありました。ウイスキーはグレンフィディックの18年。ボトルに半分ほど残ってました。被害者の血中アルコール濃度は〇・〇五パーセントで、個人差はありますが〝微酔〟〝軽酔〟の状態です。……ソファにはテレビのリモコン、テーブルには氷の溶けたアイスペールとグラスがありましたから、被害者はリビングのソファに座ってウイスキーの水割りを飲みながらテレビを見ていたようです」

「テレビの電源は入ってたんですか」右前の捜査員が手をあげた。

「切れてました。侵入者が切ったと思われます」

守屋はいって、「それともうひとつ、被害者の左脇腹と背中に火傷のような赤い痕跡があります。

痕跡は点状で、五センチの間隔があることから、スタンガンによるものと推定しました」

「リビングからダイニングへ行くガラスドアの足もとに鼈甲色のセルフレームの眼鏡が落ちてた」

千葉がいった。「この事件《ヤマ》はおそらく、単独犯やない。少なくともふたりがドアの陰で被害者を待ち伏せした。ダイニングからもどってきた被害者の左脇腹にスタンガンを一発。倒れた背中にまた一発あてて、身動きができんようになった被害者をソファの近くに引きずって行った。ダイニングから椅子を持ってきて、被害者を縛りつけたということやな」

「被害者を引きずった痕はありましたか」

「なかった。ダイニングの床はフローリングで、リビングは弾力のあるカーペットを敷き詰めてる」

「指紋とか遺留物はどうですか」後ろの捜査員が訊いた。

「多数、採取しました」

守屋が答えた。「指紋、掌紋の鮮明なものは五百を超えてますが、これというものはない。被害者の大迫さんと手伝いの田嶋敬子さんの指紋がほとんどです。侵入口と思われる書斎の掃き出し窓付近、金庫の置いてある二階寝室にも、それらしい指紋は付着してません。足跡についても同じです」

「昨日の夜は大雨でしたよね。書斎やリビングに濡れた足跡はなかったんですか」

「侵入口付近のカーペットは濡れてました。それも、かなりの濡れようであることから、複数犯と見ましたが、リビングもダイニングの床も濡れた痕跡がありません。犯人は書斎の侵入口付近で靴を脱ぎ、乾いた靴下の足で家の中を移動したと思料されます」

「複数犯いうのは、確かなんですか」さっきの捜査員が訊く。

「よろしいか」

捜査一課班長の清水が手をあげた。「強行犯係の清水です。……台所の流し台のゴミ箱の中に煙草の吸殻と湯飲み茶碗が捨ててありました。犯人はダイニングボードから湯飲み茶碗を出して水を入れ、これを灰皿代わりにして煙草を吸うたんです。吸殻は水に溶けてぼろぼろになってたけど、銘柄は判りました。セブンスターが一本とマールボロが二本です。……被害者の大迫氏は煙草を吸いませんから、セブンスターを吸う犯人とマールボロを吸う犯人の、少なくとも二人が侵入したと思料します」

「吸殻はＤＮＡ検査にまわしてます」

守屋がいった。「が、タールやニコチンで茶色に染まってるため、期待はできません」

「賊が侵入した狙いはなんですか」舘野のすぐ隣の捜査員が発言した。

「それは被害者の大迫健司という人物に由来すると思います」

清水がいった。「大迫氏は一昨年の四月まで、淀屋橋で『ティタン』という広告代理店を経営してました。ティタンは士業広告を主とする代理店で、一昨年の一月に破産した『大阪ミリアム』を操ってました――」

そのあと約十分、清水は手もとのファイルを繰りながら、大迫健司の人物像について詳細な報告をした。

大迫健司は昭和三十八年、三重県名張市で生まれた。兄弟姉妹はいない。父親は中学校教員、母親は医療事務員。大迫が中学二年のときに父親が亡くなったが、母親の実家が名張市内に数棟のアパート、マンションを所有しており、経済的に困窮することはなかった。大迫は中高一貫校から近畿学院大学に進学し、卒業後、大手広告代理店の『創合エージェンシー』に入社して大阪支社に配属されたが、六年後、顧客の金に手をつけて懲戒解雇となり、前年に退社していた先輩の那賀芳雄と広告代理店『ツインマーケティング』を設立したというものだった。

元妻の尾野久美子は〝大迫が三十歳のとき、勤めていた広告代理店を退職して那賀とツインマーケティングを設立した〟と舘野にいったが、設立年に少しのズレがあり、〝懲戒解雇〟という履歴も抜けていた。大迫のその後の経歴については、二課の北川から聞いた話と変わりはなかった——。

「——ティタンは、表面的には大阪ミリアム破産のあおりを食うて倒産した形ですが、これは詐欺的計画倒産であり、大迫氏にはたぶん、十億、十五億の金が残ったと思われます」清水はつづけた。

「それは表に出てる資産ですか」右後ろの捜査員が訊いた。

「公表されてるのが約十億円です」

「十五億もの資産があるんやったら、債権者に還元すべきやないんですか」

「ティタンは債務者ではない。破産した大阪ミリアムに対して九億円を超える売掛金、つまり債権を持ってます」

清水はひとつ間をおいて、「大迫氏は資産の大半を、株式、FX、不動産、現金、金地金《じきん》等に分散して保有してるようです。大迫邸の金庫はセファの防盗金庫で、二階寝室のクロゼットの中に置かれてます。……セファに依頼して開錠したところ、金庫内にはFX口座管理証、株式取引報告書、無記名割引債等、総額三億七千万円相当と、現金一千百二十万円がありました」

一千万を超える現金があった、というところで捜査員がざわめいた。

「賊は金庫を開けてへんのですか」左の端から声があがった。

「そう、開けてないと思います」

「賊が被害者の小指を切断したんは、金庫の開錠ナンバーを吐かせるのが目的やないんですか」

「被害者は責められても番号を吐かんかった。いらだった賊は被害者の額に銃を突きつけた。それでも被害者は黙りとおした。賊は衝動的に引鉄をひいたんかもしれません」

「しかし、指を二本も切られたら、どんな人間でも喋りますわ」

「セファの防盗金庫は三回、ナンバーを押しまちがえたらロックされて、管理センターに通報されます。センターのスタッフは直ちに契約者に電話をかけて状況を確認し、異常があれば現場に急行するシステムになってます」

「ということは、賊が二回までは金庫のボタンを押したかもしれんのですな」

「そのとおりです」

清水は小さくうなずいた。「賊は被害者から聞いた暗証番号を二回入れたけど、金庫は開かんかった。これは危ない。セファが来る。そう考えて被害者を射殺し、逃走した可能性もなくはない」

「やることがめちゃくちゃですな」

「被害者は邸内に金塊を置いてたという証言もあります」

清水はつづける。「被害者は十年前に離婚するまで、西宮苦楽園の一軒家に住んでました。元妻の尾野久美子によると、その家は敷地が百四十坪もあって、被害者が建築家に設計させて建てた豪邸やけど、あちこちに隠し空間を造って……たとえば階段の蹴込み板を外せるようにして、金塊を置いてたそうです。金塊は一キロの延べ板で、一カ所に十キロから二十キロ。全部で五、六十キロはあったらしいということです」

金塊は離婚したとき、元妻に分与されず、被害者が持ち出したが、五、六十キロというのは、あくまでも元妻の推察だと清水はいった。

「ケコミイタて、なんや」前列の捜査員が隣の捜査員に訊いた。

「知りません」首を振る。

「あの、いいですか」

須藤がふたりに声をかけた。「階段をあがるときに爪先があたるとこが蹴込みです」

「へーえ、なんにでも呼び方があるんやな」ふたりは笑った。

「十年前の金の値段はいくらでした」右前の捜査員が発言した。

「グラム三千八百円。六十キロやと二億三千万……。夫婦が離婚したころ、被害者が経営してたティタンは神戸、東京にも事務所をおいて社員が七、八十人はいたようです」

「そら、蓄財もできますな」

「被害者の邸に金塊はなかった。金庫の中に金塊の売買証書がなかったんもひっかかります。元妻も被害者がどういうルートで金塊を買うてたか知らんのです」

「離婚したとき、被害者は金塊を売ったんですか」

「その形跡はありません」

「箕面の家に隠し部屋とかはないんですか」

「あの邸は広い。建延が百坪はあります。被害者が新築した邸ではないので隠し部屋まではないようですが、明日も引きつづいて邸内を見分します」

「となると、この事件《ヤマ》には金品被害がない。被害者は指を切られて殺されただけ、いうことですか」

「いや、それはない。被害者は貸金庫を複数、契約してます」

書斎のデスクの抽斗から貸金庫カードとボックスの鍵を発見した、と清水はいう。「三協銀行、大都銀行、大同銀行の三行ですが、元妻によると、新阪神銀行と住東銀行の箕面支店にも契約した貸金庫があって、その二行についてはカードも鍵も発見してません」

「貸金庫を利用するときは暗証番号が要るんですよね」

「犯人は被害者から新阪神銀行と住東銀行の暗証番号を聞いて、カードと鍵を持ち去った可能性があります」

「その二行の貸金庫に金塊が入ってますんか」

「明日、被害者の娘さん……長谷川柚季さんを同道して五行をまわりますが、銀行のセキュリティは厳しい。朝一番に捜索差押許可状《ガサ》をとります」

貸金庫室に入室した人物がいれば、各銀行によって三カ月から半年間の映像が記録されている、と清水はいって、「ほかに、質問は」

誰も手を挙げない。

「では、地取りについて報告します」

清水はメモ帳を見た。「防犯カメラは大迫邸を中心に半径約一キロを検索しました。コンビニ三店とガソリンスタンド一軒のカメラに、昨日の夕方から今日の朝方まで、注意をひく車両、人物は映ってません。夜間、あの雨の中で映像も鮮明ではない。また、男神山地区は高級住宅地で防犯カメラを設置してる家が多く、うち二十数軒から映像データを提供してもろてるので、逐一、検証します」

「大迫邸のセキュリティについて教えてください。セファのセキュリティを」

「ダイニングのコントローラーにキースティックを挿してシステムを操作します。〝在宅セキュリティ〟をオンにしたら、すべての出入口と窓のセンサーが作動して、居住者がうっかり外に出ても、玄関ガレージ横と裏庭の警告ランプが点滅して電子音が鳴り、放置すると電子音は近所迷惑になるほど大きくなる。同時に、異常がセファに通知されます。このセンサー感知は鋭敏で、誤作動はまずない。端的にいうと、コントローラーの〝在宅セキュリティ〟ランプが点いてるときは、邸に侵入することも、中から外に出ることもできんというわけです」

清水はいって、「しかしながら、留意すべきことがひとつある。昨日の夜、二十一時四分に〝在宅セキュリティ〃がオンになって、二十一時三十五分にオフになってます。その二十一時三十五分以降、セキュリティはオフのままで朝になり、手伝いの女性が邸に来て遺体を発見してます」

「三十分ちょっとだけ、セキュリティのスイッチが入ってたということですか」

「この事実をどう見るか……。被害者は午後九時四分に〃在宅セキュリティ〃をオンにし、午後九時三十五分にオフにした。……犯人が書斎の掃き出し窓を破って邸内に侵入したことを考えると、被害者はどういう理由で、いったんオンにしたセキュリティをオフにしたのか。……また、犯人が九時四分以前に侵入したのなら、犯人はなんのために三十分間だけセキュリティをオンにし、またオフにしたのか。……つまるところ、コントローラーを触ったんが被害者か犯人かで、犯人の侵入時刻と被害者の死亡時刻が三十分、前後にずれるということです」

清水はそこで対面する捜査員を見まわした。「なにか意見はないですか」

「よろしいか」ふたりの捜査員が手を挙げた。

「どうぞ」ドア近くの捜査員を清水は指さした。

「自分は犯人が八時半ごろ、大迫邸に侵入したと考えます。大迫氏をスタンガンで襲い、椅子に縛りつけてからセキュリティのスイッチを入れた。そのあと、大迫氏を責めて、なんらかの情報を得た。……そこで、邸の外に出る用事ができたんです。……これは自分の想像ですけど、大迫氏は邸のどこか……庭とかガレージに金塊を隠してたんやないでしょうか」

「そちらはどうですか」清水は左の捜査員を見た。

「同じ意見です。金塊云々までは頭になかったけど」

「ガレージ内は捜索しました。三台の車も異状なし。テラスは捜索済みで、庭と前庭も、なにかを掘り起こしたような痕跡はありませんが、明日は警察犬を入れて、より綿密な捜索をします」

清水はいって、長い報告が終わった。

前列の捜査員が振り返った。縒《よ》れた小豆色のネクタイをしている。

「な、あんた、金の値段はいま、なんぼなんや」須藤に訊いた。

「グラム七千円です」

「なんと、四億二千万か……。わしの生涯年収よりずっと多いがな」

「大迫は詐欺師ですわ」

「詐欺師やから殺されたか」

「大金を稼いで豪邸に独り住まいしてたからでしょ」

「おたくら、一課かいな」

「そうです」舘野はいった。

「おたくらの班長、切れ者《もん》やな。質問を地取りや鑑取りの担当に任さんと、ひとりで答えてたがな」

「そら、初日の会議やから」

一課長や管理官を前にしたパフォーマンスとまではいわなかった。「――なにごとも準備をしてからかかるんです。うちの班長は」

「議事進行も慣れてた。名前、なんやった」

「最初にいうてましたよ。強行犯係の清水、て」

「ああ、そうやったな。……わしは暴犯係や」

「応援、ご苦労さまです」

「ほんまにな、えらい迷惑やで」

捜査員は空あくびをした。下の前歯が一本、抜けていた。

4

十月五日、火曜日、六時四十分――。ベッドサイドテーブルのリモコンをとり、テレビの電源を入れた。ＮＨＫのニュースを見る。全国ニュースから地域ニュースになって最初に流れたのが、大阪府箕面市で発生した『資産家殺人事件』だった。昨日のニュースと変わったのは、箕面北署に捜査本部が設置されたこと、被害者大迫健司の死亡推定時刻（十月三日の午後九時から十二時ごろ）、侵入した犯人の複数説、金品被害は未確認、ということが発表されただけで、被害者が椅子に縛りつけられていたこと、両手小指が切断されていたこと、被害者の身体にあったはずのスタンガンの痕や、遺留品――煙草の吸殻については触れられていなかった。捜査本部が伏せているのだろう。

大迫の経歴については、大阪で広告代理店を経営していたこと、二年前の春に倒産したことが報じられただけだった。

サラダとパンプキンスープとナンの朝食をとり、スーツに着替えてガレージに降りた。アウディＡ３に乗り、電動シャッターをあげて外に出た。

外環状線を北へ走り、羽曳野インターから南阪奈道にあがった。松原を経由して阪神高速道路へ。文の里出口で降り、阿倍野区役所前交差点を左折する。阪和恒産ビルの地下駐車場にアウディを駐めたのは八時二十分だった。阪神高速がよほど渋滞しない限り、九時の始業に遅れることはない。

駐車場からエレベーターでロビーにあがり、大通りに出た。少し歩いて『ＫＥＮＴ』に入る。先客は三人だけだった。

レジ横の朝刊をとり、窓際のいつもの席に座ってブレンドを注文した。ここはマスターもウェイトレスも無口なのがいい。

朝刊を広げた。『箕面資産家殺人事件』は社会面のトップだった。

《箕面市男神山の住宅で大迫健司さん（58）が殺された事件で、大阪府警は箕面北署に特別捜査本部を設置した。

4日朝9時ごろ手伝いの女性がリビングに倒れている大迫さんを発見し、警察に通報した。かけつけた警官が調べたところ大迫さんの頭部には傷があり、その場で死亡が確認された。

解剖の結果、大迫さんは3日夜拳銃で頭部を撃たれており、犯人はいまも拳銃を所持していると見られることから特捜本部は百人規模の捜査員を投入して捜査をすると発表した。

捜査関係者によると大迫さん宅は普段夜間は防犯システムを作動させていたが、手伝いの女性が朝訪れたときスイッチが切られていたという。現場付近は大きな住宅が建ち並ぶ静かな住宅地で日中も人や車の往来が少なく、事件のあった夜は台風19号の接近に伴う大雨のため、拳銃の発射音など事件に気づいた人はいない。不安な気持ちを抱える周辺住民は一刻も早い解決を願っている——。》

記事はテレビニュースより詳細で、大迫の経営していた広告代理店が弁護士法人破産のあおりを食って倒産したことが書かれていたが、『ティタン』、『大阪ミリアム』という企業名はなかった。大迫とつきあいのあった司法書士事務所の代表者が大迫について〝なにごとにもよく気がつくひとだった。仕事で妥協することはなく、やり手だったが、他人に恨まれるようなひとではなかった〟とコメントしているのがおもしろかった。ひとはみな、死ねば悪党ではないらしい。見出しの文字は大きかったが、内容はなかった。

『ＫＥＮＴ』を出て阪和恒産ビルにもどった。エレベーターで七階にあがる。出社はいつも九時五分前だ。

「おはようございます」

玲奈はデスクにいた。

「おはよう」

自分のデスクに座った。「どうだった、昨日は」

「だめでした」

玲奈は飲みかけのスポーツ飲料をデスクにおいた。「南港のさくら団地で二波、ポートタウンハイツで三波、確認できたんやけど、在宅は二軒でした」

一軒はさくら団地Ｂ棟の二階だった。「わたしがインターホンを押したんです。女のひとが出ました。電波のこというたら、そうですか、だけでした」

「はっきり、盗聴されてます、といったのか」

「もちろんです。……なんか、思い当たるフシがあったみたいで、探してみます、で切られました」

「ひどいな。もう一軒は」

「ポートタウンハイツの外れのテナントビルです。一階のスナックをノックしたらママさんがいてはって、洗いものしてました」

盗聴電波をキャッチしたといったらママは驚いた。信じられないという顔をしていたが、店の外に出てもらい、亀山が探知機の音量を大きくすると店内のテレビの音が聞こえた。

盗聴器は録音装置とセットで仕掛けられていることもある、と玲奈はいい、調べさせてください、といったが、ママは首を振った。お金が要るんでしょ――。

「先に料金を訊かれたのか」

「三万円と消費税ていったら笑われました」

ママは自分で探すといい、ふたりは体《てい》よく追い払われた――。「そんなの、盗聴波を見つけてあげただけやないですか。一万八千円とか一万九千円に値下げしたら、仕事になると思いますけど」

「いや、三万円は譲れない。設備費と人件費がかかってんだ」

「でも、いいんですか。先週からずっと、ボランティアですよ」

「君は心配しなくていい。心遣いは感謝する」

玲奈はいわゆる〝盗聴器バスター〟だ。亀山が指向性アンテナを持ち、玲奈がイヤホンを耳にさして受信機を見ながら対象地域を歩く。盗聴電波は意外に多く流れていて捕捉するのは容易だが、それを住人に知らせて家にあがり込むのがむずかしい。

はじめのうちは五十すぎの男をパートで雇い入れて盗聴器バスターに仕立てたが、さっぱりだった。当然だろう、見ず知らずの男がいきなりインターホンを押して、おたくに盗聴器があるといえば、住人は警戒する。まして家の中を捜索したいといえば断られないほうがおかしい。

だから、玲奈をスカウトした。玲奈は阿倍野区役所近くのドコモショップの契約スタッフだったが、探偵という仕事に興味をもったのか、正社員という条件がよかったのか、事務所に来た。探偵学校の午後五時から八時まで二十回のカリキュラムもまじめに受講した。

玲奈の探偵学校卒業を待って前任の男を辞めさせた。ネットで玲奈の助手兼アンテナ要員のパート社員を募集すると二十人を超える応募があり、面接して家電量販店の元社員だった亀山を採用した。亀山はおとなしくて機転が利く。我の強い玲奈にはぴったりだ。

玲奈に、三万円は譲れないといったのは、盗聴器バスターで稼ごうと思っていないからだ。はじめのころこそ住人から盗聴器を発見するまでの依頼があったが、最近はテレビ番組のせいで収益が激減した。盗聴器のほとんどすべてが二股コンセント型だと視聴者に知れたため、盗聴波を探知したと住人に告げても、自分で盗聴器を見つけるようになってしまった。

そう、盗聴器バスターは総合探偵社ＷＢの隠れ蓑だ。これといった仕事もせず、ただ探偵事務所の看板をあげているだけでは世間の目を欺けない。たとえ一万円でも法人税を納める会社を装いたいのだ。探偵事務所への依頼の八割弱は不倫調査であり、そんな調査はしたくない。だから盗聴器バスターをはじめた。

十時──。亀山が来た。玲奈が立って、今日は住之江ね──。亀山にいって、事務所を出ていった。玲奈は事務所のフィットを運転して対象地域をまわる。盗聴波をキャッチすれば車をコインパーキングに駐めて周辺を歩く。

ふたりの給料をあげるか──。ふと、思った。亀山はこの十月末で一年になる。本人がよければ正社員にしてもいい。

十時半──。事務所を出て施錠した。エレベーターでロビーに降りる。大通りでタクシーをとめて、ミナミの坂町へ。一日に一回くらいは事務所の電話が鳴るが、スマホに転送するようにしている。用件のほとんどは調査依頼だが、不倫調査だと分かったときは、人員不足を理由に断る。しつこく依頼されることはない。

タクシーを降り、千日前筋を歩いて『聚楽《じゅらく》』に入った。珍しく、奥の卓に客がいた。

「いらっしゃい」

カウンターのマスターが顔をあげた。「ちょうどええ。いま、亮《りょう》さんから電話が来た」

「もうひとりは」

「勝井さん」

勝井がひとり、卓で煙草を吸っている。勝井は坂町の不動産屋だ。亮さんの名字は知らないが、この聚楽ビルのオーナーで、最上階のワンフロア――といっても、五階建で広さは三十坪ほどだろう――で、齢の離れた女と暮らす高等遊民だ。

マスターが固定電話をとって亮さんに電話をかけた。メンバーができた、と。

五万円をチップに替え、おしぼりをとって卓に座った。勝井は黙って煙草を吸っている。煙草のけむりはうっとうしいが、フリー雀荘でそれをいうと遊ぶところがない。

「久しぶりやな」勝井がいった。

「そうかな……」

先々週の金曜日に来た。八万円ほど勝った。「あんたは」

「皆勤賞や」そう、平日の昼間に来ると勝井がいる。街の不動産屋というやつはよほど暇なのだろう。

「金持ちが殺されたな、箕面で」勝井がいった。

「らしいな」おしぼりで手を拭く。

「ピストルやで。物騒な世の中になったもんや」

勝井は箱崎が探偵だと知っている。こうして昼間の麻雀をするのは、張込みの時間待ちだと説明したことがある。マスターも亮さんも、それをまったく疑っていない。

「外国人の仕業かな」

「そうに決まっとるわ。中国人ギャングや。向こうでチーム組んで観光ビザで日本に来て、日本の情報屋からネタもろて盗みに入る。稼ぐだけ稼いだら、とっとと国に帰りよる。せやから、めちゃくちゃするんや」

「怖いな」

「怖い。うちはもう十年前から防犯カメラとアラームつけてる」

いって、勝井は笑った。「けどな、うちの斜向かいは玄地会《げんじ》の事務所や。流れ弾は怖いけど、強盗はないやろ」

「強盗に入られるような金があるんだ」

「そら、十万や二十万の金は置いてる。不動産屋は現金商売やからの」

「ヤクザは絶滅危惧種だ。組も次々に解散してる」

「それはええこっちゃ」

「でも、予備軍がいる。七、八年前、半グレが準暴力団と規定された。やってることはヤクザより悪辣だ。いずれは暴力団に格上げだろうな」

「そう、それや。この夏、中央署の刑事が来た。賃貸物件に目付きのわるい若いのが出入りするようやったら教えてくれと、名刺を置いていった。半グレどもがオレオレ詐欺や還付金詐欺のハコにするみたいやな」

勝井は中央区南防犯協力連合会の会員だといった。「――あんたのとこにもそういう依頼があるんとちがうんかいな。マンションやテナントビルのオーナーから、入居者の調査をしてくれいうのが」

「うちの仕事に関することはコメントできない」

「あんた、口が固いんや」

「そう、おれは探偵で食ってる」

そこへ、亮さんが現れた。マスターからチップをもらってこちらへ来る。場決めをして卓に座った。

「レートは」訊いた。

「いつもどおりで」

ふたりはうなずいた。点5にウマがついて、半荘《ハンチャン》ごとに二万円から三万円の勝負になる。現金ではなくチップのやりとりをし、あとでマスターから現金を受けとる。場代を含むテラ銭は五パーセントほどだろう。

骰子《シャイツ》をまわして、箱崎が起家《チーチャ》になった。牌をとる。

「マスター、ビール」

亮さんが煙草をくわえた。

＊　＊

十月五日、火曜、朝──。

箕面北署五階の講堂には警電と固定電話回線三本がひかれ、折りたたみの長机やノートパソコンがシマごとに並べられてすっかり捜査本部らしくなっていた。

捜査会議で新たな報告はなく、管理官の千葉から班分けが発表された。舘野は被害者の交友関係などを中心に捜査をする『鑑取り』班で、相勤は箕面北署の玉川という刑事だった。

会議が終わるとすぐ、清水に呼ばれた。

「舘野は大迫の娘、長谷川柚季と連絡とれるんやな」

「とれます。昨日、横浜から新幹線で来たんです」

大迫の葬式が終わるまで苦楽園の実家にいる、と聞いた。

「齢は」

「二十五のはずです。大迫が結婚した年に生まれたから」

長身で小顔、モデルタイプだった。母親の尾野久美子も若いころは同じようにきれいだったろうと思った。

「大迫と久美子の離婚は十年前か。……となると、柚季は十五歳まで大迫と暮らしたか」

清水は独りごちるようにいって、「よっしゃ。今日は長谷川さんを連れて銀行まわりをしてくれ」

「貸金庫ですね」

「銀行まわりしながら訊くんや。大迫のことをな」

「ガサ状があったら、娘さんの立会いは要らんのやないんですか」

「昨日、ガサ状を請求した。地裁に寄ってから行くんや」

「なるほど。了解です」

清水のデスクを離れた。メモ帳を繰って長谷川柚季に電話をする。二回のコールでつながった。

——おはようございます。昨日、お会いした大阪府警の舘野といいます。

——あ、刑事さん。

——いま、苦楽園にいてはるんですか。

——はい、そうです。

——お父さんが契約してはった貸金庫を調べたいんです。立会いをお願いできますか。

——はい、いいですよ。

——苦楽園の住所と固定電話の番号をお訊きしていいですか。

――079・873・43××です。住所は〝パトリシア化粧品　苦楽園サロン〟で検索してください。

――ありがとうございます。十時すぎに迎えにあがります。

番号をメモして電話を切り、『鑑取り』のシマに行った。箕面北署の刑事課長に挨拶をして、

「玉川さんは……」

「わしや」

振り向いたのは、昨日、捜査会議のとき、舘野と須藤のすぐ前の席にいたごま塩頭の男だった。

「相勤を命じられました。舘野といいます。よろしくお願いします」

「おう、どうも」玉川はひょいと手をあげた。

「地裁に寄ってガサ状をもろて、被害者の娘さんを同道して銀行まわりをします」

「なんでそんなもんを同道せないかんのや」

「貸金庫です。被害者の遺産相続権があるのは、娘さんともうひとり、京都に婚外子がいてます」

「コンガイシ……？」

「愛人の子供です。被害者が認知してます」

玉川は昨日と同じ縒れた小豆色のネクタイをしているが、よく見ると染みだらけだ。スーツもそうとうにくたびれて膝が抜けている。

「愛人の子にも相続権があるんか」

「いまは一〇〇パーセントの相続権があります」

「そら、羨ましいの。齢はなんぼや」

「聞いてません。名前もまだですねん。……被害者が離婚したんが十年前やから、十歳は超えてるは

ずですわ」

「大迫は詐欺師のくせに美田を残しよった。相続は揉めるな」

「揉めますね」尾野久美子の顔が思い浮かんだ。

「ほな、行こ」

玉川は椅子にかけていた上着を手にとった。


地階駐車場に降りて車両係に申請し、スマートキーを受けとった。白のフィットだ。玉川は当然のごとく助手席に座り、舘野が運転して署を出た。国道１７１号を東へ行く。

「あんた、班で、どう呼ばれてるんや」

「舘野とか、舘やんとか、雄ちゃんです。名前が雄介やから」

「雄ちゃんはもひとつやな。ほな、わしは〝たーやん〟といおか」

「はいはい、なんでもけっこうです」

「わしは〝部屋長〟やけど、あんたはわしの班やないしな。……玉さんにするか」

「玉さん……。役者みたいですね」

「似合うてるやろ」

「確かに」

この男の言語感覚はおかしい。

「たーやんは結婚してるんか」

「独身です」

「齢は」

「三十五です」

「わしは五十五や」

「さすが、部屋長の貫禄ですね」

部屋長——。デカ長ともいう。巡査部長の最古参で、係長＝班長（警部補）の下で班員をまとめている。むかしの軍隊でいえば叩き上げの軍曹か。将校と兵隊に挟まれて気苦労が多く、激務の部屋長を長くつづけた刑事には係長や課長も一目おく存在感がある。

「しかしな、三十五にもなって、よめはんがおらんのは寂しいぞ」

「つきおうた子はおったんですけどね、縁がなかったんですわ」

「どういう子や」

「看護師です」

「刑事《デカ》と看護師は無理や。おたがい時間がなさすぎる」

「おれの部屋にはお泊まりセットを持って来るのに、向こうの部屋には呼ばれたことがないんです」

「ほう、そら訳ありや。男がおったんかもな」

「自分もそう思て、サプライズでマンションに行ってみたんです。もうめちゃくちゃに散らかってて、足の踏み場もない部屋でした」

「ごみ屋敷とか、汚部屋というやつか」

「いま思たらね。それからは気まずくなりました」

「そらそうやろ。タブーに触れたんや」

「後悔先に立たずです。三年前の暮れでした」

「わしは二十四のときによめはんをもろた。わしのほうが年下や」

長女と次女がいて、去年、初孫ができたという。「それがまた、べっぴんさんなんや。写真、見るか」と、スマホを出す。

「いえ、けっこうです。運転中やし」

はっきり首を振った。初孫を待ち受け画面にしているらしい。

萱野の交差点を右折した。新御堂筋を南へ走る。玉川はシートを倒して眼を瞑った。


西天満の大阪地裁で清水が請求した捜索差押許可状、五通をもらった。三協銀行淀屋橋支店、大都銀行淀屋橋支店、大同銀行北浜支店、新阪神銀行箕面支店、住東銀行箕面支店の貸金庫だった。

大迫の娘に聞いた固定電話の番号をナビに入力すると、すぐに西宮苦楽園周辺の地図が出た。ルート案内表示に従って苦楽園に向かった。

「たーやん、ラジオをかけてくれ」

「FMですか、AMですか」

「どっちゃでもええ。ニュースが聞きたい」

ステアリングのスイッチでAMをかけた。NHKはポップスが流れている。

玉川はインパネのボタンを押して、次々に局を替えた。

「なんや、おい、どこもやってへんやないか」

「ニュースはだいたい、番組の終わりか始めの時間帯でしょ」

「そうか。普段はラジオなんぞ聞かんもんな」

玉川はぶつぶついう。「テレビもあんまり見ん。よめはんは飯食うてるときもドラマばっかり見て、わしが話しかけても上の空や」

「奥さんに話しかけるんですか」

「箸、ビール、飯、漬け物《もん》……。話しかけるがな」

「それは玉さん、会話とちがいます。飯、風呂、寝る、といっしょですわ」

「言葉は短きをもって良しとする。刑事《デカ》の第一条や」

「夫婦仲、いいんですか」

「わるうはないやろ。空気みたいなもんや」

「もし、奥さんが出て行ったらどうします」

「んなこと、考えたこともない」

「もし、出て行ったら、です」

「即、認知症やな。ボーッと口あけて、その辺を徘徊する」

「そら、奥さんのことが好きなんです」

「あたりまえや。よめはんとわしは恋愛結婚やぞ」

答えがズレている。好きでもないのに結婚するのは後妻業だ。

玉川はラジオを弄《いじ》りまわしたあげくにスイッチを切り、またシートを倒して寝息をたてはじめた。


十時十五分──。ナビの誘導が終了した。付近に集合住宅はなく、敷地の広い一軒家が建ち並んでいる。

なだらかな坂の突きあたり、生垣をめぐらした家がそれだった。駐車場の壁面に《パトリシア》と、大きな看板がある。

駐車場の前にフィットを駐めた。降りて、インターホンを押す。

ほどなくして玄関から出てきたのは、尾野久美子と長谷川柚季だった。

「すんません。お母さんは……」久美子にいった。

「わたしも行きます」

「いえ、それは困ります。大迫さんの遺産相続権を持ってはるのは娘さんだけですわ」

「あなた、なにを杓子定規なこといってるんですか。わたしは柚季の母親ですよ」

「それは重々、承知してます。でも、貸金庫室に入れるのは権利者だけです」

咄嗟にいった。この女が来るとうっとうしい。どうせ大迫の悪口しかいわないのだから。

「責任者を呼びなさいよ」

久美子は車の中からこちらのやりとりを眺めている玉川を指さした。

舘野はドアを開けて状況をいった。玉川は車外に出てきて、

「奥さん、舘野のいうとおりですねん。部外者は金庫室に入れんのです」

「だって、わたしは……」

「分かります。貸金庫の中身が気になりますわな。けど、それはあとで娘さんから聞いてください」

玉川はいい、フィットのリアドアを引いて柚季を乗せた。久美子はまだなにかまくしたてていたが、
舘野は無視して車に乗り、尾野の家をあとにした。阪神高速湾岸線に向けて南へ走る。

「ごめんなさいね。母はいいだしたらきかないんです」柚季はいった。

「そんな感じですな」玉川は笑った。

「どこの銀行ですか」

「三協銀行と大都銀行の淀屋橋支店、大同銀行は北浜支店です」

舘野はいった。「新阪神銀行箕面支店と住東銀行箕面支店にも貸金庫があるんですけど、カードと

キーが未発見なんです」

「そうですか……」

柚季はいって、「最初に行くのはどこですか」

「大阪市内の三行ですね。そのあと、箕面に行きます」

「でも、カードとキーがないんでしょ」

「それは問題ないです。朝、地裁に寄って令状をもろてますから」

「刑事さん……」

「はい」

「わたし、新阪神銀行と住東銀行のカードとキーを持ってます」

暗証番号も父親から聞いている、と柚季はいった。「でも、母には内緒です」

「もちろんです。いいません」

「じゃ、先に箕面に行ってもらえますか」

「了解です」国道171号を東へ行くことにした。

「いつ、もろたんですか。カードとキー」玉川が訊いた。

「三年か四年前です」

ティタンが倒産する前だった、と柚季はいう。「父から電話があって、新阪神銀行と住東銀行の貸金庫のカードとキーを宅配便で送ったから、といわれました。金庫の中身は高価なものだから、おまえが新しい貸金庫を契約して、その中のものを移せ、といわれたんです」

「暗証番号は」

「聞きました」

「金庫の中身を見たんですか」

「見てないんです。なんとなく分かってましたから」

「現金か金塊ですな」

「父は苦楽園の家の金庫にも現金と金塊を入れてました」

「大迫さんは金庫の中身をあなたに譲るつもりやったんですか。それとも、新しい貸金庫に移すのが目的やったんですか」

「たぶん、その両方だったと思います」

「しかし、そこを確かめもせずに三年も四年も経ったというのは、よっぽど余裕があるんですな」

「いえ、横浜から箕面まで行くのと、自分で貸金庫を契約するのが面倒だったんです。母には内緒にしておけ、と父にいわれたし」

「失礼ですが、長谷川さんのご主人のお仕事は」

「貿易です」

「商事会社にお勤めですか」

「父親の会社です」

いまは専務だという。次期社長が約束されているのだ。

セレブはセレブと結婚して、その階層を固定させる。日本の身分社会を実感した。

「ご主人とはどこで知り合うたんですか」舘野は訊いた。

「大学です。東京の」

「クラスメート？」

「サークルの先輩です。ワイン研究会の」

「そらよろしいね」

研究会ではなく、同好会だろう。「フランスとか行ったんですか」

「行きました。ボルドー、ブルゴーニュ、シャンパーニュ、アルザス。イタリアとスペインも」

「どこがいちばん美味いですか」

「わたしはブルゴーニュ産が好きです」

いい気なものだ。舘野が学生のころは紙パックの焼酎と柿ピーが定番だった。

「お父さんの葬式ですけど、喪主は」

「わたしが喪主でしょうね。家族葬ですけど」

「認知されてるお子さんが京都にいるんですよね」

「母は、知らせなくてもいいといってます」

「しかし、そういうわけにもいかんでしょ。相続が絡んでくるんやから」

「その話は母に任せてます」

大迫の実子なのに、まるで当事者意識がない。余計なことだが、この相続問題は揉めるだろう。

「その認知した子供の母親、知ってますんか」玉川が訊いた。

「はい……。名前だけは」

「誰です」

「かづきさんです」

「名字は」

「知りません」

「ひょっとして、芸妓《げいこ》さんですか」

「地方《じかた》さんっていうんですか、三味線をしていると聞きました。祇園やと思います」

「ということは、祇園界隈のマンション住まいですな」

「わたしは知りません」

「いや、ありがとうございます。地方のかづきさんね」

玉川はうなずいた。祇園を管轄する東山署に警電を入れて、かづきが籍をおいている置屋を訊き、かづきの本名と連絡先を訊くのだろう。

それからも、玉川は大迫の仕事や私生活、父親像を柚季に訊いたが、柚季が大迫と触れ合う機会は少なかったといい、舘野の印象に残るものはなかった。


箕面——。牧落《まきおち》駅近くの新阪神銀行箕面支店に着いた。駐車場に車を駐めて行内に入る。支店長に事情を話して捜索差押許可状を示し、貸金庫ブースに案内された。

柚季がカードをスリットにとおして貸金庫室に入った。テーブルの前に座ってモニターを見ながらキーボードで暗証番号を押す。モーター音がして、金庫ボックスがテーブル下に移動してきた。

「たーやん、写真や」

玉川がいった。舘野はスマホをかまえた。

柚季がテーブルのシャッターを引くと、ボックスがあった。それを舘野は動画で撮る。

柚季がボックスにキーを挿し、蓋を開けると、中に帯封のついた現金と金の延べ板があった。延べ板は蒲鉾《かまぼこ》板大だから、ひとつが一キロだろう。

「それ、出してくれますか」

柚季は帯封のついた現金と延べ板をひとつずつ取り出してテーブル上に並べた。現金は一千万円、延べ板は十本だ。

「なんと、計八千万やで」

「すごいですね」

「ほんとだ」柚季も驚いている。

「ちょっと、よろしいか」

玉川は延べ板の一本を手にとった。「刻印がない。どういうこっちゃ」

「密輸品ですわ」舘野はいった。

消費税率が五パーセントから八パーセントに引き上げられたころ、香港から日本への金塊密輸が横行した。その多くは半グレによる組織的犯行だったが、財務省が刻印のない金塊の売買をしないよう業者に協力を要請し、密輸事犯を厳罰化したため、その摘発数は激減した。

「大迫氏は正規の金地金取引業者から金塊を買うのを恐れたんです」

「その目的は」

「脱税です」

「金塊の売買記録が箕面の邸のどこにもなかったんは、そういうことか」

「闇のルートで金塊を買うてたんですね」

「刻印のない金塊は売れるんか」

「もちろん、売れます。買取業者に。三、四パーセントほど安うなるみたいやけど」

「詳しいな」

「前任署では盗犯係でした」

半グレによって密輸された金塊の換金ルートを調べたことがあるといった。

「刑事さん、この金《きん》はどうなるんですか」

柚季がいった。「没収ですか」

「まさか、そんなことはない」

玉川は笑った。「ただし、相続税の課税対象にはなりますわな」

「税務署にいうんですか」

「我々はいいません。捜査報告書にはあがります」

「じゃ、いわなきゃよかったですね」

「なにを……」

「わたしが貸金庫のカードを持ってること」

「いやいや、長谷川さんが黙ってても、いずれは分かりますわ」

「そうか……」柚季も笑った。

撮った動画を確認し、札束と金塊をボックスにもどして貸金庫室を出た。支店長に礼をいって、銀行をあとにした。

5

阪急箕面駅前の住東銀行箕面支店に行った。貸金庫の利用法は新阪神銀行のような全自動ではなく、貸金庫室のボックスを自分で取り出す半自動システムだった。

ボックス内に現金はなく、一キロの延べ板が十本あった。

箕面から大阪市内に走り、柚季の立会いで、三協銀行淀屋橋支店、大都銀行淀屋橋支店、大同銀行北浜支店の貸金庫を調べた。三協銀行には十五キロ、大都銀行には二十キロ、大同銀行には十五キロの金塊があったが、現金等はなく、計五十キロの金塊はすべて刻印のないものだった。大迫は詐欺的士業広告で得た資産の大半を密輸された金塊に換えて隠蔽していたのだろう。

大同銀行を出たあと、柚季を苦楽園に送っていくといったが、柚季は買い物をして帰るといい、タクシーをとめた。解散したのは、一時すぎだった。

「五つの貸金庫に七十キロの金塊……。大迫が買うたころはなんぼやった」玉川がいう。

「三、四年前の金相場はグラム四千五百円ほどですかね」

「ということは、七十キロで三億ちょっとか。大迫が荒稼ぎした額には足らんな」

「FXとか無記名債権を入れても五、六億いうとこでしょ」

「箕面の邸が三億。……大迫が十億以上を稼いだとしたら、まだ三、四億は隠しとるな」

「柚季と同じように、京都の愛人のとこにも預けとるんですかね」

「それはある。……わしは箕面の邸の庭に埋めとるような気がするんや」

「その読みは」

「セファのセキュリティシステムが三十分ほど作動したあと、オフになってる。わしは犯人《ホシ》が庭に出て金塊を掘り起こしたんやないかと思うんや」

「しかし、庭に掘り起こした跡はありません」

「そうと決めるのはまだ早い。今日から警察犬が庭に入ってる」

「ま、そうですよね」

その風貌に似合わず、玉川は慎重だ。

「痛いのは、日曜の夜の大雨や。臭いが消えとる」

「あの邸は広いです。苦楽園の邸と同じように、蹴込みの裏に細工してるかもしれませんね」

「十年ほど前や。わしがガサに入った売人は、月極駐車場のシャッターボックスの中にシャブを隠してた。金塊てなもんは嵩が小さいし、どこに隠そうと腐りはせん。徹底した捜索をせないかんぞ」

「管理官もそのつもりでやってますわ」

「あのおっさんはどうなんや」

「どうなんや、て……」

「切れ者《もん》か。昼行灯か」

「切れますね。ずっと一課の第一線です」

千葉が捜査一課強行犯係の班長だったころ、その下で主任を務めていたのが清水だといった。「ふたりは十年来のコンビです」

「わしは刑事《デカ》になって二十五年、本社にあがったことがない。所轄しか知らんのや」

玉川は府警本部への異動願を出したことがあるのだろうか。そんな感じはしないが。

舘野は腕の時計に眼をやった。

「もう、昼時です。飯、食いますか」

「そうやの。腹、減った」

「蕎麦はどうですか」

土佐堀通を挟んだ斜向かいのビルの一階に『信濃庵』という蕎麦屋がある。車は銀行の駐車場に駐めておけばいいだろう。

「蕎麦は食わん」玉川はかぶりを振った。

「うどんは」

「食わん」

「麺類は嫌いですか」

「蕎麦もうどんもラーメンも好きやけどな、長いもんは食わんのや」

捜査が長引くやろ、と玉川はいった。おもしろい。験担《げんかつ》ぎだった。

横断歩道を渡り、蕎麦屋の隣の釜飯屋に入った。玉川は五目釜飯、舘野は牡蠣釜飯を注文する。

「ビール飲むか」

「いえ、車を運転せなあきません」

「勤務中、といわんとこがよろしい」

玉川は手をあげて、「お姉さん、偽ビール。グラスふたつ」

嗄れた声でいい、視線をもどした。

「これからなんべんも、たーやんと飯を食う。……けど、割り勘はわしの流儀やない」

玉川はポケットから十円硬貨を出した。「どっちや」

「表」

「裏」

玉川はテーブルの上で硬貨を弾いた。くるくるとまわって倒れる。表が出た。

「偽ビールは余計やったな」

残念そうにいうから、笑ってしまった。

ノンアルコールビールが来た。舘野はふたつのグラスに注ぐ。玉川はグラスを合わせて一気に飲み、また一本注文した。

「玉さんは酒が好きですか」

「好きやな。一年四百日、飲んでる」

だから帳場が立っても署に泊まることがない。どんなに遅くなっても家に帰って晩酌をする、といった。

「なにを飲むんですか」

「まず、ビールやな。……いや、ちがうな。発泡酒を二本飲む。それから焼酎や。飯を食いもって水割りを四、五杯飲んだら、見もせんテレビの前に行く。眠とうて眠とうて、眼をあけてられんのや」

「風呂は」

「入るがな。ちゃんと寝床に入って寝る前にな」

「二度寝をするんですね」

「そういうこっちゃな」

「奥さんが起こしてくれるんですか」

「あんた、風呂入りや、いうてな」

「優しい奥さんですね」

「ま、ようできたよめはんや」

「焼酎は芋ですか、麦ですか」

「芋や。芋麴で造った芋焼酎」

玉川はにやりとした。「たーやんは刑事に向いとる」

「そうですか……」

「そうやって、わしのことを訊いてくる。そういう好奇心がええ」

「ありがとうございます」

褒められたせいではないが、いい相棒だと思った。玉川は偉ぶるところがない。事件が発生して帳場が立つと、舘野たち本部捜査員は所轄の捜査員と組んで仕事をする。そのときに組む相手が年上のベテランだと、なにかと気をつかっていいたいこともいえないし、訊き込みひとつとっても、どちらが主導するか構えてしまう。そう、ひとには相性がある。玉川は暴犯係の部屋長だから気難しいかと思っていたが、そんなところはまったくない。けっこう喋るし、よく笑う。くたびれたスーツと染みだらけのネクタイ、一本抜けた前歯も愛嬌だ。

「たーやんは飲まんのか」

「晩酌はせんですね」

「よめはんがおらんからや」

玉川は残ったノンアルコールビールを注いで飲みほした。「ヤサはどこや」

「市内です。大正駅の近くの古マンション」

「賃貸か」

「賃貸です」

2DK、家賃は六万円だといった。「玉さんは」

「吹田《すいた》の千里山西。むかしでいう公団住宅や。家賃は四万円。家計には優しいけど、四階まで階段をあがらんといかん」

「そら、しんどいですね」

「わしはかまわんけど、よめはんがブーブーいうてる」

そこへ追加のノンアルコールビールと釜飯が来た。玉川は蓋を取り、五目釜飯をほおばって、

「分からんことがあるんや」

「なんです」舘野は箸を割る。

「まずは、台所のゴミ箱の中にあった吸殻や」

「セブンスターが一本と、マールボロが二本でしたね」

三本とも水に溶けてぼろぼろだから、ＤＮＡは検出できないようだ。

「いまんとこ、吸殻のほかに遺留物はなにひとつない。指紋はないし、毛髪の一本も落ちてへん。

……犯人は侵入口の書斎で靴を脱いだ。被害者の指を切った鋏もない。九ミリ弾の薬莢も拾た。防犯カメラのデッキも持ち去った。……強盗犯としては完璧や。にもかかわらず、ダイニングボードから湯飲み茶碗を出して水を入れ、なおかつ吸殻を三本も放り込んでゴミ箱に捨てるか。まるで発見してくれといわんばかりやないか」

「それは自分も感じてました。なんかしらん、わざとらしい。ほかが慎重やのに、吸殻だけが杜撰《ずさん》です」舘野は牡蠣を口に入れた。

「わしは思うんや。犯人は煙草を吸わへん。セブンスターとマールボロは、そのあたりのコンビニの灰皿とか道端で拾たもんとちがうか」

「それは充分、考えられます」

「あの吸殻が偽装やったら、犯人はなにからなにまで計画した上で犯行に及んどる。めちゃくちゃな知能犯や」

「手口の荒い粗暴犯と決めつけたらあきませんね」

「それともうひとつ、日曜日は手伝いの女性が来んことを知ってた。普通、ギャング団が情報屋から買うネタに、そこまでの情報は入ってへん」

「日曜日、台風、大雨……。これ以上はないタイミングをはかってたんですね」

「そのタイミングも偶然やない。犯人は大迫の生活パターンを調べあげて、二カ月も三カ月も、台風が来る日曜日を待ってたにちがいない」

玉川は漬け物を食った。「これはなんや」

「すぐきでしょ」

「京都のすぐきか」

「ですかね」

舘野も食った。上品な味だ。

「うちのよめはんの糠漬けも絶品や。水ナスなんぞ出されたら、飯を二杯も食うてしまう。わしは糖尿病の気があるから糖質ダイエットしとんのや」

「糖尿病は万病の元、といいますよね」

「おまけに、尿酸値とコレステロール値も高い」

「尿酸値が高いのは痛風ですか」

「去年、はじめての発作がきた。右足の親指の付け根が倍ほどに腫れた」いまは尿酸値を抑える薬を服《の》んでいるという。

「風が吹いても痛いというのはほんまですか」

「激痛や。片足だけサンダル履いて、松葉杖ついてた」

「毎晩、発泡酒飲んだらあかんやないですか」

「ビールが痛風にわるいいうのは俗説や。要するに食いすぎやな」

なのに、玉川は糖質いっぱいの釜飯を食っている。〝ダイエット〟は口だけだろう。

昼飯を食い終えて店を出た。玉川は左右を見渡して、

「コーヒー、飲も」

「いいですね」

少し歩いて昭和レトロな喫茶店に入った。窓際の席に座り、ふたりともブレンドを注文して、玉川がコイントスをした。

「どっちや」

「表です」

「よっしゃ」

手を広げた。表だった。

「強いな、え」

「ウマもパチンコも弱いんですけどね」

「博打、するんか」

「パチンコは大学を出たときにやめました。ウマはたまに重賞を買います」

麻雀はルールを知らない、カジノは行ったことがない、といった。

「わしは今里署で遠出の盆をひとつ、中央署で裏カジノを三つ、挙げた」

「それはすごいですね。……遠出の盆、いうのは」

「極道が縄張りを出て、一晩だけの賭場を開帳するんや」

夕方、神戸川坂会系の三次団体が〝溜まり〟と称する集合場所に張り客を呼び、レンタルしたバスに乗せて能勢の貸し別荘に連れて行ったという。「種目はサイホンビキ。客は十六人。零時前にカチ

込みをして二十三人を検挙した。……あれは勲章やったな」

「賭けてた金は没収ですか」

「盆布《ぼんぎれ》の上にあったズクと、テラ箱の中にあった万札はな。……五百万ほどあった」

「ズク、いうのは」

「千円札を十枚、半分に折って輪ゴムでとめてる」

「なんで、そんなめんどいことをするんですか」

「万札を盆布の上に出したら、勝った客はポケットに入れる。いっぺんポケットに入った金は出てこんやろ」

「いろんなノウハウがあるんですね」

「極道博打の伝統やな。盆でチップは使わん」

「その没収した五百万は」

「国庫に収まる」

「なるほど」

「極道の盆は帳付《ちょうづけ》が客に金を貸す。帳面づらのやりとりやから場に出てる現金は少ないけど、裏カジノは派手や。どこも一千万以上、押収した」鰻谷《うなぎだに》の裏カジノでは二千万円を押収した、と玉川はいう。

「税収に貢献しましたね」

「わしらには一円もないがな」

そんな問題ではないと思うが——。

「わしの初任は北淀署や。地域課で交番勤めをしてるときに田中いう気のええ先輩がおった。齢が五十近いのにハコ長でもないし、前任は曽根崎《ネソ》署の防犯課で風紀担当やったというから、明らかに左遷や。おかしいとは思わんか」

「なにかあったんですかね」

「飲んだときに訊いたんや。そしたら、ぽつりぽつり口を開いた。田中は賭博ゲーム機汚職事件に噛んでた」

「それって、聞いたことあります。府警本部長が自殺したんですよね」

「事件が発覚したときは警察大学校長やったな」

一九八二年当時、大阪の繁華街ではポーカーゲーム機を違法改造し、客に現金を賭けさせる喫茶店やゲームセンターが多かった。この摘発情報を業者に流したとして曽根崎署の巡査長や元上司、高石署や西成署の警察官七人が逮捕され、賄賂の総額は二千万円以上にのぼった――。「最終的に、処分を受けたんは百二十四人もおった。田中は処分されんかったけど、調べは受けた」

「なんと、そんなにひどい事件やったんですか」

「田中がおもしろいことというてた。ゲーム喫茶にガサに入ったとき、腐れの刑事《デカ》どもが最初にすることは、ゲーム機の賽銭箱を開けて中の金をポケットにねじ込むんやとな。田中はちがうというてたけど、腐れ刑事のひとりやったんやろ」

「黒歴史ですね。大阪府警の」

「伝えていかんとあかんのや。わしらが退職したら、その黒歴史を語る警察官《サツカン》もおらんようになる」

コーヒーが来た。玉川はカップにミルクを落とし、砂糖を三杯も入れて、

「このあと、たーやんとわしは島之内へ行く。それから、祇園や」

「祇園は、地方《じかた》のかづきさんですよね」

「昼間のうちに行ったら、座敷には出てへんやろ」

玉川はコーヒーをすすり、スマホを出して画面をタップした。

「――あ、わしです。調べて欲しいんですわ。――祇園の地方で、かづき。三味線、弾いてます。――かづきは大迫が認知した子の母親ですねん。――そうです。これから京都へ走りたいんですわ。――はい、待ってます」

玉川はスマホをテーブルにおいた。「うちの班長や。てきぱきしてる」

「誰でしたかね」箕面北署の暴犯係長だろう。小柄で度の強そうな黒縁眼鏡をかけていた。

「松田理《さとし》。わしは理さんと呼んでる」

松田は五十前に見えた。玉川より年下だろう。

「暴犯係は何人ですか」

「わしを入れて五人。所帯が小さい」

「島之内はなんですか」

「わしのSに会う」

Sとはスパイ――。情報提供者のことをいう。

玉川は上着のポケットから紙片を出した。二つ折りで、けっこう厚い。

「――ま、読め」

紙片を受けとった。A４のコピー用紙が五枚ほどか。表題は『八王子スーパー強盗殺人事件』とあった。

「スーパーナンペイ事件ですね」

「事件サイトの記事や。蛍光ペンで囲うてるとこだけ読んだらええ」

《――警視庁による正式な事件名は『大和田町スーパー事務所内けん銃使用強盗殺人事件』である。一般的には『八王子スーパーナンペイ事件』と呼ばれている。

――本件は1995年、7月30日夜、東京都八王子市大和田町のスーパーマーケット事務所内で発生したが、閉店後のスーパーマーケットを標的にした強盗殺人は前例がなく、一般市民を容赦なく殺害したことから、日本における銃器犯罪のターニングポイントともなった事件だといえる。

――7月30日21時17分ごろ、八王子市のスーパー「ナンペイ大和田店」の2階事務所に単独犯が侵入し、パート女性従業員（47）、アルバイト女子高生（17）、アルバイト女子高生（16）が射殺された。

――女子高生2人はたがいの右手と左手を粘着テープで縛られ、背中合わせにされていた。粘着テープで口を塞がれており、うつ伏せの状態で後頭部から一発ずつ撃たれていた。2人とも即死とみられている。

――女性従業員は縛られてはいなかったが、金庫のそばに横たわっており、額と頭頂部に銃口を押しあてられて2発、撃たれていた。即死だった。

――金庫の扉には銃弾の痕があった。被害者3人を威圧するためか、金庫内の現金に執着があったと思われる。

――犯人は夜間店長でもあるパート女性従業員を脅して金庫を開けようとしたのか、金庫扉には鍵が差し込まれたままだった。金庫内には週末の売上金、526万円が入っていたが、盗まれてはいなかった。

――本件スーパーは以前からセキュリティが甘いと、近所の住民のあいだでも評判になっていた。レジの現金を2階事務所に運ぶとき、いったん建物の外に出て外部階段を利用し、事務所に入って金庫内に現金を保管していた。

——事件当時、多摩地区周辺で夜間、閉店後のスーパーを狙った短銃強盗事件が多発しており、同じ犯行グループの関与も疑われた。

——「日中混成強盗団」のメンバーであった人物によると、防犯対策が甘くて強盗がしやすい資産家宅や会社事務所の情報が日本側から中国側に流されていたという証言もある。

——「ナンペイ大和田店」は1998年に廃業し、建物は解体されて、跡地は駐車場になっている。》

「なんとなく知ってはいましたけど、ほんまに凶悪ですね」

「似てるやろ。箕面の事件と」

「確かに。金庫は手つかずで、被害者は至近距離から射殺されてます」

テレビで取りあげられるだけの理由はあると思った。「このパートスタッフもそうやけど、女子高生ふたりが気の毒すぎます」

「鬼畜や。まさに前代未聞の凶悪犯やで」

「しかし、これだけの大事件が、なんで未解決のままなんですか」

「怪しいやつは何人も帳場にあがったけど、決め手がない。病死した日本人もおればカナダに強制送還された中国人もおる」

玉川は蛍光ペンの部分を指でさした。「わしが気になるのはここや。……防犯対策が甘くて強盗がしやすい資産家宅や会社事務所の情報が日本側から中国側に流されていた……。要は、情報屋が嚙んでたということっちゃ。それはまちがいない」

「情報屋はネタを売るだけで、あとはなにもせんのですか」

「普通は売るだけや。犯行後にアガリの何割かをもらうこともある」

玉川は詳しい――。

「ひょっとして、島之内のＳいうのは、情報屋ですか」

「ちがう。彫師や」

「彫師……」

「島之内は彫師の本場や。わしが知ってるだけで五人はおる」

彫師と聞いて腑に落ちた。墨を刺す裏社会の客からいろんな話が耳に入るのだろう。

「さすがに顔が広いですね、玉さんは」

「わしは暴犯が長い。あちこちに腐れ縁がある」

この男はＳを何人くらい抱えているのだろう――。思ったが、訊かなかった。叩き上げの刑事ほど、その種の質問を嫌うし、まともに答えることはない。

「ちょうど十年前や。帝塚山の金券ショップ経営者宅強盗殺人事件、知ってるか」

「ああ、ありましたね。あの犯人は放火もしたんやなかったですか」

「これがそうや」

玉川はまた、五枚ほどのコピー用紙を出した。「読んでみい」

テーブルにおかれたコピー用紙を、舘野は手にとった。ところどころに蛍光ペンが引かれている。

《――２０１１年６月13日午後３時ごろ、星野克美（当時58）は大阪市住吉区帝塚山の金券ショップ経営者、山本洋司さん宅のベルを宅配業者を装って鳴らし、山本さんの妻Ａさん（当時63）に１階玄関ドアを開けさせた。星野はＡさんに刃物を突きつけて脅し、邸内に押し入った。

――星野はAさんの両手首を布製粘着テープで縛り、眼にもテープを貼り付けて自由を奪った。そうして邸内を物色し、現金約40万円や外国製高級時計5個、ダイヤモンドなどの指輪7個、貴金属10点など、時価にして約880万円相当を奪った。

――星野はその後、2階の夫婦の寝室で命乞いをするAさんの首を電気掃除機のコードで絞め、窒息死させた。殺害後、Aさんの遺体がある2階寝室と1階居間に塗料用シンナー約5リットルを撒き、ライターで火をつけて逃走した。そのため、山本さん宅の延べ約200平方メートルが半焼した。

――放火後、星野は勝手口から外に出て車で逃走した。この車が付近の防犯カメラに捉えられていたが、14日深夜、羽曳野市の石川河川敷で炎上しているところを発見され、車内からはシンナーとみられる油分が検出された。その後の調べで、車は盗難車であり、シンナーは松原市の塗装業者の倉庫から盗まれたものと判明した。

――7月、星野は時計や宝飾品を東京都内の宝石商に偽名で売却し、同月、フィリピンに出国している。

――捜査は難航した。特別捜査本部は延べ1万人以上の捜査員を投入し、山本さんの関係者など計1500人以上から事情聴取したが犯人逮捕につながる有力情報は得られなかった。遺留品からも捜査の突破口になるような情報は得られなかった。

――8月20日、星野はフィリピンから帰国した。事件で得た金をほとんど使い果たしており、また捜査が進展していないことを知って安心したのか、星野は9月ごろから「お悔やみ泥棒」をはじめた。これは、新聞のお悔やみ記事を見て、通夜、葬式で留守中の遺族の家を狙う手口だった。星野はこの手口で空き巣を繰り返し、約15件、計3千万円以上を盗んだが、12月18日、死亡した夫の通夜会場に出かけていた摂津市内の高齢女性宅に侵入したところを、張り込んでいた警察に現行犯逮捕された。

――星野逮捕が報じられた翌日、知人を名乗る大阪市在住の男性から「星野が帝塚山強盗殺人事件について詳しい」との情報が寄せられた。この男性は星野と同じ刑務所に収監されていた時期があり、星野が「出所したら大きなことをやる。家族に見つかったら殺して火をつけてでも逃げる。殺すのは掃除機のコードで首を絞めるのがいい。あとで本体に収納されるから」などと話していたといい、実際の犯行手口と共通している部分が多かった。警察は星野を追及し、星野は帝塚山強盗殺人事件の犯行を自白した。

――星野が山本さんの仕事や自宅住所を知ったのは、その後の調べで情報屋が介在したためとされたが、その情報屋を特定するまでには至らなかった。》

「ナンペイ事件もひどいけど、この星野いうやつも鬼畜やないですか」

「わしもそう思たから、一課に警電を入れた。星野の調べをした部屋長が花園署に異動してたから、詳しい話を訊いたんや」

玉川は紙片を折ってポケットにもどした。「星野には前科があった。尼崎の強盗致傷で十五年の刑や。二〇一一年の三月に仮出所して三カ月も経たんうちに、この事件を起こしよった」

星野は一審で死刑を求刑されたが、判決は無期懲役だった。検察、弁護側が共に控訴し、最終的に無期懲役刑が確定した――。

「摂津で逮捕したんは、邀撃《ようげき》ですか」

「邀撃や。新聞の死亡記事に出た薬品会社相談役の家と周辺に三課の刑事が五人、張り込んでた」

邀撃捜査とは、犯罪が起きそうな地点などに予め私服警察官を配置し、犯人を逮捕することをいう。

「その相談役の家から出てきた星野を五人の刑事が囲んだ。星野は観念するどころか死にもの狂いの大暴れをして、腕を嚙みつかれた刑事は三針も縫うたそうや」

「そこまで強《したた》かなやつが、よう自白しましたね」

「星野を落とした決め手は三つあって、ひとつは東京の宝石商が星野の顔をはっきり憶えてたこと。もうひとつは星野の乗りまわしてた偽造ナンバーつきの盗難車のクラウンが事件二日前と事件当日に現場付近を走行して防犯カメラとNシステムに捕捉されてたこと。あとひとつは星野がマニラ市内で同居してた女に、山本さん宅で強奪した腕時計とルビーの指輪をプレゼントしてたんや」

「そら自白せんでもアウトですわ」

「わしは星野に訊きたかった。金券ショップ経営者の情報をどこで入手したかをな」

「星野が収監されてる刑務所は」

「徳島刑務所やった」

「徳島からどこかに不良移送でもされたんですか」

「あの世に移送されよった」四年前の夏、食道ガンで死んだという。

「ケリをつけよったんですね」

「花園署の部屋長もいうてた。出所して三カ月も経たん星野が強盗の標的《まと》を知るには情報屋からネタをとるしかないと。……けど、星野は頑として口を割らんかった。情報屋に関してはな」

「なんか、義理でもあったんですか、情報屋に」

「部屋長がいうには、金に困ってた星野が情報屋に接触して、成功報酬の金だけ先に受け取ってたんやないかということや」

「それって、強盗教唆ですよね」

「分からん。いまとなってはな」

玉川はコーヒーを飲んだ。「どえらい甘いわ」

「砂糖が底にたまってたんでしょ」

「わしはな、角砂糖が好きや」

「そうですか」

「角砂糖をスプーンにのせてコーヒーに浸ける。下から溶けて崩れる。それをボーッと眺めてるのがええ」

「角砂糖を知る最後の世代が我々ですかね」

「そうか。いまどきの若い者《もん》は角砂糖を知らんか」

「コーヒーシュガーいうのもありましたね」

「あったな。ちょっと茶色やった」

そこへ、玉川のスマホが鳴った。

「――はい、玉川です。――はいはい、ちょっと待ってください」

玉川はメモ帳を広げた。「――置屋は『さえき』ですね。――かづきの住所と電話は。――了解です。このあと、ミナミに寄ってから祇園に行きます」

玉川は伝票をとって席を立った。舘野は冷めたコーヒーを飲みほして、あとにつづいた。

6

島之内――。堺筋周防町《すおうまち》から東へ三百メートルほど行った東横堀川近くのコインパーキングにフィットを駐めた。辺りはテナントビルや倉庫、こぢんまりしたマンションや民家が建ち並ぶ下町だ。

「彫師と話をするのは初めてですわ」

「びっくりするなよ。ドンブリや」

「なんです、ドンブリて」

「首から足首まで、総身に刺しとる」

「背中や尻も、自分で刺すんですか」

「まさか、それはない。見えんとこは知り合いの彫師に頼むんや」

「名前は」

「彫甚《ほりじん》。和彫りや」

「気難しいですか」

「よう喋る。鶏ガラみたいな男や」

「痩せてるんですか」

「痩せてはないな。肥えとる」

「鶏ガラいうのは」

「喋ったことから出汁《ダシ》がとれる」

「それはいいですね」

「性根はあかん。極道や」

若いころは川坂会系四次団体で覚醒剤の売人をしていたが、逮捕されて六年の刑を受け、出所後に組を抜けたという。

「ほな、行こ」

玉川は車を降りた。

コインパーキングにほど近いお好み焼き屋の前で玉川は立ちどまった。

「彫甚の顔を見たら分かるけど、肌がカサカサで目尻のあたりが黒ずんでる。シャブ焼けや。そこはいわんようにな」

「分かりました」

玉川のSを逮捕したら洒落にならないだろう。

油で煤けた暖簾をくぐって店内に入った。赤いトレーナーの中年女が鉄板の向こうに座っていた。

「あら、玉川さん」

「こんちは」

「はい、こんにちは」にこやかに女はいう。愛想がいい。

「甚さんは」

「いてます」

「いま、ええかな」

「どうぞ。朝から暇にしてるし」

店の奥の上がり框から畳の部屋にあがった。玉川は慣れたふうに隣の部屋のドアを引く。肥った五十男が背もたれのついたクッションにあぐらをかいて、テレビを見ていた。

「久しぶりやな」

玉川を振り仰いで、彫甚はいった。「そこらに座って」

「この男は相勤の舘野。いっしょに話を聞きたいんや」

玉川は座布団を探してドアのそばに腰をおろした。舘野は玉川の隣で正座する。

「行儀のええ兄ちゃんやな」彫甚はテレビを切った。

六畳間はものが溢れている。壁一面に刺青の図案、長押《なげし》の上に神棚と福笹、その下に和箪笥、棚には絵具、障子の手前には客用の布団が敷かれ、その足もとには絵皿や針をのせた道具箱——。舘野の行儀がいいのは、そこにしか座る空間がないからだ。

「昨日、留守電に入れといたけど、聞いてくれたか」玉川がいった。

「ああ、聞いた」

彫甚はうなずいた。「どえらい事件やのう」

「なにも、うちの管轄でやらんでもよさそうなもんやで」

「ええがな。でかい事件は手柄になるんやろ」

「七十人も刑事《デカ》がおったら、手柄もくそもない」

「七十人はすごいの」

「初動捜査ではな」

「おれが知ってる情報屋は三人や。というても、ネタを売るだけで食えてるやつはひとりもおらん」

「ま、そうやろな」

「ひとりは金融や。金に困ってる中小企業のおやじに金主を紹介してる」

「もうひとりは」

「不動産情報やな。どこそこの会社が左前になって自社ビルが売りに出そうやとか、資材置場の土地を担保に金を借りたいとかや。こいつは情報屋やけど地面師ともつるんどる」

「あとひとりは」

「こいつが玉やんにぴったりかもしれん。上海生まれの半グレや」

「上海生まれ……。中国人か」

「帰国子女とかいうやつや。通り名はジャッキー中井。親父が『カンガルー』の支社長で、中学の途中まで上海で育った。齢は三十すぎやろ」

「むかし、『カンガルーミシン』いうのがあったな」

「それや。二十年ほど前に潰れた」

　会社が倒産して、家族ともども帰国したという。「ジャッキーは上海語がペラペラや。どういう経緯で裏社会の住人になったかは分からんけど、不良中国人には名前がとおってる」

「中井に会うたことあるんか」

「ない。おれが墨を入れた極道の知り合いや」

「中井のシノギは」

「オレ詐欺の半グレどもに上海のハコを世話してるらしい」

「上海のハコ？」

「マンションや事務所ビルの一室や。そこに闇サイトで集めた日本人を送り込んで、日本の年寄りに詐欺電話を掛けさせる。ジャッキーは掛け子の出入国や飛ばし携帯やらの道具類も段取りしてるみたいやな」

「情報屋、道具屋、段取り屋……。オレ詐欺のプロデューサーやないか」

「オレ詐欺の半グレどもに金主も紹介してるみたいや」

「そら、裏の金持ちどもに詳しいはずやな」

　玉川はうなずいて、「中井のヤサは」彫甚に訊いた。

「鶴橋。『明徳』いう街金の事務所に居候してるらしい」

明徳の住所と電話番号は知らない、と彫甚はいった。

「分かった。鶴橋に行ってみよ」

玉川は彫甚に礼をいって立ちあがった。


コインパーキングへ歩いた。

「たーやんはオレ詐欺に詳しいんか」

「特殊詐欺対策室におる同期がオレ詐欺や還付金詐欺のことを教えてくれるんです」

「オレ詐欺の金主て、どういう人種や」

「素っ堅気はいてませんね。大物ヤクザ、企業舎弟、密接関係者……」

「大迫は詐欺師や。詐欺師がオレ詐欺の金主やったら、違和感はないな」

「ないですね」

駐車料金を精算して車に乗った。玉川は今里署の生安課に知り合いがいるといい、電話をして『明徳』の所在を訊いた。

「――鶴橋の四丁目や。韓国会館の向かいに参鶏湯《サムゲタン》屋がある。そのビルの三階や」

「了解です」

生野区の韓国会館をナビに入力し、コインパーキングを出た。

「大迫は金主やったんですかね」

特殊詐欺の金主はひとりではなく、複数が組んで実行グループに投資している例が多い、と玉川にいった。

二時半――。韓国会館の近くでナビの案内が終了した。道路の向かい側に参鶏湯の店が見える。付近に駐車場はない。コンビニのパーキングに車を駐めて外に出た。

「たーやんは参鶏湯、好きか」

「食うたことないです。そもそも、どういう食い物か知りません」

「丸ままの鶏の中に糯米《もちごめ》と高麗人参やらニンニクやらを詰めて煮込むんや」身体が温まる薬膳料理だと玉川はいう。

「美味いんですか」

「鶏は好かん」

「焼き鳥も？」

「外では食う」

家で焼き鳥を食う人間はそう多くないだろう。

参鶏湯ビルに入った。エレベーターはない。階段で三階にあがった。

廊下の左、ライムグリーンの鉄扉に《明徳》とプレートが挿してあった。

「看板もなしに客が来るんですかね」いかにも胡散臭い。

「ネットの広告とブローカーの紹介やろ。この手の街金はな」

玉川はドアをノックした。返事が聞こえた。

玉川につづいて中に入った。事務所はけっこう広い。手前に応接セット、その向こうにスチールデスクが四つと黒いスーツの男、奥の木製デスクに薄茶色のジャケットの男がいた。

「はい、いらっしゃい」

黒スーツがいった。立とうともしない。「ご予約は」

「客やないんですわ」玉川は手帳を提示した。

「警察？」

「そう、警察。箕面北署の玉川です」

「そちらさんは」

「相勤の舘野といいます」

「警察がなんの用でっか」

「こちらにジャッキー中井いうひとがいてますよね」玉川がいった。

「中井はうちの人間とちがいまっせ」

「それは知ってます。中井さんは」

「いま、出てます」

「どこへ」

「知りまへん」

「いつ、もどります」

「さぁね。今日か明日か、明後日か……。中井の番はしてまへん」

舐めたものいいを黒スーツはする。齢は三十すぎか。もうひとりの肥った男は五十すぎだろう。

「中井さんの机は」

「机なんかあったかな」

「な、兄ちゃん、名前は」玉川の口調が変わった。

「なんで、おれが答えんといかんのや」

「次はガサ状を持ってくる。あんた宛のな」

「あほぬかせ」

「ガサは怖いぞ。刑事が十人は来て、この事務所をひっかきまわす。押収した物《もん》は二、三カ月、預かるから、そのつもりで待っとけ」

玉川はいって、踵を返した。

「ちょっと待ちぃな」

声をかけたのは、奥のデスクのデブだった。「中井には連絡がつく」

「そうか。ほな、連絡してくれ。箕面北署の玉川さんが話を訊きたがってる、とな」

「話はどこでするんや」

「ここでする。ここに呼んでくれ」

「それは迷惑やのう。仕事の邪魔や」

「邪魔やと思うんやったら、さっさと呼べや。さっさと済まして帰るがな」

「おい、電話せい」

デブは黒スーツにいった。黒スーツはスマホの画面をタップする。少し話をしてスマホを離した。

「いま『もみのき』です。十分でもどりますわ」と、デブにいった。

「『もみのき』いうのは」玉川が訊いた。

「喫茶店《さてん》や」黒スーツは舌打ちする。

「中井は喫茶店からもどるのに明日、明後日までかかるんかい」

「冗談やがな。洒落の分からんおっさんやのう」

「中井は街金の手伝いもしとんのか」

「街金？　消費者金融会社というたれや」

明徳は大阪府に貸金業登録をし、登録番号もあるという。

「客層は」

「小口も大口もある」

「あんたみたいなガラのわるそうなんが小口金融したら、客が寄りつかんで」

「やかましわ。余計なお世話じゃ」

「小口客には正規の金利で貸し、大口客には系列の闇金を紹介してるんとちがうんかい」

「ええ加減にせぃよ、おっさん。うっとうしいぞ」

「うっとうしいついでに、もういっぺん訊こ。中井は手伝いをしとんのか」

「そら、するやろ。ここに机を置いてるんやから」

「中井は情報屋か」

「なんやと、こら」

「おまえ、よう凄むな」

玉川は笑った。「名前、教えてくれるか」

「…………」黒スーツは眼を逸らした。

「刑事さん、もうええやろ」

デブがいった。「外せ」と、黒スーツに向かって手を振る。黒スーツはうなずいて腰をあげ、事務所を出ていった。

「すんまへんな。あいつは血がのぼりやすいんですわ」

「興奮しやすいやつは、込みをかけるのに都合がええんやけどな」

玉川はソファに腰をおろした。舘野も並んで座る。

「おたく、名前は」

「徳永、いいます」

「こっちに来たらどうや、徳永さん。話がしにくいやろ」

玉川は手招きしたが、徳永は無視して煙草をくわえた。

「中井のフルネームは」

「ジャッキー中井」

「本名を訊いとんのや」

「本名は知らんな。訊いたことないし」徳永は煙草を吸いつける。

「中井は明徳の社員かいな」

「事務所を借りる金がないいうから、デスクを置かしてやってるだけですわ」

「あんたのメリットは」

「中井はブローカーです。不動産業界に顔が広いから、客を拾うてくる。……うちは不動産担保の金融をやってます」

「ブローカー、つまり情報屋ですな」

「そうともいえますな」

「中井は金主も引っ張ってくるんかいな」

「金主、いうのは」

「街の金融会社は自前の資産が少ない。金主から資金を調達して客に貸す。その貸し金と借り金の利息の差が、おたくらの利益になるというわけや」

「えらい詳しいな、え」

「わしはな、もう二十五年もやってるヴィンテージもんの刑事なんや」

「そら、お見逸れしました」徳永は天井に向けてけむりを吐いた。

「中井は上海語がぺらぺらか」

「いやぁ、あれは大したもんや。北京語もできるから、中国人に金を貸すときは中井に通訳させます
ねん」在留カードと定収入のある外国人には金を貸す、と徳永はいった。

「徳永さんよ、あんたの知り合いに外国人ギャングはおるか」

「いきなり、なんや。んなもん、おるわけないやろ」

「ほな、明徳の客に外国人ギャングは」

「あのな、ギャングに金貸して、どない回収するんや。トカレフで撃たれるがな」

なにがおかしいのか、徳永は笑い声をあげた。海千山千の古狸は余裕がある。

「おたくら、中井に会いたい理由はなんなんや」

革張りの椅子に片肘をつけて、徳永は訊く。「中井はなんぞ、わるさでもしたんかい」

「わるさはしてへん。話を訊きたいだけや」

「あんた、箕面北署とかいうたな」

「ああ、そうや」

「ひょっとかして、あれか。箕面の射殺事件やな」

「そこはノーコメントにしとこ」

玉川は小さく首を振って、「わしらは外国人ギャングについて、ネタを集めとんのや」

「ワイドショーでやってたな。八王子のスーパーの事件」

「似てるという説はある」

「あの事件は外国人の仕業か」

「それは分からん」

「箕面の事件もそうなんか」

「どうやろな……」

「あれはギャング団が強盗に入ったんやろ。そやのに、金庫はそのままらしいな。……腹いせで撃ち殺したんか」

「ま、いろんな意見はある」

「ほんまは大金を奪《と》られたんやろ」

「あんた、よう喋るな」

「えらそうにいうなや。ひとの事務所にずかずか入ってきて」徳永は気色ばんだ。

「教えてくれ。中井の連れに中国人ギャングはおるか」

「知らん、知らん。中井に訊かんかい」

「さっきの質問や。中井が引っ張ってきた金主の中に、大迫健司いうのはおったか」

「なにをいうかと思たらそれかい。大迫は箕面の事件で殺された男やないか」

「金券ショップの経営者で、山本洋司さんいうのはどうや」

「何者《なにもん》や、それ」

「星野克美いう男はどうや」

「知らんな」

徳永はクリスタルの灰皿で煙草を消した。「その山本と星野いうのは、ギャング団のボスかい」

「いや、知らんのやったらええんや」

そこへ、ドアが開いて男が入ってきた。長身、茶髪に黒のキャップ、グレーのジップパーカにクラッシュジーンズといったラフな格好だ。

「あんたか、ジャッキー中井さん」

「………」男は答えず、「なんの用だ」

「教えて欲しいことがあるんや。あんたを情報屋と見込んでな」

「誰に聞いて来た」

「それはいえん」

「じゃ、おれは情報屋じゃない」

「ま、座ってくれ」

玉川はソファを掌《て》で示した。中井は仏頂面で腰をおろした。

「わしは箕面北署の玉川。こっちは舘野。よろしゅうにな」

「………」中井は反応しない。

「本名、教えてくれるか」

「なにを考えてんだ。訊かれたら答えると思ってんのか」

「協力を求めとんのや、中井さん。あんた、善良な市民やろ」

「そう、おれは善良だ」

中井は玉川から視線を離さず、ソファにもたれて足を組み、煙草を吸いつけた。「――でもな、警察は嫌いなんだ」

「好き嫌いは訊いてへん。本名を訊いてるんや」

「うるせえな。調べろや。刑事だろ」

「おい、教えたれ」

徳永がいった。玉川と舘野を見る。「また来よったら、めんどい」

「翔太だ」投げるように中井はいった。

「中井翔太な……。齢は」

「三十四」

「家族は」

「いねえよ」

「名刺、くれるか」

「いい加減にしろよ」中井は玉川を睨《ね》めつける。

「一昨日の箕面の強盗射殺事件、知ってるよな」

「ああ……」

「あの被害者の情報が犯人側に流された可能性がある。……耳に挟んだことはないか」

「ないね」

「ちょうど十年前、帝塚山で金券ショップの社長の家に賊が押し入って、社長の奥さんを殺した事件、知ってるか。……賊の名前は星野克美。星野は現金のほかに腕時計や宝飾品、九百万円相当を奪《と》った上にシンナーを撒いて放火した」

「その事件は憶えてるよ。おれはてっきり、チャイニーズマフィアがやったと思った」

「そう思った理由は」

「いくら口封じでも女を殺すか。火を点けるか。やることが荒っぽすぎる」

「ところが、犯人は日本人やった……。読みがちごたか」

「かもな」

「けどな、星野に金券ショップの社長の情報を売ったやつは分からず終いやった」

「情報屋がいたのか」

「おった。それはまちがいない」

「情報屋は黒衣《くろこ》だ。黒衣が表に出たらプロじゃない」

「そういうあんたも情報屋やろ」

「おれはな、ヤバい筋とはつきあいがねえんだよ」

「つきあいはのうても、不良中国人には名前がとおってるそうやないか」

「ばかいえ。どこで聞いたんだ」

「オレ詐欺グループともつきあいがあるらしいな」

「な、おっさん、喧嘩を売りに来たのか」

「オレ詐欺の半グレどもに金主も紹介してるんやろ」

「ばか野郎。ざけんな」

中井は喚いた。「失せろ。くそ野郎が」

「ばか野郎に、くそ野郎……。誰にいうとんのや」

「…………」中井は舌打ちした。

「失せる前に、もういっぺんだけ訊こ。正直に答えてくれ」

玉川は中井を見据えた。「箕面事件の被害者を知ってるか」

「知ってるよ。あれだけの大ニュースだ」

「被害者は大迫健司。大迫が殺される前に名前を知ってたかと訊いとんのや」

「それを答えたら、二度と来ないと約束しろや」

「おまえの答えが納得できたらな」

「大迫のことは知ってたよ。有名人だ」

「どう、有名人なんや」

「過払い金請求の大阪ミリアム。広告代理店のティタン。大迫は大阪ミリアムとティタンの黒幕だ」

「さすが情報屋やな、え。大迫のシノギはまだニュースに流れてないぞ」

「大迫の名が出たときにぴんときたよ。やられたなって」

「なんで、ぴんときたんや」

「だから、大迫は裏社会の住人に狙われてたんだ。稼いだ金を隠してるってこともな。それも五億、十億、下手すりゃ二十億だ。まともに稼いだ金じゃないから、銀行には預けずに、箕面の家の地下に隠し部屋を造って、ばかでかい金庫を置いてるって噂だった」

中井は一気にいって、「教えてくれや。大迫はいくら奪られたんだ」

「どうやろな。それをいうたら、わしの首が飛ぶんや」

玉川は聞き耳をたてている徳永に眼をやって、「あんたも大迫のことを知ってたんか」

「…………」徳永はわざとらしく、空あくびをした。

玉川は中井に視線をもどした。

「大迫を狙うてたやつを知ってるか」

「しつこいな。知らねえよ」中井は大袈裟にかぶりを振った。

「大迫のネタを不良中国人に流したか」

「ばかか、おっさん。寝言は寝てからいえや」

中井はまた煙草を吸いつけた。「チャイニーズマフィアもフィリピンマフィアも、半グレもヤクザも、みんな知ってたよ、大迫のことはな」

「知らぬは大迫ひとりということか」

「金儲けの巧いやつはな、世間を舐めてんだよ。だから、ガードも緩くなる。悪の栄えた例《ためし》はないんだ」似合わないセリフとけむりを、中井は吐いた。

「おまえ、オレ詐欺の半グレどもとつきあいがあるらしいな」

「おもしろいな、あんた」

「半グレどもに金主を紹介してるんやろ」

「あんた、オレ詐欺に詳しいのか」

「けっこうな」

「その割にはネタが古いな」

「どう古いんや」

「むかしはどうだったか知らないがな、いまの時代は金主がオレ詐欺グループを求めてんだよ。金主がオレ詐欺グループの優秀なリーダーをスカウトして投資したら、何倍にもなって返ってくる。……そう、いまどきのヤクザの幹部連中で羽振りがいいのは、シャブを大きく扱ってるやつか、デカいオレ詐欺グループを持ってるやつなんだ」

「んなことは、おまえの講釈を聞かんでも分かってる。わしが知りたいのは大迫や。大迫とオレ詐欺グループのからみはどうなんや」

「それはないな。少なくとも、おれの耳には入っていない」

「大迫の名前はタタキの標的《まと》として流れてただけか」

「そういうことだ」

「外国人ギャングの拳銃を見たことあるか」

「ないね」中井はにやりとした。「大迫は額を一発、撃たれたんだろ」

「どうやろな」

「ヒットマンが至近距離で使うのは22口径か25口径のリボルバーだ」

「見たことがありそうやな、え」

「ない、ない」中井は手を振った。

「最後に訊こ。おまえのシノギはなんや」

「コンサルタントかな」嘲るように中井はいう。

「食えるんか、コンサルタントで」

「食ってるよ。あんたの安月給よりは上だろ」

「オレ詐欺グループの便利屋とちがうんかい」

「嫌味をいいに来たのか」

「なんで、ジャッキーなんや」

「ジャッキー・チェン」

「似てるな」

「そうだろ」

「頭が大きい」

玉川は肘かけに手をついて腰をあげた。舘野も立つ。

「また、来るわ」

「ばか、いえ」

中井はわざとらしいためいきをついた。

参鶏湯ビルを出た。車を駐めたコンビニへ歩く。

「外れやったな」

「ええやないですか。行く先々で手がかりをつかむのは、ドラマの刑事《デカ》です」

「ま、しかし、ギャングどものあいだで大迫が有名人やったことは確認した。大金を箕面の家の金庫に隠してる、いうのもな」

「この事件《ヤマ》は怨恨やないですね」

「九割方、流しの犯行や。それも入念な下調べをした上でのな」

「中井は大迫を狙うてたやつを知ってますね」

「それはまちがいない」

玉川はうなずいた。「けど、狙うのと実行するのは別物《べつもん》や。いまは日本中の情報屋と外国人ギャングが事件の噂をしてるやろ」

コンビニに着いた。舘野は車に乗る。玉川は店内に入ってガムを買ってきた。

「要るか」パッケージを切る。

「いただきます」

一枚もらって口に入れた。「次は祇園ですか」

「阪神高速から名神やな」

玉川はナビに触れた。

京都、四条通を東へ行き、鴨川を渡ったのは四時半だった。

「この突き当たりが八坂神社。東山通を北へ行ったら梅本町や」

ナビを見ながら、玉川がいう。「新門前通の一方通行を左に入ってくれるか」

「了解です」地方《じかた》のかづき——森下康子には鶴橋から電話をして、訪問することを伝えている。

玉川の指示通りに走った。新門前の一帯は古美術店街だった。

「それやな。『ハイツ梅本』」

玉川が指さしたのは小路から少しセットバックした三階建の小さなマンションだった。

玄関前の車寄せにフィットを駐めた。玉川が降りて建物内に入り、すぐに出てきた。

「ここや」メールボックスの202号室が《森下》だったという。

舘野も車外に出た。エントランスに入り、エレベーターがないから階段で二階にあがる。

玉川が202号室のインターホンを押した。返事があってドアが開く。顔をのぞかせたのは、髪をひっつめにした長身の女だった。

「こんにちは。箕面北署の玉川といいます」玉川は手帳を提示した。

「舘野といいます」舘野も手帳を見せて頭をさげた。

「どうぞ。お入りください。狭いとこどすけど」

「失礼します」

部屋に入った。香を焚いているのか、ほのかなハーブの匂いがする。廊下の上がり口にスリッパが二足、そろえられていた。

リビングにとおされた。広くはないが、ソファもキャビネットもカーテンもシンプルで、照明は天井埋め込みの白熱電球だ。不粋なテレビがないのもいい。

「きれいにしてはりますね」玉川も部屋を見まわしてそういった。

「娘とふたりだけどすさかい」

かづきはほほえんだ。「どうぞ、おかけください」

玉川と舘野は並んでソファに腰をおろした。

「娘さんは」

「いま、教室どす」ピアノを習っているという。

「お母さんが三味線で、娘さんがピアノですか。けっこうですね」

「菜央《なお》はピアノが好きなんどす」

「菜央ちゃんはおいくつですか」

「十歳どす」小学校の四年生だという。

「お母さん似ですか」

「そうどすね。どちらかというたら」

「ほな、美人ですわ」

「おおきに」

かづきは小さく頭をさげた。色が白い。目もとがくっきりしている。間近で聞く花街言葉が舘野には新鮮だった。

「かづきさん、舞妓の経験は」

「いえ、してしまへん。うちがお座敷に出たんは二十歳《はたち》のときどした」

「地方さんはお茶屋に所属してるんですか」

「お茶屋やのうて、置屋どす。うちは『さえき』でお世話になってます」

「置屋には舞妓と芸妓もいてるんですか」

「ま、そうどすね」『さえき』には舞妓がふたりいる。舞妓は住み込みだが、芸妓は自前だという。

「自前というのは」

「置屋やお茶屋から電話をもろて、お座敷に呼ばれるんどす」

芸妓には〝立方《たちかた》〟と〝地方〟がいる。うちは個人事業主どす、とかづきはにこやかにいった。

「かづきさんは地方になって、どのくらいです」

「もう二十年どす。あっというまどすね」

玉川の話は巧い。自然に情報を得ていく。

「これからは、ちょっと訊きにくいことを訊きますけど、堪忍してください」

「へえ、よろしおす」かづきは膝の上で手を組んだ。

「大迫さんとは、いつからのつきあいでしたか」

「さぁ、十四、五年前どすやろか。お座敷でお会いしたんがはじめてどした」

大迫が祇園で遊ぶときはいつもお呼びがかかったという。「——いつのまにやら、そんなことになりました」

「不粋な質問ですけど、このマンションは」

「へえ、あのひとに……。菜央が生まれましたさかい」

「大迫さんがこのマンションに来るのは」

「月に二、三回どす」

泊まって帰ることが多いといった。「あのひとが来たら、菜央がよろこぶんどす」

「優しいお父さんやったんですな」

「へえ……」はじめて、かづきの表情がくもった。

少し間をおいて、玉川は口をひらいた。

「立ち入ったことを訊きます。大迫さんから菜央ちゃんに贈与の話はなかったですか」

「贈与いうのは……」

「たとえば、菜央ちゃんの保護者であるかづきさんに、大迫さんが銀行の通帳とか、貸金庫のカードを預けたというようなことは」

「へえ、ありました」かづきはうなずいた。

「それはいつですか」

「そうどすね、四年くらい前どしたか……」

ティタンが倒産する前だ。大迫が娘の長谷川柚季に貸金庫のカードとキーを送ったのも、そのころだった。

「預かったんは通帳でしたか、貸金庫のカードでしたか」

「貸金庫のカードとキーどした。暗証番号も」

「銀行は」

「三協銀行どす」東山三条支店だという。

「貸金庫の中身は」

「いわんとあかんのどすか」やんわりと、かづきはいった。

「いや、強制やないけど、教えてもろたらありがたいです。……捜査報告書にはあげますけど、税務署にはいいません」

「金どす。蒲鉾板みたいな」

「一キロの延べ板ですね」

「そうどす」

「何枚ですか」

「二十枚どす」

「延べ板に刻印はありますか」

「のっぺりしてます。……本物どすか」

「本物です。大迫さんは大阪の銀行の貸金庫にも金地金を預けてます」

「刻印のない金て、売れますやろか」

「もちろん、換金できます」

「どこに持って行ったら……」

「大手の貴金属店やったら買うはずです。もちろん、金の純度は調べるやろけど」

金塊は密輸品だと、玉川はいわなかった。

「おおきに。安堵しました」

「大迫さんから、身辺を狙われてるとか、不審な人物がいるとか、犯罪に巻き込まれそうな話を聞いたことはなかったですか」

「ありまへん。あのひとは仕事のこともいわしまへん」

そのとき、玄関のほうでドアの開く音がした。かづきは壁の時計を見あげて、

「従妹どす。今日はわたし、六時からお座敷やさかい」

仕事で外に出るときは、従妹に娘を見てもらっているという。

「そら、すんませんでした。お忙しいのに」

玉川は頭をさげて立ちあがった。舘野も立つ。

廊下で挨拶をした従妹も、かづきに似た美人だった。


部屋を出た。

「はじめて、どす、を聞きました。いいですね、花街言葉」

「日本中で京都の花街だけは残るというな」

玉川は階段を降りながら、「かづきは金塊を売ってへん。毎月のお手当てをもろてたんやろ」

「その財源が消えましたね」

「とりあえず一億四千万円の養育費は残った」

「大迫の遺産は一億四千万どころやないです」

「この相続は揉めるで」大迫の元妻が表に出てくるだろう、と玉川はいう。

「大迫は生命保険にも入ってるでしょ」

「たぶんな。……受取人がかづきやったら、一生安泰や」

「お座敷遊びというやつを、いっぺんはしてみたいです」

「たーやんはできる。まだ若い」

「玉さんも若いやないですか」

「わしはよめはんも孫もおる。散財はできん」

「そうですか……」どう返していいのか分からなかった。

珍しく、夕方まで雀荘にいた。亮さんのひとり勝ちだった。

負け金と場代を精算して雀荘を出た。道頓堀へ歩きながら玲奈に電話をする。

——牧内です。

——いま、どこ。

——もうすぐ、会社です。

——で、今日は。

——だめでした。

——そうか。……じゃ、施錠して先に帰ってくれ。おれは遅くなる。

——分かりました。お疲れさまです。

電話は切れた。玲奈は無駄な話をしない。

宗右衛門町——。馴染みの蕎麦屋に入った。

＊　＊

午後十時——。夜の捜査会議がはじまった。

「まず、家宅捜索結果から報告してくれ」

千葉が発言した。本部鑑識課の捜査員が立つ。

「大迫邸の一階、二階、ガレージ。家具類と三台の車を含めて捜索しました。前日に採取した煙草の吸殻のほかに遺留物等なし。採取指紋を大迫氏と手伝いの田嶋敬子さんのものと照合しましたが、注目すべき点はありません。また、毛髪等、ＤＮＡ鑑定に適するものの照合結果はまだ出ていません。庭と建物の周囲は警察犬を入れて捜索しましたが、これも土を掘り起こしたような痕跡はなく、不自然なところはなかったです。……犯人の侵入経路については、邸の東側が私道になっており、突きあたり付近の隣家と接する生垣の一部に青い葉が落ちて小枝が折れている箇所がありました。これにより、犯人は大迫邸東側の生垣から庭に侵入したと思われます。なお、侵入箇所付近から遺留物は採取しておりません」

「庭には池もありますが」後ろの捜査員がいった。

「池は魚とり網で水草を掬いました。胴付き長靴を穿いた捜査員が一名、池に入って捜索しましたが、鯉が二十四ほどいただけです」鑑識課員が答えた。

「以上の報告について質問は」

千葉は全員を見まわした。誰も挙手しない。

「ほな、次。地取り班」

箕面北署の強行犯係長が立った。

「まず、大迫邸周辺住民への込みですが、不審者等の目撃証言はありません。明日以降、男神山住宅地全域に対象を広げます。……また、遺留品について、大迫氏を椅子に縛りつけてた布製粘着テープと、両手小指に巻いてた結束バンドの出処は、付近のコンビニ、スーパー等に込みをかけましたが、現在のところ、不明です」

粘着テープは『モリシゲ電工』製で、近畿一円のホームセンター、金物店等で販売されており、『金井化成』製の結束バンドは百円均一ショップでも販売されているため、入手経路を特定することは困難だろう、と強行犯係長はいった。

「質問は」

千葉がいった。反応なし。「防犯カメラ」と、千葉はまた、強行犯係長を促した。

「男神山一帯の防犯カメラを検索して、計七件の映像データを検証したところ、なかにひとつ、気になるものがあります」

強行犯係長はそこで言葉を切り、テーブルのファイルを手にとった。「これは複数のカメラに撮られてますが、十月三日十九時十五分ごろ、男神山住宅地内の二車線の道路をポンプ場のほうにあがっていくカローラセダンがありました。色は白。現行型のカローラです。……この二車線の道路は男神山の中腹を南から北に抜けて府道43号、豊中亀岡線につながってますが、男神山を越えた紅葉山山荘の防犯カメラに白のカローラが映ってないんです。男神山住宅地内にはほぼ碁盤目状に生活道路がとおってますから、走行車両が必ずしも防犯カメラに捕捉されるとは限りませんが、この二車線の道路を経由せんことには男神山地区を抜けることはできません。……そうして、三日の二十三時三分、白のカローラが二車線の道路を、今度は北から南へ走ったところを複数のカメラに捕捉されてます。……つまり、この白のカローラは十九時十五分から二十三時三分までの約三時間五十分、男神山住宅地にとどまっていたと推察されます」

「カローラのナンバーは」後ろの捜査員が訊いた。

「不明です」

「男神山の住人の所有車か、知人を訪ねてきた車やないんですか」

「男神山住宅地に現行型の白のカローラを所有してるひとはいません。また、住宅地内の住人を訪ねてきたという証言もありません」

強行犯係長は首を振り、講堂内はざわついた。

「防犯カメラのデータを科捜研に持ち込んで解析しました」

鑑識課員がいった。「あの大雨のせいで、カローラ内の乗員も人数も不明です」

「カローラを特定する方法《すべ》はないんですか」前の捜査員が手をあげた。

「なくはない」

千葉がいった。「Nシステムや。……三日の十九時以前と二十三時以降、府道43号、国道171号、国道176号、新御堂筋、万博公園周辺の府道1号等、現場周辺の主要道を走行した車両を対象に、捜査員十人がかりで白のカローラを絞り込んでる。目的は盗難届の出てるカローラや。対象車の台数が多いだけに、結果が出るまで、四、五日はかかるやろ」

千葉はつづける。「犯人《ホシ》が白のカローラに乗って大迫邸の下見に来た可能性もある。そこを頭に入れて調べにあたってくれ」と、全員を見まわした。

「被害者《ガイシャ》の生命保険はどうですか」右の捜査員が訊いた。

「名寄せをした。大和生命、アスカ生命、さくら生命の三社を合わせて七千万円や」

特段、多くはない。生命保険契約に奇異なところはなかった――。

「被害者の資産について現状を報告する」

千葉はいって、鑑取り班の松田を指名した。松田がファイルを手にして立つ。

「三協銀行淀屋橋支店の貸金庫に金地金の延べ板が十五キロ、大都銀行淀屋橋支店の貸金庫に同じく金塊が二十キロ、大同銀行北浜支店の貸金庫に同じく金塊が十五キロ。……それと、被害者が娘の長谷川柚季に贈与目的でカードとキーを預けた新阪神銀行箕面支店の貸金庫に金塊十キロと現金一千万円、住東銀行箕面支店の貸金庫に金塊十キロ。被害者が認知した森下菜央の母親、森下康子にカードとキーを預けた三協銀行東山三条支店の貸金庫に金塊二十キロ。総重量にして九十キロの金塊と現金一千万円を確認しました。……なお、金塊はすべて刻印がなく、密輸品と思料されます」

また、講堂内がざわついた。金塊九十キロの現在の換金額は六億三千万円だ。

「密輸金塊は流通経路と被害者に渡った経緯《けいい》を洗う」千葉がいった。

「被害者宅の台所にあった煙草の吸殻について、管理官の考えを聞かせてください」

地取り班の捜査員が訊いた。みんな同じ疑問をもっているのだ。

「あの吸殻は偽装という読みもないことはない」

千葉は捜査員を見た。「がしかし、予断は禁物や。粛々と捜査をすすめてくれ」

「粛々な……」

つぶやくように玉川がいった。「たーやん、この事件《ヤマ》は危ない。腐りそうな気がする」

「そうですか……」

事件が腐る――。未解決に終わることをいう。

「遺留品なし。凶器なし。目撃者なし。大迫はギャングどもの標的《まと》。……つまりはNシステムだけが頼りや。おまけに白のカローラなんぞは日本中に何万台とある」

玉川は広げていたメモ帳を閉じた。「うどんも蕎麦もお預けかのう」

事件が解決するまで長いもんは食わん――。玉川の言葉を思い出した。

「自分もつきあいますわ」

「なんやて……」

「麺類断ち」

そう、玉川の前では食えない。

「世の中の食いもんは麺類だらけやぞ」

玉川は笑った。抜けた前歯が見えた。

7

十一月――。周防町、アメリカ村の《開運・占いの館》に入った。古ぼけたビルの二階と三階に占星術や四柱推命、観相、手相、タロットといった小部屋が四室ずつ並んでいる。見料はどれも三十分・五千円だから、経営者はひとりで、占い師は雇われだろう。

三階、観相術の部屋に入った。安っぽい寄木のテーブル、ソフトボール大の水晶玉に平沢のドロボー髭が映っている。

「おう、久しぶり」箱崎を斜《はす》に見て平沢はいった。

「どう、景気は」

「あかん。……ま、いつでもあかんから、ぼちぼちというたほうがええか」

さも面倒そうに平沢はいい、パイプに葉を詰める。「今日は、あんたが口あけや」

「そいつは縁起がいいかもな」

一階の自販機で買ったチップをテーブルに置き、円椅子に腰をおろした。

「で、なにを観て欲しいんや」

「それは電話でいっただろ。聞いてなかったのか」

「耳は聞こえる。ちゃんと調べた」

平沢は使い捨てライターでパイプを吸いつけた。「ほいで、返済期限はいつなんや」

「今週末、五日の金曜だ」

「額面は」

「百五十万円」

箱崎のクライアントが大迫の振り出した借用証書を持っている。その取立が可能かどうかを知りたいと、平沢に伝えていた。

「はっきりいうて、無理やな。死んだ人間から取立はできんで」

「大迫には資産があるんだろ」

「そら、何億とあるはずや」

「強盗にやられたのか」

「いや、それを訊いたんや。おれがつきおうてる刑事にな」

そう、平沢はSだ。Sは特定の刑事とのつきあいがある。

「刑事はどういったんだ」

「大迫の家の金庫は破られてへん。金をとられた形跡はない、と答えた」

「大迫は強盗に殺《や》られたんだろ」

「それはまちがいないけど、金庫は無傷や。妙な事件やと、刑事はいうてた」

「誰だ、その刑事は」

「あんたにゃ関係ない」

「その刑事は大迫事件の現場に入ってんのか」

「入ってた」先週、箕面の捜査本部から抜けたという。

「じゃ、確かな情報だな」

「おれがいつもネタを提供してやってる刑事や。おれに嘘はつかへん」

「くそっ、空振りか」落胆してみせた。

「百五十万を回収して、なんぼもらうつもりやったんや」

「折れだ」折れ、とは折半をいう。

「そいつは強欲や。ヤクザといっしょやの」平沢は鼻で笑った。

「おれは質《たち》のわるい探偵なんだよ」

「探偵に質のええのはおらんやろ」

「占い師もな」

箱崎も笑った。「その葉っぱ、臭いな」

「大麻とちがうで」平沢はけむりを吐く。

「客が嫌がるだろ」

「あんたが客や」

平沢はうそぶく。この男、凶悪には見えないが、客への強制わいせつ未遂で懲役一年の有罪判決を受けた前科がある。その執行猶予期間はまだ明けていないはずだ。

「ほかに用事があるんか」

「ない」

「ないんやったら、金を払《はろ》て帰ってくれ」

「見料は置いただろ」

「あほいえ。おれはネタをとったんやぞ。刑事から」

「いくらだ」

「これや」平沢は指を三本、立てた。

「ぼったくりだな」

札入れから三枚の一万円札を抜き、テーブルに放った。

「あんた、凶相が出てるで」キャビネットの抽斗に金を入れながら、平沢はいう。

「それはよかった」

「わしが祓《はろ》うたろか」

「サービスか」

「眠たいのう。わしは占い師で、あんたは客や」

「どうやって、おれの厄を祓うんだ」

いうと、平沢は水晶玉を座布団ごとつかんでテーブルに置き、台座の木箱から平たい布袋を出した。百均で売ってるようなお守りだ。

「そんなもんに金を出す客がいるのか」

「わしのファンは買う」

こんなジャガイモにファンがいるとは思えない。お守りの値段を訊くと、七千円というから驚いた。

平沢は相も変わらぬクズだった。


四つ橋筋まで歩き、アウディに乗った。料金を精算してパーキングを出る。

クズの平沢に三万円をやって、大迫事件の捜査本部が金塊盗難を摑んでいないことを確かめた。これで三十キロの金塊を換金できる。

四ツ橋入口から阪神高速道路にあがった。11号池田線の豊中インターから名神高速道路に入る。

金塊は密輸品の買取りでその噂を聞く、名古屋の貴金属商『紫金《しきん》』で売るつもりだ。大須と今池の店構えはそう大きくないが、十キロ単位の金やプラチナを即金で買い取る資金力がある。刻印のない延べ板も買い取るのか、と電話で訊いたら、とにかく見せてくれといわれた。紫金は延べ板が密輸品だと気づいている。手数料は大手の貴金属商より高いが〝買い取ります〟ということだ。

アウディのトランクには三十本の延べ板を詰めたゼロハリバートンのトラベルケースを載せている。売るための書類もそろえた。

名古屋――。大須商店街近くのコインパーキングに車を駐めた。短いスポーツ刈りの頭にカツラを被り、黒縁眼鏡をかけ、ネクタイを締めて車外に出る。トラベルケースを引いて紫金に入ったのは午後五時だった。

いらっしゃいませ――。紺のジャケットにスカーフの女性スタッフが一礼した。

「金地金の買取りをお願いします」

「承知しました。どれくらいでしょうか」

「ちょっと多いんです」

足もとのトラベルケースに眼をやった。スタッフもそれを見て、

「マネージャーを呼びますね」

といい、応接室にとおされた。むやみに照明の強い、テーブルと椅子があるだけの殺風景な部屋だ。

ノック――。入ってきたのは三つ揃いのダークスーツを着た薄毛の五十男だった。男は愛想よく頭をさげて、

「高橋と申します」向かいに腰かけた。

「名刺、もらえますか」

「あ、ごめんなさい」

名刺を受けとった。《紫金　大須店　チーフマネージャー　高橋忠俊》とある。

「お客さまは」

「小林です」名刺は出さない。

「それでは、インゴットを見せていただけますか」

「重いんです」

トラベルケースを抱えてテーブルにおいた。開錠して蓋をあける。金塊の量に高橋は驚いたようだが、すぐに表情をもどして、

「何キロですか」

「三十キロです」

「海外製ですか」

「そう、刻印がありません」

「生憎《あいにく》ですが、当店は五百グラム以上の海外製インゴットの買取りをしておりません」

「それは承知してます」

「四百九十九グラムまでは可能ですが」

「一キロの延べ板を半分に割るわけにもいかんでしょう」

「おっしゃるとおりです」

高橋はこちらの顔色を見るように、「いかがでしょう。インゴットの純度測定だけでもさせていただけませんか」

「測定して、まちがいがないと分かったら買い取ってもらえるんですか」

「当店ではできませんが……」

高橋は小さく首を振り、「買取りが可能な業者はご紹介できます」

「その業者もおたくと同じような資金力があるんですか」

「そこは分かりません。あくまでも他社ですから」

「ということは、おたくと業者の両方に買取手数料をとられるんですね」

「いえ、わたしどもは紹介料だけをいただきます」

なるほど、そういうことか――。刻印のない金塊を買い取る際のマニュアルができているのだ。

「今日の金地金の買取価格はいくらですか」

「海外製の金塊は、グラム七千三百三十六円です」

「日本製は」

「七千三百四十八円です」

たった十二円の差だ――。

「刻印のない金塊は」

「分かりません。価格は業者が提示します」

「おたくの紹介料はいくらですか」

「海外製の刻印のない金塊については〇・五パーセントいただいております」

平然として高橋はいった。悪党だ。こいつは――。

「となると、業者の買取手数料は一パーセントくらいですか」

「小林さま、わたしどもの日本製インゴットの本日の販売価格は七千四百五十二円です」

買取価格と販売価格の差は百四円だから、手数料は一・四二パーセントだという。「ですから、業者の買取手数料は二パーセントを超えると思います」

「業者は買い取った金塊に刻印を打って売るんですよね」

「よくは存じません」高橋はとぼける。

「純金は軟らかい。刻印を打つだけで二パーセントの手数料は取りすぎじゃないんですか」

「お言葉ですが、品位検定業者にメルターズマークとシリアルナンバーを刻印させるには、それなりの手続きが必要です」

「どうもね、おたくに紹介してもらう気が失せそうです」

「小林さま、三十キロのインゴットを一括買取りできる業者は多くないですよ」

「そのとおりですな」

舌打ちしてみせた。「いいでしょう。測定してください」

「その前に、小林さまは本人確認書類をお持ちでしょうか」

「健康保険証とマイナンバーの通知カードを持ってます」

「インゴットをお売りになる場合は、あと発行日から六カ月以内の住民票か、公共料金領収書が必要です」

「水道料金の領収書を持ってきました」

「ありがとうございます。承知しました」

高橋はうなずいた。「それではインゴットをお預かりしてよろしいでしょうか」

「預かる？　それは困りますな」

「いいえ、ほんの十分ほどです。別室で測定させますから」

「分かりました。あなたを信用しましょう」

「はい。では……」

高橋はテーブルの固定電話をとり、ひとを呼んだ。すぐにノックがあり、スーツ姿のスタッフが台車を押して入ってきた。

「三十キロです。テスターにかけてください」

高橋が指示した。スタッフはトラベルケースから延べ板を出して五本ずつ六列に並べる。

「一キロの延べ板が三十本、まちがいないですね」高橋は確認を求めた。

「まちがいないです」箱崎は答えた。

金塊に指紋は付着していない。延べ板を触るときは手袋をしていたし、トラベルケースに入れるときは一本ずつ念入りにタオルで乾拭きした。だから、スタッフが台車に延べ板を載せたのは好都合だった。

スタッフは台車を押して部屋を出ていった。

「こういった取引はよくあるんですか」訊いた。

「十キロくらいだったら、頻繁にありますね。五十キロ、百キロだと、月に一、二度ですか」

嘘かほんとうか〝造作もない取引〟というふうに高橋はいった。

「この店は長いんですか」

「そうですね、十五年目ですか」

「金の相場はあがりましたね」

「わたしがこの業界に来たころは、グラム二千円から二千二百円でした」

「十年前はどうでした」

菊富士が倒産し、その残党が大阪ミリアムに拾われたころだ。

「二〇一一年ですね……。三千六百円から八百円といったところでしょう」

大迫はそのころから大量の金塊を買ったのだろう。資産を隠すつもりが投資となり、いまは倍の値打ちになっている。

グロックのトリガーを引く寸前の大迫が思い浮かんだ。粘着テープで眼をふさがれ、掠れたような息を漏らしていた。飛び散った脳漿は赤い薔薇の花びらのようだった——。

「あ、そうだ。お飲み物は……」ふと気づいたように高橋がいった。

「コーヒーを」

「ホットでいいですね」

高橋はまた電話をとった。


三十本の延べ板を載せた台車を押して部屋にもどってきたのはスタッフではなく、買取業者だった。痩せぎす、生白い顔、髭の剃りあとが濃い四十男だ。断りもなく高橋の隣に腰をおろして、

「『名城《めいじょう》商会』の城田と申します」名刺を出した。

「小林です」名刺を受けとった。

「インゴットは純金です。買取価格はグラム七千百九十一円です」

手数料は約二パーセントになるという。

「総額だと、いくらですか」

「消費税を加算して、二億三千六百十一万六千四百八十五円です」

城田はレシートを差し出した。計算式だけが印字されている。

《7,191×30,000＝215,730,000
215,730,000×1.1＝237,303,000
237,303,000－1,186,515＝236,116,485》

「紹介料が百十八万もですか」高橋に訊いた。

「〇・五パーセントだと、そうなります」

「五十万円にしませんか。だったら、いま売却契約をします」

「そうですね……」

高橋はこめかみに親指をあてた。「いいでしょう。承知しました」

茶番だ。五十万円はこの悪党と痩せぎすの懐に入るのだろう。

高橋はレシートを取って〝1,186,515〟を〝500,000〟にし、総計を〝236,803,000〟と書き換えて訂正印を押した。

「本人確認書類をいただきます」城田がいった。

箱崎は上着の内ポケットから茶封筒を出した。口を広げて中の紙片をテーブルに落とす。城田は拾って、

「小林僚さん……」

「はい……」健康保険証とマイナンバーの通知カードも水道料金の領収書も偽物だ。特殊詐欺の道具屋に作らせた。住所は神戸市長田区滝谷町にしている。

「振込の口座をお願いします」

「メモしてください」

城田がリングノートを広げた。

「共和銀行大阪中央支店、普通、００５６２××、コバヤシリョウです」口座も道具屋から買った。

「明日の朝、インゴット三十キロ分の買取代金に消費税を加算し、わたしどもの紹介料を差し引いた、二億三千六百八十万三千円を小林さまの口座に振り込みます」高橋がいった。

「それは紫金からではなくて、名城商会から振り込まれるんですね」

「おっしゃるとおりです」

からくりが分かった。名城商会はダ、ミ、ー、で、金の出処《でどころ》は紫金だ。

「売買契約書です」

城田が用紙をテーブルにおいて箱崎のほうに滑らせた。箱崎は紙に指紋が付着しないよう慎重に住所と名前を書く。筆跡も右あがりの癖字に変えた。

「刻印のない金塊を売りにくるひとは多いんですか」

「けっこう、いらっしゃいますね」

消費税が五パーセントから八パーセントにあがったころは日本製より海外製の金塊のほうが多かった、と城田はいう。「香港でノータックスのインゴットを買って日本で売る。我々が買い取る際の消費税が小遣い稼ぎになるんですよね」

「しかし、キロ単位の小遣い稼ぎは洒落にならんでしょ」

「さすがに、それは税関でひっかかります。空港で消費税を徴収されるんです」

「となると、大がかりなのは密輸ですか」

「旅行客の小遣い稼ぎも密輸でしょう」

こともなげに城田はいい、「今日はありがとうございました。また、お願いします」

取引は終わった、さっさと帰れ――という顔をした。
箱崎はトラベルケースを引いて応接室を出た。

8

十一月四日――。事件発生から一カ月がすぎ、帳場が縮小された。初動捜査の終了とともに専従指定捜査員が七十人から三十人に再編成され、管理官の千葉の下に本部捜査一課強行犯係の清水班と箕面北署強行犯係の杉江班、暴犯係の松田班、鑑識係の宮尾班等がついた。

この事件《ヤマ》は腐りそうな気がする――。いつか玉川のいった言葉が現実味を帯びてきたのは、布製粘着テープ、結束バンド、セブンスターとマールボロの吸殻等の遺留品捜査に進展がなく、唯一の手がかりともいえるカローラの捜査が行きづまったためだった。

十月三日十九時以前の一時間と二十三時以降の一時間――、府道43号、国道171号、国道176号、新御堂筋、万博公園周辺の府道1号を走行した白の現行型カローラセダンは、九十四台がNシステムに捕捉されたが、そのなかに盗難車はなかった。地取り班の捜査員は手分けして所有者――高齢者が多かった。車検切れの車も二台あった――から事情を訊き、不審な人物はいないと結論づけた。ただ、九十四台のうち一台には所有者がなかった。そのナンバー《大阪　5××　ひ　43-68》は五年前に廃車になったイプサムに交付されたものであり、数字の一部を変造した偽造ナンバーだと判明した。

Nシステムに映った偽造ナンバー車の乗員はひとりで、ドライバーは黒っぽいキャップを被り、黒縁眼鏡をかけ、黒いマスクをつけていた。着衣は不明。色も不鮮明。本来、Nシステムの映像は解像度が高いが、台風の雨による視界不良が禍《わざわい》した。

《大阪　5××　ひ　43-68》の偽造プレートは事件後、廃棄されたらしく、その後のNシステム網には捕捉されていない。

玉川と舘野はいま、大迫が所有していた刻印のない金塊の出処を追って、倒産したティタンの幹部社員への訊き込みをつづけている。


中央区船場《せんば》中央──。玉川と舘野は船場センタービル内の『日峰エージェンシー』に入った。短いカウンター越しに、女性スタッフに目礼すると、スタッフは立って、こちらに来た。

「島崎さんはいらっしゃいますか」玉川が訊いた。

「はい。社におります」事務的に女性はいった。

「わたし、玉川といいます。島崎さんを呼んでもらえませんか」

女性はうなずいて、別室に行った。入れ替わるように出てきたのは、白髪の小柄な男だった。齢は五十すぎか。縁なしの眼鏡、くたびれたスーツ、安物くさいビジネスシューズを履いている。

「島崎さんですね」

玉川はほかに見えないよう手帳を提示した。「箕面北署の玉川と相勤の舘野です。ティタンの元社長の大迫健司さんについて、お話を聞かせてください」

島崎の顔に、わずかに緊張の色が走った。無理もない。いきなりの警察だ。

「いま、よろしいですか」

「ここでは……」

「外、出ますか」

「そうですな」

廊下に出た。煙草が吸いたい、と島崎がいう。ビルを出て、中央大通沿いの喫煙スペースに行った。

「すんませんね、お仕事中に」

「いや、ちょうど一服しょうと思てましたんや」

島崎は煙草を吸いつける。「――ぼくはティタンを辞めて二年半になります」

「ティタンが倒れたんは一昨年の四月でしたよね。退職してすぐに転職されたんですか」

「半年ほどブランクがありました」

同じ広告業界のツテをたどって『日峰』に再就職できたという。「大迫には申し訳ないけど、この時節に、ありがたいことです」

「島崎さんは役員でしたよね」

「末席ですわ」

「何年、ティタンにいてはったんですか」

「設立の三年後に入社しました。……在籍したんは二〇〇三年から二〇一九年やから、十六年か」

「そら、ご苦労さんでした」

おたくも大阪ミリアム詐欺に加担したのか、とは玉川は訊かない。「――島崎さんは大迫さんが金地金を所有してたのを知ってはりましたか」

「ああ、それは聞いたことがあります」

「どんな話でした」

「ちょっと長うなるけど、よろしいか」

「はいはい、長い話は歓迎です」

「ティタンは化粧品会社の広告をしてましたんや」

「ほう、化粧品会社の広告をね」

「社会的に問題はあったけど、ティタンにとってはまともなクライアントでした」

島崎は灰皿に灰を落とす。『エルコスメ・ジャパン』いうて、パトリシア化粧品から独立した成尾聖寿《せいじゅ》とかいう人物が設立した会社です」

エルコスメは化粧品と金貨を扱うマルチ商法企業だったという。

そのビジネスモデルは化粧品を購入して会員登録をし、会員になれば一口十万円の出資ができる。一年満期で十三万ポイントの配当が支給され、そのポイントで化粧品を購入するか、同額の現金にも換えられる。当然だが、ポイントを化粧品に換える会員はおらず、年三割の配当を選択した——。

「会員ひとりが最大で百五十口、つまり千五百万円を出資できますんや。そして新たな会員を勧誘してエルコスメに加入させたら、一口あたり三千円の紹介料がもらえます。百五十口やと、四十五万円になるから、これは大きい」

「典型的なマルチ商法ですな」

玉川はいった。「エルコスメの化粧品はパトリシアの製品ですか」

「そのとおりです」

「で、金貨は」

「本物ですわ。日本ではあんまり見ん『紫禁城25元金貨』いうのが多かったですな」

八グラムほどの記念金貨だから、いまの相場価格で売れば六万円ほどだろう、と島崎はいう。「その豆粒みたいな金貨を、百万円で会員に売りますんや」

「そんな、あほな……」

「ですやろ。けど、金貨にはおまけが付いたんです」

百万円の金貨一枚につき、『ＪＧＴコイン』を十万枚、プレゼントしたという。「ＪＧＴコインは香港にあるエルコスメの関連会社が発行する仮想通貨ですわ。このコインが上場したら五倍、十倍になるという触れ込みで会員に売り込んだんです」

上場前のＪＧＴコインの価格は、一コインあたり十円だったが、二〇一八年の春、分散型取引所に上場した途端に大暴落し、いまは〇・一円前後だと島崎は笑った。

「会員は六万円の中国金貨と一万円の仮想通貨に百万円も出資したんですな」

「結果的に、ＪＧＴコインの大暴落でエルコスメは潰れました。会長の成尾さんは何十件もの訴訟を抱えて雲隠れですわ」

「仮想通貨まで道具に使うた……。めちゃくちゃな詐欺やないですか」

「ぼくはね、大迫をとめたんです。質《たち》のわるいマルチに加担すべきやないと。……聞く耳持たずでしたな。エルコスメの広告キャンペーンはもちろんのこと、エルコスメが全国各地で開催するセミナーやコンベンションはティタンがプロデュースして、月に何百万という広告費をとってましたんや」

「ティタンは〝士業広告〟だけやなかったんですね」

「腐れ縁というやつです。大阪ミリアムが過払い金請求で急拡大してからも、大迫はエルコスメに専任の営業担当を付けてました」

まるで他人事《ひとごと》のように元役員の島崎はいう。こいつはとんだ食わせ者だ。

「エルコスメの設立はいつでした」

「二〇一三年ごろで、社員は二十人足らずかな。化粧品で三百億円、仮想通貨で四百億円を集めたらしいです」

「ティタンはエルコスメにも債権があるんですか」

「一千万はあるはずですわ」

「大迫さんの金地金は、エルコスメ関連ですか」

「そう、大迫は成尾に貴金属業者を紹介してもろて、金を買うてましたな。もちろん、記念金貨みたいなショボいもんやない。刻印のない金のインゴットです」

「目的は資産隠しですか」

「そらそうですやろ。刻印のないインゴットには売買記録もないんやから」

「島崎さんは金塊を見ましたか」

「そんなもん、あの大迫が見せるわけない。成尾からちらっと話を聞いただけですわ」

「何キロ買うたとか、大迫さんから聞きましたか」

「十キロ単位いうのは聞いた憶えがありますわ。成尾からね」

「大迫さんが買うたんは金塊だけでしたか」

「というのは……」

「プラチナとかパラジウムです」

「そういう話は聞いてませんな」

「その貴金属業者は分からんですか」

「ぼくが知るわけない。成尾は知ってますわ」

「雲隠れしてるんですよね」

「逃げとるんです、会員から。ぼくは成尾の居処《いどころ》とか知らんけど、警察は摑んでますやろ」

「会員の数は」

「さあ、四、五万人はおるんとちがいますか」

「そら、すごいな」

「もうよろしいか」

島崎は灰皿に煙草を捨てた。「そろそろ、行きますわ」

「あと、ひとつだけ。エルコスメの事務所はどこでした」

「京橋です。京阪京橋駅の近くに東和生命のタワービルがありますやろ」

ビルの四階に事務所を置いていた、と島崎はいった――。


車に乗った。

「小物やな」玉川はシートベルトを締める。

「体質は大迫と同じ詐欺師ですね」エンジンをかけた。

「あんなやつでも再就職ができるんや」

「それなりに顔があるんでしょ。業界が長そうやし」

「広告マンのくせにネクタイがダサい。いまどき、あんな縞模様はないやろ」

あんたがいうか――。笑いを堪《こら》えた。

「大迫の元よめはパトリシア化粧品の代理店をやってる。成尾が仲介したんとちがうか」

「あり得ますね」

「成尾聖寿に込みをかけんといかんな」

玉川はあごに拳をあてて、「京橋署に行こ。二係に知り合いがおる」

「了解です」

コインパーキングを出た。

京橋署──。玉川と舘野は手帳を提示して三階の刑事課に行った。刑事が立ってこちらに来る。知能犯係の須賀だ。事前に電話をして在席を確かめていた。

「どうも、お久しぶりです」にこやかに須賀はいった。

「紹介しとこ。いま、いっしょに動いてる舘野や」

「舘野です。よろしくお願いします」深く頭をさげた。

「須賀です。こちらこそ、よろしく」

須賀も一礼した。小肥りで、ひとがよさそうだ。

「舘野は本社の捜一や」玉川がいう。

「ほう、それは優秀ですな」

「三十五歳、独身。家賃六万円のマンション住まいや。誰ぞ紹介したってくれ」

「同業でもかまわんですか」

「そら歓迎や」

「交通課にひとりいてますわ。背が高うてスタイルがええ。お勧めです」

「名前は」

「ちょっと待ってください」

舘野はいった。「婚活とか、してないんです」

「なんや、そうかいな」

須賀は笑った。玉川に向かって、「エルコスメの成尾聖寿。詐欺師ですわ」

「マークしてるんか」

「そら、何十件という被害届が出てますからね」

いま、知能犯係の三名が専任で内偵している、と須賀はいう。「マルチというやつは詐欺性を立証するのがむずかしい。事件化して成尾を引くのは来年ですやろ」

「わしらが成尾に接触するのはかまわんか」

「歓迎はできませんけど、別件ですやろ」

「別件や。箕面の男神山資産家強盗殺人事件。被害者の大迫と成尾はつきあいがあった」

「ほう、そうですか」

「詳しいことはいえんのや」

「いや、訊くつもりはないです」

「成尾の齢は」

「六十二です」

大迫より年上だった──。

「成尾は企業舎弟です」

「どこの舎弟や」

「川坂会系　猩々会《しょうじょうかい》、行人会《こうじん》です」

「三次団体やな」

「行人会の構成員は七人です」

組長は野村光男。事務所は尼崎の長洲南にある。成尾は二〇一五年ごろから野村と関係し、エルコスメのトラブル処理をさせていた──。「成尾には西村正也いうチンピラが付いてます。ガード兼運転手。成尾のよめはミナミでラウンジをしてて、その送り迎えを毎日、西村がやってます」

西村は夕方から深夜まで、ラウンジの手伝いをしているという。

「成尾のよめは」

「仲野玲子。内妻です」

「ラウンジの名前は」

「『エルグランデ』。場所は笠屋町です」

「西村は行人会の組員か」

「盃はもろてません。準構成員です」

「西村はずっと、成尾に付いてるんか」

「いや、成尾のよめを家に送って行ったら、近所のアパートに帰るんです」

「さすがに、よう調べてるんやな」

「早う事件化して、成尾を引きたいんですわ」

「須賀やんに会うてよかった」

玉川はひょいと頭をさげた。

「成尾のヤサは此花《このはな》です」

須賀は四つ折りの紙片を玉川に握らせた。

「ありがとうな。また、ゆっくり飲も」

玉川は紙片をポケットに入れて刑事部屋を出た。

「ええ男やろ」

「ほんまにね。玉さんの人徳ですわ」

「わしに人徳なんぞあるかい」

投げるように玉川はいい、「たーやんは背が高うてスタイルがええのは嫌いか」

「なんかね、背が高いだけで、ほかが大したことないような気がしたんです」

「ま、そうやろ」

「ぼくは、どっちかいうたらぽっちゃり系が好きです」

「カマキリよりカエルが好みか」

「人間にしてください」

エレベーターは使わず、階段を降りる。玉川は後ろから、

「な、たーやん、成尾は金塊を隠しとるぞ」

「大迫と同じですか」

「マルチは必ず破綻する。詐欺師は破綻を見越した資産隠しをするんや」

京橋署をあとにした。


此花区伝法——。阪神電鉄伝法駅から東へ少し行った三階建の一軒家が成尾聖寿のヤサだった。ブロック塀のすぐ向こうに玄関の格子戸が見える。

舘野は塀際に車を駐めた。家の右横は透明アクリルのルーフがついたカーポートで、奥に黒のクラウン、手前に赤のＢＭＷミニが駐められている。

「車はまあまあやのに、家がしょぼいですね」

敷地も三十坪はないだろう。大迫の邸とはまるでちがう。

「マルチの親玉は世間を謀《たばか》っとんのや」

車を降りた。玄関庇の下に防犯カメラが設置され、レンズがこちらを向いている。

玉川が門柱のインターホンを押した。返事がない。

「留守かい……」

「警戒してるんですかね」

「かもな」

玉川はインターホンを押しつづける。

——はい。

返事があった。女の声だ。

——成尾さん、警察です。

反応がない。

——箕面北署の玉川といいます。ちょっと外へ出てもらえんですか。

返事がない。

——成尾さん、出てください。

——箕面の警察が、なんの用ですか。

——管内で事件があったんです。その関連で来ました。

また、反応がなくなった。

「なんや、この女。ラウンジのママやのに愛想もクソもないぞ」

「中に入りましょか」

いったとき、玄関の格子戸の向こうに人影が見えた。戸があいて、モスグリーンのカーディガンを着た男が出てきた。痩身、薄茶のセルフレームの眼鏡、鼻の下に細い髭。髪が黒いのは染めているからだろう。

「どうも、こんちは」丈の低い門扉越しに玉川がいった。

「警察手帳」男はいった。

「箕面北署の玉川です」

「府警捜査一課の舘野です」

ふたり並んで手帳を提示した。

「成尾聖寿さんですね」

玉川が訊いた。男はうなずきもせず、

「箕面の強盗事件？」

「そうです」玉川は手帳を内ポケットにもどして、「大迫健司さんの知人に事情を訊いてます」

「そうか、おれは大迫氏の知人なんだ」

「成尾さんですよね」

「どこで聞いたんですか、おれのことを」

「エルコスメの広告やセミナーはティタンに依頼してたそうやないですか」

「そう、契約してました」

「大迫さんとも親しかった……」

「親しくはない。ビジネス上の関係です」

成尾は早口で滑舌がいい。セミナーで喋っていたからだろう。六十二という齢よりは若く見える。

「教えて欲しいんですわ。成尾さんは大迫さんに貴金属商を紹介したそうですな」

「誰がそんなことをいったんですか」

「訊き込みでね、耳にしたんです」

「ま、入りなさい。近所の眼がある」

成尾は門扉の掛け金をはずした。玉川と舘野は敷地内に入る。家にあげるのかと思ったら、玄関前のポーチで成尾は立ちどまり、向き直った。

「──大迫氏に貴金属業者は紹介しました。あとは知りません」

「なんて業者ですか」玉川が訊く。

「答えたくない、といったら」

「調べます」

「どんなふうに」

「成尾さんはエルコスメの会員に『紫禁城25元金貨』を何千枚と売ったんでしょ。その金貨を大量に扱うてた業者を特定するか、成尾さんを特定商取引法違反で訴えてる原告団に事情を訊きますわ」

「なるほど……」

「成尾さんの訴訟に関心はない。我々は大迫さん事件を捜査してます。大迫さんを弔う意味でも協力してくれんですか」

「浪川。浪川司郎」

「貴金属商ですな。店は」

「店はない。浪川はブローカーです」

「貴金属ブローカーの浪川司郎……。住所は」

「知りません」成尾は小さく首を振った。「たぶん、浪速区《なにわ》です。部屋から通天閣が見えるといってたから」

「通天閣、だけではね……」

「そうだ。名刺があるはずだ」

成尾はいって格子戸を引き、家に入っていった。

「なんか、途中で態度が変わりましたね」

「値踏みをしよったんや。わしらがどこまで知ってるかをな」

玉川は舌打ちして、「クズはクズなりの皮を被っとる。マルチの総元締めは」

「成尾の女を見たいですね。ミナミのラウンジのママ」

「化粧の濃い、情の薄い女やろ」

「大迫と同じように、成尾も荒稼ぎした金をインゴットに換えて隠してるような気がしますわ」

「同じ悪党でも、座布団がちがう。成尾は正真正銘の詐欺師や」

——そこへ、首筋にぽつりと来た。

「雨ですね」

「今日は降る、とかいうてたな。朝のニュースで」玉川は腕を組んで空を見あげる。

「車のトランクに傘がありますわ」

「何本や」

「一本です」

「わしが積んどいたんや」

嘘だろう——。

成尾が出てきた。玉川は名刺を受けとった。

「浪速区恵美須西……。番地を見ると、マンションですな」

「その名刺はお持ちください」

「すんませんな」

玉川は名刺をメモ帳に挟み、腕の時計に眼をやった。「そろそろ五時です。奥さんは何時に出はるんですか」

「どういう意味です」

「ラウンジをやってはるんですよね、笠屋町で。……店名は」

「よめは関係ないでしょう」

「迎えにくるんやないんですか。運転手が」

「刑事さん、協力者のプライベートに踏み込むのはいけませんな」

「そら、申し訳ない」

「じゃ、これで」

成尾はいうなり、家の中に消えた。


「ま、こんなとこか」

「そんなとこでしょ」

「行人会の西村の人定《じんてい》をしよと思たんやけどな」

「逃げられましたね」

車に乗った。雨はまだ小降りだ。玉川は浪川の名刺を見ながら電話をかけた。

「――あかんな。この電話は現在使われておりません、や」

「携帯はどうですか」

「携帯も出ん」

「行ってみますか、恵美須に」

「その前に小腹が減った。なんぞ食お」

「新世界で串カツはどうですか」

「油物《あぶらもん》はよめはんにとめられとんのや」

家でも、テンプラやフライは作ってくれないという。

「そらあきませんね。なに食いましょ」

「串カツや」

「奥さんに……」

「とめられてるから旨いんや」

玉川はシートベルトを締めた。


恵美須西──。雨は降ったりやんだりだ。コインパーキングに車を駐め、ジャンジャン横丁まで歩いて、串カツを食った。ノンアルコールのビールを飲みながら、舘野は十五本、玉川は十本。三千五百円の払いはジャンケンで負けた舘野がした。

阪堺電車の線路沿いの、前面にだけ煉瓦タイルを張った《コルベージュ恵美須》というマンションが名刺の住所だった。オートロックだから、中には入れない。

舘野は傘を玉川に渡してインターホンパネルの前に立ち、〝８０３〟を押した。

──どちらさん。

返事があった。

――警察です。

――なんの用ですか。

――浪川さんですよね。

――ちがいます。

――浪川さんのお宅やと思たんですが。

――前に住んでたひとやないですか。

――どちらに引越されたか、分かります。

――分かりません。

それきり、声は途切れた。

「怪しいな」

「怪しいですね」

舘野は壁面に貼られた不動産管理会社の入居者募集プレートを見ながら電話をした。

――お電話ありがとうございます。『エンブル』恵美須町店です。

――ちょっと教えて欲しいんです。いま、コルベージュ恵美須というマンションの前におるんですけど、８０３号室の浪川さんを訪ねてきて、本人に会えんのです。浪川さんは引越しされたんですか。

――申し訳ありません。居住者の方のお話はできません。

――おたくさんの事務所はどこですかね。

――阪堺電車の恵美須町駅前です。

――了解です。ありがとうございます。

「玉さん、手帳を使わんとあきませんわ」

「ま、そうやろ」

「恵美須町駅は、歩いて四、五分でしょ」

エンブル恵美須町店は赤い装飾テントの洋菓子店の北隣だった。舘野は玉川について事務所に入り、手帳を提示した。

「警察です。さっき電話をしました」

「あ、わたしがお話ししました」

制服の女性スタッフが顔をあげた。

「府警本部の舘野といいます」

「相勤の玉川です」玉川も手帳を示した。

「コルベージュ恵美須、803号室の住人を教えてもらえませんか」

「それは、ぼくが」

奥のデスクにいたグレーのスーツの男が立ちあがった。「コルベージュ恵美須ですね」

「803号室です」

「承知しました。どうぞ、そちらにおかけください」

いわれて、窓際のシートに玉川と並んで座った。男は奥のキャビネットからファイルを出して、こちらに来た。前に腰をおろしてファイルを広げる。

「803号室にお住まいの方は浪川司郎さんですね」

「引越しとかしてませんか」

「退去されたら空室になります」

毎月の家賃は〝浪川司郎〟からエンブル宛に振り込まれているという。

「浪川さんが部屋を又貸ししてるようなことはないですか」

「そういう方はいらっしゃいませんね。規約違反にもなりますから」

「浪川さんの齢は」

「入居申込書だと、昭和四十六年生まれです」入居の際に交わす賃貸借契約書には以前の住民票が添付されているから、まちがいはないという。

昭和四十六年は西暦で何年や――。舘野は頭の中で計算した。四十六に二十五を足すと七十一。浪川は一九七一年生まれだから、五十歳だ。

「いつ、入居したんですか」玉川が訊いた。

「平成十八年の三月です」

「西暦やと……」

「二〇〇六年です」

「入居して十五年か……。気に入ってるんですな」

「コルベージュ恵美須の新築時からの入居者様です」

「職業は」

「自営ですね。社名は『WAVE』です」

WAVEは〝浪〟だ。舘野は浪川司郎の齢と社名をメモ帳に書いた。

「いや、ためになりました」

玉川が腰をあげ、舘野も立った。

またコルベージュ恵美須に行った。インターホンパネルの〝803〟を押す。

――浪川さん、警察です。

――しつこいな。ひとちがいです。

――エンブルに行ってきたんです。おたくが浪川さんで、『WAVE』の代表やないですか。

返答がない。

――浪川さん、話を聞かせてくれんですか。

――職務質問ですか。

――事情聴取。訊き込みです。

――任意ですか。

――もちろん、任意です。

――じゃ、お断りします。

それっきり、声は途切れた。

「くそっ、こいつ……」

「しゃあない。誰も協力的なわけやない」

玉川は口端で笑って、「もし浪川に会うてもや、顧客情報を漏らすわけにはいかんと、四の五のいよるやろ」

「けど、大迫に金塊を売ったんは浪川です。捜索差押許可状《ガサ》をとったらどうですか」

「無理や。ガサ状を請求するための被疑事実がない」

「浪川は刻印のない金塊を売買してます」

「刻印がないから密輸品であると、断定できるんか」

「できません……」

「浪川が密輸をしてるわけやない。密輸品故買の物証《ブツ》もない」

玉川はスマホを出した。「浪川の携帯番号は」

「待ってください」

メモ帳を出した。「080・4648・41××です」

玉川はキーをタップして、かけた。

「――浪川さん、箕面北署の玉川といいます。――そういわんと。頼みますわ。――まだマンションの前にいてますねん。――浪川さん、浪川さん……。あかん。切りよった」

「つまらんやつや」

「ま、ええ。これから二時間ごとに電話をしよ。いずれは根負けしよるわ」

いわれて、舘野もWAVEの固定電話と浪川の携帯番号をスマホに登録した。

「なんやしらん、ストーカーの嫌がらせみたいですね」

「嫌がらせや。ストーカーやないけどな」

さもおかしそうに玉川はいった。

9

十一月五日、金曜日、午後六時十一分――。紺色のキャップを被った赤いジップパーカの男が伝法駅のガード下から歩いてきた。西村だ。くわえていた煙草を路上に捨てて靴先で踏み、成尾の家の前に立ってインターホンを押す。

ほどなくして玄関ドアが開き、女が現れた。ショートカットの茶髪、レンズの大きいサングラス、遠目にも小柄だと分かる。仲野玲子だ。

玲子は西村になにか小さいものを渡した。車のキーだろう。ふたりはカーポートに入り、西村がBMWミニの運転席に、玲子が後ろの席に乗った。ヘッドランプが点き、ミニは東に向かって走り去った。カーポートの奥にはクラウンが駐まっている。

スーパーカブのエンジンをかけて電柱の陰から出た。成尾の家へ走る。カーポートにカブを駐め、ヘルメットをとる。段ボール箱を抱えて玄関先にまわり、インターホンを押した。

——はい。

——成尾さん、お荷物です。

——ボックスに入れといて。ハンコはボックスの扉の裏にあるから。

——ごめんなさい。冷蔵品なんです。

——分かった。出る。

その声と同時に門扉を押し開けて中に入った。玄関へ行く。ポーチに段ボール箱を置き、革手袋の右手にヘビーウェイトのナックルダスターを嵌めた。

格子戸の向こうに灯が点いた。人影が近づいてきて戸が開く。

瞬間、成尾の顔に右拳を突き出した。ガツッと鈍い音がして成尾は腰から落ちた。鼻から鮮血が噴き出す。成尾は呻きながらうつ伏せになり、廊下に這いあがろうとしたが、そこで意識が途切れたのか、ずるずると三和土《たたき》に滑り落ちた。

上着のポケットから粘着テープを出した。成尾の腕をとり、後ろ手にしてテープを巻く。仰向きにして廊下にあげ、脚をそろえて膝と足首にテープを巻いた。足首を持ってキッチンまで廊下を引きずって行き、テーブルをダイニングの隅に退けて床に横たえると、成尾はまた呻き声をあげはじめた。

流し台の包丁ラックから柳刃包丁を抜き、血塗《ちまみ》れの鼻先に刃をあてた。成尾は眼をあけて、それが包丁の刃だと気づいたのか、顔を逸らせて泡混じりの血を吐いた。

「成尾さん、フリーズだ」

包丁の刃を右の頸動脈にあてた。「騒ぐと死ぬ」

成尾は血が喉に入るのか、咳き込んだ。赤い唾が白いタイルを模したフロアシートに散る。

「なぜ、こんなめにあってるか、分かるよな」

「…………」成尾は動かない。

「そう、おれは強盗だ。だから、あんたは金を差し出す」

「…………」成尾は眼を瞑った。

「金はどこだ」

「ない……」掠れた声だ。

「あんたは詐欺師だ。多くの訴訟を抱えている。そんなやつが銀行や貸金庫に金を預けてるとは思えない。……どこだ。どこに隠してんだ」

包丁の刃先を立てた。横に引く。血が一筋、流れた。

「どうなんだ」

「金なんかない」苦しげに成尾はいった。

「そうか」

鼻の穴に刃先を入れた。一気に横に引く。鼻中隔と小鼻を切り裂き、血が噴いた。

成尾は悲鳴をあげた。その顔にナックルダスターを叩き込む。成尾の鼻はひしゃげて悲鳴がやんだ。

「成尾さん、おれはあんたを傷つけたくない。でも、あんたが喋らないと顔を切り刻むことになる。……な、顔の皮を剝いだっていいんだ」

「金庫……。金庫の中にある」

「どこだ、金庫は」

「和室や」

「和室はどこだ」

「向こうや。廊下の」

「はじめからそういえ」

流し台の布巾をとった。丸めて成尾の口に押し込む。

成尾を引きずって廊下に出た。襖を開けて和室に入る。両手、両足の自由がきかない成尾を畳にころがした。

十二畳の和室に金庫はなかった。眼にとまるのは漆塗りの座卓と座椅子、同じ漆塗りの小さい茶簞笥だ。床の間には掛軸と青磁の皿、書院の違い棚にはなにもない。茶簞笥を蹴ると、あっさり倒れた。

「おまえ、死にたいのか」

成尾の襟首をつかんで上体を起こした。成尾は首を振り、書院に眼をやった。

書院の地袋の戸を引くと奥に金属製のボックスが見えた。文庫本大で厚みがあり、扉がついている。

「これはなんだ」

「…………」成尾は喋れない。

ボックスの扉を開けると、中に青いボタンがあった。『セファ』に回路がつながっているような液晶のボタンではない。

「このボタンを押して警報が鳴ったりしたら、おまえの首を刺す。いいな」

「…………」成尾は大きくうなずいた。

ボタンを押した。モーター音が響いて床脇の壁が違い棚ごと横にスライドし、黒い大型金庫が現れた。開閉はダイヤル式だ。

成尾の首に包丁の刃をあてて口の中の布巾をとった。真っ赤な唾が垂れる。

「番号だ。金庫の番号をいえ」

「右に十五、左に三十、右に四十、そのあと、ゼロ……」

鼻のつぶれた成尾の言葉は聞きとりにくい。フィフティーン、サーティ、フォーティはテニスか。

ダイヤルをまわした。カチッと音がした。扉を開く。

金庫の中身を出して畳に並べた。刻印のない金の延べ板が一本と、紫禁城25元金貨を収めたアルミケース、あとは不動産の権利証書や出納帳、株式の取引報告書といった書類ばかりだ。

「金貨は何枚だ」

「百二十枚」

「重さは」

「九百三十グラム……」

「マルチの元締めの金庫に金塊がたった二キロとは、どういうことだ」

「うちにインゴットは置かんのや」

「ばかをいえ」

「おれのインゴットは業者に預けてる」

「何キロだ」

「二十キロ」

「おまえは二十キロもの金塊を業者に預けてるのか」

「あるやろ。預かり証が」

書類の束を調べた。預かり証があった。〝二キロ〟が五枚と〝五キロ〟が二枚——。預かり証の発行元は『ＺＰＭＣ』——チューリッヒ・プレシャス・メタル・カンパニー——となっているが、大手の地金商ではない。刻印のない金塊も扱う業者だろう。

「金庫はこれだけか」

「それだけや」

「妙だな。現金がないのはどういうわけだ」

「カードがあったらこと足りる」

「そうか」

成尾のズボンのポケットからスマホと札入れを出した。札入れから現金三万円とカード類を抜く。アメックスとＪＣＢのブラックカード、三協銀行と大同銀行のキャッシュカードがあった。

札入れとスマホを上着のポケットに入れ、書類の束から銀行の通帳を出した。残高は三協銀行が二百三十万円、大同銀行が四百六十万円だった。

「株は全部でいくらだ」

「二千万もないやろ」

金庫の中の金貨と延べ板が千四百万円、預金が七百万円、株が二千万円、預けている金塊が一億四千万円——。成尾の資産は二億円に足りないが、そんなはずはない。この男は大迫よりずっと悪辣な詐欺をしてきたのだ。

「な、この金庫はトカゲの尻尾だろ」

「トカゲがどうやて……。意味が分からん」

「訴訟対策。税務調査。おまえは金庫という尻尾を差し出して逃げるんだよ」

「…………」血を呑んだのか、成尾の喉が鳴った。

「貸金庫のカードとキーがない。ということは、おまえはこの家に金塊か現金を隠してる。どこだ。いえ」

「んなもんはない」苦しげに成尾はいう。

「成尾さん、嘘はだめだ」

鼻腔《びこう》に包丁の刃先を入れた。

「ほんまや。おれは破産した」

「やめろ。下手な嘘は」

「おれの全財産はその金庫にあるだけや」

必死で訴える成尾の視線の先を見た。天井だ。和室なのに木の板ではなく茶色のクロスを張っている。そのクロスの床の間寄りに取り付けられている金属製の部品はスプリンクラーヘッドだ。

「あんた、火事が怖いのか」

「…………」成尾は顔をそむける。

成尾の口にまた布巾を押し込み、粘着テープを貼った。

床の間の掛軸を外した。聚楽のクロス張りの壁を叩くと、乾いた音がする。中は中空だ。

和室を出た。廊下の突きあたりの納戸を開けて道具を探す。カセットコンロのボンベやゴミ袋を置いた棚にハンマーがあった。ヘッドが大きくて重い。一キロ近くはありそうだ。

ハンマーとゴミ袋を持って和室にもどり、床の間の壁にハンマーを叩きつけた。クロスが裂け、石膏ボードが割れて下地の構造材が露わになる。長方形に組まれた角材のあいだに積まれているのは透明のラップで包まれ煉瓦状になった一万円の札束だった。

ハンマーと柳刃包丁を使って床の間の後ろの壁をすべて引き剝がした。札束の煉瓦を出して座卓の上に並べていく。三協銀行や大同銀行など、札束の帯封は七、八種あり、その総額は二億一千万円だった。札束のほかに無記名国債証券が約二百枚、十億円以上と金塊二十キロの預り証があったが、それは無視した。

ハンマーを持って廊下に出た。インターホンのモニターと防犯カメラのデッキをほとんど原形がなくなるまで叩き壊した。

玄関に行って、抱えてきた段ボール箱からスポーツバッグを出した。和室にもどって札束を詰める。金貨と延べ板と札束でバッグはいっぱいに膨れあがった。

成尾を引きずり、上体を起こして床柱に縛りつけた。

「成尾さん、目隠しだ」

頭にゴミ袋を被せた。首もとにテープを巻きつける。息ができない成尾は身体を弓なりに反らせた。ゴツッ、ゴツッと成尾の後頭部が床柱にあたる音を背中に聞いて、和室を出た。

玄関の段ボール箱からタオルを出し、顔や手を入念に拭いた。思いのほか、返り血は浴びていなかった。段ボール箱を解体して折り畳む。リバーシブルの上着を脱ぎ、裏返して着た。ポケットにタオルを入れ、黒のマスクをつける。スポーツバッグを肩に提げ、畳んだ段ボール箱を持って外に出た。

カーポートに駐めていたスーパーカブのバスケットに段ボール箱を入れ、ゴムロープで荷台にスポーツバッグを括りつけた。フルフェイスのヘルメットを被り、ヘッドランプを点けてカーポートを出る。二億一千万の札束は二十一キロだが、そう重くは感じない。スーパーカブは軽快に走る。

伝法から国道43号の側道を南へ走り、梅香交差点を右折して北港通を西へ行く。ユニバーサルスタジオ東交差点を右折し、北港運河公園に入った。道沿いに街灯はあるが、暗い。人通りもない。

カブのエンジンを切り、公園の中を押していった。辺りにひとはいない。堤防のそばにカブを駐め、バスケットの段ボール箱を正蓮寺川に捨てた。

荷台からスポーツバッグをおろし、カブを押して堤防の切れ間から川に落とした。カブは沈み、白いカウルも見えなくなった。

成尾の札入れとスマホ、粘着テープ、革手袋、ブロックバスター、ヘルメットを投げ捨てた。サイズの合わないぶかぶかのバスケットシューズを脱ぎ、敷いていたインソールごと、小石と砂を詰めて捨てる。

スポーツバッグを肩に提げて堤防を離れた。アスファルト路面が足裏に食い込むが、靴下を二枚重ねで履いているからそう痛くはない。ここで職質にあったりするとすべてが泡と消える。遠く公園の外に見える車のヘッドランプにも細心の注意を払った。

公園を出た。北港北の市営駐車場に駐めていた偽造ナンバーのアウディA３に乗り、島屋入口から阪神高速淀川左岸線に入った。

10

昼すぎ——。玉川のスマホが鳴った。玉川は箸を置いてスマホをとり、

「理《さとし》さんや」

ディスプレーを見て、応答ボタンを押した。「——玉川です。——東大阪です。金地金の鋳造工場で話を聞いてました。——此花？　なにかあったんですか。——了解です。行きますわ」

「なんです」舘野も箸をとめた。

「成尾が殺された。窒息死や」

「えっ……。ほんまですか」

「犯行時刻は昨日の夜や。深夜の一時半ごろ、ラウンジから帰ってきた仲野玲子が成尾の死体を発見した」

成尾は頭からゴミ袋を被せられ、首に粘着テープが巻かれていた。玲子が揺り動かしても反応がない。玲子は袋を破ったが、成尾はぴくりともしなかった——。

「春日出署、機捜、鑑識、一課の強行犯係が出た。いまも現場検証をしてる。テレビのニュースになったんは昼前や」

「成尾に最後に会うた刑事《デカ》は、玉さんとぼくですわ」

成尾聖寿から訊き込みをしたのは一昨日、十一月四日の夕方だった。その成尾が昨日の夜には死体になっていた——。

「わるい冗談やで。たった一日のちがいや」

玉川はためいきをつく。「大迫と成尾には接点がある。両方とも闇社会の有名人や。大迫と成尾殺しが同じ犯人やったら……」

「連続強盗殺人です」

「こいつはほんまもんの大事件やぞ」玉川はまた箸をとって親子丼をほおばる。

「松田さんはどういうたんですか」

「此花や。伝法に来い、というてる」

成尾に会った玉川と舘野、鑑取り班の頭の松田が成尾殺しの捜査本部に行って情報交換をするという。「──なにをしてるんや。飯も食わんと」

「いや、此花へ……」

「ま、食え。成尾は逃げへん」玉川はタクアンをかじった。


此花区伝法──。成尾の家は周囲をブルーシートで覆われ、制服警官が五人、現場保存テープのそばに立っていた。野次馬は三、四十人。少し離れた路上に放送局の中継車も駐まっている。

舘野は中継車の後ろに車を駐めた。玉川が車外に出る。エンジンをとめて、舘野も車を降りた。放送局のＡＤだろう、マイクを持ったパーカの男が走り寄ってきたが、無視した。

玉川につづいて保存テープをくぐると、玄関先に松田がいた。現場検証用の作業服を着た長身の男と話をしている。

「ご苦労さんです」

玉川が声をかけた。松田は振り向いて、

「おう、こちらは美濃さん。春日出署強行犯係の部屋長や」

「すんません。お世話かけます。箕面北署の玉川です」玉川は一礼した。

「本部強行犯係の舘野です。よろしくお願いします」舘野も頭をさげる。

「美濃です。いろいろ教えてください」

にこやかに美濃もいった。当たりが柔らかい。齢は五十すぎか。

「大迫事件の帳場から来たんは、我々三人です」

松田は美濃にいった。「玉川と舘野は一昨日の夕方、五時ごろに被害者《ガイシャ》に会うてます」

「大迫と成尾は知り合いです」

玉川がいった。「大迫は成尾から貴金属ブローカーを紹介されて百キロ近い金の延べ板を買うてます」ブローカーは浪川司郎といい、浪速区恵美須西の《コルベージュ恵美須》８０３号室に居住していると補足した。

「浪川に会うたんですか」

「いや、インターホン越しに声を聞いただけです」

「ぼくも行ってみますわ。そのマンションに」

「はっきりいうて、大迫も成尾も悪党です」

松田がつづけた。「大迫は大阪ミリアム倒産、成尾はエルコスメ倒産の黒幕ですわ」

「共通点が多々ありそうですな」美濃が応じた。

「詳細はあとにして、成尾の死亡推定日時から教えてもらえますか」

「死亡推定日時は昨日、十一月五日の十八時二十分から二十一時ごろ。十八時十五分に内妻が家を出て、あとは成尾ひとりでした」

付近の住人は犯行時の物音や悲鳴のようなものを聞いていないという。「検視官によると死因は窒息死。被害者《ガイシャ》は和室の床柱に伸縮性のある粘着テープで上半身を括りつけられ、頭に黒いゴミ袋を被せられて、首の部分にテープを巻かれてました。遺体は阿倍野の市大病院に搬送して剖検してます」

「しかし、ひどい殺し方ですな」

玉川がいった。「被害者は苦しんだでしょ」

「窒息して暴れたんですな、後頭部が裂けて出血してました。柳刃包丁で顔を切られて、鼻の下半分が千切れかかってます」

内妻の仲野玲子の証言によると、柳刃包丁は流し台の包丁ラックに差してあったもので、遺体の足もとで発見された——。

「顔を切ったんは、拷問ですか」

「和室の金庫の扉が開いてます」

成尾は責められて金庫の所在とダイヤル番号を吐いたのだろう、と美濃はいい、「あと、床の間の壁も破られてます」

「それは……」

「わたしが説明するより現場を見てもろたほうが早いでしょ」

美濃はカーポートで検証をしている鑑識係員に声をかけてシューズカバーをもらった。それを松田、玉川、舘野はもらって、靴の上に履く。

美濃が格子戸を引き、全員が玄関に入った。グレーの合成タイル敷きの三和土にラグビーボール大の黒い染みがある。乾いた血溜まりだ。その血溜まりから点々と染みがつづいて廊下にあがり、奥へ引きずった痕が見えた。

「この血痕はどういうことですか」玉川が訊いた。

「犯人《ホシ》はインターホンを押して、被害者が玄関の戸を開けたところを鈍器で殴りつけた。被害者は昏倒して三和土に倒れた。犯人は侵入して、昏倒した被害者を廊下に引きずりあげたと見てます」

美濃、松田、玉川につづいて廊下にあがった。血痕を踏まないよう、慎重に歩を進める。

廊下の右、カーポート側に張り出した階段下のスペースに脚付きの木製チェストがあり、その上に置かれた防犯カメラのデッキは、ほとんど平たくなるほどひしゃげていた。インターホンのモニターは壁からチェストの脇に落ちてバラバラになり、欠片《かけら》が廊下に散乱している。

「めちゃくちゃな壊しようやないですか」

「ハンマーです」美濃が洗面所を見た。

舘野は洗面所を覗いた。ドアのそばに柄が三十センチほどもあるハンマーがころがっている。玉川はハンマーのそばにかがんだ。ヘッドを指差して、

「この白い粉は」

「石膏です。そのハンマーで床の間の壁を壊したようです」

柄に血も付着している、と美濃はいい、成尾が被っていた容量四十五リットルの黒いゴミ袋とハンマーは一階納戸に置いてあったという。

廊下を引きずった血痕をたどってダイニングキッチンに入った。鑑識係員がダイニングボードのそばにかがんで遺留物を採取している。ふたり用のダイニングテーブルと椅子が冷蔵庫の前に移動し、ダイニングの真ん中あたり、白いフロアにかなりの量の血溜まりがあった。

「そこの流し台の包丁ラックから柳刃包丁を出して、被害者の鼻を切ったようです」

美濃がいった。「責められた被害者は、和室に金庫がある、というたんでしょ」

血溜まりから引きずった痕が廊下に出ていた。それをたどって、廊下の向かい側の和室に入った。

広さは十二畳、奥寄りに座卓と座椅子、左の壁際の茶箪笥は倒れて抽斗がはみ出ている。正面の左が床の間で右が書院のようだが、書院の違い棚は右に移動し、黒い大型金庫の扉が開いている。金庫の中は空だ。

「金庫の中身は」松田が訊いた。

「エルコスメ関連の書類が多かったです。顧客リストや金銭貸借簿のほかに、成尾名義の不動産権利証書や株式の取引明細。金塊の預かり証と無記名国債証券も放り出されてました」書類はすべて鑑識が回収し、指紋を採取したあと、詳細を調べるという。

「金塊の預かり証と国債の額は」

「預かり証の発行元は『ZPMC』のなんば元町店で、純金が二十キロ。国債は二百二十枚あって、総額は十一億円です」

「十一億……」玉川がいった。「法律くそ食らえで国に弓引いてるやつが十一億もの国債を買うとは、わるいギャグやないですか。大迫が隠してた資産も大概《たいがい》やけど、ここは成尾の勝ちですな」

「国債証券は石膏の粉だらけでした。金庫ではなくて、床の間の壁の中にあったようです」

美濃は床の間に眼をやった。後ろの壁が引き剝がされて角材の格子が露出し、ずたずたに切られたモスグリーンのクロスと、破《わ》れた石膏ボードが畳に散乱している。

「金塊か現金か……。現金やったら、その壁の広さと壊れ具合から見て、億単位の金が奪《と》られたと見てます」

美濃はいって、「発見時、遺体の足もとにあった柳刃包丁は柄が血塗れで、刃は先端が折れて刃こぼれだらけでした。床の間のボードを剝がすのに、ハンマーと包丁を使うたみたいです」

柳刃包丁はDNA鑑定にまわしているという。

「犯人の指紋はどうですか」松田が訊いた。

「一階のあちこちに血の擦《こす》り痕がありますが、指紋も掌紋もなし。軍手のような痕もないので、犯人は革手袋をしてたと見てます」

「足跡《ゲソ》は」

「玄関、廊下、ダイニングから採取してます。サイズは二十九センチ。メーカーとモデルは未確認ですが、スポーツシューズです。……足跡はその一種類だけです」

階段に足跡はなく、二階の寝室にも物色痕はないという。

「単独犯ですな」玉川がいった。

「ほぼ、まちがいないですね」

「足跡が二十九センチ。犯人は百八十五センチというとこですか」

「かなりの大男です」

「犯人の体格がつかめたとしても、金銭被害不明というのが難ですな」

松田はあごに手をやった。「よめさんはどういうてるんですか」

「被害者が床の間の壁を張り換えたんは五年前の夏らしいです。仲野さんは八月の盆休みにラウンジの子を連れてグアムに行ったんやけど、四日後に帰ってきたときは、床の間の壁の色が変わってて、天井にスプリンクラーが付いてたというてます」

「スプリンクラー……」

松田は天井を見あげた。「ほんまですな。ふたつ付いてる」

「一般住宅にスプリンクラーいうのは珍しいんやないんですか」玉川がいった。

「最近はそうでもないらしいです。既設の水道管を使う『ホームスプリンクラー』は二十万から三十万円程度で設置できるみたいです」

「よめさんは被害者に訊いたんですか。壁の色が変わった理由《わけ》とスプリンクラーが付いた理由を」

「訊いてないというてますわ。被害者はなにごとも詮索されるのが大嫌いで、訊いても答えた例《ためし》がないそうです」

「しかし、ちょっとは想像できたでしょ」

「床の間の壁になにかを隠した……。それは分かったというてます」

「嘘くさいですな」

「確かに」

「なんぼ嫌がられても、普通は訊きますわな。なにを隠したか」

「そのあたりは仲野さんから再度、事情を聴取するつもりです」

美濃はうなずいて、スプリンクラーを設置した工事業者をあたるといった。「その業者が床の間のボードを張った可能性もあるし、壁の中を見たかもしれません」

「成尾家に出入りしてる西村正也はどういうてるんですか」

「西村もグアムに同行してました」

「ぜひ、工事業者をあたってください」

松田はいって、「あと、地取りはどうですか」

「いまのとこ、目撃情報が二件。カーポートのクラウンのそばにバイクが駐まってたそうです」

買い物帰りの近所の主婦が成尾の家の前を通りかかったときにバイクを眼にした、と美濃はいう。

「主婦は同じ町内の住人で、仲野さんとは顔見知りです。普段、バイクを見かけることはないので、よう憶えてました」

「どんなバイクでした」

「不詳です。ただ、バイクというだけで、色も憶えてません」

和室に鑑識係員が入ってきた。書院の地袋を覗き込んで遺留物採取をはじめた。

「邪魔ですな」

松田に促されて、玄関から外に出た。ブルーシートが一枚、外れかかっている。放送局のカメラがこちらに向いていた。

シートの紐を結び直してカーポートに行った。現行型のクラウンは真新しい。モルタル塗りの床にバイクのタイヤ痕らしいものはない。

「さっきの目撃情報の、もう一件は」玉川が美濃に訊いた。

「介護職員です。施設近くのコンビニの行き帰りにバイクを見てます」

彼女もバイクに興味はないが、スクーター型の原付バイクではなかったと証言した――。

「色は紺か黒。それだけです」

主婦は午後六時半ごろ、介護職員は八時四十分ごろバイクを目撃したが、それ以後、バイクに関する情報はないという。

「犯人は十一月五日の十八時半から二十時四十分までの、少なくとも二時間十分、成尾家にいた。これは成尾の死亡推定時間とも合致します」

「バイクの詳細をつかみたいですな」

「地取り班が付近の防犯カメラをあたってます。映像を解析してバイクを特定します」

夜になると付近住民が帰宅するから目撃情報も増えるだろう、と美濃はいった。

「犯人はカーポートにバイクを駐めた……。まさか、成尾の顔見知りではないわな」独りごちるように松田はいった。

「宅配かなにかを装ってインターホンのボタンを押したんやないですかね」

玉川がいった。「宅配のスタッフやったら手袋をしてても不自然やないし、荷物で顔や着衣も隠せますわ」

「犯人がインターホンと防犯カメラを叩き壊したんは、映像を撮られたからやと見てます」美濃が応じた。

「そこがふたつの事件《ヤマ》のちがいですわ」

松田がつづけた。「大迫事件の犯人は防犯カメラのシステムデッキとデスクトップパソコンを持ち去ってます。足跡も一切ない。被害者を責めたんは同じやけど、結束バンドで止血した上で小指を切断。その鋏もない。殺害方法は拳銃で大迫の額を一発。……なにからなにまで水際立ってます。まさにプロのギャングという印象です」

「大迫事件の金銭被害は」美濃が訊いた。

「金庫を開けた形跡がないんです。……しかし、大迫邸は三百坪もあって、だだっ広い。おまけに事件当夜は台風十九号の大雨でした。ガレージ、庭、ベランダ……、犯人は大迫を責めて、隠してた金塊を奪《と》って逃げたというのが、いまの我々の推論です」

「なるほど、ギャングが手ぶらで帰るいうのはないですわな」

美濃はうなずいて、「そう、松田さんのいうとおり、大迫事件はスマートで、成尾事件は粗い。ハンマー、包丁、ゴミ袋と、どれもが家ん中にあったもので、犯人が持ち込んだんは粘着テープだけです。鼻が千切れかけてる血塗れの被害者を引きずりまわして、壁をぶち壊したあげくに、ゴミ袋を被せて窒息死させた。その殺し方も行きあたりばったりやし、乗ってきたバイクをカーポートに駐めてる。インターホンと防犯カメラを壊したところまでは知恵がまわったけど、家中が足跡だらけいうのは素人の犯行ですわ」

「ふたつの事件の共通点は、大迫と成尾が知り合いやったということだけですな」玉川がいった。

「大迫と成尾が情報屋の標的《まと》やったというのも共通点やろ」松田がいった。

「成尾のほうが大迫より緩かったんやないですかね、警戒心が」

「そら、こんな街中の小さい家や。人目がある。音も漏れる。箕面の男神山の豪邸とは大ちがいや」

「大迫事件は単独犯ですか」美濃が訊いた。

「その結論は出てないんですわ」

松田はかぶりを振る。「事件当夜、Nシステムに捕捉された偽造ナンバーのカローラセダンに乗ってたんはひとりでしたけど、それだけで単独犯と断定するには弱い。複数犯が箕面近辺でカローラから降りた可能性も否定できんのです」

「Nシステムに映ってたんはどんなやつですか」

「黒っぽいキャップ、黒縁眼鏡、黒いマスク、着衣は不明……。要するに、なにも分からずじまいですわ」

「その偽造ナンバーのカローラは」

「新御堂筋から阪神高速松原線、阪和道の堺インターを降りて、泉北2号線の栂《とが》を最後に形跡が消えてます」

「栂の辺りで脇道に逸れたんですな」

「そういうことです」

Nシステムの画像は美濃宛に送信する、と松田はいい、「捜査会議は何時ですか」

「十時から十一時でしょ」帳場は春日出署七階の講堂に置かれる、と美濃はいった。

「そしたら、そのころにまた来ますわ」

「そうしてください」

「いや、どうもありがとうございました。今後とも情報交換をお願いします」

「こちらこそ。ためになりました」

美濃も頭をさげて解散した。


「あかんな」

シューズカバーを脱ぎながら、松田がいった。「別犯人《ベツボシ》や」

「情報屋も望み薄ですね」と、玉川。

「ま、日本中の情報屋が大迫と成尾のネタを持ってたやろ」

「ふたりセット、ト、ト、トで売ってたかもです」

「今日の捜査会議でなにが出るかや。春日出の帳場に期待しよ」

成尾事件が判明すれば情報屋を特定できる。その情報屋を叩けば大迫のネタを流した相手が分かるかもしれない、と松田はいった。「――とはいうても、棚からぼた餅や。そんなうまいことつながったら苦労はせんわな」

「果報は寝て待て、ともいうやないですか」

「果報な……」松田は下を向いた。「大迫の事件《ヤマ》は端から嫌な予感がした」

「わしも同じですわ」

「うどんとかラーメン、食うてないんか」

「そう、たーやんもつきおうてくれてますねん」

「律儀なこっちゃ」

「糖質ダイエットにはいいんです」

舘野はいった。「一カ月で三キロほど痩せました」

「それは食い物《もん》やない。休みもなしに働いてるからや」

松田は笑った。「さて、わしはいったん帳場に帰る。君らはどないするんや」

「わしも帰りますわ。報告書を溜めてるし」

「よっしゃ。車に乗せてくれ」

その言葉で、舘野は松田が箕面から電車で伝法へ来たことに気づいた。

11

十一月六日、午後──。外環状線沿いの中古車買取専門店にカローラを持ち込んだ。新車登録は一昨年の十月、走行距離は一万二千キロの傷ひとつないきれいな車だが、査定額は百五十万円だった。用意していた印鑑証明書を渡し、譲渡証と委任状に実印を押した。売買契約は完了し、現金を受けとって、タクシーで帰宅した。ガレージの前に置いていたポリバケツの蓋が外れているのは、市のパッカー車が中のゴミ袋を回収していったのだろう。

バケツを植込みの陰に移動して、ガレージ横の通用口から家に入った。半地下のシャッター付きガレージにはアウディA3とヤリスを駐めている。白のヤリスは年式の新しい中古車を百三十万円で買い、半月前に納車された。

コーヒーを淹れてモーニングカップに注ぎ、リビングに移動した。ジャケットを脱いでカーディガンに着替える。壁一面のレコードラックから『ロバート・ジョンソン』を抜いてターンテーブルにセットし、アンプの電源を入れてレコードに針を落とす。たまにはアンプラグドのブルースもいい。ソファに腰をおろしてヒュミドールの蓋を開けた。ナットシャーマンの〝ダコタ〟を出して吸い口を切り、シガーライターで火をつける。ソファにもたれて眼を瞑り、昨日からの行動を反芻した――。

阪神高速湾岸線から堺泉北道路を経由し、阪和自動車道の美原南インターで高速道路を降りた。国道309号を南下して富南《とうなん》市へ。外環状線から御山台《みやまだい》の家に帰り、アウディをガレージに入れたときは午後十時をすぎていた。

アウディのトランクからスポーツバッグを出して、中の札束――二十一個の一千万円をガレージ内のスチールストッカーに移して施錠した。札束は少なくとも半年は眠らせておくつもりだ。

空のバッグを抱えてガレージからダイニングにあがった。リバーシブルのナイロンパーカとカーゴパンツを脱ぎ、下着も脱いで成尾の血を拭いたタオルといっしょに細かく切り刻んだ。成尾のクレジットカードとキャッシュカード、スポーツバッグも切り刻み、紙製のショッピングバッグに詰めてゴミ袋に入れた。

シャワーを浴びてジャージに着替えた。ゴミ袋を持ってガレージに降り、ポリペールに入れてシャッターの外に出した。ダイニングにもどって煙草を一本吸う。壁の時計は午前一時を指していた。

二階の寝室にあがり、ベッドに入ったが、寝つけなかった。ゴツッ、ゴツッと、成尾が床柱に頭を打ちつける音が耳に蘇った。ちぎれかけた鼻と血塗れの顔も脳裏に浮かんだが、どこか絵空事のホラー映画の一シーンのようで、怖れは感じなかった。

午前三時をすぎても眠れず、ガウンをはおってリビングに行き、普段は服まない睡眠薬を一錠、白湯《さゆ》で服んだ。ふうっと意識が薄れて、目覚めたときはカウチソファに横になっていた——。

テーブルのスマホが振動した。モニターを見る。玲奈ではない。

——はい。

——箱さん？

声に聞き憶えがあった。

——新井です。『聚楽』の。

——ああ、どうも。

——今日は土曜日やし、どうですか。もう一月ほど、ご無沙汰やし。

——メンバーが足らないんですか。

——そう。昼前から三人でやってますねん。

ほかのふたりは高等遊民の亮さんと不動産屋の勝井だという。

——おれ、家にいるんですよ。

——そら、遠いな。

——ほかに客は。

——いてません。電話もかかってこんし。

——了解。行きます。

——車ですよね。いつもの駐車場に駐めてください。

電話は切れた。渡りに船だ。こんな日の博打はなによりの気晴らしになる。

カーディガンを脱ぎ、ポロシャツとチノパンツに着替えてコロンをふった。シガー三本とスマホ、ヤリスのキーと二十万円ほどの金をポケットに入れ、ジャケットをはおってガレージに降りた。

＊　＊

松田と玉川を車に乗せて春日出署に着いたのは午後九時半だった。捜査会議は十時からだと事前に聞いている。

エレベーターで七階にあがった。戒名が決まったのか、講堂の出入口横に短冊が掛けられていた。縦長の紙に墨書きで《此花伝法資産家強盗殺人事件特別捜査本部》とある。堂々とした楷書だ。講堂を覗くと、五、六人の署員が長テーブルとパイプ椅子を並べていた。

「早う来すぎたか」松田がいった。

「コーヒーでも飲みますか」

玉川がいい、地階に降りた。食堂の隣が喫茶スペースで、三台並んでいる自販機のうち一台はコーヒーと紅茶だけの機種だった。

松田が千円札を出して、舘野が百五十円のホットコーヒーをテーブルに運んだ。松田はブラックで口をつけて、

「うちの署よりは美味いような気がする」

「そらよかった」玉川も飲んだ。なにもいわない。

舘野はミルクを入れて飲んだ。香りがない。インスタントだ。百五十円は高い。

そこへ、食堂から署員が三人、出てきた。左の長身の男は美濃だった。

「こんばんは。来てはったんですね」

美濃は愛想がいい。「会議が長びくと思て、カップ麺を食いました」

「ま、二時間は覚悟してます」玉川がいった。

美濃はテーブルの向こうに座った。ふたりの署員は一礼して廊下に出ていった。

「コーヒーは」松田が訊いた。

「ありがとうございます。けど、飲んでる時間がないんで」

美濃は小さく手を振って、「春日出署管内で特捜の帳場は一年半ぶりです」

「箕面北署は四年ぶりですわ」と、玉川。

「どうですか、伝法の事件《ヤマ》」

「正直いわしてもろたら、別犯人《ベツボシ》ですな」

「同感です」

「ニュースを見ました。被害者は〝窒息死〟となってましたな」

「さすがにね、〝頭にゴミ袋を被せた絞殺〟とは発表できんかったみたいです」

「気に入らんのは、窒息死という言葉ですわ。自分から死んだみたいやないですか」

「正確にはどういうんですかね。手で首を絞めたんでも、紐で絞めたんでもないのは」

「窒息殺でええやないですか」

「ぴんと来ませんな」

「確かにね」

埒もない話をふたりはする。同じ部屋長どうし、気が合うのかもしれない。

松田がコーヒーを飲みほした。

「先に行く。署長と刑事課長に挨拶しとく」

「すんませんな」

玉川がいい、松田は紙コップを手に喫茶スペースを出ていった。

「きっちりしたひとですな」美濃がいった。

「わしらはオブザーバーやからね」

「ま、仁義をとおしとくに越したことはない」美濃は笑った。

「美濃さんは何年ですか、春日出署」

「七年目ですわ。けっこう長い」

「前任は」

「中央署のマル暴です」

「あそこは大所帯でしょ」

「兵隊が二十人。三班でしたな」

美濃はいって、「舘野さんは」ふいに振られた。

「自分の前任は横堀署で、盗犯係でした」

「支店の盗犯から本社の強行犯……。抜擢ですな」

「あとで聞いたら、班長が推してくれたみたいです」

そう、異動願は出していた。どこか府下のこぢんまりした署で泥棒を挙げるのが希望だった。まさか、本部一課の強行犯係に行くとは思ってもみなかった。

三年前の春、異動した途端に東大阪のプレス工場が放火され、焼け跡から経営者の死体が発見された。鋭利な刃物で心臓部をひと突きされた刺殺だった。二カ月前に解雇された二十九歳の従業員が所在不明で、これを重要参考人として指名手配し、半月後に逃走先の東京赤羽の漫画喫茶で逮捕した。

その打ち上げの席で、班長の清水以下、班員十人の名前と顔が一致した。みんな生粋の強盗《タタキ》と殺人《コロシ》の刑事だった――。

「たーやんは独身ですねん」玉川がいう。

「そんな感じですな」美濃はうなずく。

「春日出署に、ぽっちゃり系の若い子はおらんですか」

「おらんこともないけど、ほんの一言でもその手の話をしたらアウトですわ。いまの時節はね」

「触らぬセクハラに祟りなしですな」

「いうても、警官は警官どうしでひっつきますけどな」

「世界が狭いからね」

玉川は笑って、「わしのよめはんは摂津の水道屋の娘やけど、叔父が地域課の課長でしたんや。わしの初任署のね」

「見込まれたんですな」

「大酒飲みの課長に、ようつきあいましたわ」

「いっぺん、飲みますか」

「よろしいな。大迫事件か成尾事件か、どっちか片づいたら行きましょ」

「携帯の番号、教えてください」

「はいはい、交換しましょ」

玉川と美濃はスマホを出した。

十時十分前――。講堂に入った。パイプ椅子が半分ほど埋まっている。松田はスポーツ刈りの男と並んで後ろの出入口近くに座っていた。

「こちら、強行犯係長の間宮さん」玉川をみとめて、松田がいった。

「どうも、お世話になってます。松田の部下の玉川です」

「本部一課清水班の舘野です」

一礼し、松田と間宮の後ろに、美濃、玉川と並んで腰かけた。捜査員が次々に着席する。ざっと数えて七十人はいた。

定刻になり、幹部連中が入ってきた。ホワイトボードを背に、大阪府警捜査一課長、捜査一課管理官、鑑識課長、捜査一課強行犯係長、春日出署署長、副署長、刑事課長と着席し、大阪地検の本部係検事と事務官が同席した。

「大迫事件の第一回の捜査会議はいつやった」玉川が小声でいった。

「十月四日です」

「今日は十一月六日か……。あっという間やったな」

そう、ほぼ一月前、これと同じような会議の光景を舘野は眼にした——。

では捜査会議をはじめます——。春日出署長が発言し、捜査一課長が立ちあがった。捜査員も全員が立って一礼する。一課長は事件を『此花伝法資産家強盗殺人事件』と命名するといい、「事件の早期解決に向けて努力されたい」と型どおりの挨拶をした。

次に管理官の津島が立った。

「この事件は犯人が被害者の顔を切り刻み、和室の床柱に縛りつけて、頭にゴミ袋を被せて首に粘着テープを巻きつけたため、窒息死に至った極めて残虐な殺人です。被害者、成尾聖寿氏はマルチ商法の主宰者で多大の被害を社会に及ぼしており、複数の訴訟を抱えている状況でした。この事件は新聞、テレビ等の扱いも大きく、注目度も高い。各人、熱意をもって捜査にあたってください。……それでは、現場検証から報告してもらいます」

津島は鑑識課長の守屋を指名した。

「まず、被害者の着衣は灰色の長袖シャツと黒のズボンで、所持品はなし。内妻の仲野玲子によると、ズボンの左ポケットにスマホ、後ろポケットに札入れを入れていたようですが、ふたつとも発見されておりません。犯人が持ち去ったものと思われます。……次に解剖結果ですが、被害者は六十二歳。死因は窒息死。容量四十五リットルのゴミ袋を頭部に被せられて首にポリエチレン製の粘着テープを巻かれてました。絞殺ではなく、呼吸困難による窒息死です。……被害者は台所にあった柳刃包丁で鼻を切られており、これは金庫と金の所在を訊かれた拷問によるものと思料されます」

守屋の報告を待って、鑑識課員が床柱に縛られた成尾と和室を撮影した複数の画像のコピーを各テーブルに配った。捜査員は画像を見て、隣にまわしていく。玉川と舘野の手もとにも来た。

「こいつはそうとう暴れたな」

「そうですね……」

仲野玲子がゴミ袋を破ったのだろう、成尾の顔の右半分がのぞいていた。半開きの眼から下は血塗れで鼻も口もすぐには判別できない。猿ぐつわだろう、口の部分にはシルバーの粘着テープが貼られていることがかろうじて見てとれた。成尾は頭部を床柱の右に反らし、テープを巻かれた足を前方に突っ張っていた。

「残虐や」

「断末魔とはこういうことをいうんですね」

成尾のグレーのズボンも、踝《くるぶし》までずれた靴下も血に染まっている。その足の先に、刃が石膏の粉で白くなり、柄が赤黒く染まった柳刃包丁がころがっていた。

　画像の中には犯人の足跡を接写しているものもあった。成尾の血を踏んだのだろう、畳にくっきりソールの痕が付いている。

「二十九センチとかいうてたな」

「足にぴったりの靴を履いてたとしたら、大男ですわ」

「それもそうやけど、こうやって足跡《ゲソ》をべたべた現場に残してる犯人の神経がわしは気に入らん。舐めとる。警察を」

「確かに、野放図です」

　コピーを隣の捜査員にまわした。

「画像でもお分かりのように、書院の違い棚の裏に隠し金庫があります。これを犯人が開いて物色し、被害者の資産関係書類としては不動産権利証書や株式取引明細、純金の預かり証等を畳の上に放り出しました」

　守屋がいった。「純金は二十キロ。預かり証の発行元は『ＺＰＭＣ』のなんば元町店。現在の評価額は一億四千万円です」

　ほう、と後ろのほうで声があがった。

「また、床の間と座卓のあいだに散乱している書類は無記名国債証券で、額面五百万円が二百二十枚。総額、十一億円です」

　ざわめきが広がった。

「国債が石膏の粉をかぶっていることから、国債は金庫ではなく、床の間の壁の中にあったと思料されますが、壁が広範囲に壊されていることから、国債だけではなく、金塊か現金があったものとみてます」

「成尾氏の資産状況については、あとで報告します」津島がいった。

「――現場から採取した足跡はバスケットシューズです」

守屋がつづける。「ユニバースのライトスターモデルで、サイズは二十九センチ。犯人は身長百八十以上と思料されますが、偽装のため、わざと大きいサイズを履いていた可能性もあると考えてください」

「そのバスケットシューズは磨り減ってないんですか」後ろの捜査員が発言した。

「いや、けっこう磨り減ってます」踵部分のパターンが不鮮明だという。

「新しいシューズでないとしたら、普段もそのシューズを履いてる……。偽装の可能性は低いんやないんですか」

「そのとおりでしょうね」

守屋はあっさり同意した。「防犯カメラとNシステムに捕捉された犯人の身長は百七十五から百八十五センチです」

「そこは、わたしから報告します」

津島がひきとった。「成尾氏宅のカーポートに紺色のスーパーカブが駐められてたという目撃証言を複数、得ました。はじめは十八時半ごろ、近所の主婦が見ました。そして、最後は二十時五十分ごろ、勤め帰りの二十七歳の会社員が目撃しました」

会社員は中型自動二輪免許を持っていて、バイクには詳しい、と津島はいい、「スーパーカブは現行型で、セイシェルナイトブルーという色ですが、『スーパーカブ50』か『スーパーカブ110』かの種別は外観が同じため、不詳です。……また、ビデオ解析班が現場周辺の防犯カメラをあたったところ、二十時五十七分、被害者宅から南へ約五百メートル行った北港通のコンビニの防犯カメラに、東から西へ走行する紺色のスーパーカブが映ってます」

スーパーカブの運転者はフルフェイスの白色ヘルメットを被り、ライトグレーのパーカとダークグレーのカーゴパンツを着用していた。スチール製の前カゴに折りたたんだ段ボールようのものを入れ、後ろの荷台にロープで固定した黒い大型バッグを載せていた。バッグは大きく膨らんでおり、左右が荷台からはみ出していた――。

「バイクは前部にナンバープレートがないため、Nシステムによる捕捉が困難ですが、二十一時〇分、北港通の春日出西交差点付近を東から西へ走行しているところが映ってます。今後も十人以上の捜査員を動員して、Nシステム及び沿線の防犯カメラを検索します」

「北港通の先にはなにがあるんですか」右前の捜査員が訊いた。

「桜島にユニバーサル・スタジオがあります」

「その先は」

「大阪湾北港です」

「行き止まりですか」

「いえ、阪神高速湾岸線があります」

島屋入口から淀川左岸線を経由し、湾岸線に合流する、と津島はいった。

「しかし、百二十五CC以下の単車は高速に入れんのやないんですか」

「そのとおりです」

「となると、スーパーカブは……」

「桜島の手前でUターンしたか、島屋交差点を右折して、正蓮寺川にかかる北港大橋を渡って西島《とりしま》方面に抜けた可能性があります」

「それは、明確な目的地があるわけではなく、伝法から春日出辺りを走りまわって行方をくらます狙いですかね」

「そこは不明です。いっときも早く現場を離れたいがために、やみくもに走ったとも考えられます」

そう、津島のいうとおり、予断は禁物だ――。

「体格はどうですか、スーパーカブに乗ってた男の」

「フルフェイスのヘルメットを被っているため、はっきりとはしませんが、どちらかといえば大柄です。身長百七十五から百八十五。靴のサイズから考えると、百八十以上やないですかね」

「ヘルメットの効用ですか。顔が分からん上に、身長も分からん」

「新たな映像をつかめるよう防犯カメラの検索はつづけてます」

津島はいって、講堂の全員を見まわした。誰も発言しない。

「つづけます」

津島はファイルに眼を落とした。「五年前の夏、成尾氏は和室にホームスプリンクラーを設置してます。その工事と並行して書院と床の間を改装しました」

書院の工事は違い棚を壁ごと右にスライドさせるようレールとモーターを取り付けて、その後ろに大型金庫を設置した。床の間は壁面ボードを外して構造材を露わにした――。

「モーターのスイッチは書院の地袋の中に隠しました。床の間はボードを外したままで工事を終えてます」

「目的は、床の間の壁になにかを隠すためですか」後ろの捜査員がいった。

「そのとおりです」

津島はうなずいた。「改装業者が工事に入ったのが八月十一日で、その日の朝に内妻の仲野玲子さんがラウンジの従業員を連れてグアムに旅行してます。……仲野さんが帰国したのが八月十五日で、そのときはスプリンクラーと書院と床の間の工事は終わってました」

「仲野さんは工事をすると聞いてなかったんですか」

「聞いてなかったそうです」

が、玲子はすぐに気づいたという。和室の天井がクロス張りになってスプリンクラーヘッドが突き出し、床の間のクロスも色が変わっていた──。

「仲野さんは成尾氏が壁の中になにかを隠した、と思たけど、詮索はせんかったといいました」

「それって、おかしいことないですか」

「そう、おかしい。……仲野さんを署に同道して事情を訊きました。……現金です。成尾氏は現金を壁の中に隠したと仲野さんに明かしたそうです」

「いくらですか」

「そこがはっきりせんのです。なんぼ訊いても、成尾氏は隠した額をいわんかった……」

「とぼけてるんやないんですか、内妻は」

「いや、そうは思えんですな。壁の中の現金をすべて持ち去られてるんやから、仲野さんの立場としては被害額をはっきりさせたいはずです」

「此花通の防犯カメラに映ったんが、その現金ですね」右の捜査員が発言した。

「そう、膨れた大型バッグがスーパーカブの荷台からはみ出してます」津島はいった。

「いいですか」

手を挙げたのは捜査一課強行犯係長の藤井だった。「二階寝室のベッドの下から被害者名義の銀行と信用金庫の通帳を発見してます。興和銀行、すみれ銀行、住東銀行、大成銀行、星光信用金庫、たから信用金庫です。和室の金庫内にあったと思われる三協銀行と大同銀行を合わせて、計八つの総合口座を被害者は持ってましたが、たから信用金庫を除く七つの口座から、五年前の七月から八月にかけて、一千万円ないし五千万円の現金を引き出してます。その総額は二億一千万円でした。……時期的に考えて、被害者は二億一千万円の現金と十一億円の国債証券を床の間の壁の中に隠したと考えていいと思います」

「改装業者は見たんですか、現金と国債を」後ろの捜査員が訊いた。

「業者が最後に現場に入ったのは八月十四日でした。そのときは外した石膏ボードが元の状態に張られてました。前日の夜までに、被害者が壁の中に現金と国債を詰めてボードを張ったと思われます」

石膏ボードは素人でも張れる。ドライバーで構造材にネジどめするだけだと藤井はいった。「改装業者はクロス屋を手配してボードに下地処理をし、聚楽色のビニールクロスを張らせました」

「犯人はスーパーカブの後ろに二億一千万を積んでたんですな」

「そうみてもいいいと考えます」

津島が応じた。「現場にあった株式の取引明細、地金の預かり証を含めて、生命保険等、明日から成尾氏の金融資産について名寄せをします。総資産と被害額が確定するのは、あと二、三日、かかります」

「被害者が金融機関からおろした金は新札ですか」後ろの捜査員が質問した。

「そこまでは分かりかねます」

「帯封つきの新札やったら、紙幣番号が記録されてないですか」

「誘拐の身代金等、犯罪に関係しない紙幣の記番号を記録する金融機関はありません」

「ホームスプリンクラーいうのは、どういうもんですか」左の捜査員が訊いた。

「大がかりな水タンクを設置せず、既存の水道管にスプリンクラーをつなぐみたいです」

最近は一般の水道業者も工事をするようになった、と津島はいった。

「被害者は企業舎弟ですよね。そのあたりのことを教えてください」前の捜査員がいった。

「川坂会系猩々会、行人会です。会長は野村光男、六十三歳。構成員は七人で、ふたりが収監中です。被害者と野村の盃関係はないですが、二〇一五年ごろからエルコスメのトラブル処理をめぐって、行人会とのつきあいを把握してます。行人会の準構成員、西村正也、三十七歳が被害者のガード兼運転手で、仲野玲子が経営するミナミ、笠屋町のラウンジ『エルグランデ』の黒服でもあります」

西村は成尾宅から歩いて十分ほどの此花区伝法七丁目のアパート《小松荘》に居住しており、月曜から土曜までの週六日、成尾所有のＢＭＷミニで仲野をラウンジまで送り迎えしている――。「西村は昨日の午後六時十五分、仲野をミニに乗せて成尾宅のカーポートを出ました。以降、成尾はひとりで家におりました」

「犯人は玄関から侵入したんですね」

「三和土や廊下の血痕から、そうみてます。インターホンと防犯カメラのデッキは壊されていて、映像データはありません」

「宅配を偽装したんですか」

「犯人と被害者が顔見知りでない限り、荷物の配達を口実にして侵入したのではないかとみてます」

此花通のコンビニの防犯カメラに映っていたスーパーカブの前カゴには折りたたんだ段ボールが入っていた。犯人はその段ボールを箱にして宅配の荷物に見せかけたのではないか、と津島はいった。

「宅配品の受取りボックスが玄関横にありましたが」

「仲野さんによると、生鮮食品や冷蔵品は玄関先で受け取るそうです」

「この事件は箕面の資産家強盗殺人事件と期間が一カ月ほどしか空いてません。そこはどうお考えですか」舘野のすぐ後ろの捜査員が訊いた。

「箕面の大迫事件と成尾事件は共通点があり、それは情報屋が介在したであろうという推察です」

大迫健司は『ティタン』という広告代理店の経営者で、成尾聖寿は『エルコスメ・ジャパン』というマルチ商法企業の代表だった。ふたりとも情報屋のあいだでは有名人であり、その会社や自宅、資産状況は知れ渡っていた――と、津島は説明して、「ふたつの事件の情報屋が同一人物であるかは分かりませんが、大迫事件の捜査がすすんで犯人が特定されたら、大迫氏のネタを売った情報屋も明らかになる。ティタンがエルコスメの広告やセミナーを請けていたことも表に出る。それは情報屋から成尾氏のネタを買うた、この事件の犯人にとっては好ましい状況ではない。……そう、犯人は大迫事件の捜査が進展するのを恐れて、成尾氏を襲うことを決めたというのが、わたしの判断です」

「大迫事件と成尾事件は犯人がちがうという判断ですね」

「犯行手口、物証、遺留品、侵入及び逃走方法、すべてにおいて共通点がなく、同一犯ではないことを示唆してます」津島はいって、小さくうなずいた。

「やっぱり、情報屋がキーやな。ふたつの事件は」

玉川がいった。「わしはブローカーの浪川に会いたい。大迫に金塊を売ったんも、成尾に『ＺＰＭＣ』を世話したんも、浪川が嚙んでるにちがいない。浪川は情報屋ともつるんでて、大迫と成尾のネタを流した可能性もなくはないやろ」

「玉さんの意見に賛成です」舘野は同意した。

「西村正也にも会いたい。ひょっとしたら、大迫を知ってるかもしれん」

「美濃さんに訊いてみたらどうですか」

「西村を見たいんや。行人会のチンピラをな」

玉川はいい、視線を前に向けた。舘野も見る。藤井が現場の洗面所にあったハンマーの製造元と販売店を報告していた。

12

十一月七日――。朝八時に阪堺電鉄恵美須町駅前で美濃と合流した。美濃の乗るシルバーのスイフトは、府警捜査一課藤井班の高梨が運転していた。舘野も同じ捜査一課だが、班のちがう高梨とは面識がなかった。

「浪川は部屋におるはずです」

昨日の夜、十二時すぎに８０３号室の明かりを確認した、と高梨はいった。

「わざわざ、すんませんでしたな」玉川がいった。

「ちょっと寄り道しただけです」

自宅は住之江だと高梨は笑い、スイフトに乗った。

八時五分、恵美須西の《コルベージュ恵美須》の玄関前にフィットを駐めた。スイフトも駐まって、美濃と高梨が降りてくる。玉川と舘野も降りた。

美濃がインターホンパネルの〝８０３〟を押した。応答がない。美濃はボタンを押しつづけた。

――はい。

ようやく、返事があった。

——浪川さん、警察です。

——何時だと思ってるんですか。

——八時七分です。日曜日の。

——非常識でしょう。

——そうですかね。

——お引き取りください。

——浪川さん、刑事が四人も雁首《がんくび》をそろえてますねん。

——いったい、なんですか。

——昨日のニュース、見ましたよね。伝法の強盗殺人事件。被害者は『エルコスメ』の成尾聖寿さんです。


返事がない。


——おたくは成尾さんと、『ティタン』の大迫健司さんとも関係がある。事情を訊きたいんですわ。

——断る、といったら。

——ガサ状をとってきます。

——大袈裟だな。

——あんたね、けっこう重要な参考人でっせ。二件の強殺事件にからんでるんや。

——市民を脅すんですか。

——ガサ状をとったら、あんたの部屋中を引っかきまわすことになる。おたがい、めんどいとは思わんですか。

——あなた、名前は。

――美濃といいます。

美濃は手帳を広げてレンズに向けた。

ドアロックの外れる音がした。美濃は風除室に入る。玉川たちも入ってロビーへ行き、エレベーターのボタンを押した。

「どんなやつですかね」舘野はいった。

「クズや。腐ったナマズみたいな生白い顔しとるやろ」玉川がいった。

八階にあがった。美濃が８０３号室のインターホンを押す。

モスグリーンのスチールドアが開いた。白いジャージの男が顔をのぞかせる。

「浪川さん？」

男は無言でうなずいた。ジャージの胸元には〝Ｄ＆Ｇ〟と刺繍が入っている。

「立ち話もなんやし、部屋に入れてくれんですか」

「四人もですか」浪川は眉をひそめる。

「これがガサやったら、十人はいてまっせ」

浪川は黙ってドアチェーンを外した。

廊下にあがり、リビングにとおされた。東側の掃き出し窓の外は植木鉢を並べたベランダで、通天閣が見える。

「座ってよろしいか」

「どうぞ」

ひとり掛けのソファに美濃、三人掛けのソファに玉川、舘野、高梨が座った。リビング・ダイニングはよく片付いている。ソファは革張り、テーブルは大理石、テレビは70型か80型で、キッチンの流し台はアイランド仕様になっている。

「ええお住まいですな」美濃がいった。

「ちょっとね、狭いんですよ」

浪川も腰をおろした。細い指先で茶色に染めた前髪をかきあげる。蔓の赤い縁なし眼鏡、眼が離れていて口が大きい。玉川がいったとおり、ナマズに似ていなくもない。

「賃貸ですか」

「賃貸です」

「家賃、高そうですな」

「相場並みです」

「あれ、弾きはるんですか」

美濃はテレビの横のキーボードを指差した。

「バンドでジャズをやってました」

「そら、よろしい」

「学生のころです」

同志社を出た、と訊きもしないのにいう。

「浪川さんは、おいくつですか」

「答えなきゃいけないんですか」

「答えてもろたら手間が省けます」

「なんの手間ですか」

「書かんといかんのです。報告書を」

「来月が誕生日です」

「誕生日が来たら」

「五十路です」

この男はうっとうしい。いうことがいちいち気に障る。

「浪川さんは大迫さんと成尾さんをご存じですよね」玉川がいった。

「知ってますよ」

浪川はうなずいて、「でも、それが事件と関係あるんですか」

「大迫さんと成尾さんに金塊を売りましたよね」

「…………」浪川は口をつぐんだ。

「どうなんですか」

「直接は売ってません。仲介はしました」

「どう仲介したんです」

「成尾さんが金貨を欲しいというから、業者を紹介しました」

「浪川さんも業者ですよね。貴金属取引業者」

「店を紹介したんです」

「なんて店ですか」

「『ZPMC』……。チューリッヒ・プレシャス・メタル・カンパニー。なんば元町店です」

「あなたとZPMCとの関係は」

「ぼくはZPMCの出身なんです」

三十歳のころに入社し、本店の神戸三宮店で営業をしていた。三十八歳のときに独立し、以降はフリーでやっている、と浪川はいった。

「店に客を紹介したら手数料が入るんですか」

「入ります。それがぼくのビジネスなんだから」

「パーセンテージは」

「刑事さん、あなた、自分の給料や年収を他人にいえますか」

「わしの給料をいうたら、手数料を教えてくれるんですか」

「ぼくはあなたの収入に興味がありませんね」浪川は横を向く。

「成尾さんはＺＰＭＣで、なにを買うたんですか」美濃が訊いた。

「だから、金貨ですよ。紫禁城25元金貨」

「何枚ですか」

「知りません」

「それはおかしいですな。おたくの手数料は売上に対する歩合でしょ」

「千枚以上は売った、と聞きました」

「エルコスメは六万円の金貨と仮想通貨を百万円で会員に売ったそうですな」

「ほう、そうですか」

「エルコスメの会員は四、五万人もいて、化粧品で三百億円、金貨と仮想通貨で四百億円を集めたみたいですわ。成尾さんの買うた金貨がたった千枚いうのは信じられんですな」

「千枚とはいってない。千枚以上といったんです」

この男も大迫や成尾と同類の詐欺師だ。口先だけで世渡りをしてきたのだろう。

「成尾さんは刻印のない金塊を買いましたか」

「知りませんね、ぼくは」

「預かり証があるんですわ。ZPMCのなんば元町店が成尾さん宛に発行した二十キロの純金の預かり証が」

「その話は初耳ですね。成尾氏はぼくをとおさずに取引したんでしょう」

「ZPMCは刻印のない金塊も預かり証を出すんですか」玉川が訊いた。

「それはない。ZPMCが預かり証を発行するのは国産のインゴットです」

「成尾さんはティタンの大迫さんに貴金属業者を紹介し、大迫さんはその業者から刻印のない金塊を少なくとも九十キロは購入した。その理由は、刻印のないインゴットには流通記録がないからです」

「なにをいいたいんですか」

「あんたが直接、大迫さんにインゴットを売ったか、ZPMCを大迫さんに紹介して、インゴットを購入させたんやないんですか」

「なにをいうかと思ったら、あなたたち刑事はそうやって無辜《むこ》の市民を犯罪者に仕立てあげるんだ」

浪川は吐き捨てた。「冤罪って言葉を知ってますか」

「冤罪より、無辜の市民というのがおもしろいですな」

「刻印のないインゴットは違法じゃない。そこをあなた、理解してますか」

浪川は挑むように玉川を見る。玉川は小さく笑った。

「刻印のない金塊は密輸品ですわ。……密輸品には密輸品の相場があって、資産隠しという需要もある。そこはよう理解してます」

「だったら、それでいいじゃないですか」

浪川はまた視線を逸らした。玉川はじっと浪川を見据えて、

「大迫さんが購入した金塊は何キロですか」

「知りませんね」

「大迫さんも成尾さんも強盗被害にあって死んだ。その供養のためにも、協力してくれんですか」

「協力してるじゃないですか。このとおり、四人もの見ず知らずの人間を部屋にあげて」

「そら、すんませんでしたな」

「もういいですか」

「なにがええんですか」

「話は終わった。お引き取りください」

「あんたが大迫さんと成尾さんに紹介したZPMCの担当者は誰ですねん」

「いえませんね。先方に迷惑がかかる」

「浪川さん、大迫さんと成尾さんは死んだんですわ。それ以上の迷惑はないでしょ」

玉川は浪川を睨みつける。浪川はためいきをついた。

「——仁田《にった》ってマネージャーです」

「了解。なんば元町店の仁田さんね」

玉川はいって、「もうひとつだけ教えてください。あんた、情報屋を知ってますか」

「なんですか、情報屋って」

「犯罪集団にネタを売る業者ですわ。どこそこの誰それが金を隠してる、その金額はどれくらいで、隠し場所はどこそこや、とね」

「ばかばかしい。おれはね、犯罪者とのつきあいなんかないんだ」

「あんたは堅気でも、情報屋は犯罪集団と密接なつながりがある。あんたは大迫と成尾のふたりに金塊を世話した重要人物なんやで」

「いい加減にしろ。黙って聞いてりゃ、おれが事件の共犯者みたいじゃないか」憤然として浪川はいった。

「あんた、血圧は」

「なにいってんだ」

「そう熱うなったら身体にわるい」

玉川は冷静だ。「質問を変えましょ。大迫と成尾との金塊取引について、誰かに喋りましたか」

「喋るわけないだろ」

「ほな、あんたに近づいてきた人間はおらんですか。大迫と成尾のことを教えてくれと」

「そんなやつはいない」

「そもそも、どういう経緯《いきさつ》で成尾さんと知り合うたんですか」

「…………」浪川は舌打ちした。

「あんたは貴金属ブローカーで、成尾はマルチの親玉ですわ。そう、あんたと成尾には接点がなかった。……誰に紹介されたんですか、成尾という人物を」

「ノーコメント」

「これは公表されてへんけど、成尾は企業舎弟ですわ。それはあんたも知ってますやろ」

「なにがいいたいんだ」

「あんたに成尾を紹介したんは反社の人間ですか」

「帰れ。帰ってくれ」浪川は吐き捨てた。

「浪川さん……」

「やめろ。話は終わった」

浪川は眼を瞑った。ソファにもたれて、なにを訊いても答えない。

「よろしいか」玉川は美濃を見た。

「ま、こんなとこでしょ」

美濃はうなずいた。「すんませんでしたな、浪川さん。今日のところは、これで失礼します」

「待ってくれ。また来るつもりか」浪川は顔をあげた。

「次は来る前に電話しますわ」

美濃は腰を浮かした。玉川が立ち、高梨と舘野も立ちあがった。

廊下に出た。舘野はエレベーターのボタンを押した。

「めんどいやつでしたな」美濃がいった。

「確かにね。なかなかのタマですわ」

「刑事《デカ》四人を部屋にあげたんは、値踏みでしたか」

「わしらがどこまで知ってるか、気になったんやろね」

玉川は笑って、「美濃さんの心証はどないでした」

「心証、いうのは」

「浪川が情報屋にネタを流したかどうかです」

「どうなんやろ……。浪川がネタを流さんでも、大迫と成尾のことは闇社会に知れ渡ってた。情報屋はなにより表に出るのを嫌うし、わしが情報屋やったら、浪川に接触するのはリスクが大きい」

「浪川と情報屋はつながらん、いうのが……」

「いまの、わしの見立てやけど、見立てというやつは一日、二日でころっとひっくり返る。どっちにしろ、浪川にはまた会うことになりますやろ」

「次は電話をしてから来るんですな」

「嫌味でいうたりましたんや」

「そらよかった」

エレベーターが来た。乗る。

「このあとは」

「どうします」

玉川は腕の時計を見た。「ＺＰＭＣに行っても開いてへんやろし、喫茶店でモーニングでも食いませんか」

「はいはい、そうしましょ」

ロビーに降り、マンションを出た。車に分乗して元町へ走る。国道25号の元町三丁目交差点を西へ行き、鷗町公園の斜向かいに車寄せのある喫茶店を見つけた。赤いスペイン瓦の珈琲専門店だった。舘野たちは窓際の席に座り、全員がモーニングサービスのフレンチトーストとホットコーヒーを注文した。

九時少し前――。ＺＰＭＣなんば元町店近くのコインパーキングに車を駐めた。雑居ビル一階の店に行くと、店内には明かりがつき、自動ドアが開いた。
いらっしゃいませ――。えんじ色のスーツの女性スタッフが丁寧にお辞儀をした。
「すんません。客やないんですわ」
玉川がいい、こういうもんです、と手帳を提示した。「仁田さん、いてはりますか」

「おります」

「ちょっと話を聞きたいんやけど、よろしいか」

「お待ちください」

スタッフは奥の部屋に入り、すぐに出てきた。

「どうぞ、こちらです」

別室にとおされた。白いクロスとローズウッドふうの腰壁、どっしりした革張りの応接セット、腰壁と同色のサイドボード、落ち着いたインテリアだ。

「いまの子、アイドルに似てましたね」高梨が美濃にいった。

「アイドル……。誰や」

「山吹坂46の青木珠美です」

「あのな、そんなもんをわしらが知ってると思てんのか」呆れたように美濃はいう。

「びっくりしたんです。青木珠美はよめの妹にそっくりです。歌もすごい巧いし」

「よめさんと妹は似てるんか」

「似てないです」

「そら、残念や」

高梨が妻帯者だと知った。にしても、いうことがおかしい。ズレている。

ノック——。ダークスーツの男が入ってきた。ファイルを抱えている。

「仁田と申します」

男は名刺を差し出した。玉川も名刺を出す。

「箕面北署の刑事さんですか」

「男神山強盗殺人事件を捜査してます」

玉川はいって、「被害者の大迫健司さん、ご存じですね」

「はい。当社と取引していただいておりました」

「エルコスメの成尾聖寿さんとも取引されてますな」美濃がいった。

「おっしゃるとおりです」

仁田は刑事の来訪を予想していたのだろう、落ち着いた口調だ。櫛目のはっきりしたオールバックの髪、齢は四十代後半か。

「仁田さんは成尾さんに金の預かり証を出してますな」

「はい、お預かりしております」

「何キロですか」

「二十キロです」

「成尾さんはいつ、金塊を買うたんですか」

「一昨年です」

仁田はファイルを広げた。「一昨年の二月十三日に、インゴット二十キロを一括購入していただきました」

「現金で?」

「いえ、この場で振り込んでいただきました」

仁田は入金を確認し、インゴットを成尾に見せた上で、預かり証を作成し、渡したという。

「そのインゴットは国産ですか」

「当店は主に新東洋マテリアルの製品を扱っております」インゴットには新東洋マテリアルの鋳造印

とシリアルナンバーが刻印されているという。

「成尾さんが買うたインゴットは正規品ですね」美濃がいった。

「もちろんです」

「金貨も売りましたよね」

「買っていただきました。エルコスメに」

「それは」

「紫禁城25元金貨です」

「何枚ですか」

「…………」仁田はすぐには答えなかった。

「仁田さん、これは事情聴取です」

「——三千二百枚です」

「一枚、いくらです」

「そのときどきの金価格で変わります」

「というと……」

「紫禁城25元金貨は約八グラムで、成尾さんに購入していただいた平均価格は四万円ですから、一億二千八百万円になりますね」

「エルコスメという一企業が三千二百枚もの金貨を買うことに疑問はもたんかったんですか」

「購入希望があれば、当社は販売します」

「マルチに使われると知っててもですか」

「お客さまの事業形態について、当社は関知しません」

「仁田さんね、法には触れんでも、公序良俗というもんがあるんですわ」

「おっしゃる意味は分かりますが……」

平然として、仁田はいう。「当社は金地金流通協会会員です。経産省、財務省、警察庁の指導監督のもとで営業をしております」

「貴金属商の浪川さんはＺＰＭＣの出身やそうですね」

舘野はいった。「いつからのつきあいですか」

「浪川さんはわたしの上司でした。神戸の本店にいたころの」

腐れ縁というわけだ──。

「浪川さんは十一年前に退職されました。それからもつづけてつきあいをさせていただいております」

「ティタンの大迫さんをＺＰＭＣに連れてきたんは浪川さんですか」

「おっしゃるとおりです」

「大迫さんに金塊を売ったんですね」

「はい……」

「何キロですか」

「…………」仁田はまた黙り込んだ。

「さっきもいいましたよね、我々はあなたに事情聴取をしてるんです」

仁田は額に手をあてて動かない。

「大迫さん所有の金塊には刻印がない。密輸品ですわ。……仁田さん、ＺＰＭＣのなんば元町店は密輸という犯罪に加担したんです」

「お言葉ですが、刻印のない金地金が密輸品であるとはいえません」

金地金流通協会会員は経産省の通達、指導のもと、違法取引の防止に努めてきた。買取客に対しては本人確認を徹底し、海外から持ち込んだ金地金を買い取る際には輸入関係書類の確認等、対応の強化を徹底している、と仁田はいう。

「要するに、おたくは刻印のない金塊も扱うてるけど、それは密輸品やないと解釈してええんですな」玉川がいった。

「そうです。我々協会員が扱う刻印のない金地金の大半は正規の消費税を納付して国内に入ってきたものです」

「消費税が五パーセントから八パーセント、一〇パーセントと改正されるたびに金塊の密輸事犯が激増してるのはどういう理由《わけ》ですか」

「分かりませんね。わたしどもには関係ないことです」

「おたくさんが大迫さんに売った金塊の総量は何キロですか」

「それはいえません」

「話がおかしい。ZPMCは密輸品を扱うてないんでしょ。それやったら流通記録があるはずや」

「わたしどもは大迫さんとの契約で……」

「契約なんぞ、どうでもよろしい」

玉川は遮った。「わしらの目的は大迫さん強盗殺人事件の解明です」

「…………」仁田は嘆息し、小さくうなずいた。「──大迫さんに購入していただいた金地金は百二十キロです」

百二十キロ……。大迫の身辺から出た金塊は九十キロだった。

「その詳細を教えてください」

「一キロの延べ板が百二十枚です」

「売った日時は」

仁田はファイルを繰った。

「二〇一四年の九月に三十キロ、一五年二月に三十キロ、一八年十月に六十キロです」

大阪ミリアムは二〇一九年一月に破産し、ティタンは同年四月に倒産した。大迫は大阪ミリアムの破産を見越して資産隠しに走ったのだ。

「たーやん、これはどういうことや」低く、玉川に訊かれた。

「三十キロ、足らんですね」舘野も低くいう。

「仁田さん、一見客が三十キロの金塊を持ち込んだら、買い取りますか」玉川が仁田に訊いた。

「買い取ります」仁田は即答した。

「三十キロは二億一千万円でっせ」

「十億円程度までなら即日の支払いが可能です。それに、うちが買わなかったら、ほかの地金業者に持って行くじゃないですか」

「刻印のない金塊でも？」

「それは断ります。五百グラムや一キロの地金ならともかく、それ以上の買い取りはしません」

「買い取りはせんのに、大迫さんには百二十キロを売ったんですか」

「在庫がないときは業者仲間に声をかけます」

「顔が広いんですな」

「わたしもこの業界は長いですから」こともなげに仁田はいう。

「最近、貴金属買取の広告をよう見るんやけど、業者が増えたんですか」

「増えました。金価格が高騰して、他業種からも参入してくるんです」

「他業種というのは」

「古物商が多いです」

「刻印のない金塊三十キロを一括で買い取る業者て、あるんですか」

「あるでしょうね。うちは買いませんが」

「そういう業者を教えてくれんですか」

「わたし、買取専門業界には疎いんです」

「顔が広いのに？」

「刑事さん、雨後の筍《たけのこ》ですよ。昨今は、このミナミだけでも五、六十軒はあるんじゃないですか。買取店が」

「なるほど、雨後の筍ね」

玉川は笑った。「いや、ありがとうございました。またなにか思い当たることがあったら、その名刺の携帯に電話してください。二十四時間、受け付けてます」

応接室を出た――。


コインパーキングへ歩いた。

「浪川といい、仁田といい、食えんですな」美濃がいった。

「似てますな。同じ人種ですわ」と、玉川。

「ひとつ疑問があります。仁田は成尾に紫禁城25元金貨を三千二百枚、売ったといいましたよね」

舘野はいった。「エルコスメの仮想通貨被害は四百億円と聞きました。その被害額に対して金貨が三千二百枚というのは少なすぎるように思いませんか」

「エルコスメは金貨を五パーセント増しで、希望者から買いもどしてたんですわ」

希望者の手もとに残ったのは仮想通貨だけだと美濃はいい、「会員にまわす配当から金貨まで、なにからなにまで自転車操業。マルチというやつの典型ですな」

そこで美濃は立ちどまった。「舘野さんが、三十キロ足らんというたんはどういうことですか」

「大迫はあちこちの貸金庫に金の延べ板を隠して、娘や愛人にもカードキーを渡してました。その総量が九十キロなんやけど、箕面の邸にも隠してたんやないかというのが、うちの帳場の見立てです」

大迫事件の犯人は大迫の両手の小指を切断した。大迫は金塊三十キロの隠し場所を吐き、犯人はそれを奪って逃走したのだろう。

「大迫の邸は屋根裏、床下、バルコニー、ガレージから庭から池の中まで、警察犬も入れて徹底捜索したんですわ」

玉川がつづけた。「けど、物色された痕跡はなかった」

「金塊三十キロて、嵩《かさ》にしたら小さいんでしょ」高梨がいった。

「そう、蒲鉾板が三十枚やからね」

玉川は両手を広げてラグビーボール大の塊を示した。

「ひょっとしたら、まだ邸のどこかにあるんやないんですか」

「いや、それはない。指を二本も切断された大迫が金塊の隠し場所を吐かんかったとは考えられんし、事件の夜はどしゃ降りの雨で、足跡《ゲソ》も臭いも消えてますねん」

「金塊の買取業者を仁田に訊《と》いたんは、それでしたか」美濃がいった。

「犯人が三十キロの金塊を奪ったんやったら、どこかで換金したいでしょ」

「大迫事件の犯人はとことん計画的やし、換金しますかね」

「刻印のない金塊は足がつきにくい。わしが犯人やったら、五、六キロずつ小分けにして売りますわ」箕面北署の帳場にもどったら買取業者を手配する、と玉川はいった。

13

十時五十分──。行人会の事務所前に立った。西村正也は朝から伝法のアパートにはおらず、尼崎市長洲南の組事務所にいると聞いた。

美濃がインターホンを押した。

──どちらさん。

──警察。春日出署。

──用件は。

──西村さんに会いたい。

それっきり返答はなく、ほどなくしてスチールドアが開いた。男が顔をのぞかせる。ツーブロックの金髪、眉が細く、眼も細い。

「西村さん？」

「おれです」

「ちょっと話を聞きたいんや」

「話はしましたよ」

「わしは聞いてへん」

「そうですね」

「立ち話はしとうないんや。入れてくれるか」

「どうぞ」西村はドアチェーンを外した。

美濃、高梨、玉川、舘野の順で中に入った。玄関は狭い。傘立てにビニール傘三本と、その後ろに金属バットが差してある。どこもそうだが、組事務所というやつはひとを威圧する臭いがある。

西村につづいて狭い階段をあがった。二階にもドアがあり、西村が開けた。

木造三階建の民家の間仕切り壁を抜いてワンルームにしたような安普請の事務所だった。壁際にスチールキャビネット、鴨居の上に神棚と戎《えびす》神社の福笹、飾り提灯や代紋の額はない。六人掛けの応接セットはいまどき珍しいモケット張りだ。

「あんた、ひとりか」

ソファに腰をおろして、美濃がいった。

「日曜は当番ですねん」

「平日は黒服、休日は当番……。盃ももろてへんのに、こき使われるな」

「ま、いちばんの下っ端やから」

「いくつや、あんた」

「三十七です」

「極道なんぞになるな。絶滅危惧種や」

「よう分かってます」

「分かってんのやったら、足抜けせぇ」

「おれの組仕事は日曜の当番だけですねん。義理も払うてへんしね」

義理とは上納金のことをいい、会費ともいう――。

「ラウンジの黒服で給料もろてるんやろ。それだけにしとけや」

「『エルグランデ』を世話してくれたんは若頭《かしら》です」

西村は気弱にいって、「飲み物はビールでよろしいか」

「あのな、わしらは勤務中なんや」

「ほな、お茶にしましょか」

「そういうのはええから、灰皿くれるか」

西村はうなずいて、クリスタルの灰皿を持ってきた。安っぽいマーブル模様のテーブルに置く。

「ま、座りぃな」美濃は煙草をくわえた。

「すんません」西村もソファに腰かけた。

「若頭は中林利夫、五十三やな」

「へーえ、そんな齢でしたか」

西村は中林の齢を知らなかったようだ。

「中林と成尾はどういう関係や」美濃は煙草を吸いつける。

「よう知らんのです。若頭のシノギは」

「成尾のシノギは」

「『エルコスメ』いうマルチの会社でしょ」

「毎日、成尾のよめの送り迎えをしてるのに、その程度か」

「成尾さんと顔を合わすことないんです」

「よめとは喋るやろ」

「成尾さんのことは喋らんですね」とぼけているふうでもない。

「伝法のアパートからこの事務所まで、どうやって来るんや」

「電車です。阪神電車で伝法駅から大物《だいもつ》駅は三つめです」

大物駅から長洲南まで歩いて七、八分だという。

「今日の当番は泊まりか」

「そうです」月曜の昼、出前の丼物を食って伝法のアパートに帰り、六時ごろまで寝たあと、仲野玲子を迎えに行くという。

「いつからそういう生活をしてるんや」

「もう五、六年かな」

「勤勉やな」

「おれ、まじめやから」

「あんた、言葉遣いがええ」

「ありがとうございます。ママに鍛えられました」

西村は頭をさげた。この男はヤクザ臭くない。ホストや半グレあがりの黒服のようなちゃらんぽらんな覇気もない。こうして流されるままに生きていくのだろう。

「成尾が殺《や》られて、どう思た」

「いや、まぁ、そんなもんでしょ」

「予感があったんか」

「あるわけない。ショックですわ」

「成尾の身辺を嗅ぎまわってるようなやつはおったか」

「おったら、昨日のうちに話してますわ」

「いつ、事件を知ったんや」

「土曜の朝です。六時に刑事がふたり来た」

六時から八時までアパートの自室で事情を訊かれ、そのあと午後二時に別の刑事が来て春日出署に同行を求められ、午後四時まで調べを受けたという。「いうたらなんやけど、ひどい調べですわ。おれがヤクザもんでなかったら、あんなえらそうに責められることはない。まるで、おれが手引きしたみたいにね」

「それはすまんかった。わしらは情報屋の存在を疑うてるんや」

「昨日の刑事もそんなことというてましたわ」

「成尾の資産や身辺を嗅ぎまわってたやつはおらんかったか」

「そんなやつ、知らんです」

「仲野玲子と成尾の仲はどうやった」

「わるうもないし、ようもない。齢が離れてるし、ふたりとも忙しいにしてるから、いっしょに出かけることもなけりゃ、喋ることもなかったんやないですか」

「仲野の齢、知ってんのか」

「四十三。成尾さんとは十九ちがいかな」

「いつからや。仲野と成尾は」

「ママが二十代のときからですわ」

玲子が宗右衛門町のクラブのホステスだったころ、客の成尾と知り合った。成尾は当時、パトリシア化粧品の代理店をしていて、ホステスや水商売関係の女性にマージンのとれる化粧品を売り込んでいたという。

成尾は二〇一三年、代理店の権利を知人に譲渡し、『エルコスメ・ジャパン』を設立した。そのビジネスモデルは化粧品を媒体にしたマルチ商法であり、仮想通貨も販売して、エルコスメはあっというまに大きくなった――。

「エルグランデのオープンは」

「二〇一五年です」

玲子が店をしたいと成尾にいい、成尾はＯＫした。玲子はミナミで居抜きの店を探したという。

「売上は」

「いけてるほうやと思います。ママもマネージャーもやり手やし」

「マネージャーは」

「緒方さん。水商売四十年の大ベテランです」

緒方は六十すぎ。玲子がスカウトした。エルグランデオープンからのマネージャーだという。

「緒方の家は」

「西区の桜川です。マンションに独り住まい」

「そのマンションは」

「昨日の調べで、いいました」

「今日はいうてへんやろ」

「桜川五丁目、『チェリーボム』の１００３号室です」

西村の答えを高梨がメモ帳に書きとる。

「緒方と話をしたか」美濃はソファにもたれてけむりを吐く。

「電話しました。昨日の昼です」

「どういうてた、緒方は」

「とにかく、びっくりしてました」緒方のマンションにも刑事が来たという。

「誰にやられた、とかいう話は」

「するわけない。緒方さんもおれも成尾さんとは喋らへんし、成尾さんは店のことにノータッチやったから」

「明日から、どうするんや」

「どうするて……」

「ラウンジや。休業はせんのか」

「それはない。女の子は知らんのです。成尾さんがオーナーやとは」

「ホステスは何人や」

「バイトの子も入れたら十六人です」

「多いな。十六人もおったら、いずれは知れるやろ」

「そのときは客が増えるかも、ですね」

真顔で西村はいった。緒方が同じことをいったのかもしれない。

「あんた、大迫を知ってるか」

玉川が訊いた。「大迫健司。『ティタン』いう広告代理店の代表や」

「大迫社長、よう知ってます。殺されました」

「ほな、成尾と大迫が……」

「仲良しですわ。ふたりで店に来てました。年に四、五回ですかね」

大迫がエルグランデに現れるときは、いつも成尾がいっしょだった。飲み代は大迫が払って領収書をとっていたという。

「成尾と大迫が、ほかの客と来ることはなかったか」

「たまに、四人とか五人のときもありましたね」

「それは、どういう客や」

「大迫社長の接待やと思いますわ。みんなスーツを着た偉いさんふうでした」

「ティタンの取引先か」

「おれは席につかへんし、詳しいことは知りません」

大迫と喋ったことはない、と西村はいった。

「成尾や仲野や緒方から大迫のことを聞いたことは」

「ないですね」小さく首を振る。

「教えてくれ」

美濃がいった。灰皿で煙草を揉み消して、「あんた、成尾の家に入ったことは」

「玄関だけです。部屋にあがったことはないです」

「和室にスプリンクラーを設置したような話は」

「知らんですね」

「成尾が金貨や国債や現金を家に置いてたことは」

「あほな……。んなこと、知ってるわけないやないですか」西村は気色ばんだ。

「そう怒るな。訊いてみただけや」

慰撫するように美濃はいい、「仲野さんを送り迎えするとき、どんな話をするんや」

「ママはものをいいませんね。車に乗ったら寝てますわ」

「助手席には座らんのか」

「絶対に座らんですね。タクシーといっしょです」

笠屋町の店の近くの美容院に着いたらママを起こし、自分は坂町のパーキングに車をまわして駐める。七時前には店に入り、掃除やミーティングをして、八時前から客を迎えるという。「――客がおったら一時ごろまではやってるし、しんどいです」

「ママがアフターするときは待ってるんか」

「そんな日は定時で帰る女の子を送っていきます」

「目いっぱい使われるんやな」

「楽やないですね」

「どうするんや、これから」

「分からんです」

「オーナーが死んだ。いずれはラウンジも閉店やろ」

「そのときはそのときですわ」

「ま、がんばってくれ」

美濃はいい、腰をあげた。


事務所を出た。

「シロですな」美濃がいった。

「シロですわ」と、玉川。

「西村と仲野ができてたら、おもしろいと思たんやけどね」

「そいつはなさそうや」

「わしは仲野玲子が成尾のネタを流した可能性もなくはないと考えてましたんや」

「できる刑事《デカ》はそう読みますわ」

「このあと、緒方と仲野に込みをかけたいんやけど、どうですか」

「いや、そっちは美濃さんにお任せして、わしらは箕面に帰りますわ」

大迫はＺＰＭＣで金塊百二十キロを買ったが、うち三十キロの行方が分からない、と玉川はいった。

「帳場にもどって、管理官に大迫邸の再捜索を進言するつもりです」

「それがよろしいな」美濃はうなずいた。

「長々とお邪魔虫をしました。ありがとうございます」

玉川は頭をさげた。舘野もさげる。

「いつでも電話してください。落ち着いたら飲みましょ」

美濃は高梨をうながして車に乗った。

＊　＊

十一月九日、火曜日——。朝から雨。

十時に家を出て阪和自動車道から近畿自動車道、吹田から名神高速道路に入り、栗東《りっとう》インターで降りた。県道55号を南下し、烏山《うやま》の交差点を右折してなだらかな坂道をあがっていくと、細川から多武《とうの》山に至る丘陵地に『東亜九星信教会』の教団本部が見えてきた。数寄屋を模した燻瓦《いぶしがわら》と白壁の建造物は開口部が少なく、地に張りついた砦を思わせた。

教団本部を右に見ながら坂道をあがり、桃畑の脇にヤリスを乗り入れた。前後のナンバープレートは末尾の数字を偽造している。

マウンテンパーカをはおり、双眼鏡を持って車外に出た。パーカのフードを立てて雑木林の中に入る。少し行くと、立木の切れ間に教団が見えた。屋根が広い。周囲にめぐらせた築地塀は百メートルもありそうだ。

築地塀の手前はアスファルト舗装の駐車場だ。バスのための長い区画が五つと、短い区画が百はある。防犯カメラは駐車場の出入り口と四方の隅に一台ずつ。駐車場から教団の建物につづく通路と玄関先に各一台、建物の庇下にも三台が設置されていて死角がない。駐車場のある東からの侵入はむずかしい。

九星信教会の公称信者数は三万人だが、実質は一万人に満たないだろう。信者ひとりあたりの月会費は五百円だが、会費だけでこの施設がもつはずはなく、教祖降誕祭や開教記念祭、節分祭大護摩祈願、春と秋の彼岸会、盂蘭盆会、水子供養大法要といったイベントが毎月一、二回は開催され、そのたびにさまざまな名目の臨時会費をなかば強制的に徴収して、九星信教会の年間予算は三十億円を超すといわれている。

教祖は田内雅姫《まさき》、八十三歳。若いころから誇大妄想癖があり、いまはおそらく認知症で信教活動はせず、公の場に出ることはない。雅姫は未婚で子供がおらず、教団の実質的なトップは雅姫の甥で宗務総長の田内博之だ。

スマホで教団の全景と防犯カメラを撮り、立木の切れ間を離れた。パーカから水が垂れる。カーゴパンツとハンティングシューズはずぶ濡れだ。

桃畑にもどり、ヤリスに乗った。坂道を降り、教団を迂回して南から西へ走る。建物の裏手、西側には築地塀がなく、山を切り崩した崖に土留めの石垣が積まれていた。

車を駐め、西の山の中腹から双眼鏡をかまえて侵入ルートを考えた。田内雅姫と博之は教団内に居住し、雅姫は二階の教祖専用住居、博之は一階の宗務総長専用住居にいることまでは分かっている。問題は専用住居が別棟ではなく、教団の建物内に常時、複数の人間がいることだ。教祖には料理番や生活の面倒をみる使用人がつき、宗務総長にも秘書と称する取り巻きがいる。博之に家族はいないが、夜間、独りになるとは確定できない。博之には愛人がいる。それもひとりやふたりではない。博之は信者の多くに手をつけているのだ。

教団内に侵入したとき、博之の居住スペースに女がいればどうする——。殺すわけにはいかない。成尾をやったときと同じように殴り倒すのはいいが、死んでいない人間はあとで口をきく。そこをどう考えるかだ。

いまはまだ情報が足りない。博之の日常をもっと知る必要がある。怪文書だ。新宗教の世界には怪文書が飛び交っている。

双眼鏡を置き、花井の携帯に電話をした。ワンコールでつながった。

——箱崎です。

——はいはい。どうも。

——あれ、どう？　頼んでたの。

——十五件ほど集めた。

——内訳は。

——神践幸世教、天童教、是道宗、周防大社教、西方真仏宗、聖マリア会、嘉門交霊会、光大和三山教、東亜九星信教会、稀望……。

――いや、分かった。もらいに行っていいかな。

――まだ途中やで。日本の新宗教なんざ、無数にあるんやから。

――とりあえず、いまの十五件でいい。こちらもクライアントに報告する時間が要る。

九星信教会以外の怪文書は必要ない。

――これから取材に出んならん。何時ごろ来る。

――いまからだと、二時かな。

――二時ね。ほな、『アヴァンテ』のティールームで。

電話は切れた。なにが取材だ。聞いて呆れる。

花井は北浜の『総都新報社』の社主兼発行人で、彼の編集する『総合都市経済新報』は、たった五十ページほどの、ぺらぺらの月刊誌――まともな記事は巻頭と巻末だけのイエローペーパーだ。企業の不祥事や幹部社員のスキャンダルを記事原稿にして、これを掲載すると脅し、広告契約をとることで利益を得ている――。

箱崎は西側からの教団の全景を撮り、曲がりくねった坂道を降りた。


名神高速道路から阪神高速池田線を南下し、環状線の北浜出口で降りた。雨は小降りになったが、車が混んでいる。大阪市内中心部を制限速度で走れるのは早朝と深夜だけだ。

《アヴァンテ》の地下パーキングに車を駐め、ロビー階のティールームに入った。

花井はケーキカウンター横の席にいた。来たばかりだろう、ガラスの円テーブルに飲み物はない。

「すまんな。呼び出して」

シートに座った。ウェイトレスが来る。箱崎はホットコーヒー、花井はメニューを手にとってオレンジジュースを注文した。

「これ、依頼の資料」

花井は紐付きのショッピングバッグをテーブルに置いた。数冊のファイルがのぞいている。「しかし、なんで怪文書なんかが要るんや」

「クライアントだ。大学生の娘が新宗教にハマって出家同然になっている」

「なんて宗教」

「誓真理会」

「聞いたことないな」

「信者は五千人。教団本部は長崎」

「日本の新宗教は一万以上ともいわれてて、旧宗教も合わせたら、公称信者数は一億八千万人超えや。人口より多い」花井は笑った。「それを連れもどしてくれ、かいな」

「だから、信者数が五千から三万人程度の新宗教の実態を知りたいんだ」

「怪文書いうのは、ええとこに眼をつけた。書くんはみんな内部の人間や。新宗教てなやつは年がら年中、内輪揉めしとるから裏が見える」

花井はいって、「誓真理会、調べよか」

「調べるのは探偵の仕事だ。あんたは誓真理会の怪文書を探してくれ」

「こんなことというのはなんやけど、深みにハマった人間の洗脳は解けんで」

「だろうな」

ショッピングバッグを引き寄せた。「いくらだ」

「十五万」

「ただ集めただけだろ」

「怪文書はな、総都新報社という看板で集めたんや」花井はうそぶく。

そこへ、オレンジジュースとホットコーヒーが来た。花井はストローを挿す。

箱崎は札入れから十五枚の一万円札を抜き、テーブルに置いた。花井は数えもせず、上着の内ポケットに入れて、

「あんた、麻雀はしてんのか」

「たまにな」コーヒーにミルクを落とす。

花井とは打ったことがある。下手ではないが、筋の粗い博打麻雀だった。

「どこで打つんや」

「ミナミ。坂町」

「レートは」

「五の五。ハコで三万」

「大勝ちしたら」

「一晩だと四十は行く」

「そらデカいな。わしと通すか」

「サマはしない」クズだ。こいつは。

花井はあれこれ話しかけてきたが相手にせず、コーヒーを飲みほして席を立った。

松崎町——。阪和恒産ビルの地下駐車場に入った。玲奈と亀山は営業に出ているのだろう、シルバーのフィットは契約区画に駐まっていない。

ショッピングバッグから九星信教会のファイルを出し、残りのファイルは助手席のレッグスペースに放って車外に出た。エレベーターで七階にあがる。事務所のドアに鍵を挿し、中に入った。

デスクに腰をおろして、ファイルを広げた。怪文書のコピーはA４用紙が六枚だった。

《東亜九星信教会田内博之宗務総長を告発します。

田内宗務総長は令和元年二月二十日発令の人事の総責任者であります。その混乱により田内総長が「烏合の衆」といって非難した心ある人達は排除され、従前の腐敗した体制にもどってしまいました。そうして発令された人事による混乱を役員全員で雅姫教主様にお詫びしようと、田内総長自らが詫び状を書き、役員全員が署名させられました。

ここで私が知り得た田内総長の犯罪を敢えて公表いたします。

田内総長は平成二十七年頃、ＦＸ投資顧問会社『世紀』代表の斎藤和彦氏と知り合い、平成二十八年六月に教団経理部を騙して当初五億円という巨大な資金を引き出し、『世紀』を通じてＦＸ投機を行いました。その後、田内総長の投機は最大時十二億円まで膨らみますが、ご存じのとおり平成二十九年三月に斎藤氏が検察庁に逮捕され、大きな社会問題になったのは周知の事です。

そうして『世紀』は倒産し、田内総長は七億円という巨大な欠損を生じさせてしまいました。信者様が乏しい家計から誠心で献金した尊い浄財を、田内総長はこんな許し難い愚挙で無にした挙げ句、何ら責任をとっていません。このことを聞いてもあなたはおそらく信じないかもしれませんが、これは紛れもない事実です。》

まどろっこしくて稚拙な文章だが、博之が『世紀』を利用して教団から金を引き出したことは事実だ。投資した金額もほぼ正しいが、欠損した七億円から博之が五億円を抜いたことには触れていない。雅姫の兄――亡くなった博之の父親が日本有数の覚醒剤大卸であったことも抜け落ちている。それは怪文書を書いた一信者の想像の埒外にある巨悪だからだろう。

二枚めのコピーは別人が書いたものだった。

《私は宗教法人東亜九星信教会の経理部員です。

別添書類は九星信教会の宗務室の職員が田内博之宗務総長の命により、教団経費を博之氏の私的なゴルフ出費に充てていたことを示すものであります。因みに、令和元年度と二年度の一年八カ月間だけで博之氏は百回以上もゴルフに興じ、この総額は千二百万円を超えており、教主様の交際費、会食費等で経理処理されています。因みに、公的な接待ゴルフは二十三回です。

九星信教会の宗務総長がこのような卑しむべき不正な脱法行為をさせていたことは誠に恥ずべきことですが、これらはごく一部であり、二十年以上にわたって教団内私邸における食費や生活費まで教団の経費で処理させております。また悪いことに教団経理部の責任者は博之氏の大学時代からの友人で税理士資格を有しており、博之氏と結託して私腹を肥やしています。》

添付の三枚めと四枚めのコピーに博之がゴルフに行った日とゴルフ場、打ち上げの飲食費が詳細にリストアップされていた。二十カ月で百回もゴルフに行き、一回あたり平均して十二万円も使っているのは連れがいたからにちがいない。

その答えは五枚めのコピーにあった。ゴシックの字体が同じなので、記述したのは一枚めの告発文の人物だろう。

《田内宗務総長は独身ですが、多くの愛人がいます。未婚の若い信者に手をつけるのはもちろんのこと、既婚の信者とも関係するのは鬼畜の所業としかいえません。厭きると手切れ金を渡して別れます。別れた愛人とのあいだに認知した姉妹がおり養育費を払っていますが、この養育費は田内総長の息のかかった教団経理部長の決裁により布教強化費という名目で支払われています。姉妹は滋賀福祉大学と関西美術学園の学生です。

田内総長が現在ぞっこんなのは京都花見小路のクラブ『芳乃』のホステスで源氏名をちあきといい、田内総長は頻繁にちあきを連れてゴルフ場に行っています。ゴルフのあとはちあきと食事をし、『芳乃』へ行きます。そのあとはちあきのマンションへ行き、セックスをします。マンションに泊まることはせず、必ずタクシーを呼んで教団の私邸に帰るのは後ろめたさではなく愛人の存在を知られるのが怖いからです。ちあきのマンションの毎月の賃料が教団の施設費から流用されているのはいうまでもありません。》

六枚めのコピーには田内と民自党政治家との交流が書かれていた。そんなことはどうでもいい。田内が月に五回はゴルフをし、その日は京都で飲んで、ひとりで教団に帰るということが分かった。ちあきというホステスのマンションを出るのは午前一時すぎだろうから、栗東の教団本部に帰るのは二時前後か。

田内が教団東側の正面玄関前にタクシーを停めさせるとは考えにくい。駐車場から教団建物につづく通路と玄関先には防犯カメラがあり、建物の庇下にも三台が設置されていた。宗務総長が月に五回も深夜に帰ってくるのを映像に撮られるのはまずいだろう。

そう、田内は西側の通用口から教団本部一階、棟つづきの宗務総長専用住居に入るのだ。通用口のそばにはルーフ付きの車寄せがあった。

田内の私邸に他の人物はいない――。

怪文書をファイルにもどして茶封筒に入れた。メモを書く。

『外出し、直帰します。本日の連絡不要。ごくろうさま。11／9　15：00』

玲奈のデスクにメモを置き、茶封筒を持って事務所を出た。

14

十一月八日――。玉川と舘野は横浜に出張し、大迫の娘、長谷川柚季に会った。大迫が銀行の貸金庫に預けていた刻印のない金塊九十キロと、大迫がＺＰＭＣで購入した刻印のない金塊百二十キロとの三十キロの差について柚季に尋ねたが、心あたりはない、と首を振った。柚季は専業主婦で、幼稚園児の娘がいるといい、自宅はタワーマンション二十七階の３ＬＤＫという優雅な暮らしだった。

世の中になんの憂いもないというのが、ああいう人種か――。おまけに美人ときてます――。親ガチャか――。ですよね――。

帰りの新幹線は京都で降り、祇園へ行ってかづきに会った。かづきも三十キロの金塊について、大迫からはなにも聞かなかった、といった。

十一月九日――。千葉の指示により、金塊三十キロを発見すべく、午前八時から大迫邸の再捜索をした。建物内はもちろん、バルコニーの床下からガレージの天井裏、前庭から庭、池の水を三分の二ほど抜き、排水枡の中まで徹底捜索をし、一級建築士に建築図面を見せて現状とちがう箇所を指摘までしてもらったが、金塊を発見するには至らなかった。千葉の結論は、大迫邸に金塊三十キロはない、犯人が盗み去った、というものだった。

夜の捜査会議で、千葉はプロファイリングの結果を報告した。その犯人像は——非衝動的、秩序型で警察捜査に詳しく、捜査全般を配慮した計画性がある。犯人と被害者は面識がなく、犯人は被害者の資産について詳細な情報を集め、入念な犯行準備をし、犯行後の行動についても抜かりのない計画を練っていた。台風による強雨を待って大迫邸に侵入し、被害者の両手小指に結束バンドを巻いて止血した上でこれを切断し、金塊の所在を詰問したこと等がその計画性を補強する。死体を隠す意図はないが、指紋、足跡、遺留物等を隠蔽する意図は強くあった。

犯人は単独犯で、年齢は三十歳から五十歳の男。知能は平均以上で、兄弟の中では年長者。父親の職歴は安定的で、子供時代の躾けは厳しい。大学教育を受けて就職したが、現在は無職、もしくはパートか派遣社員で安定的な収入はない。独身で、親と同居か、もしくは賃貸住宅に独居。居住地域のひとたちとの交友関係、人間関係はなく、性的に放埒ではない。精神的に病んではいるが、精神科クリニックやカウンセラー等への通院歴はない——。千葉のプロファイリング報告は捜査員の質問を交えて二十分にも及び、午後十一時をすぎて捜査会議は終わった。

「ああいうのは、どこまで確かなんや」玉川がいった。
「プロファイリングですか」
「父親の職歴とか、大卒で就職したとか、分かるんか」

「犯罪学よりは統計学の範疇でしょ。プロファイリングは」

「つまりは確率か」

「確率は外れても支障ないし」

「わしは刑事《デカ》の勘を信じたい」

玉川は首を揉みながら、「なんぞ食うて帰るか」

「つきあいますけど、奥さんが待ってるんとちがうんですか」

「帰ったら十二時や。よめはんは寝とる」

「普通はそうですよね」

「月、水、金と給食屋のパートに行ってるんや。朝の五時からやし、今日は早寝や」

パートには賛成していないが、本人が行きたいというのをとめるわけにはいかない、と玉川はいう。

「時給九百五十円。孫の塾通いのために、いまから金を貯めるんやと」

「優しいお婆さんですね」

「よめはんに一言でも婆さんというてみい、三日は口を利いてくれんがな」

「それは辛いな」

「若いときは十日も口を利かんことがあった」

「どっちが先に謝るんですか」

「わしに決まっとるやろ。よめはんの好きな落雁を買うて帰るんや」

「ラクガン……。なんです、それ」

「知らんか。仏さんに供える蓮の花とかの砂糖菓子」

「あれ、ラクガンいうんですか」見たことはある。食ったことはない。

「わしの七不思議や。あんな甘いだけの菓子が、よめはんの好物いうのがな」

「うちのおふくろは干柿が大好きです」

「干柿は美味い」

「そうですか……」舘野は苦手だ。

「どうするんや、晩飯」

「食いましょ」

食事のあと、玉川を千里山西の自宅に送りとどけて、自分は大正のマンションに帰るのだ。車は大正のコインパーキングに駐めればいい。「──品目は」

「餃子とラーメン」

「ラーメンは麺類ですよ」

「やめた。〝長いもん断ち〟は」

「ええんですか」麺類を食えるのはうれしいが。

「今日の再捜索や。成果なし。帳場はまた縮小されるやろ。そうなったら、たーやんとわしのコンビも解消されるやしれん」

玉川のいうとおりだ。いまの帳場は三十人だが、半数程度に縮小され、いずれは〝継続捜査〟という名目の未解決事件になるかもしれない。

「最近、迷宮入り、とはいわんですね」

「聞かんな。殺人罪の時効がなくなったからかもしれん」

そう、十年ほど前、刑法と刑事訴訟法の一部改正で、殺人罪に対する二十五年という公訴時効が廃止された──。

「なんか、寂しいですわ。玉さんとのコンビ解消」

本音だ。職人肌の部屋長にはたくさん教えられた。

「昨日の晩、美濃さんに電話した。成尾事件も手詰まりらしい」

初動捜査でめぼしいネタが得られない事件は難航する——。玉川はそういった。


捜査ファイルをキャビネットに片付けて帳場を出ようとしたところを、松田に呼びとめられた。玉川とふたり、松田のデスクのそばに行く。

「君ら、明日から換金捜査や」

「それは……」と、玉川。

「犯人は刻印のない金の延べ板を所持してる。こいつは大迫殺しの物証《ブツ》やから早よう処理したい。……犯人は延べ板を換金したか、換金するはずや」

「金地金業者を洗うんですな」

「金塊三十キロ。二億一千万をいっぺんに換金するのは危ないし、複数回に分けて換金すると、わしは見てる」

「まして、刻印のない金塊は目立ちますわ」

「十キロ単位の密輸品を扱う不良業者をリストアップしてくれ」

「まず、犯歴のある業者を洗いましょ」

「浪川とかいうブローカーはどうなんや」

「食わせ者《もん》ですわ。大迫にＺＰＭＣを仲介したんは浪川やし、浪川が情報屋にネタを流した可能性も含めて責めてみます」

「そこや。とことん締めあげたれ」

「浪川とＺＰＭＣの仁田を脅す材料が欲しい。ガサ状はとれませんかね」

「ガサ状な……。被疑事件は」

「贓品《ぞうひん》故買でどうですか」

「強引やな」

「浪川と仁田は百二十キロもの密輸品を大迫に売ったんです」

玉川はいう。「明日、浪川と仁田に会いますわ。ぐずぐずいうようやったら、ガサかけたります」

「しかしな、ガサはめんどいぞ」人員も要る、と松田はいう。

「ま、そうはならんように責めますわ」

小さくいって、玉川は松田のデスクのそばを離れた。

＊　＊

怪文書に載っていたゴルフ場のうち、田内がもっとも多くプレーしているところに電話をした。

――九星信教会の田内です。

――田内さま、いつもありがとうございます。

――予約を入れたメモを失くしてしまったんだけど、いつでしたか。

――お待ちください。

少し待った。

――十一月十一日、木曜ですね。十五時のスタートで二名さまとうかがっております。

――承知しました。

電話を切った。スマホで滋賀の天気を見る。木曜は晴れだ。田内を襲う日が決まった。

十一月十一日——。

午後五時、準備をはじめた。バスルームに入り、シャワーを浴びる。身体中にシェービングフォームを塗り、T字剃刀で脚から腕と、入念に毛を剃っていく。陰毛もきれいに剃った。昨日、理髪店で短めに刈った頭は二回、シャンプーした。

バスルームを出て、新品のボクサーパンツとTシャツを身につけた。クリーニング済みのワイシャツ、黒のスーツを着て、紺無地のネクタイを締めた。七三に分けたウィッグをかぶり、櫛とヘアスプレーで整える。

半地下のガレージに降りた。ヤリスのナンバープレートを確かめる。昨日の夜に偽の数字を貼りつけたプレートはよほど近くまで寄って見ないと、偽造とは分からない。黒のバックパックを開き、作業机の上にそろえてあった、ハンティングナイフ、特殊警棒、シルバーの梱包テープ、丸く巻いた三メートルの番線、五メートルのナイロンロープ、タオル二枚、手拭い二枚、グレーの革手袋、グレーのマウンテンパーカ、グレーのカーゴパンツ、ダークブラウンのワークブーツを入れて、ジッパーを閉めた。素通しの黒縁眼鏡をかけ、白い不織布のマスクをつけてヤリスに乗った。

京都——。『祇園センターホテル』前のパーキングにヤリスを駐めたのは午後八時前だった。車を降り、四条通へ歩く。

信号を渡って花見小路に入った。『芳乃』は新橋通の南、清本町の五階建ビルの二階にあった。人通りはけっこう多い。ビルの斜向かい、新橋通の交差点のそばに立ってスマホに眼をやり、ひとを待っているふうを装う。

二十分ごとに、防犯カメラを避けながら場所を移動して『芳乃』のビルを張った。そうして午後九時半、田内が現れた。背の低い小肥り、長く見ない間《ま》に髪が白くなっている。横にいるショートカットの髪、オフホワイトのコートを着た女がちあきだろう。ふたりは腕を組み、ビルに入っていった。

新橋通を西へ歩き、縄手通からパーキングにもどった。ヤリスに乗り、第二京阪道路鴨川東出入口に向かった。

午後十時二十分――。東亜九星信教会、教団本部の裏山に車を乗り入れた。一車線のアスファルト道から未舗装の農道に入り、雑木林の中の草地に車を駐めた。ライトを消し、ウインドーをおろして葉巻を吸いつける。闇の中に赤い光がぽつりと射した。

午前零時――。車の中でスーツを脱ぎ、カーゴパンツを穿いた。ワイシャツの上にマウンテンパーカを着て首もとまでジッパーを閉める。ウィッグと眼鏡をとり、フードをかぶった。ビジネスシューズからワークブーツに履き替え、革手袋をつけて車外に出る。微かな月明かりに眼が慣れるのを待ち、バックパックを背負って山を降りた。

零時三十分――。教団西側のコンクリート塀に背中をつけた。塀の一部は五メートル幅のスライディングゲートが閉じていて、南に延びる私道につながっている。ゲートの中は車がバックせずにUターンできる車寄せだ。田内の乗ったタクシーは南の私道をあがって、教祖と宗務総長専用住居の車寄せに入ってくるだろう。

塀に沿って移動し、ゲートの隙間から車寄せを覗き見た。水銀灯の下、通用口の庇下に防犯カメラの赤い光が点いている。カメラの撮影範囲は分からない。ゲートは肩より低いから越えるのはたやすいが、カメラに映ってしまう恐れがある。

塀に沿って南にもどった。二十メートルほどもどって、塀にとりつき、右足を上端にかけて身体を引きあげる。高さ二メートルの塀を乗り越えた。

建物と塀のあいだは砂利敷きだった。足音を殺して建物沿いに南へ移動し、通用口横の広葉樹の陰に入った。広葉樹の幹は太く、葉が密に繁っている。葉の一枚をちぎって匂いを嗅ぐと、樟脳に似た香りがした。クスノキだ。

庇下の防犯カメラを見あげた。カメラは車寄せと私道に向けられているから、通用口付近を捉えることはない。番線を持ってきたのは先端を鉤形に曲げてカメラの取付金具にひっかけ、方向を変えるのが目的だったが、その必要はなかった。

通用口の前に立った。ドアはスチール製だ。ドアハンドルの基部が青く光っているのは指紋認証だろう。上下にまわして押してみたが、びくともしなかった。

クスノキの根方にもたれて眼を瞑った。少し寒い。風はないが、足もとから冷気があがってくる。バックパックからタオルを出して首に巻いた。

午前一時二十五分――。遠く南のほうからエンジン音が近づいてきた。

バックパックからハンティングナイフを出してパーカの右ポケットに入れた。特殊警棒を振ってシャフトを伸ばし、ストラップを手首に巻きつける。バックパックを背負ってクスノキの陰に隠れた。

モーター音がしてゲートが左にスライドし、タクシーが車寄せに入ってきた。ルームランプが点き、リアシートの田内がタクシーチケットに料金を書いてドライバーに渡す。

田内が車外に出た。タクシーは走り去ってゲートが右にスライドする。それを見送って田内は通用口に近づく。ドアハンドルに親指をあて、ドアを開いた。

クスノキの陰から出た。田内が振り向く。その首に警棒を叩きつけた。田内は膝を落としかけたが、ドアハンドルをつかんで倒れない。

田内の脇腹に膝を入れた。通用口の中に突き倒す。すばやくドアを閉め、四つん這いになって逃げようとする田内の股間を蹴った。田内は横倒しになり、背中を丸めて呻く。

「田内さん、フリーズだ」

ハンティングナイフを鞘から抜き、刃先を眉間にあてた。「騒ぐと刺す」

田内は必死の形相で二度、三度とうなずいた。

「立つんだ」

後ろから左腕を田内の首にまわして立たせた。こめかみにナイフをあてて、廊下の奥へ行く。リビングに入り、カーペットの上に座らせた。

「いい部屋だな」リビングは広い。三十畳、いや四十畳はある。ソファが二組。右は全面が掃き出し窓なのだろう、凝った織りのドレープのカーテンがかかっている。「――カーテンの外は中庭か」

「…………」田内は答えない。

「いい暮らしだ」バックパックから梱包テープと番線を出した。

「…………」田内は下を向いている。

「これからもこの暮らしをつづけたいよな」

「…………」小さく、田内はうなずく。

「手だ。後ろにまわせ」

「…………」田内は動かない。

「殺すぞ」

喉にハンティングナイフを突きつけた。田内は両腕を後ろにまわす。

「そのままだ」

田内をうつ伏せにした。両手首を合わせて番線を巻き、膝も合わせて番線を巻きつけた。

「こっちを向け」

「…………」田内は顔を向けた。

「金はどこだ」

「ない」

「やめろ。嘘は」

「…………」田内は視線を逸らす。

「宗務総長の手もとに現金がなかったら、政治屋どもとつきあいはできない」

番線を伸ばして田内の首に巻いた。「どこだ。金は」

「そこ。チェスト」

田内の視線の先、暖炉の左にアンティークふうの猫足のテーブルと、揃いのチェストがある。

「金庫は」

「ない」

「ほんとか」

「教団にはある」

「だろうな」

田内の口にテープを貼り、チェストのそばに行った。上から抽斗を引いていく。いちばん下の抽斗に帯封つきの札束が詰まっていた。ひとつずつ出す。七百万円あった。

「これだけか」

「…………」田内はうなずく。

バックパックのそばに札束を置いて、田内のそばにかがんだ。首に番線を二重に巻き、口に貼ったテープを剝ぐ。

「ブツはどこだ」

「ブツ……」

「シャブはどこだ、と訊いてるんだ」

番線の端を折り返して引いた。輪が締まって田内の首に食い込む。「――な、宗務総長。あんたがシャブの隠し場所をいってくれたら、おれはこれから取りに行く。シャブを手に入れたら、おれはもどってこない。シャブがそこになかったら、おれはまたもどってくる。あんたを殺しにな」

田内は呻いた。番線が喉にかかっている。声が出ないのだ。

番線を緩めた。田内はえずいて胃液を吐く。酒臭い。

「――金はまだある」

「ほう、どこだ」

「寝室。クロゼット」

「いくらだ」

「一千万」

「シャブの決済金か」

「ちがう」

「おれはシャブが欲しいんだ」

「知らん。そんなものは」

「そうか……」

マスクをとった。

「おまえ……」

「なんだ、どうした」

「なんでもない」

「だから、嘘はだめなんだよ」

「ま、待て」

「やめろ。無駄だ」

田内の口にナイフの刃をねじ込んだ。「隠し場所をいえ」

田内は刃を噛む。ギッと嫌な音がした。

「血は見たくないんだ」ナイフを捻る。

田内は顔をゆがめて、なにかいおうとした。ナイフを抜いた。

「余呉」田内はいった。

「余呉の……」

「大岩別荘村のコテージ」

「どういうことだ」

「バブルのころ、親父が建てた。……エアコンの室外機。十年前から故障している」

室外機の裏蓋を外せ、と喘ぐように田内はいった。

「コテージの表札は」

「アルファベットで《TAUCHI》」

嘘ではなさそうだ。

「シャブの量は」

「五キロ」

末端価格で三億円だ。

「分かった」

田内の口にまたテープを貼った。うつ伏せにして番線を引き絞る。

田内は暴れた。必死で逃げようとする。背中に片膝をあてて、なおも番線を引いた。田内の頸椎が不自然に曲がる。一、二、三、四、五、六……。後頭部をじっと見つめて二十まで数えたとき、フッと抵抗がやんだ。

田内の頸動脈に指をあてた。脈はない。

マスクをつけた。リビングの左奥へ行き、ドアを開ける。クイーンサイズのベッドと造り付けのチェスト、その横がクロゼットだろう。照明を点けて中に入り、ハンガーの服を片側に寄せると、ルイ・ヴィトンのトラベルケースがあった。床に置いて蓋を開ける。帯封をした一千万円と、百万円の札束が二つ入っていた。

棚の段ボール箱やセーターを片っ端から床に落とし、白無地のマフラーと千二百万円の現金を持ってクロゼットを出た。ベッドを引きずって部屋の中央にやる。チェストの抽斗を上から抜いて中のものを床にぶちまけた。

リビングにもどった。ガラスキャビネットの扉を開けてウイスキーやブランデーのボトルとグラスを横倒しにし、バランタイン30年の封を切って床に転がした。テレビの電源を入れて、リモコンをソファに放る。

田内の首に巻いた番線をとり、手首と膝の番線も外して仰向きにした。ズボンが濡れているのは小便だ。口に貼っていた梱包テープを剝ぐ。ジャケットとズボンのポケットを探り、札入れをパーカのポケットに入れた。スマホは警棒で叩き壊す。

田内の靴を脱がして靴下をあげ、ズボンの裾を整えた。膝を伸ばして足先を揃える。ジャケットのボタンをとめ、両手を胸の上で合わせた。マフラーを広げて二つ折りにし、顔にかける。靴は足もとに揃えて置いた。

番線を丸めてバックパックに入れた。剝がしたテープと壊したスマホ、特殊警棒、ハンティングナイフ、チェストの抽斗にあった七百万円とクロゼットにあった千二百万円も入れてジッパーを閉じる。立って、リビングを見まわした。遺留物はない。バックパックを背負って部屋を出た。


栗東から余呉湖は名神高速道に乗らず、国道8号を走って二時間弱の道程だった。大岩山の麓、西に余呉湖を見晴らせる三叉路でナビの誘導は終了した。三叉路の右はアスファルト道、左は地道だ。右へ進んだ。道幅が狭くなる。周囲は緑が濃い。少し行くと、脇道の奥に砂利敷きの広場があった。入口に『四季の杜・大岩別荘』と、ペイントの剝げた木の看板が立っていた。この別荘地はもう使われていないようだ。

そこだけ砂利敷きの広場にヤリスを駐めた。エンジンをとめ、ＬＥＤライトと車載のドライバーを持って車外に出る。

コテージは平屋が五棟、二階建が三棟だった。二階建のログハウスから表札を見ていく。二棟めが《TAUCHI》だった。エアコンの室外機は見あたらない。

コテージの裏にまわった。階段上のバルコニーに室外機がある。

バルコニーにあがり、室外機を手前に移動させた。ライトをあててドライバーを使い、裏蓋を外す。コンプレッサーの脇に空間はあるが、そこにはなにもなかった。裏蓋のネジを間近にみると錆びている。ドライバーをあてたような痕跡もない。

「やってくれたな」

教団に横たわる田内を思い浮かべて独りごちた。妙におかしい。「おれとしたことが……」笑いが漏れた。

午前五時前――。帰りは木之本インターから北陸自動車道に入った。

＊　＊

十一月十三日、土曜日――。七時半、六階の給湯室でふたつの湯飲み茶碗に紙パックの日本茶を淹れ、五階に降りた。玉川のデスクに茶碗を置き、自分の席で茶をすする。玉川はいつも、茶が冷めないうちに帳場に来る。

「舘野……」千葉に呼ばれた。席に行く。

「おはようございます」頭をさげた。

「今日は滋賀へ行け」

「滋賀……。なにがあるんですか」

「君は新聞を読まんのか」

「読みますけど」スポーツ記事は読む。

「ほな、滋賀でなにがあった」

「強盗《タタキ》です。新興宗教の幹部が殺されました」

事件の発覚は昨日の昼だった。教団職員が幹部の住居に行って死体を発見した。

「帳場は栗東署や。行って詳細を聞いてこい」

「了解です」

そこへ、玉川が現れた。千葉と舘野を見て、そばに来る。

「おはようございます」

「おう、おはようさん」

千葉は返して、「今日は舘野と滋賀へ行ってくれ」

「九星信教会ですな」

「うちの事件《ヤマ》と似たとこがある。被害者の宗務総長は金まみれや」

殺された田内博之にまつわる黒い噂が大迫と重なる、と千葉はいった。「――情報屋云々は分からんけど、世間を誑《たぶら》かして生きてきたとこは、大迫や成尾より格上や」

「帳場に行ったらよろしいんか」

「向こうさんは滋賀県警や。帳場にはシャシャリ出るな。北原いう一課のデカ長に会え」

同じデカ長なら話がしやすいだろう、と千葉はいい、「帳場の大将は管理官の蟹江、一課の班長は河本。話はとおしといた」

北原の携帯番号を書いたメモを玉川に渡した。

国道171号を東へ走り、茨木インターから名神高速に入った。途中、大津サービスエリアで朝定食を食い、栗東インターを出たのは九時四十分だった。栗東署はインターから一キロほど行った県立体育館に隣接していた。

「なんか、こぢんまりしてますね」

五階建の栗東署は箕面北署より小さい。

「帳場は六、七十人か」

「いまはごった返してますわ」

署の駐車場はいっぱいだった。体育館にまわって車を駐め、玉川が電話をかけた。

「――おはようございます。大阪府警箕面北署の玉川いいます。――はい、そうです。――いま、体育館の駐車場です。――そら、すんません。待ってますわ」

玉川はスマホを上着のポケットに入れ、「ここへ来るそうや」

いって、車を降りた。舘野も車外に出て伸びをする。

玉川は携帯灰皿を手に煙草を吸いつけた。

「何本くらい吸うんですか、一日に」

「二日でひと箱か……」空に向かってけむりを吐く。

「旨いですか」

「旨いんかの……。癖のもんや」

「自分は大学のときにやめました」

「それがええ。百害あって一利なし」

家では吸わない、と玉川はいう。「よめはんに見つかったら殴られる」

「ポケットに煙草とライターがあるやないですか」

「公団の一階にメールボックスがある。407号室が空家や」

「ボックスの407に隠匿するんですね」

「イントク……。死語やな」

「隠匿物資とかいうやないですか」

「ま、煙草もライターも物資にはちがいない」

玉川が家に入って最初にすることは嗽《うがい》だという。「煙草の臭い消しや」

「知能犯ですね」

「よめはんは巳年《みどし》やのに鼻が鋭い。鼻毛が長い」

「自分は寅です」

「わしは午《うま》や」

鼻毛の生えたヘビがいるのだろうか、と考えているところへウサギ顔の男が来た。小柄で眼が丸く、髭の剃りあとが濃い。

「玉川さん?」

「玉川です」

「舘野です。府警捜査一課の強行犯係です」

「わたし、県警一課強行犯係の北原です。よろしくお願いします」

おたがい、頭をさげた。北原は五十前か。レンズの細い縁なしの眼鏡、黒いピンストライプのスーツと糊の利いたライトグレーのシャツ、モスグリーンのネクタイに、春日出署の美濃とはまたちがった切れ者の感がある。

「大事件ですな」玉川がいう。

「確かに」北原はにこやかに、「このところ、立て続けですね」

「三件とも、大物がやられた強盗殺人ですわ」

「箕面の事件はいつでした」

「先月の三日です。ついでにいうと、此花の強盗《タタキ》は今月の五日です」

「此花の事件から栗東の事件は〝中六日〟ですか」

「事件というやつは連鎖しますな」

「SNSで三つの事件の残虐さを論じる風潮がありますね」

「これが同一犯の連続殺人やったら、世間がひっくり返りますわ」

「おっしゃるとおりです」

北原はうなずいて、「立ち話もなんです。帳場へ行きますか」

「いや、わしらは部外者です」

「じゃ、署で話しましょう」

栗東署の食堂は旨い、と北原はいい、歩きだした。玉川は北原と並び、舘野はふたりの後ろにつく。

「帳場が立ったんは」玉川が訊く。

「昨日の夜です。戒名は『栗東九星信教会強盗殺人事件』」

「教団は嫌がるでしょ。〝九星信教会〟いうのが戒名にあがるんは」

「〝新興宗教教団〟としたら、ほかから抗議が来る、という意見がありましたね」

「ごもっともですな」

「捜査会議に刑事部長と捜査一課長が臨席しました」

「それだけの大事件なんでしょ」

「九星信教会は与党の族議員との関係が深いです」

「宗教票は固い。金も持ってる。徒《あだ》や疎《おろそ》かにはできませんわ」

栗東署に入った。階段を降りて食堂へ行く。舘野はふたりに飲み物を訊き、自販機のコーヒーをテーブルに運んだ。

15

「ごめんなさい。お客さんに気を遣ってもらって」

「北原さん、わしらはお客さんやないんですわ」

「いただきます」

北原はコーヒーをブラックで飲み、「箕面北署は何人ですか」

「いまは二百人ほどかな」

「大所帯ですね」

「いやいや、どっちかいうたら小さいほうですわ」

大阪府下には六十六の警察署がある、と玉川はいった。

「滋賀の警察署は十二です」

「署長会議をするときはよろしいな」

「現場の我々には関係ないですがね」

北原は笑った。ひとはよさそうだ。「――で、なにから報告しましょうか」

「昨日の捜査会議から教えてもろたら頭に入りやすいです」

「被害者の死亡推定時刻は十一月十二日の午前一時四十分から午前三時半で、死因は窒息死です。首全体に二筋の索痕……細い内出血の痕があり、鉄錆と微量の油分が付着していました」両手首とズボンの膝にも錆と油が付いていた、と北原はいう。

「鉄錆、いうのは……」

「鑑定をしています。番線だと考えられます」油分は錆どめの機械油だろうという。

「ハリガネの太いやつですな」

「番線は発見されていません。犯人が持ち去ったようです」

北原は独りごちるように、「犯人は被害者と識がある。流しの犯行ではない、というのが多数意見でした」

「それは……」

「被害者の状態です。犯人は被害者の首から番線を外してリビングの床に仰向けに寝かせた。両手を胸の上で組み、顔に白いマフラーをかけた。足もまっすぐに伸ばして、ズボンと靴下もきれいにした。そうして、足もとに被害者の靴をそろえて置いたんです」

「なるほど。識がありそうですな」

「リビングと寝室に物色痕があります。ひどい散らかりようですが、どこか不自然です。慣れた窃盗犯ならキャビネットやチェストの抽斗を下から開けていくのに、この犯人は上から下に開けている」

「物色は偽装、という読みですか」

「あとで現場写真をお見せします」

「金庫は」

「ありません」

被害者は宗務総長であり、教団の金を自由にできる立場にあった。いつも一千万円から二千万円の現金を専用住居に置き、その使途を問われることはなかったという。

「そんな大金をなんに使うんですか」

「常々、政治家とのつきあいには現金が要る、といっていたそうです」

「実際に使うてたんですか」

「不明です」北原は小さくいって、「九星信教会には怪文書が多く出まわってますが、それらはすべて宗務総長に関することです。……被害者は女癖がわるい。二十六歳で滋賀三区選出の議員の娘と結婚して、二年後に別れてます。再婚はしていませんが、愛人が途切れることはなかったようです」

「怪文書というやつはデマが多いけど……」

「もちろん、裏はとりました。愛人云々はほんとうです」

田内は十一月十一日、会員権をもつ『甲賀レイクサイドカントリー倶楽部』でクラブホステス、高柳奈緒とゴルフをした。スタートは午後三時、ふたりのパーティーだった。プレー後、ふたりはタクシーに同乗して京都へ行き、縄手通の料亭『珪花』で食事をし、午後九時三十五分、奈緒の勤める祇園花見小路のクラブ『芳乃』に入った――。

「細かいことというようやけど、ゴルフクラブはどうしたんですか。タクシーのトランクに載せてたんですか」

「クラブは宅配便で教団に送りました。いつもそうしていたようです」

「それで安心しましたわ。タクシーをハイヤー代わりにして、夜中まで待たせてたんかもと思たもんやから」

「そういうこともしかねませんよね、田内なら」北原は笑った。

「奈緒の源氏名は」

「ちあきです」

「田内と奈緒は何時に出たんですか、芳乃を」

「十一時三十分ごろです」

ふたりは迎車のタクシーで東竹屋町の奈緒のマンションへ行った——。

「東竹屋町いうのは近いんですか。花見小路から」

「川端丸太町のそばだから、直線距離だと、北へ二キロくらいですね」

「そのマンションは賃貸ですか」

「そうです」十三万円の家賃は田内の口座から落ちているという。

「つまりは教団から出てるんやないですか」

「交際費です。宗務総長の」

「もう、めちゃくちゃですな」

「確かに」北原はうなずく。

「奈緒のマンションを何時に出ました。田内は」

「零時四十五分ごろです」

タクシーが栗東の教団に着いたのは一時二十五分だった。「教団西側の裏門がスライディングゲートになっていて、被害者がタクシーの車内からリモートでゲートを開けました。このようすは教団の防犯カメラに撮影されています。ゲートの中は七十坪ほどの車寄せで、雨除けのルーフの奥に教祖と宗務総長専用住居の出入口があります」

出入口はふたつ、三メートルほど離れていて、左は二階の教祖住居、右は一階の宗務総長住居につながっているという。

「タクシーの運転手は田内を降ろして、すぐにゲートの外に出ていったんですか」

「被害者が自室のドアを開けるところは見ていません」

タクシーは『洛星交通』で、運転手は何度も東竹屋町から栗東へ田内を送っていた――。

「車寄せの左と右の出入口に表札みたいなものは付いてるんですか」

「表札はありません。左右とも鉄扉ですが、左のドアは観音開きです。幅が二メートルくらいで、教団の紋章……九星紋が付いてます」

「そら、まちがいようがないですな」

「宗務総長出入口の右に大きなクスノキがあります。犯人《ホシ》はその木の陰に潜んでいたと思われます」

「犯人は防犯カメラに……」

「映ってません。スライディングゲートではなく、南側のコンクリート塀を乗り越えたようです」

「塀を越えて、クスノキの陰に移動したんですな」

「車寄せの防犯カメラはクスノキや宗務総長の出入口を撮ってないんです」

「犯人は田内がドアに鍵を挿したとこを襲うたんですか」

「教祖用のドアは四桁のデジタル錠で、宗務総長用のドアは指紋認証です」

「なんで、左右の錠がちがうんですか」

「教祖は歩けません。お付きのスタッフが車椅子を押してます」

「となると、田内はドアを開けたときにやられた……」

「被害者の首の左側に内出血があります。振り向いたところを棒状の鈍器で殴打されたようです」

「棒状というのは」

「細くて重みのある、直径が十五ミリほどの鉄筋か、特殊警棒のようなものを想定しています」

玉川の質問は細かいが、北原の答えも漏れがない。

「田内は首を殴られて倒れた。ドアの中に引きずり込まれたんですな」

「出入口付近に血痕はありませんが、後ろから股間を蹴られた痕があります」

四つん這いになったところを蹴られたのだろうという。「睾丸が腫れて肛門部から出血してます」

「悶絶ですな」

「悲鳴もあげられなかったでしょう」

「ほかに、死体の状況は」

「唇と舌に切創があります」

「口の中までね……」

「ナイフか包丁ですね。口に入れられたようです」

「脅されたんですか。金の在り処をいえ、と」

「おそらく、そうでしょう」ナイフも包丁も発見されていないという。

「で、田内は吐いた……」

「専用住居にあったはずの現金がないんです」

「一千万から二千万……」

「寝室とクロゼットはひどく荒らされてます。棚の上にあったものはみんな床に散乱して、足の踏み場もありません」

「田内の顔にかけてあった白いマフラーは」

「被害者のものですね。クロゼットに四十本ほどのマフラーがありました」

「ほかには」

「スコッチが被害者のそばにころがってました。バランタイン30年です。キャップが外れて、半分はカーペットに染み込んでました」

テレビの電源も入っていたという。「被害者のジャケットとズボンのポケットにはなにもありません。……あと、リビングの床にスマートフォンを叩き壊したとみられるガラス片がありました」

「遺留物が少ない、ということですか」

「毛髪、指紋、足跡、刃物、番線……。なにも残ってませんね。物色の手口は素人臭いのに、ほかは水際立っている。索痕も深くて、明らかな殺意が見てとれます」

「動機は金……。怨恨がらみでもある、ということですか」

「それともうひとつ、九星信教会には怪文書にもない闇の歴史がある。……というか、こちらが本線かもしれません」

「ほう、それは……」

「玉川さんは、九星信教会の沿革、歴史はご存じですか」

「いや、新興宗教には疎いんですわ」

玉川は小さく手を振って、「教祖は田内雅姫。被害者の田内博之が雅姫の甥いうのはもちろん、知ってます」

「雅姫の本名は雅枝です。父親は田内一郎といって、昭和五十八年に七十一歳で亡くなりました」

雅枝の兄は田内博といい、博の長男が博之だと北原はいった。「博は平成二十二年、七十五歳で亡くなってます」

「死因は」

「一郎は心不全、博は脳梗塞です」

「ふたりとも自然死ですな」

「博は糖尿病が悪化して腎透析をしていたようです」

北原はいって、「博は宗務総長でした。亡くなった年に、博之があとを継ぎました」

「新興宗教というやつは世襲ですわな」

「このあとが揉めますよ。博之は独身ですが、多くの愛人がいる。認知した子もふたりいて、いまは女子大生です。教団の信者でもない」

「となると、血で血を洗う跡目争いですか」

玉川はうなずいて、「田内博之が死んで、いちばんの利益を得るのは」

「そこはまだ分かりません。これからの調べです」

北原はいい、ひとつ間をおいて、「雅姫の父親の田内一郎という名を耳にしたことはありませんか」

「いや、知らんですな」

「じゃ、戦前、戦時中に暗躍した『辰巳機関』というのは」

「辰巳機関……。聞いたことがある。……アヘンですか」

「そう、おっしゃるとおりです」

北原はメモ帳を出した。「昨日の捜査会議に公安の刑事がふたり来て、辰巳機関と九星信教会にまつわる話を聞きました。ちょっと長くなりますが、聞いてください」

「はいはい、聞きましょ」玉川はテーブルの上で手を組んだ。

「辰巳機関は辰巳元《はじめ》というジャーナリスト、実業家が戦前、三井物産や三菱商事と連携し、関東軍と結託して設立したアヘンの密売組織で、辰巳自身は阿片王と呼ばれました」

辰巳機関はイランやモンゴル産のアヘンの密売で得た莫大な利益を関東軍の戦費に充て、日本の傀儡だった南京国民政府にもまわした。また、関東軍が生産していた満州産アヘンや、日本軍が生産していた海南島アヘンも扱った。

戦後、辰巳は帰国し、A級戦犯容疑でGHQに逮捕されたが、不起訴となり釈放。その後は渋谷や新宿にビルを建てるなど不動産業に進出し、実業家として活動した。晩年は創星求道神教会の熱心な信者となり、昭和四十年に死去。享年七十。辰巳の生まれ故郷、千葉県市川市にある『辰巳家之墓』の墓碑銘は岸信介元首相が揮毫した——。

なるほど、北原は切れ者だ。走り書きのようなメモと相関図を見ながら詳細な話をつづける。

「——この辰巳機関で辰巳の近しい部下のひとりだったのが田内一郎です。田内は辰巳の遠い縁戚で、辰巳といっしょに帰国しました」

田内一郎は帰国後も辰巳に重用され、戦犯として逮捕された辰巳の隠し資産を管理した。辰巳の釈放後は辰巳から離れ、昭和二十九年、長女の雅枝を始祖に祭りあげた東亜九星信教会を滋賀県栗東町に設立し、長男の博を宗務総長として教団の運営にあたらせた——。

「ここから先は裏がとれていませんが、九星信教会のモデルは創星求道神教会でしょう」

一郎も一時は創星求道神教会の信者だった、と北原はいい、メモ帳を繰る。「創星は大正五年の創立で、教義は『宇宙の創造主である天照大神の霊力をいただき、天照の摂理と啓示である忠、孝、敬祖を実践し、地上の平和と人類の幸福を目指す』というものです」

「立派な教義やないですか」玉川がいう。

「この教義の〝天照〟を〝始祖・雅姫様〟に変えると、そのまま九星信教会の教義です」

「雅姫様は〝宇宙の創造主〟か……」

「創星求道神教会はまだあるんですか」舘野は訊いた。

「あります、千葉の成田に。公称信者数は三百です」

「九星の公称三万人とはえらいちがいですな」と、玉川。

「雨後の筍でしょう。新宗教は」

「九星は神道系ですか」

「基本は仏教系ですね。節分祭大護摩祈願とか、春秋の彼岸会、盂蘭盆会とかのイベントがそうです。……が、それらのイベントは雅姫の御託宣を披露、拝聴する会でもある。雅姫の言葉がすなわち、九星信教会の教義というわけです」

「キリスト教でいう預言ですか」

「どうでしょうね。雅姫は子供のころから神がかり的なことをいう癖があって、周囲の大人を驚かせていたようです」

「その妄想癖を親父の一郎が利用しようとしたんですか」

「そこまでは分かりませんが、宗教法人とマネーロンダリングは不可分ですからね」

「宗教活動イコール非課税ですな」

「これも裏はとれていませんが、田内一郎は教団の設立時に辰巳機関の隠し資産を流用したという噂があります」

「なるほど。それはある」

「いまの教団本部は敷地一万坪。平成三年築の建物は教祖と宗務総長の専用住居を含めて九百坪ですが、昭和二十九年の教団設立当初、敷地は六千坪で建物は四百坪でした」

「戦後の混乱期にいきなり、どでかい施設を造ったんですな」

「その原資が不明なんです」

「辰巳元の協力があった……。狙いはマネーロンダリング……」

「阿片王だったころの辰巳の資産は、現在価値で一兆円以上あったとされています」

「麻薬というやつはスケールがちがいますな」

同感だ。いくら戦前戦中のこととはいえ、北原の話は舘野の想像の埒外にある。

「昭和五十年代、西日本に覚醒剤の大卸と称される人物が三人いました。福岡、広島、滋賀です」

「その、滋賀のひとりというのが……」

「田内一郎でした」

「一郎が大卸やったんは、辰巳のアヘン人脈ですか」

「たぶん、そうでしょうね。アヘンが覚醒剤に変わった……」

「ルートは」

「一郎が組織していたのは中国ルートです。大連から来た船を隠岐や対馬沖で待って、瀬取りをしていたようです」

瀬取りとは洋上で運搬船どうしが出会い、荷の受け渡しをすることをいう。

「量は」

「一度に二百キロから五百キロ。……昭和五十六年に福井県警が敦賀で摘発した二百三十七キロの覚醒剤密輸事件で、田内一郎の名があがりました」

「逮捕とか起訴は」

「ありません」瀬取りをしたのはヤクザに雇われた漁船員だった。組を特定して幹部ふたりを逮捕したが、その上の金主までは辿れなかった、と北原はいう。

「金主が大卸やったんですな」

「十億円単位の資金を用意できるのが大卸です」

「国税局も宗教法人の金には手を出せませんわな」

「敦賀の摘発以降、一郎の名は覚醒剤密輸事犯から消えました」

「一郎は大卸から降りたんですか」

「分かりません。昭和五十八年に死にました」

「教団のあとをとったんが、雅姫の兄の博ですな」

玉川はいう。「一郎から密輸ルートは継がんかったんですか」

「田内博については多くが不明です。教団の外にはまったく出ない人物でした」

北原は相関図を見る。「子供は博之、聖子、百合、瞳と四人いて、聖子は信者の不動産業者と結婚しています」

「博之の名前が覚醒剤事犯にあがったことは」

「あります」

北原は顔をあげた。「北朝鮮ルートです」

二〇〇五年二月、鳥取県大山《だいせん》町海岸に黒いビニール製の包みが漂着した。包みは五十センチ立方で六つあり、漁網でひとつにまとめられていたが、一部が破れて中のポリ袋が露出していた。通報を受けた米子東署員がポリ袋を調べたところ、中身はガンコロと呼ばれる結晶状の覚醒剤だった。漁網にはGPS発信機が取り付けられていたが破損しており、瀬取りができなかったため漂着したものとみられた——。

「ひとつの包みに一キロのポリ袋が三十個。六つで百八十キロもの覚醒剤です。当時の末端価格は百二十六億円でした」

「その漂着事件、よう憶えてますわ。大きなニュースでしたな」

「鳥取県警の刑事部と公安部が合同で捜査にあたりました。瀬取りに関係していたのが大阪の暴力団組織と判明して、府警の捜査四課に協力を求めたそうです」

「大阪のヤクザ……。五祖連合ですか」

「よくご存じですね」

「いやね、あの漂着事件のあと、五祖連合の舎弟頭と相談役が失踪したんですわ。……五祖連合は関西一円でいちばんの大手薬局とみられてたし、鳥取の漂着事件は五祖連合が金主やったんやで、と大阪のマル暴刑事のあいだで噂になりました」

「五祖連合のこと、教えてください」舘野はいった。

「川坂の二次団体や」

玉川はいう。「川坂会系五祖連合。本部は西成の鶴見橋。兵隊は二百人。先代の会長は川坂の若頭《かしら》補佐やった」

先代は十年ほど前に引退し、五祖連合は若頭補佐から降りた、と玉川はいった。

「失踪した舎弟頭と相談役は」

「大阪湾の海の底か、吉野の辺りの山ん中か、どっちにしろ骨になっとるな」

「五祖連合の会長は大卸やったんですか」

「わしが刑事になってから、個人で大卸いうのは聞かんな。いまは複数の組織がつるんで瀬取りをしてる」

「覚醒剤の仕入れ値は」

「はっきりせん。末端価格の十分の一とも、二十分の一ともいわれてる」

「鳥取に漂着したんは十二億から六億……。そら金主ひとりでは無理ですね」

「密輸の稼ぎはでかい。いまの日本は覚醒剤天国や」

「瀬取りのルートは」

「このごろは東シナ海やな。公海上で中国船籍の船と日本の船が会う。シャブを受けとって日本の港に帰ってきたとこをガサかけて逮捕する」

二〇一九年、天草の漁港で、係留した漁船から五百九十キロの覚醒剤を押収して兵庫県と東京都の暴力団関係者を逮捕。同年、下田沖で一トンの覚醒剤を押収し、中国人船員ら七人を逮捕。二〇一七年、茨城県那珂湊港で陸揚げされた四百七十五キロの覚醒剤を押収し、東京の組長を逮捕。組長は無期懲役判決を受けた——。

「鳥取に覚醒剤が漂着したころを最後に、海上保安庁の徹底した摘発で日本海ルートが途絶えた。瀬取りのプロとされてたヤクザ連中が逮捕されたからやけど、そいつらが十四、五年の刑期を終えて出てきよった。それでまた、瀬取りが復活したというわけや」

さすが、玉川も切れ者の暴犯係だ。覚醒剤の密輸事情を詳細に語った。

「田内博之は調べを受けたんですか。鳥取の覚醒剤漂着事件で」北原に訊いた。

「受けました。事情を聴取したのは大阪府警の四課です」四課の捜査員三人が教団本部に出向いたという。

「で、田内は」

「完全黙秘。教団の顧問弁護士が立ち会ったそうです」

「そもそも、田内はなんで捜査線上にあがったんですか」

「公安の刑事は明言しませんでしたが、九星信教会は設立当初から公安調査の対象とされているようです」

「カルト認定されてるんですか」

「認定はされてはいませんが、その成り立ちからして教団は薬物との関係が深い。鳥取の漂着事件で、五祖連合を含む金主のひとりとして取り沙汰されたのが田内でした」

物証《ブツ》はあっても関連証言がない。密輸船の目撃者もいない。漂着事件の捜査は空振りに終わった、と北原はいった。

「田内の調べをしたんは、府警四課の何班でしたか」と、玉川。

「——石本班ですね」北原はメモ帳を見た。

「ああ、石本さんね。四課の名物班長でしたわ」

四課から豊島《てしま》署の署長になり、定年で退職したという。

「田内博之は田内一郎、田内博から覚醒剤の密輸ルートを引き継いだんですか」舘野は訊いた。

「そこは不明です」

昨日の捜査会議で舘野と同じ質問をした捜査員がいたが、公安の刑事からの答えはなかったという。

「ただ、漂着事件以降、田内の名があがったことはないそうです」

「教団が信者に薬物を使うた形跡はないんですか。〝オウム〟がそうやったように」

「それはないでしょう。九星信教会に出家信者はいませんから」

「つまるところ、田内一郎はともかくとして、博と博之が覚醒剤に関係した確証はないんですな」

ひとり玉川はうなずいて、「わしは覚醒剤がらみで田内がやられたんならおもしろいと思たんですけどな」

「我々もその線は捨てていません。帳場の共通認識です」

「いま、帳場は何人ですか」

「六十人です」

「うちは三十人ですわ。はじめは七十人やったのにね」

「帳場が立ってから何日ですか」

「大迫事件の発生は十月三日です。今日は十一月十三日やし、もう四十二日めですな」

「特捜本部は昨日で解散ですか」

「そう、ほんまなら解散ですわ」

力なく、玉川は笑う。「けど、継続でしょうな」

被害者の大迫が大阪ミリアムの倒産にからんで十億円以上の不正蓄財をしたこと。大阪ミリアム倒産で負債額が未払いの預かり金を含めて四十一億円にのぼったこと。その被害者が大口の過払い金請求者だけで三千人以上もいること。大迫が拳銃で射殺されたこと。事件が大きく報道されたこと——玉川は帳場の継続の理由をいった。

そう、特別捜査本部は最大四十日間で解体されるのが慣例とされている。本来は二十日間、さらに二十日間延長できて四十日。特捜本部事件の捜査費は大阪府からではなく国費が使われるため、その日数になる。捜査本部が解体されれば一課は退き、あとは箕面北署の事件になるが、警察庁の判断で帳場は継続され、捜査員の超過勤務費、車両費、出張費等の捜査費は国費と府費でまかなわれる——。

「こんなことというたら不謹慎かもしれんけど、わしは成尾事件がよかったと思てますねん。あの事件も大悪党を狙うた強盗の犯行やし、ある意味、模倣犯でもある。大迫事件と成尾事件の帳場がふたつとも解散になったら、大阪府警はなにをしてるんや、と叩かれますわな。……大迫事件も成尾事件も、意地でも帳場は継続するでしょ」

「おっしゃるとおりです。帳場が解散しても刑事が白旗をあげたわけじゃない」

「北原さんもがんばってください」

「がんばります」

ふたりのデカ長はエールを交わして、「このあとはどうされますか」

「栗東の教団本部を見学して帰ります」

「現場写真は」

「いや、北原さんの説明でよう分かりました。白眼を剝いた仏さんは見とうないんですわ」

「被害者は顔にマフラーをかけられてました」

「白眼は」

「眼は閉じてましたが、顔面が鬱血して舌が出てました。口のまわりは血塗れです」

「そういうのがわし、苦手ですねん」

「大迫事件の被害者はどうでした」

「きれいなもんですわ。額にポツンと小さい穴があいててね」

「それはいい」

「ただし、後頭部はザクロでしたな。脳漿が飛び散って」

「見たくないですね。写真でも」

「臭《にお》いがね……。脳は腐りやすいらしい」

「でしょうね」

北原はコーヒーを飲みほした。

栗東市烏山は栗東署から県道を南へ十分、細川から多武山に至る丘陵地に燻瓦と白壁の大きな建造物が見えてきた。

「あれですね」

ナビを見なくても九星信教会の教団本部と分かる。

「思てたより広いな」

「一万坪やというてましたね、北原さんが」

「戦後まもないころは原野やったんやろ。そんなとこにいきなり、どでかい宗教施設ができたら、村の人間はびっくりしたわな。そら、資金の出処を詮索されるはずや」

「辰巳機関の辰巳は不動産業に進出して渋谷や新宿にビルを建てたんでしょ」

「辰巳から何億かを引っ張ったんが田内一郎やったということっちゃ」

「ふたりは非課税の宗教法人に眼をつけたんですね」

「辰巳が戦前、戦中の怪物なら、一郎は戦後の怪物やったんや」玉川は笑う。

教団の駐車場にはパトカー二台と警察車両三台が駐まっていたため中には入らず、北から西へ迂回した。教団の裏手は築地塀ではなく、コンクリート塀だった。塀の切れ間に黒いスライディングゲートが見える。ゲートは右に寄せられ、中の車寄せにはパトカーと四台の警察車両が駐まっていた。

「今日も現場検証と事情聴取か」

「みたいですね。……どうします、入りますか」

「いや、ここでええ」

塀沿いに車を駐めた。玉川が車外に出る。舘野も降りた。

車寄せに入った。ひとはいない。建物にはスチールドアがふたつあり、左は観音開き、右は片開きだ。その右手前、五メートルほど離れたところに枝振りのいいクスノキが立ち、建物に影を落としている。ふたつのドアにかかる庇下には防犯カメラが取り付けられているが、レンズはスライディングゲートのほうを向いている。

「あの角度ではあかんな」田内が襲われたところは映っていないだろう、と玉川はいった。

そこへ、左のドアが開いて、男が現れた。グレーのジャケットに黒のズボン、小柄で、頭は白髪まじりだ。

こんちは——。玉川は挨拶した。男も同じように頭をさげる。

「教団の方ですか」

「はい、そうですが」

男は煙草をくわえた。吸いに出てきたようだ。

「大変ですね」

「ほんとにね。まさか、こんなことに……。昨日からごった返してます」

「わたし、大阪府警の玉川といいます。失礼ですが」

「木村といいます」

「木村さんは教祖さんの関係者ですか」

「秘書室におります」木村は煙草に火をつけた。

「教祖さんはいま、どうしてはります」

「眠ってます」主治医の指示で看護師が睡眠薬を服ませたという。

「教祖さん担当の秘書は何人、いてはるんですか」

「五人です」シフトを組んで、いつも誰かが付いているという。

「夜間もですか」

「いえ、夜の十二時から朝の八時まで、雅姫さまは睡眠をとられます」

「その時間帯、教祖はおひとりで、宗務総長もひとりですな」

「そうなりますね」

「お元気やないんですか。教祖さんは」

「いえ、お元気ですよ。ご自分でものを食べられますし」

「箸を使うて」

「そこは想像にお任せします」

お随きの秘書がスプーンで流動食を食べさせているらしい。

「言葉はどうですか」

「はい、大丈夫です」

大丈夫ではなさそうだ。教祖は認知症がすすんでいるのだろう。

「田内宗務総長の秘書は何人ですか」

「三人です。わたしは宗務総長付きです」

「教団の支柱は雅姫教祖で、運営のトップは田内さんでしたか」

「おっしゃるとおりです」

「運営はトップダウンですか」

「そうですね」木村はうなずく。

「となると、今後の舵取りが難しい……」

「………」木村はけむりを吐く。

「田内さんに次ぐひとは」

「――分かりません」

ひとつ間があった。木村はとぼけている。

「教団の怪文書が出まわってることはご存じですか」

「困ったものです。嘘ばっかりで」

「しかし、田内さんの女関係はほんとですよね。現に、ゴルフに行って祇園に寄って、夜中に帰ってきたとこを襲われた」

「宗務総長に非はありません。強盗に襲われたんです」

「怨恨という線はないですか」

「怨恨、ですか……」

「田内さんに恨みをもってるひとです。心あたりはないですか」

「そのことはしつこく訊かれました。ほかの刑事さんにもね。……宗務総長は恨みを買うようなひとじゃありません」

「木村さんにとってはやりやすいひとでしたか」

「わたしは秘書ですから、お答えする立場にはありません」

「尊大で気難しいひとでしたか」

「分かりません」木村は玉川の誘導尋問にのらない。

「宗務総長専用住居に女性を入れることはありましたか」

「知りません」

「田内さんは専用住居に現金を置いてましたか」

「どうでしょう……。経理部のものに訊いてください」

「専用住居の掃除は」

「総務の担当です」毎日、部屋の清掃をし、ベッドメイキングをし、洗面室とバスルームの点検をするという。

「まるで、シティホテルですな」

「宗務総長の指示です」

「あの防犯カメラ、モニターはどこにあるんですか」庇下のカメラを、玉川は指さした。

「本館の警備室です」

「警備室に人員は」

「夜間はおりません」

午後八時から午前八時まで警備室にひとはおらず、モニター監視はしていない。教団施設の警備は警備会社に委託しているという。「夜間は警報が鳴るんです。外部からの侵入があったときは」

「田内さんが帰ってきたんは一時半ごろでしょ」

「警備とスライディングゲートは連動してます。ゲートが正常に開いたとき、警報は鳴りません」

「賊が塀を乗り越えたときもですか」

「そういった事態は想定してないと思います」

「つまり、田内さんが夜中に帰ってくるときは、まったくの無防備ということですな」

「こんな事態を招いたということは、おっしゃるとおりかと思います」

「予兆みたいなものはありましたか。……田内さんが脅迫されたとか、なにかに怯えてたとか」

「ありません。少なくとも、わたしの知る限りは」

「四年か五年前、『世紀』という投資顧問会社の代表が逮捕された事件がありましたな」

「はい……」

「田内さんがＦＸ投資で十億円を超える欠損を出したんは、ほんまの話ですか」

「十億円はまちがいです。欠損はその一部です」

「その欠損で、田内さんは責任をとったんですか」

「あの投資は宗務総長個人ではなく、教団が行ったことです」

「田内さんの周辺に反社の影みたいなものはなかったですか」

「どういう意味ですか」

「たとえば、暴力団、企業舎弟、詐欺集団、薬物関係……」

「それって、犯罪ですよね」

「犯罪です」

「亡くなった宗務総長に失礼でしょう」

不機嫌そうに木村はいった。玉川はどこ吹く風で、

「新宗教と政治家と反社は相性がええんですけどな」

「あなたね、大阪からなにをしに来たんですか。滋賀県警でもないのに」

「すんませんな。疑問に思たことは訊いてしまうんが刑事ですんや」玉川は頭を掻く。

木村は煙草を捨てて靴先で踏み消した。ドアを引いて中に入ろうとする。

「木村さん」

玉川は呼びとめた。「吸殻を捨てるのはマナー違反でっせ」

木村は黙って吸殻を拾い、ドアの向こうに消えた。

「お喋り君やったな」玉川は笑う。

「確かに」

「田内が死んで、秘書室は解体か」

「教祖がいてますわ」

「教祖に要るのは介護や。秘書やない」

玉川は低くいって、踵を返した。

16

十一月十三日、土曜日――。九時五分前に出社した。

「おはようございます」玲奈はデスクで缶コーヒーを飲んでいた。

「ああ、おはよう。早いな」

「昨日は二件、成約しました」二件とも泉北高城台のマンションだったという。

「ご苦労さん。それはよかった」

前に一日で二件も成約したのは八月だった。三カ月ぶりか。

玲奈は立って、封筒を差し出した。箱崎は受けとって中を見る。六万六千円入っていた。

受領伝票に印鑑を押し、玲奈に渡した。

「今日は」

「光台をまわります」

玲奈はいって、「所長、ネット広告をしませんか」

「ネット広告……」

「盗聴器見つけます、って広告です」

「そんな広告、いっぱいあるだろ」

箱崎もいくつか見たことがある。誰かに監視されている気がする、誰かに尾けられている気がする、電話中に妙な雑音が入る、ひとつでも心あたりのある方は危険です、と不安を煽って集客するネットの広告だ。

「日本中で一年間に売られる盗聴器は三十万個以上やし、ストーカー被害とか、離婚問題とか、個人情報流出で悩んでいるひとは、それこそいっぱいいます。だから、需要はあるんです」

「広告のメリットは」

「盗聴の被害者から調査を依頼されることですね」

玲奈と亀山のように盗聴電波を捉えて見知らぬ家のインターホンを押すよりは、仕事にかかるのが簡単だし、時間的ロスも少ないから、料金も安く設定できるという。「ネット広告をしてる業者の値段は二万円からです」

「調査を依頼された家に行って、盗聴器がなかったらどうなんだ」

「出張費だけですね」

「仕事もせずに出張費をくれ、は無理だろ」

「だから、そのことは事前に説明しておくんです」

「広告を出したら電話がかかってくるよな」

「そうですね」

「おれは電話番なんかしないぞ」

「じゃ、わたしがします」

「君のような優秀な人間をそんなことに使えるわけがない」

「ダメですか、ネット広告」

「ちょっと待ってくれ」

考えた。そもそも盗聴器バスターで儲けることは望んでいない。探偵業という看板をあげたからには、なんらかの業務をする必要があると思ったからだ。

そう、ネット広告を出せば、盗聴器バスターがよりいっそうの本業になる。問い合わせの電話が頻繁にかかるようなら、バイトの学生でも雇えばいい——。

「分かった。君のいうとおりにしよう。広告のコピーは任せる」

「ありがとうございます」玲奈はにっこりした。

「礼をいうのはおれのほうだ。いろいろ考えてくれて」

「正直にいいます。わたしと亀山さんのお給料は所長の持ち出しですよね。それが心配なんです」

「要らん気遣いはしなくていい。おれは企業調査で稼いでる」

笑ってみせた。ひといちばい我の強い玲奈が箱崎の心配などするはずがない。ドコモショップの契約スタッフから探偵に転身して二年、この事務所が潰れて、また仕事を探す羽目になるのが嫌なのだ。

ヒュミドールを開けてシガーを一本とり、ライターとシガーカッターを持ってベランダに出た。鉢植えのキンポウジュとアボカドに水をやり、椅子に腰かけてシガーを吸いつける。けむりの向こうにうろこ雲が見えた。

十時前――。亀山が来た。玲奈が立って、今日は光台ね――。亀山にいって、事務所を出ていった。

パソコンを音声検索にして、共和銀行大阪中央支店にアクセスし、暗証番号を入れて《コバヤシリョウ》の口座を出す。十一月四日に《カ）メイジョウショウカイ》から振り込まれた二億三千六百八十万三千円が一億一千六百八十万三千円に減っている。道具屋から買った六つの他人名義の口座に、ほぼ毎日、三百万円から三百五十万円を振り込んでいるからだ。十二日間で預金をすべて引き出して《コバヤシリョウ》の残高がゼロになれば、口座は廃棄する。振り込む作業と平行して六つの口座からＡＴＭで一日ごとに五十万円を引き出せば約三カ月で口座はカラになる。実際は半年以上かけて二億三千六百万を現金に換えるつもりだ。その作業はけっこう面倒だが、いまの時代、銀行に通帳と印鑑を持って行って一千万、二千万の金をおろすのはリスクが大きすぎる。そう、なにごとも焦りは禁物だ。犯罪は蟻の一穴から崩れる。

十二時――。事務所を出た。ヤリスを運転して新世界へ。通天閣近くのコインパーキングに車を駐め、定食屋でモツの煮込みを食う。テレビの動物番組を眺めているうちに天王寺動物園がすぐ近くだと気づいて、ジャンジャン横丁の喫茶店に寄ったあと、動物園に行った。土曜日のせいか、家族連れが多くいる。

カバ舎の前で、ふっと真規子《まきこ》と誠也《せいや》の顔が思い浮かんだ。誠也はカバが好きだった。水の中で動かない灰色の背中をじっと見つめて、誠也も動かない。箱崎は夜行性動物舎をまわり、カバ舎にもどると、真規子と誠也はまだそこにいた――。

ふたりはどうしているのだろうか。養育費を振り込んだのは一昨年の三月、誠也が大学を卒業したときが最後だった。真規子とはこの十年、連絡をとっていない。まだ高石の家にいるのだろうか。

いま思えば、箱崎には過ぎた妻だった。真規子のまじめさ、几帳面さ、芯の強さが箱崎には煙たかった。が、もし真規子に会うことがあっても、わるかったというつもりは欠片もない。誠也に会いたいと思ったこともまったくない。血はつながっているが、他人だ。

寒い。風が出てきた。カバ舎を離れた。

＊　＊

栗東へ行った翌日、貴金属ブローカーの浪川とＺＰＭＣの仁田に会い、無刻印の金塊、三十キロを買い取る資金力のある金地金業者を訊いた。浪川は答える義務がないと、取りつく島もなかったが、仁田は情報源を出さないという約束で、東は名古屋から西は福岡まで、買取りが杜撰だと噂のある十社あまりの業者名をあげた。

舘野は車にもどって、業者に電話をした。

手もとに刻印のない金塊が三十キロある、買取りしてくれますか——。

一度、見せてください。そこで判断します——。

と、十社のうち六社が、同じような反応だった。

淀川区宮原——。新大阪駅近くのビルに店を構える『双光』に行った。

「しょぼいな」

「しょぼいですね」

古びた四階建のビルの一階だが、間口は狭い。青いテントに白抜きで《宝飾品　貴金属買取　双光》とある。両隣はショーウインドーにキーボードやギターを並べた楽器店と宅配ピザ店だ。

玉川につづいて店に入った。

「いらっしゃいませ」カウンターの向こうの男がいった。黒いスーツにグレーのネクタイ、ウェーブのかかった茶髪が額を隠している。齢は舘野と同じくらいか。

「すんませんな。刑事です」

玉川は手帳を提示した。「さっき電話しました」

「電話、というのは……」

「金塊、三十キロ。買取りは見て判断するといいましたな」

「ちょっと待ってください。警察のひとだとは聞いてませんよ」

「わたしは玉川。あなたは」

「吉本です」

「おたくは刻印のない金塊も買うんやね」

「買いませんよ。買うわけないじゃないですか」

「貴金属の買取店が金を買わんかったら商売にならんでしょ」

「百グラム程度なら買います」

「一キロの延べ板は」

「だから、刻印のない地金《じきん》は買いません」

「さっきの電話とは話がちがいますな」

「わたしは地金を見せてください、といったんです」

刻印があったら買うつもりだった、と吉本はいう。

「三十キロの金塊は二億一千万ですよ。そんな資金があるんですか」

「あります。あるから、こうやって店を開けてるんです」

「現金で払うんですか」

「まさか。それはない」

一キロ程度の地金なら現金で買い取ることもなくはないが、それ以上になると売買契約書を交わしたあと、客が指定する口座に代金を振り込むという。

「三十キロの金塊でも、そういう買取り方をするんですか」

「原則は、そうです」

「最近、三十キロの金塊を買い取ったことはありますか」

「ありません」吉本は即答した。

「『双光』のいままでの最大量は」

「七キロですね」

「いくらでした」

「グラム四千円のころでしたから、二千八百万円でした。もちろん、刻印のある正規の地金です」

「噂を聞いたことはないですか。三十キロの金塊を買い取ったような業界の噂は」

「うちのような中小の店では聞きませんね。一般のひとが三十キロもの地金を売るときは大手の貴金属店に行きますよ」

「大手というのは」

「『ゴールドディール』『田代貴金属』『ジャパンマテリアル』『MURAMATSU』『メタリカ』『東

郷本店』……。十社はあります」

「ZPMCは」

「中小ですが、けっこう大きいです」

「こんなことを訊くのは筋ちがいかもしれんけど、もし、吉本さんが刻印のない三十キロの金塊を持ってたとしたら、どこへ売りに行きます」

「…………」吉本は玉川をじっと見た。

「答えにくいのは分かります。当然ですよね。けど、我々は密輸とかやなくて、強盗事件の捜査をしてますねん。……そう、被害者宅から大量の刻印のない金塊が消えた。犯人はどうやって換金するんやろ……。この一カ月、ふたりの刑事が休みもなしに靴底すり減らして調べてますんや」

「分かりました。わたしの知る範囲でお答えします」

低く、吉本はいった。「金塊密輸が横行したころ、買取りの噂があった業者は……」

「いや、名古屋あたりから西の業者だけ教えてください。東京近辺には山ほどあると思うし」

「だったら、『金蔵』『紫金』『三信本店』『メタルオフ』『貴光』『ドムス』『天神貴金属』といったところでしょうか」

メタルオフと紫金、三信本店、ドムスは、買取りが杜撰だとして、舘野が電話をした十社のうちの四社だった。

「いま、吉本さんのいわれた七社の規模は」玉川が訊く。

「ZPMCと同じくらいでしょうね。本店のほかにいくつかの支店があります」

「場所は」

「金蔵と紫金が名古屋、三信が京都、メタルオフと貴光が大阪、ドムスが広島、天神が博多です」

吉本のいう買取店を舘野はメモ帳に書きとった。

「その七社は資金力があるんですか」

「あると思いますよ。うちよりは大きいんじゃないですか」

「つまり、三十キロの地金でも一括して買い取れると……」

「たぶん、できるでしょう」

「刻印のない金塊は密輸品ですよね」

舘野はいった。「密輸品は扱うな、と経産省や財務省から指導があったでしょ」

「無刻印の地金を買い取るのは、持ち込まれた業者じゃなくて、ほかの業者です」

「というのは……」

「買取業者をA、ほかの業者をBとしましょうか。……Aは客に、自分のところでは地金を買い取れない。だからBを紹介する、と持ちかけるんです」

「BはAの関連会社か子会社ですか」

「表向きは別会社です。実体はひとつですが」

「紹介料は」

「もちろん、とります」

無刻印の地金を持ち込んだ客も、後ろめたいところがあるから話に乗る、と吉本はいう。「AとBには本来の買取手数料のほかに紹介料も入るんだから、おいしい取引ですよ」

同じような方法で無刻印の地金を売買している業者は多い、と吉本は笑った。

「ということは、三十キロの金塊を持ち込んだ客がおったとしても、買取業者Aの記録には存在せんというわけですな」玉川がいった。

「おっしゃるとおりです」

「紹介料は」

「客が直接、Aに渡すことはありません。Bが客からとってAに支払います」

「その紹介料はAの帳簿に残るんですか」

「まず、残りませんね。裏金だから。裏金は現金でBからAに流れます」

「Bが客に振り込む買取代金は、どこから出るんですか」

「Aですね」ダミーのBに億単位の資金力はないという。

「つまりは融資ですか」

「そういうことです」

「どれくらいですか、紹介料は」

「まちまちですね。〇・三パーセントから〇・五パーセント……」

「売りにきた客の本人確認は」

「当然、します」

運転免許証やマイナンバーカードをコピーする、と吉本はいい、「二百万円超の地金を買い取るときは、住民票などマイナンバーの記載がある書類も提示してもらいます」

「なるほどね……」

玉川は小さくうなずいた。舘野を見る。舘野もうなずいた。

「いや、ありがとうございました。吉本さんの協力で、いろいろ勉強になりました。また、分からんことがあったら教えてください」

玉川はカウンターに名刺を置いた。

「箕面北署ですか」

吉本は名刺に視線を落とした。「大きな事件がありましたね」

「ありましたな」

「がんばってください」

「がんばってます」

玉川はカウンターを離れた。


車に乗った。

「多少の収穫ありか」

玉川はシートベルトを引く。「けど、めんどいぞ」

「ほんまですね」舘野はエンジンをかける。

「この業界は一筋縄ではいかん。密輸品の買取システムができとる」

「どう斬り込みます」

「吉本のいうた七社に込みをかけんとしゃあないやろ」

「大阪は『メタルオフ』と『貴光』です」

スマホを出して『メタルオフ』から検索した。「——浪速区ですね。難波中三丁目」

地図を見ると、府立体育会館となんばパークスに挟まれた繁華なところにある。

「貴光は北区堂山町です」阪急東通商店街の東寄りだ。

「堂山のほうが近いな。貴光から行くか」

「その前に、昼飯食いませんか」

もう一時が近い。「堂山に旨い塩ラーメンの店があります」

「そいつはええな。塩ラーメンてなもんは何年も食うてへん」

「行きましょ」新御堂筋に向かった。


二時すぎ――。ラーメン店を出た。

「旨かったな。さっぱりしてるのにコクがあった」

「学生のころ、たまに行ってたんです」

たまに、ではない。しょっちゅう行った。

東通商店街のパチンコ店二階のビリヤード場で、一年ほどホール係のバイトをした。時給は安かったが、客の相手をして球を撞くこともあった。舘野はビリヤードに夢中だった。自前のキューを持ち、ときにはマス割りもして、一人前のハスラー気取りだったが、勝負に容赦がなさすぎて客を遊ばせることがなく、クビになってしまった。大学を出たあと、キューを手にしたことは一度もない――。

貴光に行った。けっこう大きい店構えで、照明がきつい。コの字に配したショーケースに宝飾品や腕時計を多く並べている。

「すんません。マネージャーは」玉川がいった。

「おりますが、どういうご用件でしょうか」

女性スタッフは玉川を見て、明らかに客ではないと察したようだ。

「こういう者《もん》です」玉川は手帳を見せた。

スタッフは奥の部屋に行き、スーツの男を連れてきた。

「坂口と申します」男は低頭した。櫛目のはっきりした髪の生え際が白い。

「玉川です」

「舘野です」

「どうぞ、こちらへ」

別室に通された。窓のない狭いスペースに北欧風の応接セットとサイドボード、三方の壁に掛かっているのは、いっとき流行ったアイドル版画だ。

「お飲み物は」

「いや……」

「お客さまには、お出ししてます」

「ほな、お茶を」

「はい、はい」

坂口は愛想よくいい、部屋を出て、すぐにもどってきた。玉川と舘野はふたり掛けのソファに並んで座る。坂口も腰をおろした。

「絵も売ってはるんですか」玉川は壁の版画に眼をやった。

「やめました」以前は売っていたらしい。

「いつ、やめはったんですか」

「もう十年以上前ですね。新御堂筋の向こうで画廊もやってました」

「この手の版画の画廊て、お客は一見さんばっかりでしょ」

「よくご存じですね」

「むかし、流行ったやないですか」

玉川ははっきりいわないが、画廊の女性店員が暇そうに歩いている男に声をかけて店に連れ込むデート商法だ。客にローンを組ませて売りつけるのは、くずダイヤの宝飾品や原価が千円ほどのアイドル版画が多かった。千円の版画を二十万、三十万で売るのは詐欺だろう。

ノック――。ドアが開いて、さっきの女性スタッフが茶を持ってきた。茶托と湯飲み茶碗をテーブルに置き、一礼して出ていった。

「きれいなお嬢さんですね。すらっと背が高うて」

「ありがとうございます。あとでいうときます」

「本人にいうたらセクハラになるとかでね、このごろは婦警というのもタブーですねん」

「婦人警官、がだめなんですか」

「女性警察官ですな」

玉川は茶に口をつけて、「話は変わるけど、最近、十キロ単位の金塊を買いはったことはないですか」

「十キロですか……」

坂口は視線をあげた。「ここ一、二年はありませんね」

「刻印のない金塊はどうですか」

「刻印がない……。うちは密輸品の売買なんかしませんよ」

「もしもですよ、わしみたいな堅気の客が無刻印の金塊を持ってきたらどうします」

「どうもしません。断ります」

「一キロの延べ板やったら、どうですか」

「一キロでも五百グラムでも、だめなものはだめです」

「しかし、おたくさんは貴金属の買取りが商売やないですか」

「だから、法に触れることはせんのです」

「違法やない。指導ですわ、経産省の」

「指導に反することはしません」

坂口のガードは堅い。その頑なな態度が、かえって不自然だ。

「おたくさん、関連会社とかはあるんですか」

「どういう意味ですか」

「お客を紹介しあう、同じ業種の会社です」

「そんなものはありませんね」

「もし、あったら」

「ないものはない。調べたらよろしい」

坂口はさも不機嫌そうに、「ひとつ、お教えしましょうか」

「なんです」

「わたしども買取業者は税務署に資料を出す義務があるんです」

「ほう、それは」

「一回あたり二百万円超の買取りの場合、『金地金等の譲渡の対価の支払調書』を税務署に出すんです。でないと、買い取った地金の転売ができません」

「たとえば一キロ、七百万円の金塊を買うときは、二百五十グラムずつ四回に分けて買うたらええやないですか」

「お客さんが嫌がるでしょ。日を変えて四回も店に来るのは」

「それは確かですな」

さもおかしそうに玉川はいった。「――最後に、おたくさんの主たる取引銀行を教えてください」

「断る、といったら」

「税務署へ行って調べますがな。どこの口座から納税してるかを」

「大同銀行です。曽根崎支店」

「ご協力、ありがとうございます」

玉川は茶を飲みほした。「たーやん、行こ」

「はい」舘野は腰をあげた。


扇町通のコインパーキングに向かった。

「ぎょうさん、ボロを出しよったな」玉川が笑う。

「玉さんが怒らしたからですわ」そう、ひとは怒らせると本音が出る。

「あいつは密輸品を買うてる。……清水さんに電話を入れてくれ。大同銀行曽根崎支店、貴光の口座の動きを調べて欲しい、と」

玉川はいって、「あと、大同のほかにも貴光の取引銀行があるか調べるよういうてくれ」

「了解です」玉川の捜査には漏れがない。

スマホを出して、清水に電話をした。

——班長、舘野です。

——おう、ご苦労さん。いま、どこや。

——玉川さんと、堂山にいてます。

——込みか。

——地金の買取業者です。阪急東通商店街の『貴光』。口座を洗うてもらえますか。

玉川に指示されたことを伝えた。清水は復唱して、

――今日は日曜やし、銀行はやってへん。調べは明日でええか。

――はい、お願いします。

――で、次は。

――難波中三丁目の『メタルオフ』いう業者に行きます。

――よっしゃ。結果はまた報告してくれ。

電話は切れた。

難波――。メタルオフでの訊き込みも貴光と変わりがなく、無刻印の金地金の買取りはしない、という答えだった。玉川と舘野はメタルオフの取引銀行を訊き、清水に電話をして口座を調べるよう依頼した。

「さて、このあとはどこや」

「『三信本店』ですね」

「京都か」

「中京区石橋町です。地図やと、河原町三条から西へ入ったとこです」

「遠いな、京都は」

「やめますか」

「やめるわけにはいかん。……わしが運転したろか」

「いや、いや。玉さんは寝ててください」

玉川が運転したことは一度もないし、舘野は助手席に座りたくない。

「わしはたーやんの運転のときは寝てられるけど、よめはんのときはあかんのや」

「寝たら怒られるんですか」

「よめはんはな、地図をよう見んのや。ナビも見んと、右か、左かと訊いてくる」

「そういうひと、いてますね」

「うちのよめはんがそれや。めちゃくちゃめんどい」

「玉さんが運転したらええやないですか」

「わしはよめはんより下手なんや」

玉川はシートベルトを締めてラジオのスイッチを入れた。曲が流れている。

「これ、歌謡曲か。……でもないな」

「清志郎です。『スローバラード』」

「しゃれとるな」

「名曲です」大学のころ、買ったディスクが書棚のどこかにある。

「よっしゃ。憶えよ」

憶えて歌うつもりなのだろうか。カラオケで。

「玉さんの十八番《おはこ》はなんです」

「聞きたいか」

「そうですね……」つまらぬことをいってしまった。

僕が生まれたこの島の空を〜♪　玉川は歌いはじめた。『島人《しまんちゅ》ぬ宝』だ。案外に巧い。

午後五時半──。《時計宝飾品貴金属　ブランド品　買取り》の三信本店に入った。店構えは貴光に似ていた。

「いらっしゃいませ」玉川と同年配の男がいった。ニット風の黒いジャケットにニットのネクタイを締めている。ほかに客はいない。

「昼、電話をしました」

舘野はいった。「無刻印の金地金を売りたいと」

「ああ、あの方でしたか。ありがとうございます」

男は愛想がいい。「どうぞ、こちらへ」

ショーケース横の接客コーナーに案内された。「で、インゴットは」

「わしら、客やないんですわ。玉川といいます」

玉川は手帳を提示した。男は顔色を変えるでもなく、

「中京署ですか」

「いや、大阪府警です。わしは箕面北署、こっちは……」

「相勤の舘野です」手帳を見せた。

「わざわざ大阪から、盗品手配ですか」

「訊き込みですわ。……失礼ですが、お名前は」

「細川といいます」

「細川さんは刻印のない金塊を買い取るそうですな」と、玉川。

「わるい冗談ですね。警察のひとが買取業者に嘘をいうのはよくないでしょう」

「嘘やない。金塊を買いますか、と訊いただけですわ」

「買いませんよ。無刻印のインゴットなんか」

「刻印があったら買うんですか」舘野はいった。

「国産品なら無条件で買います」

「何キロでも」

「あなた、いいましたよね。三十キロと」

「いいました」

「一億円までなら、その場で買います」

「現金で？」

「振込です」

「取引銀行は」

「そんなこと聞いて、なにをするんですか」

「おたくの口座の入出金を調べるんです」

「なにか、疑うてるんですか」

「それはない。これは関連捜査です」

「大阪の刑事が挨拶もなしに店に来て、口座を教えてくれ、はないでしょ」

「お怒りはごもっともやけど、教えてくれたら手間が省けるんです」

「帰ってください」

「はい？」

「あなたがたに答える義務はない。そういうことです」

細川は立ってショーケースの向こうに行き、舘野がなにをいっても無視した。

「たーやん、行こ」

玉川にいわれて、店を出た。

「すんません。ミスりました」

「ミスやない。ああいうやつはおる」

「玉さんの心証は」

「あれはちがう。所詮は雇われや。自分ひとりの判断で三十キロもの金塊を買う権限も度量もない」

「班長には連絡しときます」

清水に電話をして『三信本店』の名寄せをするよう依頼した。

17

十一月十五日、月曜日──。

朝、玉川が顔を出すのを待ってシビックに乗った。ナビの誘導に従って箕面とどろみインターから高槻ジャンクションで名神高速道路に入り、草津ジャンクションを経由して新名神高速道路へ。名古屋まで二時間二十分の行程だ。

「いつもいつもすまんな。こうやってボーッとしてたら、二時間ちょいで名古屋に行ける」

「新幹線やったら一時間です」

「箕面から千里中央までバスに乗って、電車に乗らないかん。新大阪駅で新幹線を待つこと考えたら、車のほうが早い」

新幹線のキップもふたり分を往復で買わないといけない、と玉川はいう。「新大阪から名古屋までなんぼや」

「のぞみで、六千七百円くらいですかね」

「ほな、四枚で二万七千円ほどか。ガソリン代より高いわ」

「玉さん、高速料金が要りますわ」

「なんぼや」

「五千円以上でしょ」

「ほな、往復で一万ちょっとか。ガソリン代を入れても新幹線の半額やな」

「ま、そうなりますね」

「大迫事件が解決するまで、何億の捜査費がかかるんかのう」

「四億、五億ではききませんね」

「それだけ突っ込んで、解決するとは限らん」

そう、昨日、帳場に帰ったとき、千葉と清水が話し込んでいた。近々、帳場がまた縮小されて捜査員が二十人ほど——府警捜査一課清水班の十人と、箕面北署から十人あまり——になるらしい。玉川はそのことを危惧している。

「京都東をすぎた。なんぞ食うか」

「朝飯、食うてないんですか」

「たーやんは食うてへんやろ」

「次のサービスエリアは大津です」

「よっしゃ。それや」

「これ、ＣＤ」思い出して、ディスクを玉川の膝に置いた。

「なんやて……」

『ＲＣサクセション』。清志郎の『スローバラード』が入ってます」

「おう、マスターしよ」

玉川はデッキにディスクを挿入した。


十時半――。名古屋西インターを出た。名古屋高速５号万場線を直進して中区大須へ。ナビの誘導は商店街の南で終了した。

コインパーキングに車を駐め、車外に出て伸びをした。

「名古屋は何年ぶりかの……。上の娘が高校生やったから、十五、六年前か」

玉川は携帯灰皿を広げて煙草に火をつける。「よめはんの幼馴染みが千種《ちくさ》区で美容院をしてた」

三人で食事をし、熱田神宮近くのホテルに泊まったという。「味噌カツいうのを初めて食うた。美味かったな」

「いまもあるんですか、美容院」

「どうやろな。よめはんの交友関係には関心がないんや」

名古屋駅の地下街で食った、ひつまぶしも美味かった、と玉川はけむりを吐く。

舘野はスマホで検索した。『紫金』は商店街の中にある。

玉川は煙草を消した。

「行くか」

「こっちですわ」

商店街へ向かった。

アーケードの下、紫金は貴光やメタルオフよりひとまわり大きく、ＺＰＭＣなんば元町店より高級感のある店だった。

「今日はぎりぎりまで身分を明かさんことにします」

「そうやな。それで行こ」

いらっしゃいませ――。キャビンアテンダントふうの紺のジャケットにスカーフの女性スタッフが手をそろえて深々とお辞儀をした。

「昨日、電話をした舘野といいます」

「ありがとうございます。ご用件は」

「金地金の買取りを訊きました。重さは三十キロ。無刻印です」

「お話をお聞きしたのは誰でしたでしょうか」

「マネージャーの高橋さんです」

「お待ちください」

無刻印と聞いても女性スタッフはものおじせず、舘野と玉川は応接室にとおされた。

レースのカーテンが引かれた格子窓、テーブルと椅子があるだけの殺風景な部屋だ。

ノック――。入ってきたのはダークグレーの三つ揃いスーツにあずき色のネクタイを締めた五十男だった。男は一礼し、

「高橋と申します」向かいに腰をおろした。

受けとった名刺には《紫金　大須店　チーフマネージャー　高橋忠俊》とあった。

「失礼ですが、お客さまは」

「舘野といいます」名刺は出さなかった。玉川も黙って隣に座っている。

「わざわざお越しいただいてありがとうございます。インゴットは……」

「いま、ここにはないです」

「と、いいますと……」

「これがそうです」

スマホの画像を出して高橋に見せた。大迫の娘といっしょに新阪神銀行箕面支店に行き、貸金庫ブースのテーブルに並べた金の延べ板十本と、帯封付きの現金一千万円を撮ったときの画像だ。

「現金もありますが」

「いや、この画像は銀行の貸金庫室です。現金は無視してください」

画像を拡大した。高橋は覗き込んで、

「インゴットは無刻印ですね」

「密輸品です」

「なるほど」

高橋は動じない。密輸品と聞いて嫌がるふうもない。「この写真だと、インゴットは十本ですが」

「あとの二十本は別の銀行に預けてます。みんな無刻印です」

「サンプルだけでも見せていただけるとありがたいんですが」

「高橋さんが買取りするというてくれたら、三十本、そろえて持ってきます」

「だから、先にインゴットを見せていただかないと、取引が進みません」

「このあと銀行へ行きます。三十キロの金地金、みんな買い取ってもらえるんですね」

「品位鑑定をしますので、少し時間をいただきます」

「こちらの希望をいいますと、現金が欲しいんです」

「ごめんなさい。一キロ以上のインゴットの買取り代金は振込にさせていただいてます」

「しつこいようやけど、現金はダメですか」

「当局からのお達しで、マネーロンダリングに利用されるような取引はできないんです」

「そうか、そういうことですよね」スマホをポケットにもどした。

「それと、ご存じだとは思いますが、インゴットをお売りになるときは、運転免許証等の本人確認書類、発行日から六カ月以内の住民票や公共料金領収書などが必要です」

「そのことは知ってます」

「あと、無刻印のインゴットについては当店の買取りではなく、ほかの業者を紹介させていただいております」

「ほかの業者て、どういうことですか」

「当店の買取りシステムです。もちろん、資金的な心配はございません」

「しかし、わたしは紫金さんの暖簾を信用して地金を売りにきたんです」

「だから、取引は当店でします。業者も当店に来てもらいます」

「なんかしらん、めんどくさいですね」

「当局のお達しです」また同じことを高橋はいった。

なにが〝お達し〟だ。当局が業者を介在させるよう指導しているのか。

「その、業者というのは」

「インゴットを見せていただいたときにご紹介します」

「いま、教えてもらえんですか」

「だったら、舘野さんの免許証を見せていただくか、名刺をいただけますか」

「分かった。よう分かりました」

玉川がはじめて口をひらいた。自分の名刺をテーブルに置く。高橋は手にとって、

「なるほど、こういうことでしたか」

表情も変えずにいった。「サンプルがないはずだ」

「マネージャー、我々は大阪から来ました」

玉川はいう。「ある凶悪事件の関連捜査です。協力してくれんですか」

「だったら、はじめから身分を明かすのが筋でしょう」

「んなことは分かってます。……けど刑事が警察手帳を振りかざして、密輸品を買い取りますかと訊いて、はい、買い取ります、とはいわんでしょ」

「…………」高橋は答えない。

「おたくが紹介するつもりやった業者を教えてくださいな」

「できませんね。先方に迷惑です」

「ほな、最近、三十キロの……いや、十キロ単位で、刻印のない金の延べ板を持ち込んだ客はおらんですか」

「いませんよ、そんな客は」

「紫金の主たる取引銀行はどこですか」

「いえません」

「顧問税理士は」

「刑事さん、ノーコメントです」

「正直にいうとね、所轄の税務署に行って、おたくのことを根掘り葉掘り訊くのはめんどいんです」

「──明星銀行です」税務署が効いたのか、低く高橋はいった。

「明星銀行の」

「大須支店です」

「了解です」玉川は腰を浮かした。

「大須支店に行かれるんですか」

「さぁ、どうしましょ」

「行っても無駄ですよ。うちは税務署の査察なんか受けたことないですから」

「マネージャー、査察をするのは国税局で、税務署がするのは税務調査です」

玉川は笑った。「税務調査は任意で、事前に連絡があるし、おたくも納税企業なら受けたことはあるはずですわ」

「…………」高橋は眉を顰めて俯いた。

「すんませんでしたな。またなんかあったら協力してください」

玉川は高橋の手から名刺を取り、立ちあがった。


女性スタッフにお辞儀をされて紫金を出た。コインパーキングへ歩く。

「うっとうしいやつでしたね」

「あんなもんやろ。やたら協力的で愛想のええやつのほうが怪しいとしたもんや」

玉川は煙草をくわえた。火はつけない。「けど、たーやんの込みはよかった。業者を紹介すると、自分からいいよった」

「次は明星銀行ですか。『金蔵』ですか」

「そうやな……。金蔵はどこや」

「円頓寺《えんどうじ》商店街ですね」

「遠いんか」

「近いです。名古屋駅の近くやし、ここからやと北へ二キロほどですか」

「よっしゃ。先に金蔵へ行こ。そのあと、金蔵と紫金の取引銀行に込みをかけよ」

玉川は洋品店に入って、明星銀行大須支店の場所を訊いた。

＊　＊

事務所には行かず、市役所で印鑑証明書をとり、自宅で車の買取業者を待った。

二日前、金曜日の夕方、ヤリスをネットの買取サイトに出して査定を依頼し、最高額を提示してきた業者に連絡して月曜に引き渡しをすると決めた。業者は堺の『相互カーズ』といい、女性スタッフの応対がしっかりしていた。

田内博之を襲ったときに使った特殊警棒、ハンティングナイフ、番線、梱包テープ、叩き壊した田内のスマホは、大岩別荘村からの帰り、余呉川近くの池に投げ捨てた。富南《とうなん》に帰り着いたあと、ヤリスのナンバープレートに貼っていた偽造の数字と、マウンテンパーカ、カーゴパンツ、革手袋、ワークブーツ、田内から奪ったエルメスの札入れ——現金二十数万円は抜いた——を裁ち鋏と金鋸でバラバラにし、京都の花見小路で田内を張っていたときに着ていた黒のスーツ、紺地のネクタイ、ワイシャツ、ビジネスシューズ、ウィッグ、素通しの眼鏡も小さく切断して複数のゴミ袋に詰め、土曜の朝に捨てた。市のゴミ収集車が回収していったから、すべて灰になっただろう。田内から奪った千九百万円は工具箱に入れ、段ボール箱に放り込んでガレージのスノータイヤの後ろに置いている——。

久々にニール・ヤングの『ハーヴェスト』をターンテーブルにのせ、薄めに淹れたキリマンジャロを飲みながら聴いているうちに眠ってしまったのだろう、インターホンの音で目覚めた。壁の時計は二時を指している。立ってインターホンのモニターを見ると、グレーのジャケットの若い男だった。

――はい。

――箱崎さま、『相互カーズ』です。

――車、出してます。シャッターの前に。

――ちょっと見せていただきました。きれいな車ですね。

――走行は九千キロです。

ガレージには降りず、ヤリスのスマートキーと葉巻を持って玄関から外に出た。車寄せにまわる。男が頭をさげた。

「矢野といいます。よろしくお願いします」

名刺を受けとった。《矢野圭》という名前だけを見て、キーを手渡した。

矢野はドアロックを解除して現車確認をする。箱崎は葉巻を吸いながら待った。

ボンネット内の確認を終え、車検証と取扱説明書をグローブボックスにもどした矢野がそばに来た。

「いい香りですね」

「煙草、吸うんですか」

「電子煙草です」旨くもなんともない、という。

「シガーにするといい。旨いですよ」

「でも、高いでしょ」

「ピンキリです」

葉巻のリングを見た。〝パルタガス〟だ。四千円はしないだろう。

「それで、査定額ですが、減額はありません。ヤリス・ハイブリッドG、ホワイトパール。ネットで査定しましたとおり、百五十六万円でいかがでしょうか」

「はい、けっこうです」

「じゃ、印鑑証明書一通と、この書類に押印をお願いします」矢野はアタッシェケースを開けた。

譲渡書と委任状をもらい、家に入って実印を押した。予備のスマートキーと印鑑証明書を持って車寄せにもどり、現金百五十六万円を受けとって取引は終了した。名義変更後の車検証のコピーは後日、お送りします――と矢野はいい、ヤリスを運転して帰っていった。車の売買も簡単になったものだ。

『ハーヴェスト』をB・B・キングの『ザ・ジャングル』に替え、ノートパソコンを立ちあげた。中古車情報サイトを出して、次の車を探す。国産車ではなく、輸入車にしようと思った。

ドイツ、英国、フランス、イタリア車と見るうちに、アバルト500が眼にとまった。久々にマニュアルシフトの車もおもしろそうだ。YouTubeで〝アバルト500〟を検索し、試乗インプレッションを見た。

＊　＊

玉川と舘野は『金蔵』のマネージャーに込みをかけた。その対応は『紫金』とちがって、無刻印の金地金の買取りは業者を紹介せず金蔵円頓寺店がするが、上限は一千万円だといった。一千万円では一・四キロまでの地金しか現金化できない。延べ板は一キロだから、一日一回の取引だと三十回も金蔵に通わないといけない。それを聞いたとき、金蔵は捜査の対象から外れたが、念のため、取引銀行を訊いて店をあとにした。

「犯人《ホシ》は三十キロの金塊を現金にしたんですかね」

舘野はいった。「まだ、手もとに置いてるとは考えられませんか」

「な、たーやん、強盗《タタキ》と強盗で得た財物を金に換えるのはセットや。わしが犯人やったら、いっときも早うに処分したいわな。延べ板でモノは買われへんし、ラーメンの一杯も食えん。……それにそもそも、延べ板は強盗殺人の物証《ブツ》や。んなもんをそばに置いてたら危のうてしゃあないし、おちおち寝てられん」

「そうか、そのとおりですよね……」

「それにや、犯人が延べ板を換金してないんやったら、たーやんとわしのやってる捜査《しらべ》に意味がない。徒労や」

徒労は大袈裟だろうが、玉川のいったことは正論だ。玉川と舘野がリストアップした金地金の不良買取業者は広島の『ドムス』、博多の『天神貴金属』と、西日本にまだふたつ残っているし、広島と博多がダメなら、名古屋以東の横浜、東京まで捜査の対象を広げる必要がある。

「闇の河原に石を積むいうのは、こういうことですかね」

「賽の河原とちがうんか」

「それやと、縁起がわるすぎます」

「積んだ石は、たいがいが崩れるわな」

熱のこもらぬふうに玉川はいい、「さ、行くか」

「中日銀行ですか、明星銀行ですか」中日銀行は金蔵の取引銀行で、本店は名古屋城の北にある。

「中日はあとにしよ。大して意味がない」

「明星ですね」

「それより、喉が渇いた」

「ああ、そっちね」

少し先の雑居ビルに喫茶店があった。


二時――。明星銀行大須支店に入った。身分を明かして支店長に会い、紫金大須店の十月一日からの入出金データをもらった。応接室で詳細を見る。

「――これはなんや」

玉川はデータの一部を指で押さえた。「どえらい金が動いてるぞ」

「出金ですね。……十一月四日、二億三千六百八十万三千円」

振込先は《シロタミツアキ》とある。漢字なら、白田光明か。

「たーやん、三十キロの金地金はなんぼや」

「待ってください」

スマホのカリキュレーター画面を出した。「――いまの相場やと、一グラムが七千二百円として二億一千六百万、消費税を加算したら二億三千七百六十万ですね」

「おい、おい、標的《まと》にぶち当たったんとちがうか」

「ほんまですね」

玉川と眼を見合わせた。耳のあたりが熱い。「シロタミツアキを特定しましょ」

応接室を出た。支店長に振込先の口座を調べてもらうよう依頼する。支店長は出納の行員を呼び、舘野は応接室にもどった。

「いま、調べてくれてます」

「嫌そうにしてなかったか」

「してました。めんどいことばっかりいいよる、いう顔でした」

「ま、下手《したて》に出といたらええ。刑事は愛想や」

玉川はソファに両肘をついてもたれ込んだ。

十分ほど待った。ノック――。入ってきたのは二つ折りのバインダーを抱えた女性行員だった。

「お待たせしました」

「はいはい、どうも」玉川はソファに浅く座り直した。

「シロタミツアキさまの口座は当支店です」

「そらよろしいな」玉川はうなずいて、「個人ですか。会社ですか」

「名城商会さんです」女性行員が渉外担当だという。

「シロタさんが代表者ですか」

「そうです」

「名城商会というのは」

「貴金属と宝飾品の会社です」

「顧客ファイルとか名刺はないんですか」

「ファイルはお見せできません」

行員はバインダーを広げてテーブルに置いた。クリップに名刺が一枚、挟まれている。

舘野はバインダーを引き寄せた。《株式会社　名城商会　代表　城田光明》とある。

「これ、コピーしてもらえませんか」

「できません」行員は首を振る。

舘野は名刺の内容をメモ帳に書き写した。住所は《名古屋市中区大須中2－7－21》、電話番号は052－243－81××だった。

「名城商会は紫金の近くですか」

「近いです」大須商店街の一筋北側だという。

「店構えは」

「紫金さまほどは大きくないです」

「あとひとつだけ、お願いがあります」

「なんでしょうか」

「名城商会の入出金データをいただきたいんです」

「それは、わたしの判断では……」

「分かってます。ぼくが支店長に頼みます」

行員といっしょに応接室を出た。支店長席へ行く。辞を低くしてデータのコピーを依頼し、応接室にもどった。

「どうやった、支店長」と、玉川。

「さっきよりずっと嫌そうにしてました」

「銀行はサービス業やというたれ」

「刑事は愛想でしょ」

「そうやったな」玉川は笑った。

そうしてまた十分後、女性行員が現れた。入出金データを受けとる。十一月四日、名城商会は《コバヤシリョウ》という人物に二億三千六百八十万三千円を振り込んでいた。

「この相手先口座、分かりますか」

「共和銀行大阪中央支店、普通、００５６２××です」

「玉さん……」口座番号をメモ帳に書いて、玉川を見た。

「ビンゴやな」玉川はうなずいた。

そう、〝コバヤシリョウ〟は大阪から名古屋の紫金まで三十キロの金地金を売りにきたにちがいない。

「これは紫金と名城商会がつるんだ迂回振込というやつですな」玉川は行員にいった。

「わたしには分かりかねます」

行員はいって、「あの、名城商会に行かれるんでしょうか」

「行きます。大阪から来たんやし」

いうと、行員の顔が曇った。「――いやいや、明星銀行で聞いてきたとはいいません」

「そうしていただけると助かります」

「たーやん、行こ」

玉川は腰をあげた。舘野は行員にデータを返して応接室を出た。


大須支店の駐車場に車を駐めたまま、歩いて名城商会に向かった。

「茶の一杯も出んかったな」

「招かれざる客ですわ」

銀行というところは総じて対応がよくない。「――ていうか、警察から協力要請があったときのマニュアルがないんとちがいますか」

「たーやんは嫌いか、銀行が」

「好きも嫌いも、そもそも縁がないんです」

「預金は」

「ちょっとだけです」

そう、七百万円以上はある。この半年ほど記帳はしていないが。

「金を貯めんとあかんぞ。でないと結婚できん」

「せやから、金を貯めてる子を探すんです。看護師とか薬剤師とか」

「看護師とは別れたんやろ。三年前に」

「汚部屋に眼をつぶるべきでした」

「ま、玉の輿に乗る夢を見とけ」

「玉さんは結婚したとき、預金があったんですか」

「んなもん、あるわけない。わしが結婚したんは警察官《サツカン》になって二年目や」

結婚は勢いでするか、条件でするか、その二種類しかない、と玉川はいう。「籍を入れたとき、よめはんの腹ん中には娘がおった」

「なんと、早手まわしやないですか」

「あっというまや。人生はな」

つぶやくように玉川はいった。


名城商会はすぐに見つかった。街中にはそぐわないテラスハウスふうの雑居ビルの一階にあり、狭い間口の左半分がショーウインドーになっている。

玉川につづいて店に入った。短いカウンターの向こうに黒いスーツの男が座っていた。

「城田さんですか」玉川がいった。

「はい……」怪訝な顔をした。

「我々はこういう者《もん》です」

玉川は手帳を提示した。「大阪府警ですわ」

「刑事さん……？　なにごとですか」

「十日ほど前の十一月四日、木曜日です。同業の紫金から二億三千六百八十万円の入金を受けて、コバヤシリョウという人物に同額を振り込みましたな」

「…………」城田は視線を逸らした。

「あんた、紫金に頼まれたんですか。口座の名義貸し」

「なんのことですか」

「モノは金地金ですわ。一キロの延べ板が三十本」

「…………」城田は動かない。

「モノは見ましたか」

「…………」城田は顔をあげた。

「ほな、名義を貸しただけですか」

「…………」城田は眼鏡を指で押しあげる。

「あんたね、二百万以上の金地金の買取りは、税務署に支払調書を出さんとあきませんやろ。出したんですか、支払調書」

「刑事さん、これは強制ですか」

「強制とは」

「だから、答える義務があるんですか、と訊いてるんですよ」

「いやいや、城田さんに協力を求めてますんや」

「だったら、考えさせてください」

「なにを考えますねん」

「大阪の刑事さんが、なぜ名古屋に来たんですか」

「それは事情があってのことです」

「密輸関係ですか」

「密輸関係……。あんた、見たんですな。無刻印の延べ板を」

「なにがいいたいんですか」

「コバヤシリョウはどんな人物でした」

「知りませんね」

城田は小さく首を振る。その表情から、コバヤシリョウに会ったと分かる。

「どこで取引したんですか」

舘野は訊いた。「ここですか。紫金ですか」

「なぜ、そんなふうに決めつけるんですか」

「城田さん、質問に質問で返すのはようないですね」

「あなた、大阪弁ですね」

「なんですて……」

「わたしは大阪弁が嫌いなんですよ。大阪の芸人を見てると反吐《へど》が出る」

「ほな、標準語で喋りまひょか」

「もういいです。今日はお帰りください」

「遠来の客にそれはないわ」

「あなた、客ですか」

「ちゃいますがな」

「不愉快なんですよ。そういう無遠慮なものいいが」

「たーやん、もうええ」

玉川が制した。城田に向かって、「また来ますわ。次は中区の税務署員を連れて」

「そうしてください」

横を向いて、城田はいった。


「なかなかのタマやったな」

「喧嘩を売ってましたね。刑事を舐めてますわ」

「ちゃいますがな、はよかった」

玉川は笑う。「あいつは紫金の下請けや。便利使いされとるんやろ」

「城田と紫金のマネージャーの高橋、個人照会したいですね」

「そうやな。千葉さんにいうてくれ」

玉川は立ちどまって煙草をくわえた。舘野はスマホを出して帳場にかけた。

——箕面北署特捜本部。

須藤の声だ。

——すーちゃん、おれや。千葉さんは。

――席にいませんね。トイレかな。

――あのひとのトイレは長いやろ。……

――化粧してるんでしょ。……いま、どこです。

――名古屋。玉川さんと。

――ご苦労さんです。あっ、代わりますわ。

千葉がもどってきたらしい。

――はい、千葉。

――舘野です。個人照会をお願いします。

――おう、いえ。

――名古屋市大須の貴金属買取業者の『紫金』と『名城商会』です。紫金はマネージャーの高橋忠俊、名城商会は経営者の城田光明です。

――ふたりの生年月日は。

――不詳です。

――そいつは手間やな。所轄署は。

――大須署です。

――分かった。大須署に電話して照会依頼する。もういっぺん、名前をいえ。

――紫金の高橋忠俊。名城商会の城田光明です。

ふたりの字も伝えた。

――よっしゃ、小一時間はかかるかもしれん。電話する。

――待ってます。

電話を切った。

「ちょっと、かかりそうです」

「ちょうどええ。飯、食お」

「なに、食います」

「味噌カツはどうや」

「賛成です」

商店街にもどり、玉川は自転車を押しているおばさんに声をかけた。

「すんません。このへんで味噌カツの旨い店はどこですか」

「うーん、そうですね……」

おばさんは考えて、「この近くだと、『とみもと』かな」

店の場所も教えてくれた。


『とみもと』の味噌カツは肉厚でジューシーで、豚汁も旨かった。舘野はお代わりのできるご飯も二膳食って満足した。

「親切なおばさんに聞いて、よかったですね」

「食いもんは地元のひとに訊くのがいちばんや」

それも、おじさんよりクチコミ力大のおばさんがいい、と玉川はいう。「腹ごなしに、名古屋城でも行くか」

「冗談でしょ」

「冗談や」

そこへ、スマホが振動した。千葉だ。

――舘野です。

――いうぞ。メモせい。

メモ帳を出した。

――高橋忠俊。五十一歳。前歴なし、交通前科三犯。……城田光明。四十六歳。こいつはワルや。詐欺、有印公文書偽造、有印私文書偽造、盗品等関与罪と、千葉は罪名をあげた。

――詐欺で一年六カ月。ほかはみんな執行猶予や。

――どういう詐欺です。

――合成ダイヤの指輪やペンダントを本物と称して三十人以上に売ったらしい。鑑定書も偽造や。

――高橋と城田の交友関係は。

――分からん。

――了解です。これから紫金に行きます。

――で、どうなんや。ものになりそうか。

――なるようにがんばります。

金地金三十キロの買取代金に合致する二億三千六百八十万という大金が紫金から名城商会、名城商会から〝コバヤシリョウ〟に流れたことはいわなかった。電話で報告するにはことが大きすぎる。

スマホをポケットにもどした。玉川は舘野のメモ帳に眼を落として、

「ご立派やな、城田は」

「詐欺で一年半の実刑ですわ」

「弁当は」

「持ってないみたいです」

「よっしゃ。ええ土産ができた」

玉川は百円硬貨を出した。「どっちや」

「裏です」

「表」

玉川は指で硬貨を弾いた。

18

大須商店街の紫金に入った。店内に高橋はいない。

「マネージャーは」女性スタッフに訊いた。

「休憩中です」応接室にいるという。

「さっきの部屋ですね」

スタッフはうなずいて、応接室に案内してくれた。

高橋はソファに座ってスマホを眺めながら、タッパーに詰めた弁当を食っていた。

「旨そうですな」玉川がいった。「愛妻弁当ですか」

高橋は答えず、タッパーの蓋を閉じた。さもうっとうしそうな顔をする。

「いったい、なんですか」

「明星銀行へ行って来ました。大須支店」

玉川はソファに腰をおろした。「警察権限でね、紫金大須店の口座の入出金データを見せてもらいましたんや。……高橋さん、十一月四日に二億三千六百八十万三千円を出金してますな」

「それがどうかしたんですか」

「大金やないですか」

「うちは貴金属を売買してます。億単位の金を動かすことはありますよ」

「振込先はシロタミツアキ。誰ですか」

「答えられませんね」

「名城商会の城田光明さんとちがうんですか」

「…………」高橋の視線が揺れた。

「名城商会の取引銀行も明星銀行の大須支店でした。名城商会はおたくが二億三千六百八十万を振り込んだ同じ日に、同じ額の金を『コバヤシリョウ』という人物に振り込んでますんや」

「我々の承諾もなしに銀行へ行って、そんなデータをとるのは違法じゃないんですか」

「我々て、どういう意味ですか。紫金と名城商会は一蓮托生ですか。同じ穴の狢《むじな》ですか」

「…………」高橋は俯いた。

「名城商会にも行きましたんや。で、城田さんに話を聞いた。わしらの大阪弁が気に入らんと、難癖つけられましたがな」

高橋は額に手をあてて動かない。

「高橋さん、コバヤシリョウから金塊を買いましたな」

高橋は小さく首を振った。

「あんたはコバヤシリョウに会うた。……どんな人物でした」

高橋のためいきが聞こえた。

「黙ってたら分からんで」

玉川はテーブルに両手をついた。「ひとつ、いうとこ。コバヤシリョウは大阪の強盗事件の被疑者ですわ。強奪したんは刻印のない三十キロの金塊で、それを名古屋まで換金しに来た。……そう、おたくはコバヤシの持ち込んだ延べ板が強盗の被害品であるとは知らんし、わしらはおたくの密輸品買取りをどうこういうてるんやない。コバヤシリョウを逮捕したいだけですわ」

「コバヤシは強盗事件の犯人ですか……」ぽつり、高橋はいった。

「凶悪犯です」

玉川はうなずいた。「早う逮捕せんと再犯の恐れがある。協力してください」

「刑事さん、いつも買取りしてるわけじゃないんです。それに、無刻印のインゴットがすべて密輸品というわけでもありません」

「そんなことは分かってます。おたくに迷惑のかかるようなことはないと約束します」

「わたしはコバヤシに一度しか会ってません」高橋は落ちた。

「そら、そうですやろ。……どんなやつでした」

「はっきりとは憶えてないんです」

「齢は」

「四十代……。いや、五十はすぎてるかもしれない。……わたしよりは若かったような気がします」

「高橋さんは」

「五十一です」

「ほな、五十ちょっと前ですな。……ほかになんかなかったですか」

「眼鏡をかけてたような気がします」

「それだけですか」

「わたしは一日に何十人という客の応対をするんです」

「ここには防犯カメラがないけど、店にはありましたな。見せてくれんですか」

「はい……」高橋は立ちあがった。

応接室を出た。高橋について隣の部屋に行く。スタッフルームだろう、ドアの脇に等身大の鏡が掛けられ、甘ったるいコロンの匂いがする。左の壁際にスチールロッカーが並び、右奥のスチールデスクにデスクトップのパソコンが置かれていた。モニターは四分割され、店内が四方から撮られている。ショーケースのそばに男女の客がいて、女性スタッフが応対していた。

「これ、データは」

「ハードディスク保存です」一カ月をすぎると上書きされるという。

「コバヤシが来た日の映像を再生してください」

高橋は椅子に座った。マウスを操作する。右上の数字が早戻しされて《11／03》の映像が出た。

「コバヤシは何時ごろ来ました」

「夕方です。五時か、六時ごろでした」

「ほな、十六時半から見せてください」

玉川と舘野は高橋の後ろに立った。

映像は三倍速で再生された。店内のひとの動きがプツプツと切れるように速い。

「ここですね」

高橋は映像をとめた。《11／03 17：02》。スーツ姿の男が入店し、女性スタッフに話しかけている。

男はダークスーツに濃いグリーンのネクタイを締め、髪型は長めの七三分けで黒縁眼鏡とマスクをかけ、足もとにアルミ色のトラベルケースを置いていた。

「しゃれたケースですな」

「ゼロハリバートンでしょう」

男は長身で肩幅が広い。がっしりしている。フレームの太い眼鏡とマスクのせいで顔はほとんど分からない。

「このスタッフさんの身長は」

「百六十くらいです」ヒールを履いているから、百六十五センチ以上だろうという。

「ということは、この男は百七十五から百八十か……」

玉川はいって、「つづけてください。ここからは等速で」

高橋は映像をクリックした。再生がはじまる。

ショーケースの向こうから女性スタッフが出てきた。男はトラベルケースを引き、スタッフのあとについて映像から消えた。

「どこへ行ったんですか」

「応接室です」振り向いて、高橋は答える。

「応接室に防犯カメラはなかった……」

「客が嫌がるんですよ。誰しも金塊を売るところは撮られたくないでしょう」

「ま、そうですやろ」

玉川は笑って、「取引は応接室でしたんですな」

「おっしゃるとおりです」

「金塊は」

「一キロの延べ板が三十本でした」量が多いことに驚いたという。

「刻印はなかった……」

「そうですね」

「品位は」

「もちろん、鑑定をしました」すべて純金の延べ板だったという。

「名城商会の城田さんは何時に来たんですか」

「五時二十分ごろだったと思います」

「念のために見せてくれんですか」

高橋はマウスを操作した。城田が店に現れたのは五時二十四分で、スタッフに小さく手をあげ、売り場の奥に消えた。

「城田さんは応接室に入ったんですな」

「いったん、別室に行きました」そこで鑑定が終わるのを待ち、インゴットを載せた台車を押して応接室に入ってきたという。

「鑑定したんは誰です」

「いわなきゃダメですか」

「報告書にね、書かんといかんのですわ」

「池谷といいます。池谷真吾」

「池谷さんはコバヤシを見たんですか」

「ちらっとは見たと思います。話はしてません」

「城田さんはコバヤシと喋ったんですな」

「話しました」高橋はうなずく。

「コバヤシの本人確認書類は」

「城田くんが受け取りました」

「それは」

「健康保険証とマイナンバー通知カードのコピー、水道料金の領収書でしたね」

「保険証には書いてたでしょ。コバヤシリョウの名前、住所を」

「わたしは知りません。書類を受け取ったのは城田くんです」

「金地金の売買契約書は」

「城田くんが交わしました」

「なんでもかでも〝城田くん〟ですな」

「わたしは紹介しただけですよ。コバヤシさんを城田くんに」

「鑑定もしたやないですか」

「業界のしきたりです」

「しきたりね。便利な言葉や」

さも侮ったように玉川はいい、「延べ板はいま、どこにあるんですか」

「うちが預かりました。城田くんから」

「それ、見せてください」

「ありません」

「おたくにない……。城田さんが持っていったんですか」

「インゴットは売りました。無刻印の一キロの延べ板は人気があって、すぐに売れるんです」顧客に七本、あとの二十三本は同業者に売り、もう一本も残っていないという。

「なんで人気があるんですか」

「価格ですよ。国産のインゴットより二、三パーセントは安くできます」

「名城商会の金地金をおたくが売ったということですか」

「委託販売です」

「ものはいいようですな」

呆れたように玉川はいって、「コバヤシが店から出るとこを見せてください」

映像が再生された。トラベルケースを引いたコバヤシが画面の奥から現れたのは五時四十三分だった。コバヤシの顔は正面から撮られていたが、視認できたのは黒縁眼鏡とマスク、白地にピンストライプのワイシャツ、織柄のネクタイ、プレーン・トゥふうの黒い革靴だった。

「いや、ためになりました。コバヤシが店に来たんは、この一回だけですな」

「一回ですね」

「あと、電話とかは」

「かかってません」

「コバヤシの名刺、もらいましたか」

「もらってません」

「言葉は」

「言葉……?」

「訛りはなかったですか」

「憶えてませんね」

「大阪弁ではなかった？」

「だから、憶えてないんです」

苛立たしげに高橋はいう。「口数は少なかったんじゃないですか」

「あとひとつ。コバヤシは車で来たんですか」

「でしょうね。三十キロのトラベルケースは重たい」

「この近くのパーキング、教えてください」

「刑事さん、スマホで検索してください」

「アドバイス、ありがとうございます。……十一月三日の映像をメモリにコピーしてもらえますか」

「お断りします」間をおかず、高橋はいった。

「ほう……。理由は」

「うちのスタッフや客のプライバシーにかかわります」

「けっこうですな」

玉川は笑い声をあげた。「しゃあない。捜索差押許可状《ガサ》をとって出直しましょ」

「待ってください。営業妨害じゃないですか」

「宝飾貴金属品店に強制捜索《ガサ》……。見物《みもの》ですな」

「分かりました」

高橋は抽斗からＵＳＢメモリースティックを出した。

名城商会へ行った。城田は顔をあげるなり、露骨に嫌そうな顔をした。

「城田さん、また来ました」玉川がいった。

「大阪のひとはしつこいな」

「刑事はしつこいんですわ。大阪人に限らずね」

「で、なんですか」

「紫金に行って、高橋さんに話を聞きましたんや。城田光明さん、あんた、十一月三日の午後五時二十四分、紫金へ行ってコバヤシリョウに会うた。コバヤシから三十キロの金地金を買うてますな」

「それがどうかしたんですか」

「金地金の売買契約書とコバヤシリョウの本人確認書類が欲しいんですわ」

「そんなものはありませんね」城田は声を荒らげた。

「な、城田さん、ネタはあがってる。高橋に会うてウラもとった。……これは脅しやない。あんまりぐずぐずいうようやったら、紫金といっしょにガサかけるで」

「…………」城田は舌打ちした。

「あんたにはいうてなかったけど、わしらはいま特捜本部におる。……そう、強盗殺人。金の密輸てなチンケな事件《ヤマ》やない。わしらは強盗《タタキ》の犯人《ホシ》を引きたいんや」

「強盗殺人で強奪されたんが、刻印のない三十キロのインゴットです」舘野はいった。

城田は黙って立ちあがり、後ろのスチールキャビネットを開けた。クリアファイルを出してショーケースの上に置く。ファイルを広げて抜いたのは売買契約書と健康保険証、マイナンバー通知カード、水道料金領収書のコピーだった。名義人はすべて《小林僚》、住所は《神戸市長田区滝谷町９－19－２－４０６》とあった。

「小林僚はどんなやつでした」玉川が訊いた。

「がっしりしてました。顔は見てません」

「眼鏡とマスクね。訛りは」
「普通でしょ。大阪弁だったら憶えてますがね」
ほかに特徴はなかったと、低く城田はいった。

＊　＊

十一月十六日、火曜日——。『ライトイヤー』のセミナー・イベントに行った。会場は森之宮の『ローズコスモホール』。定員九百人の会場は八割方が埋まっていた。参加者のほとんどは四十代から上の中年男女で、着飾った女が目立つ。男は垢抜けないスーツにネクタイという中間管理職風が多かった。

会場の後ろに座り、開演には少し間があったからパンフレットを開いた。

《ライトイヤーは我等の祖神たる皇王御神《すめらぎおうみかみ》、天照大御神、東光希峰御神をはじめ、遍く世界の神々を崇敬する神道系宗教法人です。総本部は大阪府泉南市、関西国際空港島から大阪湾、淡路島を見晴かす自然豊かな地にあり、総本部に鎮座する本殿皇王御神社と、日本全国および海外のライトイヤー支部でも皇王御神をお祀りし、常日頃のご祈禱などさまざまの祈願を行っています。２０２０年現在、会員数は約10万人、全世界の支部は30を超えております。》

支部の所在地を見た。アメリカのニューヨークやシカゴ、シアトル、ロサンゼルスなどに七カ所あるが、どれも住所と電話番号はない。ヨーロッパ各国と東南アジア、オーストラリアにも十カ所あるが、これらも住所は不明だ。日本国内の支部は関西だけでも四十はあり、住所と電話番号が記されている。どれもビルやマンションの一室らしいが、海外支部とはちがって実在するのだろう。

《ライトイヤーでは祟り霊、水子霊、獄界で彷徨《さまよ》っている先祖霊など、さまざまな霊を天界に送る救霊や、病苦を癒し、心の慰安をもたらす九星薬寿神への祈願など、多くの祈願を行っており、これらご祈願は全国のエリア本部、支部でお受けいただけます。

九星薬寿神法とは私たちの五体に九方から働きかけて心身を壮健にするとともに霊障からも解放し、安寧な人生と暮らしを築いていただけるものです。各種ご祈願への御寄付、御玉串料は300円からご随意です。》

祈願が三百円なら、流行りの占いの館より安い。あとで受けてみようかとも思った。

教祖、海棠汎のプロフィールを見た。

《海棠汎《かいどうわたる》——。本名、湊孝昌。昭和27年生。25歳で九星信教会・田内雅姫氏との出会いを経て、昭和63年、ライトイヤーを設立。文部科学大臣認証宗教法人・ライトイヤー総長。公益社団法人・世界九星鳳凰学会名誉会長兼代表理事。『世界をリードする30人』『現代の聖徳太子』『21世紀のミケランジェロ』と賞される聖者です。

2001年にワールド・シントウ・オーガニゼーション(WSO)をワシントンDCに設立し、代表となる。WSOは国連広報局及び国連経済社会理事会の認可NGOとなり、アジア宗教平和会議の理事となる。また平和会議において、Kaido Fundamental Peaceを設立し、総裁となる。紺綬褒章受章。アメリカ・シアトル名誉市民。オーストラリア・シドニー名誉市民。国立中国歌劇院正団員、

海外芸術顧問。国立北京京劇学院客員教授。
スウェーデン王立盲人協会副総裁。ミャンマー・マンダレー病院創設者・名誉副院長。ミャンマーゴルフ連盟名誉会長。
日本国際芸術展実行委員長。東亜美術交流展代表理事。朝日書芸展会長。日本書家協会顧問。東光流能楽師。『東光大薪能』主宰。『ライトイヤーオペラ団』主宰。茶道師範。華道師範。国際パラスポーツ振興会会長。世界開発推進助成機構総裁。国際ペンクラブ会員。国際文芸家協会会員。現代俳人協会会員。日本芸術院賞受賞。故八丈懐海《えかい》大僧正に師事し、天台座主の導きにより在家得度、法名『汎』。》

このあとも、数十の肩書、華麗なる経歴、著書、講演録が三ページにわたって羅列され、こいつはいったい何十人、何百年の人生を生きてきたのかと笑ってしまった。そもそも、世界をリードする三十人とは誰なのか。日本芸術院の何部門で受賞したのかも書かれていないし、神道系の宗教団体の教祖が在家得度をして法名をもらうなど支離滅裂、嘘にきまっている。

がしかし、二十五歳で田内雅姫と出会ったというのはほんとうだ。湊孝昌は雅姫の兄、田内博が宗務総長をしていたころ九星信教会に入信し、三十五歳のとき脱会して翌年、ライトイヤーを設立した。総本部は泉南市にあり、日本全国に約二百の支部がある。

午後二時、テレビで時々見かけるタレントがステージに出てきた。今日のイベントの進行について、教祖海棠汎の近況報告を交えながら長々と説明をする。海棠の登壇は三時、海棠が祈願する『神霊秘法会』は四時からだった。

タレントが講師を呼んだ。理論物理学者と称する名前も顔も知らない教授が現れて、宇宙の成り立ちや〝ダークマター〟〝ダークエネルギー〟の講義をするが、まるでおもしろくない。それでも参加者は居眠りもせず、熱心に聴講していた。

ふたりめの講師はずいぶんむかしのゴジラの映画に出ていた女優で、齢は八十に近いかもしれない。地球温暖化と放射能汚染で百年後には人類が滅亡するだろうといっていたが、内容のない法螺話で三十分ももたせる面の皮の厚さに感心した。

三時、ステージに『ライトイヤーオーケストラ』が出てきた。弦楽器に管楽器、打楽器、ピアノといった本格的な大編成で、演奏者は四十人ほどもいた。オーケストラはライトイヤー直属ではなく、イベントのたびに動員するのだろう。

指揮者が登壇し、タキシードを着た海棠がピアノのそばに立った。背はそう高くない。小肥りで顔が大きい。齢は六十九歳だが、真っ黒な長髪を後ろで束ねている。

演奏がはじまり、海棠が歌いはじめた。朗々たるクラシックの声楽だ。耳に憶えがないから巧いも下手も分からない。声が通るのは胸元にピンマイクをつけているからだろう。

四時に海棠は降壇し、オーケストラは四時半まで演奏をつづけて音楽会は終了し、二百人ほどの参加者が会場から出て行った。

「このあと、先生のご講演はないんですか」

隣の夫婦連れに訊いた。ありません、とかぶりを振る。

「ご教祖の歌声をお聞きするのが功徳なんです」

大丈夫か、おい――。口には出さなかった。

十五分間の休憩後、ステージの幕があがった。天蓋のついた御簾《みす》のようなものが中央に据えられ、一筋のスポットライトがあたっている。御簾の中にいるのは海棠のようだ。

さっきの司会が舞台のソデから出てきた。ハンドマイクを持っている。

「これより、ご教祖による『九星薬寿神法施』を行います。ご希望の方はお手をおあげください」

会場にいる、ほぼ全員が手をあげた。箱崎もあげる。

後ろのドアが開き、ショッピングカートを押した教団スタッフが出てきた。スタッフたちは通路を進みながら、カートのバスケットに山積みされたポリ袋を参加者に配り、青い封筒を受けとる。

「あれはなんです」夫婦連れに訊いた。

「知らないんですか」

「わたし、初めての参加です」

「あれはヘッドホンです」

美術館や博物館で貸与されるワイヤレスの音声ガイドのようなものらしい。

「ご教祖と直接、つながることができるんです」

「なるほど。それはありがたい」

大袈裟にうなずいた。「あの青い封筒は」

「お持ちやないんですか」

「いや、忘れました」

「受付にあったでしょ」咎めるようにおばさんはいった。

思い出した。白いトレイに青い封筒が積まれていた。

「封筒を持ってます。お分けします」

おばさんはハンドバッグから青い封筒を出した。表に《ＬＹ　玉串》、裏に罫線で囲まれた枠が印刷されている。

「そこに名前を書くと、ご教祖から功徳をもらえるんです」

おばさんはボールペンを貸してくれた。

「悩みや願いごとは書かなくていいんですか」

「すべて、ご教祖は分かっていらっしゃいます」

「そうか。ご教祖は『現代の聖徳太子』でした」

山田和雄、と枠の中に名前を書いた。封筒に五百円硬貨を入れる。それを、おばさんは見咎めた。

「あなた、いくら入れました」

「五百円ですが」

「罰があたりますよ」

「パンフレットには、三百円から、と……」

「ご教祖直々の法施は最低でも三万円からです」

「それなら、金額を書く欄も要りますよね」

「そんな失礼なことできません」ヒステリックなおばさんはボールペンをとりあげた。

ばかばかしい。会場にはまだ五百人ほどの参加者がいる。ひとりから三万円以上を集めれば千五百万円以上だ。それも宗教法人には非課税だから、濡れ手で粟どころではない。

「カルトですね」

「はい……？」

「ご教祖は空中浮遊とか瞬間移動はされないんですか」

「ほんとに罰があたりますよ、あなた」

夫婦ふたりに睨まれ、封筒をポケットに入れて立ちあがった。

午後五時半――。法施が終わったらしく、ローズコスモホールの正面玄関から参加者が出てきた。箱崎はアウディを運転してホールの裏にまわる。

関係者出入口近くのパーキングには十数台の車が駐められていた。箱崎はパーキングに入らず、近くの路上から遠張りをする。

十分後、出入口の扉が開き、黒いロングコートに身をつつんだ海棠が現れた。その前後にぴたりと張りついているスーツ姿の屈強な男ふたりはＳＰ――いや、セキュリティ・ポリスではないから、民間のＳＳ――シークレット・サービス――だろう。ＳＳと海棠は黒のアルファードに乗り込み、そのアルファードを同じ黒のアルファードが先導してパーキングを出て行った。

箱崎は尾行した。二台のアルファードは森之宮から大阪城の外周道路を北へ向かい、大川を渡って天満橋筋を北上した。国道1号を南から北へ横切り、五百メートルほど直進して右折する。アルファードが入ったのは『インペリウムホテル大阪』だった。

箱崎もホテル正面の車寄せに入った。少し離れてアウディを停める。

前のアルファードからＳＳが降りた。ふたりはリアドアのそばに立ち、降りてきた海棠を前後からガードしてホテルに入って行く。その動きにはまったく隙がない。そばに走っていって海棠を射殺することはできるだろうが、逃走は困難だ。箱崎の目的は海棠を拉致し、教団に電話をさせて現金をとどけさせ、最後に口封じで殺すことだ。

そう、おれはシリアルキラーじゃない。サイコパスでもない。犬や猫を殺したことはないし、庭に来るスズメにはパンくずをやっている。キジバトがモチノキに巣をかけたときは蛇避けのキッチンラップを幹に巻いてやった。社会に害を及ぼす海棠汎は蛇より劣る。人非人に罰を与えるのは、このおれに課せられた責務だろう――。

海棠とSSはホテル内に消えた。二台のアルファードは車寄せを出て行く。

箱崎はアルファードを尾けた。地階駐車場に入って行く。SSふたりとライトイヤーのスタッフ――お付きの秘書だろう――もホテルに宿泊するらしい。

ライトイヤーの教祖専用施設は日本全国に十カ所以上あり、海棠は施設とシティホテルのスイートルームを不定期に移動し、その移動も直前になって変更することが多いという。また、海棠は普段から所在を教団に明かさず、二日つづけて同じところに泊まることはないともいう。九星信教会の田内が殺されたと知った海棠は、自身のセキュリティをより強く意識し、SSも増員したにちがいない。

インペリウムホテルを出た。平沢に電話をする。

――はい。どうした。

――ひとつ、ネタが欲しい。

――なんのネタや。

――五祖連合。

――五祖薬局か。西成の。

――いまの組構成と、シャブ関係を知りたい。

――その手の話は、あんたのほうが詳しいんとちがうんかい。

――おれはもう現役じゃない。五祖連合はいまも大卸か。

――大卸な……。大阪、奈良、和歌山あたりのシャブは五祖が撒いてるらしいけどな。

――金主は。

——なんのこっちゃ。

——五祖連合には金主がいるんだろ。

——金主を知りたいんかい。簡単やないぞ。

——噂話でもいいんだ。

——わしの噂話はタダやないんやで。

——いわれなくても分かってる。……それともうひとつ、五祖連合と新興宗教団体が絡んでないか、訊いて欲しい。

——そんな話、聞いたことがあるな。死んだ五祖の先代はどこやらの信者やったんとちがうか。

——そう、そこが知りたいんだ。

——いま、どこや。

——天満だ。

——それやったら、八時前に来いや。引退した五祖の舎弟に知り合いがおるし、ちぃと訊いてみる。

——分かった。飯を食ってから行く。

電話を切った。


アメリカ村近くのコインパーキングに車を駐め、イタリアンレストランでオニオンスープと生ハムのサラダ、パンチェッタのカルボナーラを食い、スフレとエスプレッソで時間をつぶした。八時前に《占いの館》に入って三階にあがる。平沢は椅子にもたれてスマホを眺めていた。

「遅いな」

「遅くはない。近くでイタ飯を食ってた」

「旨かったか」

「そうだな」

「『チプリアーニ』か」

「店の名前なんか見ちゃいない」椅子に腰をおろした。煙草をくわえる。

「葉巻、やめたんか」

「やめてない」

「持ってんのか」

「持ってる」

「一本、くれ」

「ください、だろ」

ジャケットの内ポケットからシガーケースを出した。〝モンテクリスト〟を抜いて平沢にやった。

平沢はカッターナイフで吸い口を切り、シルバーのダンヒルで火をつけた。

「旨いな」

「そうか……」

「あんたは」

「おれはいい」

こんなやつを前にして吸う気にはならない。「——どうなんだ、五祖連合の元舎弟はどういってた」

「電話はした。話も聞いた」

平沢は葉巻をふかして、「舎弟に金をやらんといかんしな、見料をくれ」

「いくらだ」

「舎弟にこれ、わしにこれや」平沢は指を三本立て、次に掌を広げた。

「高いな」

「そら高いやろ。極道がらみのネタはな」

札入れから五万円を出してテーブルに放った。平沢は抽斗に入れて、

「ライトイヤーいう新興宗教、知ってるか」

「聞いたことはある」

「教祖は海棠汎。詐欺師や」

「それがどうした」

「五祖の先代の徳山は知ってるよな」

「ああ、知ってる」

二代目五祖連合の会長は徳山栄鉄、三代目会長は広瀬健児だ。

「先代は五年前に死んだ」

そんなことはいわれなくても知っている。いつもそうだが、平沢の話はまどろっこしい。

「徳山と海棠はズブズブの関係やったんや」

「どういうことだ」

「徳山は海棠から金を引っ張ってた」

「話が逆だろ。普通は教祖が信者から金を引っ張るもんだ」

「そこがズブズブの関係なんや。海棠は五祖連合の金主やった時期がある」

五祖連合は海外から数百キロ単位の覚醒剤を仕入れるとき、資金の何分の一かを海棠に頼っていたという。

「五祖連合はシャブの大卸だろ。その大卸の金主がライトイヤーの海棠なのか」

「ま、聞きいな。話は込み入ってる」

平沢は水晶玉に葉巻のけむりを吹きかけた。「九星信教会いうのは知ってるよな」

「教団幹部が殺されたんだろ」

「徳山は九星信教会の信者で、田内博と親しかった」

「殺された教団幹部が、田内という名だったな」

「あんたのいうてる教団幹部は宗務総長の田内博之や。博之の親父が前の宗務総長の田内博で、博の妹が教祖の田内雅姫。九星信教会の賽銭箱は田内一族が握ってて、その賽銭箱に手を突っ込んだんが海棠汎やったんや」

平沢はひとりうなずいて、「どうや、おもしろいか」

「おもしろい。……海棠と田内一族のからみは」

「ここから先はオプションや」

「なんだと……」

「どえらい苦労したんや。ネタ元の舎弟から話を聞くのがな。舎弟もなかなか喋りよらんがな。なんぼ引退したというても、組と切れたわけやないからの」

「分かった。いくらだ」くそっ、足もとを見られている。

「これや」平沢はまた掌を広げた。

箱崎は札入れから三万円を出した。

「おいおい、指の数が読めんのかい」

「調子に乗るな。嫌なら喋らなくていい」

「渋いのう」

平沢はせせら笑って、札を抽斗に入れた。「海棠の本名は湊孝昌いうて、もともとは九星信教会の信者やった。それが教団本部に入って、田内博の小姓になった」

「小姓……。湊は田内のコレだったのか」小指を立てた。

「そういう噂があった。やっかみもあったんやろ」

平沢は葉巻をふかして、「湊は田内博の下で五祖連合との連絡係をしてた」

「そういうことか……」平沢の話にはリアリティがある。湊は若いころから田内博の側近だった。

「ここからがもっとおもしろいんや。聞きたいか」

「ああ、そうだな」

「オプションは」

「おまえ、舐めてんのか」

睨みつけた。平沢はにやりとして、

「湊の出世を気に入らんかったんが、博の息子の博之や。連絡係はわたしがします、と割って入った」

「よくある話だな。側近とおぼっちゃんの軋轢」

「博は博之にシャブを触らせせんかった」

「そりゃ、そうだろ。汚れ仕事は身内にさせるものじゃない」

「昭和六十二年に湊は九星信教会を出て、次の年にライトイヤーを設立した。教祖におさまったときは名前も変わって、海棠汎さまや」

「それがどうおもしろいんだ」

「湊はな、独立を見越して金を躱《かわ》してたんや」

「五祖連合との取引の金だな」

「元舎弟がいうには、四、五億は躱したらしい」

「それでよく五祖連合が黙ってたな」

「黙るもなにも、五祖に迷惑はかかってへん」

「その四、五億がライトイヤーの設立資金というわけか」

「湊は化物《ばけもん》や。いまや九星信教会よりライトイヤーのほうがずっとでかい」

「五祖連合と湊の関係は」

「切れた」

「どう切れたんだ」

「十五、六年前やったか、鳥取の海岸にシャブが漂着した事件、あったよな」

「あったな」

「あのとき、五祖連合に調べが入った。金主どもはチビって逃げよった」

逃げた金主たちの中に、湊や九星信教会の田内博之はいなかった、と平沢はいう。「九星信教会もライトイヤーも鳥取事件のずっと前に五祖連合とは縁を切ってた。……そう、八〇年代の信者バブルや。本来の宗教活動で充分に稼げるようになってたからやろ」

「鳥取事件のころ、金主どうしは結託してたのか」

「それはない。金主と金主はおたがい知らん仲や」

平沢は意外そうに、「あんた、調べたんとちがうんかい」

「おれは関係ない。蚊帳の外にいた」

「あの漂着で、五祖連合の幹部ふたりが消えてしもた」

「舎弟頭と相談役だろ」

「殺《や》られたんやろ。死体は見つかってへん」

五祖連合は漂着事件のあと資金がショートした。金主団もバラバラになり、組員の数も三分の二に減ったが、なんとか持ちこたえていまに至っているという。

「あんたのネタ元はどうしたんだ」

「組に残った。ほかに食う術《すべ》がないからな」

「瀬取りは」

「また金主を集めて再開した。漂着事件の二年後や。ネタ元は組内の座布団が高うなって、シノギが増えたとはいうてた」

「五祖連合のいまの金主は」

「太いのはおらん。いまどきの瀬取りは仲卸が五つ、六つ組んでやってるみたいやな」

「五祖連合は大卸じゃないのか」

「ま、大卸なんやろ。仲卸をまとめてるという意味ではな」

平沢はひとつ間をおいて、「あんた、なにが目的なんや」

「どういう意味だ」

「新興宗教とシャブや。んなもんに興味があるんかいな」

「興味はない。……おれのクライアントだ」

「クライアントがどうしたんや」

「それはいえない。探偵の守秘義務だ」

「なんぼほど、もらうんや」

「一日五万円と経費。……領収書、くれるか」
「ええキャラやな、あんた」
「みんながそういうよ」
立って、部屋を出た。

平沢に八万円もやった見返りは、海棠の履歴と五祖連合との関係だけだった。ライトイヤー設立当初はともかく、海棠は早くに金主からおりたのだろう。

海棠を拉致できる方法はあるのか――。

グローブボックスからライトイヤーのパンフレットを出した。『ご教祖の一週間』というグラビアのページがある。

月曜から金曜――。海棠は目まぐるしい日々を送っている。講演、セミナー、コンサート、平和祈願、救霊祈禱、悩み相談、執筆、出版、海外出張、世界のＶＩＰとの対談……。みんな大嘘だ。

土曜、日曜――。海棠は広大な芝生の庭で幼い子供ふたりと遊んでいる。高台から望むのは凪の海、遠くに霞んでいるのは淡路島だろうか。

これらの光景に実体はない。教団にとって教祖の私生活は知らしめるものではなく、海棠の家族構成は公表されていないのだ。

パンフレットを閉じてスマホを出した。〝伊島〟を検索して画面をタップした。

――はい、伊島。

――おれ、箱崎。

――どうも、久しぶり。

——頼みがある。

——聞きましょう。

——ライトイヤーを調べてる。教祖の海棠汎のプライベートを知りたい。

——レベルは。

——〝無制限〟で。

——いいでしょう。週明けには送ります。

電話は切れた。伊島との会話は用件だけだ。

伊島は東京の情報屋だ。値段は高いが、仕事は超一流といっていい。伊島の報告は電話か封書で来る。おたがい、痕跡の残るＳＮＳは使わない。

エンジンをかけた。シートベルトを締めて発進した。

19

十一月十七日——。玉川と舘野は府警東警察署の科学捜査研究所に行き、文書鑑定官に面会して、名城商会の城田から提供を受けた売買契約書の筆跡鑑定結果を聞いた。

「——筆記用具はボールペンです。太さは中字で、インクはブラック。字は極端な右肩あがりで、意図的に筆跡を崩してます」

鑑定官は白衣の胸ポケットからシャープペンシルを抜き、先端を契約書の署名欄にあてた。「小林僚……。林の字が顕著ですね。二本の横棒がほとんど四十五度になっているでしょう」

「確かに」玉川がいった。「この手書きの住所も、ものすごい癖字ですわ」

「本来は曲線であるべき〝滝〟や〝谷〟も直線です」

「この筆跡の特徴はどこにあるんですか」舘野は訊いた。

「だから、ひどい右肩あがりで曲線部が少ない金釘のような字ということですね」

「つまり、この字は特徴がありすぎて特徴がない、いうことですか」と、玉川。

「鑑定対象者の本来の字があれば、部分、部分を比較対照できるんですが」

「指紋はどうでした」

「採取しました。城田さんの指紋だけです」

小林のものらしい指紋は付着していないという。

「しかし、普通は付きますよね。左の指で紙を押さえたりするときに」

「これはわたしの推察ですが、小林は指先にセルロース系の接着剤を塗っていたんじゃないですか」

「乾いたら膜を張る接着剤ですか」

「セメダインのようなね」鑑定官はうなずいた。

「なにからなにまで計画的なやつや……」玉川はつぶやいた。

小林僚の書いた住所——神戸市長田区滝谷町9－19－2－406——はでたらめだった。滝谷町は3丁目までしか存在せず、19番地に四階建以上の集合住宅はなかった。また、滝谷町の住民で〝小林僚〟という人物はひとりいたが、十七歳の高校生だった。小林僚の健康保険証、マイナンバー通知カード、水道料金領収書もすべて偽造だった。

「ありがとうございます。ためになりました」

玉川は鑑定官に頭をさげた。舘野もさげて、文書鑑定室を出た。

「やっぱりな……」

低く、玉川はいう。「たった二十字ほどの筆跡で尻尾をつかませるようなタマやない」

「けど、鑑定結果は出たやないですか。〝特徴がありすぎて特徴がない〟」

「何者《なにもん》や、小林僚いうやつは」

「箕面資産家強盗殺人事件の犯人です」

廊下の奥、《技術支援・情報機器解析室》のプレートを見てドアをノックした。返事を聞き、中に入る。白衣の研究員がふたり、パソコンの前にいた。モニターが六台、デスクに並んでいる。

「市田さんは」

「わたしです」左の研究員が振り向いた。

「大迫事件の帳場の玉川です」

「相勤の舘野です」

「お掛けください」

市田は舘野と同年輩だろうか、電話で話したときに想像したより若かった。警察官には珍しく、こめかみからあごにかけて髭をたくわえている。鼻下と頰の剃り跡も濃い。玉川は左に座る。

キャスターチェアを引き寄せて市田の右に腰かけた。

「送ってもらった映像をDAIS《ダイス》にかけました」

市田がモニターを見ながらマウスを操作すると、大須商店街近くのコインパーキングで撮影された小林の映像が出た。

「これはよろしいな。すごいクリアですわ」玉川がいった。

十一月三日、十六時五十六分――。『大須相互パーキング』に白の〝アウディA3スポーツバック〟が入ってきた。アウディは区画8に駐められ、車外に降り立ったのは紫金の店内カメラに捕捉された小林僚だった。小林は車のリアハッチを開き、アルミ色のトラベルケースを降ろした。ハッチを閉めてスマートキーを車に向けるとウインカーが点滅した。十六時五十八分、小林はトラベルケースを引いてパーキングを出ていった。

小林の容貌はかなり鮮明に捉えられていた。髪は長めで額にかぶっている。レンズの大きい黒縁眼鏡、白いマスク。眉は太く、眼は細い。肩幅が広く、がっしりしていた。

十七時四十七分――。小林がもどってきた。アウディのフロントドアを引いて運転席に乗り込むなり、ヘッドランプを点けて駐車場を出ていった。

アウディのナンバー、《大阪　3××　み　96-48》は昨日、照会した。登録車はレガシィだったが、三年前の五月に登録を抹消されて廃車になっていた。

「このアウディのナンバーは偽造です」

舘野はいった。「プレートをもうちょっと、はっきり見られませんかね」

「やってみましょう」

市田は映像をもどした。マウスを操作してアウディのフロントナンバープレートを四角の枠で囲み、DAISにかける。

DAISとは『Digital Assisted Investigation System』の略称で、「捜査支援用画像解析システム」のことをいい、このパソコンソフトで防犯カメラなどの粗い画像を鮮明にすることができる。

市田によると、拡大した画像はまず粗くなるが、マス目とマス目のあいだをぼかしていく〝近接化処理〟をすることで対象物の輪郭とパーツがはっきりしてくるという。対象が人物であれば、毛髪と肌などの〝色と色の境界〟を強調する〝鮮鋭化〟と呼ばれる処理をおこなうと、平坦な画像に凹凸ができて厚みが加わり、画像がより鮮明になって人相などが判別できるようになる――。

ＤＡＩＳ処理が終了した。靄が晴れるようにナンバープレートがはっきりして拡大表示される。が、しかし、《大阪　３××　み　９６-４８》には、どこといって不自然な部分がなかった。数字の字体と太さもきれいにそろっている。

「プレートを盗んだんじゃないですか」市田がいった。

「いや、こいつは廃車になったレガシィのナンバーですねん」

「ということは……」

「数字の上に数字を貼ってるんやろけど、その痕跡がね……」

「ひらがなはどうですか」

「〝み〟を変えたとは思えんです。〝９６４８〟の数字のうち、一文字か二文字は偽造してるはずですわ」

「その方法は」

「車の窃盗団の手口は、薄いプラスチックの板を切り抜いて、数字の上に数字を貼るのが多いんやけど、近くで見たら切り口が浮いてますねん。黒っぽい緑の色もほかとはちがうし、職質で停められたりしたら一発でバレますわ」

「この画像には違和感がないですね」

市田はいい、また画像を拡大した。ナンバープレートがモニター画面いっぱいに広がる。

舘野は気づいた。数字の色が微妙にちがうのだ。

「この〝９〟と〝４〟、ほかと比べて艶がありませんか」

「そういや、そうかもな」

「色は同じに見えるけど、艶がちがいます」

「たーやんは眼がええな」

「左右、一・二です」

「わしは〇・七と〇・六や」

「舘野さんの意見に賛成です」

市田がいった。「わたしも〝9〟と〝4〟だけ艶があるように思います」

「艶、で気がついたけど、小林の映像、もういっぺん見せてくださいな」

玉川がいい、市田は映像を早戻しした。アウディが駐車場に入ってくるところから再生する。

「ここです。ストップ」

小林がアウディのリアハッチからトラベルケースを降ろすところで、市田は再生をとめた。

「こいつの頭、妙に艶があるとは思わんか」

「ヅラですか」と、舘野。

「それも人毛やない。化繊で作った安物《やすもん》のヅラや」

「そんな感じですね」市田が同意した。

「こいつのほんまの頭はどんなんや」

玉川は舌打ちして、「この画像と、ほかの画像……たとえば、Nシステムに映った被疑者の画像と比較対照して、同一人物か別人かを判断することは可能ですか」

「そういった正式な画像解析は法医学の範疇に入りますね」

「というのは……」

「特徴点を比較するんです」

その鑑定方法は平面画像から〝特徴点〟と呼ばれる顔の部分を抽出し、立体的に３Ｄ画像を作成する。解剖学的な観点から多くの特徴点を見出して、法医学者が〝異同識別〟をし、画像と対象者が同一人物であるかどうかを科学的に立証する、と市田はいった。「――法医学者の鑑定書は裁判で証拠採用されます」

「それはよろしいな。この画像とプレートの画像、プリントしてもらえますか」

「承知しました」

各々十枚ずつをプリントしましょう、と市田はいった。


東署を出た。駐めていた車に乗る。

「さすが、科捜研や。科学の進歩というやつはすごいな」

「想像の先を行ってますわ。ＤＡＩＳも顔認証も」

「な、たーやん、わしはひとつ気になった」

「なにが、ですか」

「大迫事件の犯人《ホシ》が事件の夜に乗ってた白のカローラや」

あの夜、箕面周辺の主要道を走っていた白のカローラは九十四台がＮシステムに捕捉され、うち一台が所有者なしだった、と玉川はいう。「あのナンバーは五年前に廃車になったイプサムのもんやった。犯人はアウディと同じように、カローラのナンバーの一部に細工をして偽造ナンバーに仕立てたんやろ」

「あのカローラを運転してたやつも黒縁眼鏡とマスクでしたね」

カローラの偽造プレートは事件後に廃棄されたらしく、その後のＮシステムには捕捉されていない。

「カローラのドライバーとアウディのドライバーは明らかに同一人物で、プレートの細工も同《おんな》じや。

正規の数字の上に、ほかの数字を貼りつけとる」

「白のカローラセダンと白のアウディA3を洗うんですね」

舘野はメモ帳を繰った。「カローラのナンバーは《大阪　5××　ひ　43‐68》でした」

「犯人はまだカローラに乗ってると思うか」

「いや、自分が犯人やったら、とっくに処分してます」

「ま、そうやろな」

玉川もうなずいて、「わしが犯人やったら、アウディも処分したい」

「車の買取業者に手配するんですね」

「アウディA3スポーツバック。ナンバーが《大阪　3××　み　96‐48》に似た車を所有してる人物を特定しよ。で、そいつが買取業者に接触してアウディを売りよったら、大迫を殺して三十キロの金塊を強奪した犯人や」

「網が絞れてきましたね」

「天網恢々《てんもうかいかい》疎《そ》にして漏らさず」

つぶやくように玉川はいい、「行こ。次は鶴橋や」

「了解」ナビに〝御幸通商店街〟と入れた。


商店街の西、御幸森天神宮近くのコインパーキングに車を駐めた。

「こっちや」

玉川に随《つ》いて商店街のゲートをくぐり、焼肉店の脇の路地に入った。辺りにタレと肉の脂の匂いが漂っている。

「——金木昌一。このビルのオーナーや。若いときに親父さんが死んで相続した。愛想はええけど、性根はわるい。バブルのころは地上げ屋の手先。いまは道具屋で食うとる」

路地奥の赤錆びた鉄骨階段をあがり、玉川が鉄扉をノックした。はい、と返事が聞こえた。

事務所に入った。天井が低くて狭い。六十絡みの小柄な男がひとり、スティールデスクの前に座っていた。

「久しぶりやな。元気にしてたか」

「ぼちぼちですわ」

男は両手をあげて伸びをした。「そちらさんは」

「相棒の舘野。本部の捜査一課や」

「それは、それは。エリートですな」

「玉川さんには、いろいろ教えてもろてます」舘野はいった。

「このひとはやり手でっせ。わしもあれこれ世話になりましたがな」

男はにこやかに、「ま、座ってください」ソファを指さした。

玉川と並んで腰をおろした。クッションがへたっている。男は立って、

「わし、金木といいます。よろしゅうに」

向かいに座った。「で、今日は」と、玉川を見る。

「見て欲しいんや」

玉川は上着の内ポケットから、小林僚名義の健康保険証とマイナンバー通知カードのコピー、水道料金の領収書を出してテーブルに置いた。「みんな偽物《にせもん》や。作った道具屋に心当たりがないか、教えてくれたらありがたい」

金木は一枚ずつ手にとった。眼鏡をはずして仔細に見る。

「どれも出来はよろしいな」

「あんたも頼まれるか」

「たまにね」

「このごろの道具屋はオレ詐欺や還付金詐欺で忙しいんやろ」

「道具屋いうても、いろいろありますわ。オレ詐欺の腐れどもとつるんでるのは、銀行口座や飛ばしの携帯を売ってるやつですな」

「この手の印刷物はどうなんや」

「何人かいてまっせ。偽造カードや有印公文書、有印私文書の上手な道具屋が」

自分もそうだ、と金木は笑った。その表情にうしろめたさは欠片もない。「——登記簿や住民票や銀行通帳やらの得意な道具屋は地面師と組みますねん」

「今回、地面師とは関係ないんや」

「これは、なにに使うたんですか」金木は健康保険証をひらひらさせた。

「あんたを信用して正直いうと、金の買取業者のとこに密輸品の金地金を持ち込んだやつが差し出したんや」

「なるほど、そういうことでっか」

金木は小さくうなずいた。「ほな、わしも玉川さんを信用して正直なとこいいますわ。道具屋より印刷屋をあたったほうがよろしいやろ」

「おう、ありがたい」

「よろしいか、いいまっせ」

「はい……」舘野はメモ帳を広げた。

「大国町の『鷲尾印刷』、島之内の『創美』、上新庄の『平成プリント』──」

金木は淀みなく、五つの印刷業者をあげた。「どことも、わしを知ってるし、そこんとこは……」

「分かってる。あんたのことは曖《おく》にも出《び》さん」

玉川はいった。「けど、来てよかった。恩に着るで」

「また、行きましょな。鰻かすっぽん」

「焼肉はどうや」

「要りまへん」金木は手を振った。「毎日、嫌というほど臭いを匂いでますねん」

「そういうと思た」

玉川は笑って腰をあげた。

鉄骨階段を降りた。

「喋りましたね」

「金木には貸しがある」

「どういう貸しです」

「今里署の暴犯のとき、あいつをパクった。賭場の客や。わしが調べをした」

金木は賭博の常習者で左腕に注射痕があったが、玉川の判断で尿採取はしなかったという。「天秤にかけたんや。こいつを塀の向こうにやるか、Sで使うかをな」

「Sにしたんですね」

「わしは〝単純賭博〟で調書を作った。金木は不起訴。わしのひとりめのSになった」

ひとりめのS──。玉川には複数のSがいる。金木に対してほかにも便宜をはかってきたはずだが、それはいわなかった。

　商店街に出た。

「何時や」玉川がいう。

「十一時半です」

　自分の時計があるのに時間を訊くのは、昼飯を食おう、ということだ。「御幸通に来て焼肉を食わん手はないですね」

「おう、そうやな」

　玉川は軒に赤い瓦を葺いた《開城《ケソン》》という店の暖簾をくぐった。

　靴を脱ぎ、小あがりの席に座った。座布団の下はオンドルだろう、油紙を敷きつめている。玉川は壁の品書きを見て、ロース、ハラミ、骨付きカルビ、ミノを注文し、

「ユッケは」

「生の肉はね……」

「スープは」

「テールスープにします」

「わしはワカメにしよ」

　キムチとカクテキも頼んだ。

「食えますかね。肉を四皿も注文して」

「たーやんの齢で、それはないやろ」

「シメの冷麺を食いたかったんです」

「ほな、わしはピビンパにするか」

「玉さんこそ食いすぎやないですか」

「こないだ、よめはんにいわれたんや。あんた、このごろ食べへんね、と」

「ちょっと待ってください。玉さんはいつでも、おれと同じほど食うてますよ」

「それはやな、若者に食い負けしとうないからや」

「負けたらええやないですか。五十路《いそじ》のひとなんやから」

「そういうわけにはいかん。ひとつ負けたら、ふたつ負ける。ふたつ負けたら、みっつ負けるんや」

「処世訓ですか」

「生き方や。健全なるひととしての生き方」

玉川は小銭入れから十円玉を出した。「どっちや」

「裏です」

玉川は卓上で十円玉を弾いた。くるくるっとまわって倒れる。表だった。

「よっしゃ。ピビンパ、食お」うれしそうにいった。


一時──。島之内の創美に行った。ラブホテルと薬局に挟まれた間口の小さい印刷所だった。

経営者に小林僚のプリント画像と健康保険証、マイナンバー通知カード、水道料金領収書を見せたが、反応はなかった。この種の印刷物は頼まれてもしません、と経営者はさも迷惑そうにいった──。

一時半──。大国町の鷲尾印刷に行った。木造三階建の仕舞た屋ふうの印刷所は創美より少し大きいが、いまにも潰れそうなうらぶれた感じは同じだった。

「こんちは。ちょっとよろしいか」

シャッターのあがった出入口から奥に向かって声をかけると、稼働中の印刷機の向こうにいた男が顔をあげた。グレーの作業服、頭に手拭を巻いている。

「府警の舘野といいます」手帳を提示した。

「玉川、いいます」

「警察がなんの用ですか」

男は作業の手をとめてそばに来た。

「鷲尾さん、ですか」

男は小さくうなずいた。皺深い顔、白い無精髭、ルーペのような眼鏡をかけている。

「密輸品の金地金を売った人物を捜してます。……それで、見て欲しいもんがあります」

国民健康保険証、通知カード、領収書を見せた。「みんな偽造です。心あたりはないですか」

一瞬、鷲尾の視線が泳いだ。なにかある。

「名前は小林僚。住所は神戸市長田区滝谷町です」

「…………」鷲尾は長い息を吐いた。

「どうですか、鷲尾さん」

「どう、といわれてもね」

鷲尾は水道料金の領収書を間近に見た。「ええ仕事ですな」

「鷲尾さんの仕事ですか」

たたみかけた。鷲尾は眼を逸らした。

「事情をいいますわ。我々は公文書偽造を捜査してるんやない。偽造公文書を行使した人物を特定したいんです」

「鷲尾さん、いずれは分かることですわ」

玉川がいった。「おたくが作った文書やったら、正直にいうてくれんですか」

「…………」鷲尾はなにかいった。聞こえない。

「このとおりです」玉川は頭をさげた。「協力してください」

「協力したいのは山々やけどね……」

「鷲尾さんに迷惑はかけません。約束します」

「――わしの仕事です」

小さく、鷲尾はいった。「頼まれたら、版下を作って刷りますんや」

目的や用途は訊かない、という。

「版下は」舘野は訊いた。

「胡散臭いもんはすぐに廃棄ですわ。どうせまともなことには使いよらんのやから」

「この男が来たんですか」

科捜研でプリントしてもらった画像を見せた。

「ちょっとちがいますな」

「どう、ちがうんです」

「眼鏡とマスクはいっしょやけど、髪はこんなに長うなかった」

「どんな髪型でした」

「坊主頭やない。……スポーツ刈りの短いやつ。そう、柔道の選手みたいな」

「がっしりしてましたか」

「大男でしたな」肥ってはいないが、痩せてもいなかったという。

「背は」

「わしより、だいぶ高かった」

「百七十五から百八十、いうとこですか」

「ま、そんな感じですやろ」

「齢は」

「どうやろ。四十代……。五十前かな」

「小林がここに来たんは、いつのことでした」

「ひと月以上前やったね。先月の十日あたり」

大迫事件は十月三日だった。犯人は強奪した金塊を換金すべく、一週間後には必要なものを準備しはじめたのだ。

「正確な日にちは分かりませんか」

「分からんね。伝票なんか書かんし」

「注文はどう受けたんです」

「国民健康保険証とマイナンバー通知カードと水道料金の領収書が欲しい、といわれただけですわ」

「フォーマットは」

「いろいろ揃えてますんや。商売柄ね」

商売柄——。ものはいいようだ。非合法の商売だろう。

「住所や名前は」

「小林のいうとおり、わしがメモしました」

「小林が書いてたメモを受けとったんやないんですね」

「胡散臭いやつはモノを残しませんな」小林は眼鏡もマスクもとらなかったという。

「頼まれたもんは、いつできました」

「次の日の晩にはできてましたな」

その翌日の夕方、小林が来た──。ものもいわずに「封筒を受けとって、金を置いて帰りましたわ」

「料金は」玉川がいった。

「刑事さん、それはいえんわ」

「小林は鷲尾さんのことを、どこで聞いてきたとかいいましたか」

「そんなん、いうわけない。わしも訊かんしね」

「その二回だけですな。小林に会うたんは」

「そうです」鷲尾はいって、「小林はどこで売ったんです。密輸した金を」

「貴金属の買取業者ですわ」

「このごろはどこにでもありますな。その手の店が」

「鷲尾さんの商売も繁盛ですか」

「繁盛ね……。受けた仕事はなんでもやらんと食えんのですわ」

鷲尾は頭の手拭をとって首筋を拭いた。疎らな髪は真っ白だった。


「外れ、でしたね」車を駐めたコインパーキングへ歩く。

「でもないやろ。小林が使うた印刷屋は分かった」

「鷲尾が小林の住所を聞いて、偽造文書を郵送してたら大当たりでした」

「刑事《デカ》に僥倖てなもんはない。十のうち九や八は無駄足や」

「犯人は滝谷町に鑑があるんですかね」

「あるわけない。そんな脇の甘いやつがカローラやアウディのナンバーを偽造したりせえへん」

ヅラも被りはしないし、黒縁眼鏡をかけることもない、と玉川はいう。「こうしてネタがあがるたびに、わしは思うんや。この犯人《ホシ》は半端なやつやないぞ、と」

「どう半端やないんですか」

「計画性や。大迫邸への侵入はもちろん、奪《と》った金塊を売るとこまで、とことん想定して動いとる」

「犯人はどういうルートで鷲尾印刷を知ったんですかね」

「情報屋やろ。金木みたいな情報屋を使うとんのや」

大迫の身辺情報を得たのも、大迫を撃った拳銃を入手したのも同じルートだったのだろう、と玉川はいう。「犯人はなにもかも処分しとる。カローラも拳銃も大迫邸から持っていった防犯カメラのデッキもな」

「銃を手に入れるのは簡単やないですよね」

「入手ルートを洗うのはもっとむずかしい」

熱のこもらぬふうに玉川はいった。


コインパーキングにもどった。玉川が料金を払って車に乗る。

「次はどこですか」

「ま、待て。電話する。美濃さんや」

玉川はスマホを出した。〝美濃〟を検索して画面をタップする。

「――美濃さん、玉川です。――ぼちぼちですわ。――ほう、そうですか。――盗難バイク？　そらめんどいですな。――こっちは犯人の乗ってた車を特定しました。アウディA3のスポーツバック。ナンバーを偽造してますんや。――生半可なやつやないですな」

それからしばらく情報交換をして、玉川は電話を切った。

「どうでした」

「向こうさんも難航しとる。犯人が乗ってたスーパーカブは特定できたけどな」

スーパーカブは盗難車だった。所有者は藤井寺市の新聞販売店で、配達員がマンションの集合ポストに新聞を入れてもどるとカブが消えていたという。「ついつい、キーを挿したままマンションに入ったんやと。盗まれたんは十一月四日で、次の日に成尾事件が発生した」此花の現場周辺で防犯カメラとNシステムに捕捉されたスーパーカブのナンバーは判明しなかったが、カメラに映ったカブのカウルには長さ二十センチほどの擦り傷があった。その傷が新聞販売店のカブと一致した――。

「カブの追跡はそれっきりですか」

「それっきりや。カブは解体されたか、どこぞに埋められたか、犯人が処分したんやろ」

「情報屋はどうなんですか。成尾のことを犯人に流した情報屋は」

「あかん。いまどき、Sや情報屋を飼う刑事《デカ》は流行らんし、飼うててもほかには洩らさん」

「自分もSは持ってません」

「それでええんや。両刃の剣は危ない」

「ほかに進展はないんですか、成尾事件」

「あるかもしれんし、ないかもしれん。美濃さんも手のうちをみんな明かしはせん。いずれ春日出署の帳場も縮小される、と嘆いてた」

玉川はまた、スマホを手にして画面に触れた。

「──北原さん、わしです。箕面北署の玉川です。──いやいや、こちらこそ世話になりました。──その後、どうですか。──なるほど。おたがいにね。──こっちですか。犯人《ホシ》が乗ってた車は特定できたんやけど、偽造ナンバーですねん。──アウディA3のハッチバック。これから当たりますわ。──ほう、それはよろしいな」

玉川はメモをとりながら五分ほど話をして、電話を切った。

「栗東の帳場も難航しとるけど、春日出の帳場よりは前に進んどるな」

「それは」

「まず、九星信教会はひっくり返ってる。宗務総長の跡目争いや」

田内博之の長女を御輿に担ごうとする宗務会一派と教義会専務理事一派の権力闘争が表面化したという。

「宗務も教義も同じようなもんやないんですか」

「んなことは分からん。わしは信者やない」

玉川はいって、「田内が死んでよろこぶやつは山ほどいてる。そいつらが事件の黒幕という説も浮上して、怪文書合戦になってるらしい」

「おもしろいやないですか」

「傍目にはおもしろいけど、いちいち裏をとる栗東署の帳場はめんどいわな」

「田内とシャブの関係は」

「切れたんやろ。二〇〇五年の鳥取の漂着事件以降、九星信教会の名前が出たことはないそうや」

北原たちは漂着事件の捜査をした大阪府警捜査四課石本班の刑事にも接触した。当時の石本班の陣容は九人で、うち六人は現役だが、田内事件に寄与するような情報は得られなかったという。

「きっちり捜査してますね」

「そら、世間を震撼させた大事件や。滋賀県警も本腰を入れとる」

田内事件と成尾事件が解明されて情報屋の存在をつかめたら、大迫事件にも波及する可能性がある、と玉川はいう。「北原さんと美濃さんには頑張ってもらわんとな」

そう、ふたりとも切れ者だと舘野は思う。が、清濁併せ呑むという意味で、玉川はもっと切れ者かもしれない。

「それともうひとつ、北原さんがいうてた。たーやんはライトイヤーいう宗教団体、知ってるか」

「ライトイヤー……。教祖がコンサートとかしてる団体ですよね」

週刊誌や夕刊紙で教祖の写真を見ることがある。本も出版しているらしい。

「ライトイヤーの教祖は海棠汎いうて、もとは九星信教会の信者や」

「ほう、おもしろそうですね」

「鳥取の漂着事件で名前があがったんは田内博之だけやなかった。海棠汎も鳥取県警と大阪府警の調べを受けてる。ふたりは五祖連合の金主と目されてた」

「宗務総長はともかく、教祖を調べるいうのは覚悟が要りますね」

「教祖を府警に呼んだわけやない。鳥取県警の刑事三人と石本班の刑事ふたりが泉南の教団本部へ行った。海棠にはヤメ検の弁護士が三人も同席してたらしい」

「田内の調べをしたときも弁護士がおったんでしょ」

「教団の顧問弁護士がひとり随いてただけや。それも民事のな」

「海棠には弁護士が三人……。そんなに大物ですか」

「大物や。ライトイヤーの公称会員数は十万人で、日本全国に二百の支部があるらしい」

「田内と海棠はつるんでたんですか」

「その反対や。ライトイヤーは教義が似てる九星信教会の信者を取り込んで増大した。ライトイヤーのセミナーに九星の信者が乱入して殴り合いの騒ぎになったこともある」

「そういう恨みも田内は買うてたんですね」

「洗脳された信者同士、なにがあっても不思議やないわな」

「ヘッドギアとか合同結婚式とか、カルトいうのは理解不能です」

「ひとは理解不能なもんに洗脳されやすいんかもしれん」

「北原さんがライトイヤーのことを玉さんにいうた理由はなんですか」

「海棠を調べた石本班の刑事ふたりを紹介してくれといわれた」

「刑事に話を聞くんですね、北原さんは」

「鳥取県警の刑事にも会うらしい」

玉川はいって、「たーやんは石本班を知らんか」

「四課に石本さんいう名物班長がいたことは聞いてます。自分が一課に行ったときは豊島《てしま》署の署長で、次の年に定年勇退したはずです。……ヒラの刑事には縁のないひとです」

「ま、そうやろな」

「うちの班長か部屋長に訊きますわ。二〇〇五年に田内と海棠の調べをした石本班の刑事を」

「そうしてくれ」

玉川はメモ帳に眼をやった。「――あとひとつ、北原さんがいうには、事件当夜のNシステムを調べて、ヤリスを特定した」

「ヤリス……。トヨタのヤリスですか」

「名神高速の栗東インターを出て、県道55号、県道12号を南へ行った烏山の交差点を右折して一キロほど行ったとこに九星信教会の教団本部があるのは知ってるな」

「もちろん、憶えてます」

教団本部に行って秘書室の職員に話を聞いたのは、先週の土曜日だった。

「烏山の交差点から西へ入る片側一車線の道は教団本部と多武山の麓をまわって、また烏山にもどってくる。つまりは袋小路やから、西へ行く車は滅多にない。栗東署の帳場はそこに眼をつけた」

烏山交差点にはNシステムのカメラがある。捜査陣は事件当夜、十一月十一日午後九時以降の映像を徹底的に調べて、交差点から西に入った二十三台の車の所有者を割り出した。

「二十二台までは分かった。所有者は地元のひとと教団関係者や」

「残りの一台がヤリスやったんですね」

「色は白。ヤリスは県道12号を北から走ってきて、十一日の二十二時六分に烏山の交差点を右折した。そうして十二日の午前一時二十分に捕捉されたんが、田内がいつも使う洛星交通のタクシーやった」

タクシーのリアシートには乗客がいた。タクシーは一時三十一分にふたたび現れて烏山交差点を左折し、栗東インターに向けて走り去った——。

「タクシーは空車やった。田内を教団本部に送りとどけたんや」

その後、烏山交差点を西に進入する車はなく、午前二時十七分、ヤリスがまた現れた。運転者は頭にグレーのフードをかぶり、黒縁眼鏡と白いマスクをつけていた。ヤリスは烏山交差点を左折し、県道12号を北へ向かった——。

「田内の死亡推定日時は」

「十二日の午前一時四十分から午前三時半」

「ヤリスに乗ってたやつが犯人ですね」

「十一日の二十二時すぎから田内の帰りを待ってたんやろ。教団の裏門のそばで」

「Nシステムの自動追尾は……。ヤリスも栗東インターから名神に入ったんですか」

「いや、国道8号や。午前三時九分、彦根の外町陸橋の近くで北へ走ってるのを捕捉されてる」

そのあと、ヤリスがNシステムに捕捉されたのは午前四時五十六分、北陸自動車道の木之本インターだった——。

「木之本からどこへ行ったんです」

「高速道路をぎょうさん乗り継いでる」

北陸道から名神、吹田インターから近畿道、阪和道から南阪奈道、羽曳野インターから外環状線に入って南へ走り、富南《とうなん》市の美浦《みうら》交差点で捕捉されたのがNシステム追尾の最後だったという。

「ヤリスのナンバーは」

《大阪　5××　さ　46‐18》

「しかし、北原さんもようそこまで手の内を明かしてくれましたね」

「普通は、ないわな。向こうは滋賀県警で、こっちは大阪府警や」

玉川はいって、「こっちも礼をせないかん。……栗東へ走ってくれるか」

「北原さんに会うんですか」

「気になることがある」玉川はうなずいた。

「土産が要りますね。北原さんに」

スマホを出した。清水班の部屋長、坂上に電話をする。

——おう、どうした。

——つかぬことを訊きます。二〇〇五年、鳥取の海岸に百八十キロの覚醒剤が漂着した事件、ありましたよね。

——ああ、あったな。

——あのとき、九星信教会の宗務総長の田内博之とライトイヤーの教祖の海棠汎を調べた石本班の刑事を教えて欲しいんです。

——石本班の刑事な……。ちょっと待て。思い出す。

少し、待った。

——聞いてるか。

——聞いてます。

——まだ四課におるんは、ふたりやろ。

——誰です。

——辛島と甲野。フルネームは知らん。辛島さんはいま三係の主任で、甲野さんは七係の部屋長や。

——ありがとうございます。

——妙なこと訊くんやな。

——いろいろ、ありまして。

——いま、どこにおんのや。

——大国町です。印刷屋に込みをかけました。

——せっせと励め。

——坂上さんは。

——わしか……。アウディA3の車《しや》あたりや。

車あたり捜査――。捜査員が手分けして対象地域を車で走り、ナンバーの一致する車を見つける地道な捜査をいう。
坂上はいま茨木にいるといい、電話は切れた。

20

湊町入口から阪神高速道路に入った。玉川はさっきから口をきかず、半眼で煙草をくわえている。

「吸うてもいいですよ、煙草」

「ああ、そやな……」玉川は煙草をパッケージにもどした。

「気になることて、なんです」

「アウディとヤリスのナンバーや。偽造の仕方が似てる」

「どう似てるんですか」なにがいいたいのだろう。

「偽造ナンバーというやつは盗んだ車のプレートの一部を改造するわな」

「ま、そうですね」

「ナンバーを偽造する目的はなんや」

「盗んだ車を自分が乗りまわすためです」

車の窃盗団はプレートの小細工などせず、そのまま故買業者に売り飛ばすのが普通だ。故買業者は車の車台番号を変造し、ロシアや中東に売り捌く――。

「アウディとヤリスは盗難車やない。大迫事件の夜に捕捉されたカローラも盗難車やなかった。……

大迫殺しと田内殺しの犯人には、カローラとヤリスとアウディのナンバーを偽造する場所と時間があったということっちゃ」

玉川は小さくうなずいて、「わしがひっかかるのは、そこや。カローラのナンバーは《大阪　5××　ひ　43-68》、アウディは《大阪　3××　み　96-48》、ヤリスは《大阪　5××　さ　46-18》……。三台とも大阪ナンバーで、4と6と8が同じや」

「あっ……」思わず、声が出た。四つの数字のうち三つが同じというのは偶然ではない。

「北原さんからヤリスのナンバーを聞くまで想像もせんかった。大迫事件と田内事件が同一人物の犯行なら、4、6、8の一致に説明がつく」

「玉さん……」玉川を見た。

「こっち向くな。前、見とけ」

「大迫事件は射殺、田内事件は絞殺です」

「大迫は広告代理店の社長、田内は宗教家。人間の色がちがうわな」

そこが盲点だったのかもしれないと、つぶやくように玉川はいう。

「成尾事件はどうですか。成尾はマルチの親玉です」

「あれはちがうな。手口が雑で荒っぽい。……犯人《ホシ》が被害者《ガイシャ》の鼻を切り裂いたんは成尾の家の柳刃包丁やし、頭に被せてたんは成尾の家のゴミ袋や。そのあと、犯人はカブの荷台に札束詰めたバッグを載せて、日暮れどきの街中《まちなか》を走りまわった」

大迫事件は十月三日で、成尾事件は十一月五日——。大迫事件で三十キロの金塊を強奪した犯人が十一月三日に名古屋で金塊を売り、その二日後に此花で強盗殺人事件を起こしたとは思えない、と玉川はいった。

「大須で防犯カメラに映った男と、此花でカブに乗ってた男は体格が似てます」

「千葉さんが紫金と大須相互パーキングの映像を春日出署の帳場に送ったんは、わしらが名古屋から帰った夜や。犯人が似てたら、えらい騒ぎになってるはずや」

玉川の意見はまっとうだ。大迫事件と成尾事件は別犯人《ベツボシ》だろう。

環状線から池田線に入った。

「我々が栗東に行ってもええんですかね」

「どういう意味や」

「北原さんは滋賀県警です。千葉さんに報告してから行くほうが……」

「いまさら、なにをいうてるんや。〝グリ森事件〟を知ってるやろ」

「そうでしたね……」

大阪府警と滋賀県警の連携ミスを、玉川はいっている。滋賀県警は大阪府警から現金授受があると知らされていながら、情報漏れを警戒して末端に知らせなかったため、県警所轄署の警官は現金引き渡しポイントで犯人の車を停め、職質してしまった。犯人は逃走。ノンキャリの滋賀県警本部長は退職の日に灯油をかぶって焼身自殺した——。

「千葉さんには事後報告でええ。これは滋賀のデカ長と大阪のデカ長の意見交換や」

玉川はスマホを手にした。画面をタップする。「——ああ、北原さん、玉川です。——そう、相談したいことがありますんや。——そっちに向かってます。——すんませんな。着いたら電話します」

玉川はサイドウインドーをおろして煙草を吸いつけた。

三時すぎ——。栗東署に着いた。公廨《こうかい》に入り、玉川が電話をする。

ほどなくして、階段室から北原が現れた。

「どうも、ご苦労さまです」

にこやかに北原はいい、「帳場へ行きますか」

「いや、わしの判断で来たんです」

それで北原は察したのだろう、

「出ますか」

「出ましょ」

署から少し歩いたバス通りの喫茶店に入った。レジ近くに席をとり、北原と舘野はコーヒー、玉川は紅茶を注文する。

「さっきの話、宗務派と教義派の争いはどっちが優勢なんですか」

「教義派じゃないですか。近々、信徒総会で宗務総長代行が指名されると聞きました」

「教祖は」

「甥が亡くなったことも知らないようです」

「そのほうが幸せかもしれませんな」

玉川はグラスの水を飲み、「――怪文書で、おもしろいのはありますか」

「ダメですね。単なる中傷合戦です」

小さく、北原はいって、「ひとつだけ、政治家がらみのスキャンダルがありました。田内が滋賀選挙区参院議員の関根朋也に、宗務総長決裁で教団資金の二千三百七十万円を貸し込んでいるというものでした」

「二千三百七十万というのは妙にリアルですな」

「裏をとりました。事実です」

「関根は民自党ですな」

「国防族です。参院外交防衛委員会の理事で、元防衛副大臣です。以前から九星信教会とはべったりだと噂されてます」

本人は九星信教会との関係を否定しているが、教団のイベントには必ず顔を出して教祖礼賛のスピーチをし、毎年、多額の寄付を受け、数百枚単位のパーティー券も引き受けてもらっている——。

「関根のパーティーで新聞沙汰になったことがありましたな」

「そう、二〇〇七年です。桜花政経塾の塾員四人が大津国際ホテルのパーティー会場で関根の秘書を蹴りつける騒ぎを起こしました」

右翼が引き取り手のないパーティー券を入手し、顔にタトゥーをしているような半グレを会場に送り込んで嫌がらせをする。その後、右翼は主催者に対してパーティーに出席しないことと引き換えに示談金を要求する、と北原はいった。「——あの事件は、関根側が桜花政経塾に金を渡さなかった。だから、塾員が政治思想のちがいを主張して騒ぎになったようです」

「むかしの総会屋みたいですな」

「手口は古い。でも、右翼や半グレは暴対法にひっかかりませんから」

「逮捕者は」

「出てません。関根事務所が被害届を出さなかったんです」

以後、関根の政治資金パーティーでトラブルはないという。「怪文書には、田内が関根の金銭面を丸抱えで面倒見ていると書いてます」

「桜花政経塾のバックは」

「大津の常葉会《ときわ》でした」三年前、常葉会は解散し、桜花政経塾もいまは活動していないという。

「桜花のバックが五祖連合やったら、おもしろかったですな」

「確かに」北原は笑った。

コーヒーと紅茶が来た。北原と舘野はブラック、玉川はミルクを入れて飲む。

「――で、玉川さんのお話は」北原がいった。

「これ、見てください」

玉川は上着のポケットから科捜研でプリントしてもらった写真を出してテーブルに置いた。「その男の名前は小林僚。名古屋の貴金属買取業者に、大迫事件で強奪したと思われる金の延べ板三十キロを持ち込んだときの写真ですわ。車の写真は近くの駐車場に駐めたアウディA3スポーツバックです」

「よく撮れてますね」

「科捜研でね、DAIS《ダイス》処理をしてもろたんです」

「なるほど。顔も鮮明だ」

「頭にヅラ被ってるでしょ」

「髪の分け目が不自然です」

「アウディA3のナンバープレート、見てください。〝9〟と〝4〟だけ、艶があるでしょ」

「…………」北原は写真に顔を近づけた。「――光の反射具合がちがいますね」

「地色の白と数字の色はいっしょですわ」

「ということは」

「わしが思うに、プラスチックの薄板か厚紙を切り抜いて色を塗ったんやないですかね。そして、その上からラッカーみたいな防水性の油性塗料を塗って、プレートに貼りつけた……」《大阪　3××　み　96-48》の車は三年前に登録抹消されたレガシィだと、玉川はいった。

「アウディの捜査は」

「白のアウディA3スポーツバック。対象車は大阪に九十台ほどです。リストアップして、今朝から十人が車あたりに出てます」

「対象が九十台。ヒットしそうですね」

「なんかね、犯人に近づいた感触はありますわ」

「小林僚という人物は」

「神戸の高校生でした」

小林の身元調べの経緯を、玉川は説明した。「健康保険証からマイナンバーの通知カード、水道料金の領収書までそろえて、この犯人はよほど慣れたやつですな」

「隙がないですね」

「隙はないけど綻びはある。それがこの写真です」

玉川は二十枚の写真から四枚を選んで北原に差し出した。「お預けします。北原さんの判断で使うてください」

「ありがとうございます。活用させてもらいます」北原は写真をメモ帳に挟んだ。

「それともうひとつ、二〇〇五年の鳥取海岸覚醒剤漂着事件で田内博之の調べをしたんは府警捜査四課石本班で、辛島と甲野いうのが、本部にいてます」

「承知しました。辛島さんと甲野さん……。会って、話を聞きます」

北原はいって、「ヤリスの画像は、これです」上着の内ポケットから数枚の写真を出してテーブルに置いた。

「よう撮れてますな」

「ＤＡＩＳにかけてます。近畿道吹田料金所の画像です」

ヤリスの色は白。運転者は黒縁眼鏡と白いマスクをし、パーカだろう、頭にグレーのフードを被っている。「運転中にフードは邪魔ですよね」

「こいつは栗東でひとを殺してきた。そういう顔ですわ」

「まず、まちがいないでしょう」

「富南で捕捉されたＮシステムの画像は」

「あります。美浦交差点付近です」

北原はまた、プリントした画像をテーブルに並べた。

同じ人物だった。画質は吹田料金所のものより粗い。カメラと車が遠いせいだろう。

「外環状をこのまま南へ行ったら河内長野ですな。……河内長野のＮシステムは」

「針井交差点の近くですが、ヤリスが通過した形跡はありません」

北原はいって、「この男は富南市美浦から河内長野市針井周辺にヤサがあると思料されます」

「ヤリスの調べは」

「一昨日から車あたりをしてます。二十人で」

「そら負けましたな」玉川は笑った。「こっちは十人です」

「ヤリスは台数が多いんです」

現行型のヤリスは大阪ナンバーと和泉ナンバーだけで二千三百台あまり登録されているという。

「ヤリスは大阪ナンバーでしたな。富南や河内長野は和泉ナンバーのはずやけど……」

「そこは少し疑問ですよね。なにか、からくりがあるんでしょう」

「ヤリスの所有者は」

「います」北原は笑った。「《大阪　５××　さ　４６‐１８》……。登録車はダイハツのタフトです」所有者は四條畷《しじょうなわて》市米崎町の青果卸業者で、普段乗っているのは女性従業員だという。

「ナンバーのどの部分を偽造したか、察しはつかんのですか」

「数字の〝６〟と〝８〟じゃないかという意見があります」

北原は吹田料金所のヤリスの写真とアウディの写真をテーブルに並べた。

「似てますね」

「似てる……」

ヤリスのナンバープレートの〝６〟と〝８〟、アウディのナンバープレートの〝９〟と〝４〟が、色も艶もそっくり同じだった。

「この二枚のプレートは偽造の手口がいっしょですわ」

「確かに」北原はうなずく。

「手口がこんなに似てるのは偶然ですか」

「仕事がきれい、という意味では、職人技ですね」

北原は顔をあげた。「もう一度、ヤリスのナンバープレートを拡大してＤＡＩＳにかけてみます」

「その画像、わし宛に送ってもらえますか」

「もちろん、お送りします」

「それともうひとつ、大迫事件で犯人が乗ってたカローラのナンバーは《４３‐６８》です。アウディは《９６‐４８》、ヤリスは《４６‐１８》……。４と６と８が共通してますわ」

「なるほど……。それも偶然の一致というやつですか」北原はじっと窓の外を見る。

「これはわしの考えやけど、ヤリスは売り飛ばされて廃車になってませんかね」

「おっしゃるとおりです。車あたりと並行して車の買取業者にも問い合わせをしてます」

北原はいって、「大迫事件に使われたカローラは」

「箕面から国道171号を走って、御堂筋から阪神高速の松原線に入って、阪和道堺インターから泉北2号線の栂あたりまでは追跡できたんやけど、そのあとが不明ですんや。なにせ、台風の雨がひどかった」

「犯人《ホシ》は台風を待ってたんですか」

「それはまちがいない。犯人は栂でNシステムに捕捉されたあと、主要道を走ってないか、堺市南区近辺にヤサがあるとみてます」

そう、カローラがヤリスと同じように富南市でNシステムに捕捉されていれば、大迫事件と田内事件は同一人物の犯行という疑いがより強くなる。

「洒落にならんですね」舘野はいった。

「なにがや」玉川がこちらを向いた。

「いや、これがもし同一犯の連続強盗殺人やったら、警察庁の広域重要指定事件です」

「指定事件か……。いま、何号や」

「124号やないですかね。……マブチモーター社長宅殺人放火事件」

「あれは千葉の事件やったな。関西は」

「グリ森事件は別格として、勝田事件、赤報隊事件、大阪愛犬家殺人事件、大阪バラバラ殺人事件くらいですか」

「よう憶えてるな」

「いちおう、刑事ですから」

「125号にはしとうないですな」玉川は北原を見る。

「おたがいにね」北原はうなずく。

「いや、どうもすんませんでした。失礼しますわ」玉川は伝票をとった。

「あ、それは……」

「なにをいうてますんや。わしが北原さんに電話したんでっせ」

玉川は腰をあげた。


北原に見送られて栗東署をあとにしたのは三時四十分だった。

「次は本社や。石本班の刑事に話を聞きたい」

「辛島さんか甲野さんですね」

「ふたりを知ってるんか」

「顔は知ってます。辛島さんは玉さんより上、甲野さんは下でしょ」

「イケメンか、辛島は」

「顔やない。齢が上です」

「もうすぐ定年やの。……星は」

「三係の主任やから、警部補でしょ」

「それやったら、次の就職先は決まっとるな」

「玉さんはどうするんですか」

「わしか……。よめはんとふたりで東南アジア、オーストラリアへ行く。豪華客船でな」

「そら奥さん、よろこぶでしょ」

「よめはんには内緒や。定年までにパスポートをとる」

外国には行ったことがない、飛行機にも乗ったことがない、と玉川はいう。犯罪捜査に忙殺された玉川の刑事人生を、舘野は思った。

「オーシャンクルーズのあとはどうするんですか」

「隠居はせん。どこか就職口があったら働くやろ」

「マル暴は潰しが利きますよね」

「再就職にはな。たーやんも定年が近うなったら暴犯に行け」

「心しときます」定年前の刑事が暴対や組対に行きたがるのはほんとうだ。

「目指すは警部やぞ。班長まで行ったら、あとは左団扇や」

真顔で玉川はいった。

日暮れ——。大手前の府警本部に着いた。エレベーターで捜査四課へあがる。三係の辛島は外に出ていたが、七係の甲野は刑事部屋にいた。

「甲野さん、舘野です」

「おう、ご苦労さん」甲野は振り向いた。

「箕面北署の玉川です」

「はいはい、どうも。座ってください」

玉川とふたり、椅子を引いて腰かけた。

「どう？　大迫事件は」甲野が訊く。

「ぼちぼちです」と、舘野。

「帳場は」

「こないだ、縮小されました」

「兵隊は」

「千葉さん以下、清水班十人、箕面北署の捜査員二十人です」

「三十人……。縮小された割には多いな」

「なにせ、あれだけ世間を騒がせた大事件ですから」

「資産家の射殺いうのが大きいな」

甲野はひとりうなずいて、「——で、玉川さんが来られたんは、鳥取の漂着事件ですな」と、玉川を見る。

「石本班が九星信教会の田内博之に込みをかけたいう話を聞いたんですわ」

「かけました。五祖連合の金主をつかむのが狙いでね」

甲野は両膝に手をおいて、「その前に質問です。大迫事件の帳場にいてる玉川さんが、なんで田内のことを訊くんですか」

「これは甲野さんの胸のうちにとめておいて欲しいんやけど、大迫事件と田内事件で使われた車のナンバーが、似たような方法で偽造されてますねん」

玉川は経緯を話した。「——4、6、8と、共通する数字が三つもあるし、栗東署の帳場のデカ長とも画像を見て、ひょっとして同一犯の可能性もあるんやないかと、意見が一致したんですわ」

「それは滋賀の帳場との合意ですか」

「いや、あくまでも、わしの考えです」

「なるほど。よう分かりました。他言はしません」甲野はいった。

「殺された田内がどんな人間やったか、教えてください」

「なんかね、つかみどころのないやつでしたな」

「というのは」

「こっちの訊くことには答えるんやけど、どこかしらん他人事《ひとごと》でした。あとで考えると、計算しとるんです、頭ん中で。ぼんぼん育ちの世間知らずやない。弁護士が同席してたけど、頼るふうはなかった。……とどのつまり、尻尾をつかませるようなことは一切いわんかった」

「金主やなかったんですか、五祖連合の」

「五祖連合とはとっくに切れてた。漂着事件にはまったく関係ない。それが石本班の結論でした」

「田内に込みをかけたとき、五祖連合関連で大迫の名前は出んかったですか」

「それはなかったですね」

「広告代理店の『ティタン』というのも……」

「聞いてません」

「石本班はライトイヤーの教祖にも込みをかけたんですな」

「ああ、海棠汎ね。本名は湊孝昌。海棠に会うたんは泉南の教団本部でした」

総本部は泉南の丘陵地にあった。敷地は三万坪、広大な駐車場の奥に朱色の鳥居があり、それをくぐると石畳の正面に拝殿、その右に講堂、総本部と講堂は回廊でつながっていたという。「三つとも鉄筋コンクリートの瓦葺きで、大きい建物でした。海棠に会うたんは総本部の貴賓室です」

「海棠の印象は」

「はっきり、悪党でしたね」

強く、甲野はいった。「とにかく態度がでかい。小肥りの亀みたいな男がソファにふんぞり返って、なにを訊いてもまともには答えん。……はぐらかすという感じやない。端から舐めきっとるんです」

「詐欺師はよう喋るもんやのにね」

「刑事相手に喋っても金儲けにはなりませんわな」

「弁護士が三人もついてたそうですな。ヤメ検の」

「ひとりは大物でした。元大阪地検の次席ですわ」

「そいつは教団顧問ですか」

「確認はとってません。込みのときだけ、立ち会うたんやないですか」調べは三十分で終わり、早々に教団本部をあとにしたという。

「甲野さんらは何人で行ったんですか」

「三人です」

田内の調べも同じメンバーだったという。「主任と先輩とぼくです」

「名前、よろしいか」

「それはちょっとね……。主任は定年退職。先輩も退職しました」

「班長の石本さんは」

「二〇〇六年に三課の管理官。二〇〇八年に豊島署へ出ました。署長ですわ」

「警視になって二年で署長というのは早いですな」

「即断即決、記者クラブとのつきあいも巧かった。切れ者でしたよ、石本さんは」

石本の異動と前後して部屋長と甲野も転属し、四課一係は石本班から鈴木班になった。石本はいま阪神高速道路株式会社にいて、年に一度、石本班OBの飲み会をするという。

「漂着事件で失踪した五祖連合の幹部は」

「舎弟頭の呉本暁峰と相談役の村山繁。ふたりが若頭《かしら》の細田邦弘と結託して瀬取りを差配したところまでは摑んだんですけどね……。細田は除籍になって、二〇〇七年に拳銃自殺。呉本と村山もあちこちの組筋に何千万もの借金を抱えてました」

「呉本と村山はやっぱり……」

「そら、百八十キロものシャブを失くしたら、標的《まと》にかけられますわな」

「細田の自殺はほんまですか」

「S&Wを右手に持って、弾は喉から頭頂部に貫通してました」

「それ、思い出した。現場は住之江でしたな」

「六畳一間の文化住宅です」

「家主もええ迷惑や」

「尾羽うち枯らした元ヤクザというやつは惨めなもんです」

細田はひとり暮らしだった、と甲野は低くいった——。


午後八時前——。箕面北署の帳場に帰着した。千葉に科捜研でもらったプリント画像を渡して、一日の捜査を復命する。

舘野はパソコンを立ちあげて、メモ帳をそばに置き、報告書の作成にかかった。玉川は椅子にもたれて眼を瞑っている。

それを見て思うのだが、玉川は疲れている。車の中で隣にいるときはシートを倒し気味にしてじっとしているし、なにか食ったあとは口数が少ない。話しかけたら機嫌よく返事をするが、無理をしているのが分かる。そう、大迫事件の発生からほぼ一カ月半、玉川も舘野も休みなく働いている——。

報告書は三十分で書き終えた。

「玉さん、これでよろしいか」

プリントした紙片をデスクに置いた。玉川は眼をとおして、

「けっこうや。漏れがない」

署名し、「いまさらいうことやないけど、たーやんは書類が上手いな」

「ありがとうございます。学生のころは文芸同好会でした」

「ほんまかい」

「嘘です」

四回生の春、全国紙四社のエントリーシートをとり、応募した。二社は書類選考で落ち、二社は一次面接で落ちた。プールバーやレンタルビデオショップのバイトに明け暮れていた学生にはシートに書く経歴がなかった。つきあっていた文芸サークルの麻里は早々と大手印刷会社の内定をとり、なにごとにも考えの浅い舘野には将来の見込みがないと思ったのか、別れを告げられた。そうこうするうちに同期の友人は次々に内定を決めていく。焦った舘野は学生課で大阪府警察官採用案内を閲覧し、選考試験を受けた。合格通知を見たときは、半年間の警察学校での寮暮らしを想像して気が滅入った。

麻里は印刷会社から番組制作会社に転職した。なにかの番組でレポーターをしているのを見たときは思わず声が出た。麻里はいまディレクターだろう、たまにエンドロールで名前を見かける――。

午後九時――。夜の捜査会議がはじまった。千葉が発言する。
「まず、アウディA3や。大阪府内で登録されてるA3のハッチバックは九十台。今日の車《しゃ》あたりで《大阪　3××　み　96-48》に一致する車は発見されてないが、これに似たナンバーで、色が

白のアウディは何台かある。《大阪　3××　と　91-28》、《和泉　3××　は　76-84》、《大阪　3××　む　93-08》、《なにわ　3××　の　92-88》……。この四台については、重点的に車あたりをする」

「ちがうな」玉川がいった。「〝み〟が一致してへん」

「DAISの結果でもそうでしたね」〝み〟は偽装していないだろうと、科捜研の市田もいっていた。

「和泉となにわナンバーもある。……なにか、もうひとつ仕掛けがあるんかもしれん」

「それは……」

「たとえばや。〝み　ナンバー〟は盗難車のプレートで、そこに偽の数字を貼りつけたんかもしれん」

「そこまで手の込んだことしますかね」

「する。この犯人は徹底しとる。車のナンバーから足がつくようなヘマはせん」

「地道に、車あたりをするしかないですね」

「望みは薄いけどな」玉川はうなずく。

「──いちおう、メモしといてくれ」

千葉がつづける。「共和銀行大阪中央支店の〝コバヤシリョウ〟の口座や。現時点で、残高は五千六百八十万三千円。十一月四日に名城商会から振り込まれた二億三千六百八十万三千円がそれだけに減ったということや。コバヤシは十一月五日から今日まで、土日を除くほぼ毎日、三百万から三百五十万を六つの口座に振り込んでる。六つの口座は三協銀行尼崎西支店の髙橋雅博、大同銀行王寺駅前支店の大竹正紘、菱和銀行岸和田春木支店の福井澄郎──」

千葉は六つの口座と六人の名をあげて、「これらの人物は実在する。全員が正規に口座を作って、通帳と印鑑、キャッシュカードを八万から十万で道具屋に売り渡した。彼らはネットの裏サイトで勧誘され、接触したんは銀行近くの路上や。みんな一回だけの対面で相手の顔もろくに見てへんから、道具屋を特定するまでには至ってない。……で、この六つの口座やけど、現在、三協銀行尼崎西支店に二千六百五十万円、大同銀行王寺駅前支店に三千百万円、菱和銀行岸和田春木支店に――」千葉は各銀行の残高を読みあげた。

「コバヤシは共和銀行に口座を作るとき、メールアドレスとか書いてないんですかね」所轄の捜査員が訊いた。

「あのな、口座作成にいちいちメールアドレスが要るんやったら、アドレスのない人間は預金なんかできんやろ」千葉がいうと、

「コバヤシは毎日のように共和銀行からほかの六つの口座に振込をした……。そこを叩くことはできんのですか」後ろの若手捜査員が訊いた。

「それはわしも考えた。共和銀行大阪中央支店にアクセスして振込操作をしたコバヤシのＩＰアドレスが分からんことにはどうもならん」

千葉は本部サイバーセキュリティ対策室に捜査を依頼したが、コバヤシは海外の複数のサーバー経由でネットワーク上に入ったらしいと分かっただけだった――。

「切れるな」玉川がいった。

「切れますね」と、舘野。

「それも半端やない」

「確かに……」

「強盗に入って、ひとを射殺するようなやつがＩＰアドレスまで隠蔽するような工作ができるんですか」舘野たちと同じ疑問をもったのか、さっきの捜査員がいった。

「なにがいいたいんや」千葉は捜査員を見る。「マネーロンダリングです。大迫を殺した実行犯にはコバヤシリョウという共犯者がおる、という可能性です」

「君の指摘はおもしろい」

千葉はうなずいて、「けどな、この事件《ヤマ》はどうやら、単独犯なんや」

「それは……」

「今日の昼前、六つの口座から現金五十万円ずつが引き出された」

一課班長の清水がいった。「ＡＴＭは天王寺区悲田院町のローソンと天王寺区大道三丁目のセブン‐イレブン。両店とも玉造筋に面してる」

捜査陣にざわめきが広がった。

「ローソンとセブン‐イレブンのパーキングに白のアウディは」玉川が訊いた。

「形跡はない。防犯カメラにも映ってへん」

「ふたつのコンビニの距離は」

「六百メートル」「ローソンで三つの口座から百五十万円、同じくセブン‐イレブンで百五十万円がおろされたと千葉はいい、

「画像がある。二枚ずつ持っといてくれ」

プリントした画像を各テーブルに配った。前から送られてくる。

ローソンとセブン‐イレブンの画像を見た。グレーのジップパーカにスリムジーンズ、黒い手袋、男はグレーのワッチキャップに黒いマスク、縁の太い茶色の眼鏡をかけている。肩幅が広く、胸板が厚い。身長は百七十五から百八十か。その風貌は大須の紫金と駐車場で撮られた映像と一致している。

「同じやつや」千葉がいう。「こいつが大迫を殺して金塊を強奪し、名古屋で売って、天王寺で現金にした」

「ＡＴＭで一日におろせる限度額は五十万。犯人《ホシ》はこの調子で明日からも金をおろしにかかるやろ」

清水がつづける。「悲田院町のローソンと大道のセブン‐イレブンを含めて、近辺のコンビニ、銀行のＡＴＭに網を張った。犯人がＡＴＭにキャッシュカードを挿した瞬間、この帳場に報せが来る」

「邀撃《ようげき》や」千葉が引きとった。「帳場から二十人、機捜から二十人の応援をもろてＡＴＭコーナーを張る。ふたり一組で二十カ所。割り振りをいう」

千葉は邀撃捜査の人員と配置を発表した。

玉川と舘野は菱和銀行寺田町駅前支店のＡＴＭコーナーだった。

21

十一月十八日――。玲奈と亀山が事務所を出るのを待って服を着替えた。上着を脱いでワイシャツの上にジップパーカをはおり、ズボンを脱いでジーンズを穿く。ワッチキャップを被り、眼鏡とマスクをつける。靴もスポーツシューズに履き替え、薄手のウインドブレーカーを入れたウエストポーチを腰に巻いた。札入れの中には六枚のキャッシュカードがある。

エレベーターで地下駐車場に降りた。駐輪場のクロスバイクの鍵を外してスロープをあがり、阪和恒産ビルを出た。

玉造筋、大道のセブン‐イレブンには十分で着いた。昨日、金をおろしたから、もし張りをかけられるとしたら、この店とこの周辺のコンビニが危ない。――が、ここが安全なら、大阪市内のどこのコンビニでも金を出しつづけることができる。

セブン‐イレブンのパーキングには入らず、近くの胃腸病院にクロスバイクを駐めた。錠をかけて、玉造筋にもどる。

四車線の道路の南側を歩きながら北側のセブン‐イレブンを見た。パーキングの車は三台。ミニバンと軽自動車にひとはいないが、右隅に駐められたシルバーのワゴンに男がふたり乗っている。

おかしい――。ぴんと来た。男がふたり、なにをするでもなくコンビニのパーキングでじっとしているようなことがあるだろうか。

電柱の陰に入り、ワゴンのようすを見つづけた。ふたりの男は話をするふうもなく、ただじっとしている。シートを倒して休んでいるふうでもない。ワゴンをパーキングの端に駐めて目立たないようにしているのも気に入らない。

電柱のそばを離れた。玉造筋のパチンコホールに入ってスロットをする。こんな博打のどこがおもしろいのかと、あくびをしていたらメダルが出た。それも五百枚ほど。金に換える気はないのでつづけていたら、一時間もかかってメダルはなくなった。

セブン‐イレブンを見とおせる電柱のそばにもどった。ワゴンはまだ駐まっている。男ふたりのようすに変化はない。

激撃だ。もうまちがいない――。

歩道を引き返した。セブン‐イレブンを大きく迂回して胃腸病院にもどり、クロスバイクに乗って国道25号を西へ向かった。

走りながら考えた。なぜ手がまわったのか――。

共和銀行の口座だ。名古屋の名城商会でインゴットを売ったことがばれている。となると、紫金で撮影された防犯カメラの映像も警察は入手している。

そう、大須の駐車場にもカメラがあった。アウディも撮影されたかもしれない。

阿倍野の事務所にはアウディで通っているが、今日を最後にしようと決めた。買取業者に売るのはリスクがあるからガレージに駐めておく。シャッターをあげなければ、アウディが人目に触れることはない。

ミナミ——。阪神高速環状線を抜けた食品スーパーの駐車場にクロスバイクを駐め、革手袋をつけてファミリーマートに入った。ＡＴＭコーナーにひとはいない。

大同銀行のキャッシュカードを挿して出金操作をした。五十万円をウェストポーチに入れ、三協銀行のカードを挿した。

＊　＊

スマホが振動した。清水だ。

——舘野です。

——いま、金がおろされた。六つの口座から三百万。

——どこです。

——難波センター街。堺筋から西へ入ったファミリーマート。

——我々はどうしたらいいですか。

——現場へ行け。今日はもう、金がおろされることはない。

——了解です。

「なんやて……」

「難波センター街のファ、ミ、マです」

シートベルトを締める。玉川と舘野はアウディを現認すべく、菱和銀行のパーキングで張っていた。

「昨日は天王寺、今日はミナミかい」

「明日はキタですかね」

パーキングを出た。国道25号を西へ行く。


難波センター街——。ファミリーマートの前に須藤と箕面北署の捜査員がいた。

「どう？」声をかけた。

「カメラの映像を見ました。同一人物です」

グレーのジップパーカ、ジーンズ、黒のウェストポーチ、グレーのワッチキャップ、黒いマスク、茶色の縁の眼鏡、黒い手袋——人相着衣とも、昨日の画像と同じだった、と須藤はいい、「いま、メモリにコピーしてもろてます。……見ますか」

「いや、すーちゃんの説明で分かった」

「この店は昼間、店長とスタッフのふたり態勢です。ふたりとも男を見てないというか、ATMコーナーにおったことも憶えてません」

「ま、そんなもんやろ」コンビニのスタッフは忙しい。よほど変わった客でないと気にもとめていないだろう。

「男が店内におったんは九分です」

入店は十四時二分、出たのは十四時十一分、と須藤はいう。

「手際がええな」男は九分で六つの口座から三百万円を引き出したのだ。

「金はウエストポーチに詰めてました」

昨日、男はウエストポーチを腰に巻いていなかった。今日はジップパーカのポケットが膨らむのが嫌だったのだろう。

「たーやん、地取りや」玉川がいった。

「そうですね」舘野はセンター街を見まわした。そこここの店先やアーケードのそばに防犯カメラが取り付けられている。

「すーちゃん、おれと玉川さんはここから東をあたる」

防犯カメラを指さした。「ほかにも応援が来たら、西をあたるようにいうてくれ」

いって、須藤のそばを離れた。

＊　＊

難波センター街から戎橋筋《えびすばし》、人込みの中を歩いて、なんばマルイに入った。ウエストポーチから紺色のウインドブレーカーを出してジップパーカの上に着る。ウエストポーチは肩から斜めがけにしてウインドブレーカーの下に隠した。

マルイの西口から出て御堂筋を南へ歩き、髙島屋へ。なんばシティを抜けて阪神高速環状線の高架を西へくぐり、食品スーパーの駐輪場に駐めていたクロスバイクに乗った。

六時五分前――。玲奈と亀山が帰ってきた。

「ご苦労さん。どうやった」

「ごめんなさい。ダメでした」玲奈がいう。

「気にするな。おれは今日、クライアントに会って仕事を受けた」

「今晩、ネットに広告を載せます」自宅のパソコンでする、と玲奈はいった。

「ああ、頼む。楽しみだ」玲奈の書いたコピーは読んだ。過不足がなかった。

お先に失礼します――。一礼して、亀山が出ていった。玲奈も帰り支度をする。

「牧内さん、頼みがある」

「なんでしょう」

「君は車を持ってるな」

「持ってますよ。軽自動車」マンション近くのパーキングにタントを駐めている。めったに乗らない、と玲奈はいった。

「おれのアウディ、買い換えるんだ。次の車が来るまで一週間ほど、牧内さんの車を貸して欲しいんだけど、いいかな」

「いいですよ。一週間でも十日でも」

「ありがとう。じゃ、明日はタントに乗ってきて、フィットで帰ってくれるかな」

「所長はフィットに乗らないんですか」

「フィットは牧内さんたちの営業車だから」

「分かりました。じゃ、明日はタントで来ます」

玲奈はスポーツシューズをアンクルブーツに履き替えて帰っていった。

＊　＊

夕方、帳場から清水が来て、二十人を超える捜査員が中央署の会議室に集まった。

「——難波センター街周辺の防犯カメラをあたった」

全員を見まわして、清水がいう。「マル被がファミマを出てからセンター街を西へ歩いて戎橋筋に入るところまでは捕捉できたけど、そこから先が分からんのや。……なにせ、人通りが多い。戎橋筋を北へ行ったら道頓堀、センター街をまっすぐ行ったら御堂筋、南へ行ったら髙島屋で、南海電車の駅もある。地下街に入ったら近鉄や地下鉄の駅もあるし、防犯カメラでマル被を追うのは無理やな」

「口座をとめることはできんのですか」機捜の捜査員がいった。

「それはない。口座をとめたら、マル被に気づかれる。銀行に手がまわってるとな」

「邀撃はつづけるんですね」須藤がいった。

「つづける。いまは邀撃がいちばんの捜査や」

「地域は」

「ミナミ。人員を天王寺駅周辺からこっちに移す」

「対象がミナミとなると、地域が広すぎませんか」

「マル被がカードを挿したら、いっときも早う現場へ走れる態勢をとる。今日は天王寺を張ってたから集合が遅れた」

清水はポスター大の地図を広げた。クリップでホワイトボードにとめる。「頭に入れてくれ。明日の人員配置や」

地図は難波から心斎橋周辺のＡＴＭの設置場所を蛍光ペンで囲っていた。

午後七時──。捜査会議は終わった。

「珍しいですね、こんなに早いのは」

玉川にいった。「なにか食うて帰りますか」

「ちょっと待て」

玉川は手で制して、清水のところに行った。「班長、ひとつ頼みがあるんですわ」

「なんです」清水は玉川より後輩だから、口調は丁寧だ。

「大迫事件以降、白のカローラを売買したか、廃車になったケースを洗いましたよね」

「ああ、陸事に依頼しました。大阪ナンバーのカローラセダン。五台ほどあがったかな」

「その五台のリスト、見せてくれんですか」

「リストは帳場にあるけど、……狙いはなんです」

「犯人がカローラを下取りに出してアウディを買うた事例がないか、確認したいんです」

「それは洗いました。最近、白のアウディA3スポーツバックを買うて大阪ナンバーをつけたケースはね」

当該の車は二台。所有者は摂津市と八尾市に居住する三十代の女と六十代の男だった、と清水はいい、「所有者ふたりについては調べをして、怪しい点はないと判断してます」

「対象車は正規のディーラーが売った新車ですか」

「摂津の車は新車で、八尾は中古車でした」

二台のアウディに下取り車はなかった、と清水はいう。「なにか、ひっかかることがあるんですか」

「いや、なんやしらん、気になるんですわ」

玉川は下を向き、視線をもどして、「班長、明日一日、わしと舘野を邀撃から外してくれんですか」

「それは」

「カローラを売買した自動車屋に込みをかけたいんです」

「玉川さん、込みはかけてます」

「その込みは、コバヤシリョウの画像を手に入れる前ですよね」

「ああ、そうですね」

「自動車屋はコバヤシの画像を見てないということですな」

「そのとおりですが、業者には再度、込みをかけるつもりです」

「すんません。そこをわしらに任してくれんですか」

「分かりました」

清水はひとつ間をおいて、「リストは明日の朝、お渡しします」

「ありがとうございます」

玉川は清水のそばを離れた。「——わるいな、たーやん。勝手なこというた」

「いや、邀撃よりは込みのほうが好きです」

「さて、なに食お」

「なんでもいいです。つきあいますわ」

今日は朝から寺田町駅前の菱和銀行で遠張りをしていた。パーキングに駐めた車の中で口に入れたのはハンバーガーとカフェオレだけだった。

「ここはミナミや。ちぃと、ええもん食うか」

玉川は考えて、「ステーキと鰻やったら、どっちや」

「ステーキです」

「よっしゃ」玉川は拳を振った。「わしが勝ったら鰻、たーやんが勝ったらステーキを食う。そして払いをする」

「そういうことなら、負けを希望します」

ジャンケンをした。玉川はグウ、舘野はチョキだった。

「わしはな、鰻を食いたかったんや」

玉川は負け惜しみをいった。

＊　＊

十一月十九日──。朝、玲奈がタントに乗って出社した。箱崎はタントのキーを受けとり、玲奈は亀山が現れるのを待って事務所を出ていった。

箱崎は服を着替えた。昨日と同じ、ワッチキャップ、茶縁の眼鏡と黒マスク、ジップパーカとジーンズ、スポーツシューズ、ウインドブレーカーを詰めたウエストポーチを身につけて地下駐車場に降りる。ふたつの契約区画にアウディとフィットはなく、代わりに赤のタントが駐められていた。

赤か──。赤い車は目立つ。街中《まちなか》を走っている台数が少ない。

期待外れだったが、タントに乗って駐車場を出た。

えびす町入口から阪神高速環状線にあがり、出入橋出口で降りた。Uターンして高架下の市営駐車場にタントを駐め、梅田新道まで歩いてタクシーを停めた。

梅田、阪急グランドビル近くでタクシーを降りた。グランドビル一階の大同銀行に入り、十台ほど並んだATMの前に立つ。三協銀行のキャッシュカードを挿して五十万円を引き出した――。

＊　＊

堺市深井の『オートパーク花輪』を出て車に乗ったところへ、スマホのメッセージの着信音が鳴った。画面をタップして開く。

《キャッシュカード使用。10・36〜45。北区角田町―阪急グランドビル1F　大同銀行。担当員は至急集合されたし》

「玉さん、犯人《ホシ》が金をおろしたみたいです」

「なんぼや」

「十時三十六分から四十五分となってるから、三百万でしょ」

「たーやんのいうてたとおりやな。天王寺、難波、梅田と、賑やかなとこを選んどる」

「この調子やと、大阪中に網張らんとあかんですね」

「大阪だけやない。神戸、京都、奈良、賑やかなとこは危ない」

玉川はいって、「犯人はひょっとして邀撃に気ぃついてんのとちがうか。でないと、こんなに毎日、金のおろし場所を変えたりせんやろ」

「キャッシュカードをとめるべきですか」

「いや、犯人は必ず尻尾を出す。わしは犯人を泳がせとくほうがええと思う」

玉川はシートベルトを締めた。「次はどこや」

「河内長野ですね」ナビを見た。「西之山町の『コスモス』」

今日は清水からもらったリストのうち、南大阪の買取業者から込みをかけている。

舘野はエンジンをかけて駐車場を出た。

コスモスは河内長野市役所に近い外環状線沿いにあった。けっこう広い敷地に国産車、輸入車が五十台ほど駐められている。軽自動車は扱っていないようだ。

事務所の前に車を駐めて、降りた。玉川がドアを引く。

「こんちは」

「いらっしゃいませ」スーツの男がいった。立って、カウンターに来る。

「すんません。警察です」

玉川は手帳を提示した。「箕面北署の玉川といいます」

「相勤の舘野といいます」舘野も手帳を見せた。

「ちょっと教えて欲しいんです」

玉川がいう。「先週の十一月十二日、白のカローラセダンを買い取りましたか」

「ああ、買い取りましたね。うちに名義変更したのが十二日やったと思います」

「名義変更は先週の金曜……。買取りはいつでした」

「先々週の土曜やなかったですかね。うちは一週間以内に名義変更をするようにしてますから」

男の反応は早い。さっきの『花輪』のスタッフはぼんやりしていたが。

「カローラは持ち込みでしたか。出張買取りでしたか」

「持ち込みです。きれいな車でした」

「その持ち込んだひとやけど、これ、見てください」

玉川はコバヤシリョウの写真を出した。カウンターに置く。「こんなひとでしたか」

「そうですね……」

男はしばらく写真を見ていたが、「似てますね。体格と顔の造りが」

「ほう、そうですか」玉川の声が高くなった。

「でも、髪型がちがいます。こんなに長くはなかったし、額が広かった」

眼鏡をかけていたが、黒縁ではなく、レンズに薄い色がついていたという。

「この頭、ヅラとみてます」

「そうか、そうですよね。……なんか、不自然です」

「スポーツ刈りでしたか。柔道選手みたいな」

「はい、いわはるとおりです。大きいひとでした」

「身長は」

「ぼくと同じくらいか、ちょっと高いか……。ぼくは百七十五です」

「ということは百七十五から百八十くらい……」

「ですね」

「齢は」

「四十代……。五十かな」

「失礼ですが、お名前は」

「宮田です」

「失礼ついでに、名刺もらえんですか」

「あ、どうも……」

宮田は名刺を出した。《コスモス河内長野　マネージャー》とある。玉川は名刺をメモ帳に挟んで、

「カローラの買取価格は」

「百五十万円でした」

それが査定額だったと宮田はいい、「――新車登録は一昨年の秋ごろで、走行距離は一万二千キロほどやなかったですかね」

「その金は振り込んだんですか」

「いえ、現金をお渡ししました」

「速戦即決ですな」

「この業界はね」車の買取りは現金取引が普通だと、宮田はいった。

「カローラはワンオーナー車でしたか」

「そこまでは分かりません」

「カローラを買うたときの委任状とか印鑑証明書はないんですか」

「ありません。書類は名義変更をするとき、陸事に差し出しますから」

カローラは名義変更後、業者オークションで売ったという。

「となると、直近の所有者の名前は陸事に行かんと分からんのですな」

「いえ、控えをとってます、車検証の。あとで先方に名義変更済みの報せをしますから」

報せは封書でする、と宮田はいい、キャビネットからファイルを出してきた。カウンターで繰る。

「――これですね」と、指をおいた。

車名は『トヨタ』、自動車登録番号は《大阪　5××　ひ　4307》、所有者の氏名又は名称は『箱崎雅彦』、所有者の住所は《吹田市江坂町7丁目2－9－405》だった。

「電話番号は」

「控えてません」

「たーやん、カローラのナンバーは」

「はい……」メモ帳を開いた。「《大阪　5××　ひ　43-68》です」

「それや」玉川の表情が一変した。いままで見たことのない真剣な眼だ。

舘野も首のあたりが冷たくなった。微かに膝が震えている。そう、《大阪　5××　ひ　43-―》までが一致した。犯人はプレートの〝0〟と〝7〟に〝6〟と〝8〟を貼り、ナンバーを偽装して犯行に及んだのだ。

「ありがとうございます」玉川は宮田に低頭した。「この控え、コピーをとってもらえますか」

「はい……」宮田はコピー機の前に行き、用紙を持ってもどってきた。

玉川と舘野はもう一度、礼をいい、コスモスを出た。


外環状線を北へ向かった。

「やりましたね」

「やったな。蟻の一穴から土手が崩れた」

「カローラが堺や和泉ナンバーでない理由が分かりました」

そう、吹田は大阪ナンバーだ。「しかし、なんで吹田在住の人間が河内長野まで車を売りに来たんですかね」

「分からん。足がつきにくいと思たんかもしれんし、南大阪に土地勘があるんかもしれん」

玉川は小さくいい、「そこ、入ってくれるか」

舘野はファミレスに入った。パーキングに車を駐める。玉川はスマホを出した。

「——北原さん、玉川です。——立ち入ったことを訊くようやけど、ヤリスの調べはどこまで進んでますかね。——はい、そうですな。——いえね、こっちもアウディの車《しゃ》あたりをしてたんやけど、犯人が金をおろしよったんですわ。コバヤシリョウの共和銀行の口座から大同銀行や三協銀行に躱した金をね。——で、昨日から邀撃ですねん。今日も梅田で三百万おろしよったから、帳場があたふたしてますんや。——了解です。ほな、また」

玉川はスマホを膝に置いた。「栗東署はヤリスの車あたりをつづけてる。対象地域を富南《とうなん》市全域から河内長野、河南町《かなんちよう》、大阪狭山に広げて、な」

「カローラのことをいうたら、びっくりしますよね」

「まだや。北原さんにはわるいけど、そこまではいえん」

玉川はまた、スマホを手にとった。

「——管理官、玉川です。——カローラを売った人物を割りました。河内長野の『コスモス』いう自動車屋です。箱崎雅彦……。人相、体格も似てるという証言を得ました。——住所は〝吹田市江坂町7丁目2‐9‐405〟です。——〝箱〟は〝ボックス〟、〝雅〟は優雅の〝雅〟です。——齢は四十後半から五十です。——そう、こいつですわ。まちがいないと思います。——いや、ほんまです。ここに箱崎雅彦名義の車検証があります。——管理官、どうしました。——それと、もうひとつ、富南と河内長野近辺の自動車屋で白のヤリスを売買した記録がないか、陸事に問い合わせてもらえんですか。——なにかしらん、気になるんですわ。——はい、待ってます」玉川は電話を切った。

「千葉さん、なにをいうたんですか」訊いた。

「いやな、箱崎の名前をいうた途端に、千葉さんが黙ってしもた。なんか、変やったな」

「ひょっとして心あたりがあるんですかね、箱崎いう男に」

「そんな感じがせんでもなかった」

玉川はドアハンドルに手をかけた。「ここで待と。陸事の回答が出たら電話が来る」

車を降りて店内に入った。窓際に席をとり、玉川はアイスレモンティー、舘野はコーヒーを頼んだ。


二十分後、着信音が鳴った。玉川のスマホだ。

「千葉さんや」

玉川はディスプレイを見た。舘野はメモ帳を広げた。

「――三件ですね。――羽曳野市西浦の『甲陽モータース』、富南市旭が丘の『プライム』、堺市南区の『相互カーズ』……。了解です。――あ、それと、箱崎雅彦のデータ、とれましたか。――そうですか。込みの結果はまた連絡します」

玉川はスマホを置いた。

「箱崎のデータ、とれたんですか」

「分からん。いま、確認してる」玉川は伝票を手にとった。

「ジャンケンは」

「わしの奢りや。わしが誘うた」

「ごちそうさんです」

「お大尽と呼んでくれ」

玉川は席を立った。

車に乗り、メモ帳に書きとった甲陽モータース、プライム、相互カーズをナビに入れた。〝甲陽〟と〝プライム〟は外環状線、〝相互〟は泉北2号線沿いだった。

「どこから行きます」

「千葉さんは『相互』から行け、というた」

「指示が細かいですね」

「どうもな、千葉さんのようすがおかしい。いつもとちがう」玉川は訝《いぶか》る。

「ま、行きましょ」

駐車場を出た。

ナビの誘導は小代《こだい》橋の交差点近くで終了し、相互カーズに車を乗り入れた。展示場の車は三十台ほどか。白のヤリスを眼で追うと、展示場の出入口近くに駐められていた。

幟《のぼり》を左右に立てたプレハブの事務所に入った。

いらっしゃいませ――。茶髪の女が顔をあげた。ピンクのフレームの眼鏡をかけている。

「警察です」玉川が手帳を提示した。

「舘野といいます」

頭をさげた。「すんません、ちょっと訊きたいことがあります。よろしいか」

「はい、いいですよ」女はにっこりした。

「最近、白のヤリスを買うて名義変更したことはないですか」

「あ、買い取りましたよ。名義変更もしました」

和泉市の陸事にヤリスを持ち込んだのは自分だと、いった。

「あそこに駐めてるヤリスがそうですか」展示場に眼をやった。

「はい、そうです」

「失礼ですが、お名前は」

「小森といいます」

「小森さんが陸事に行かれたんはいつでしたか」

「今週です。水曜日」

「一昨日やないですか」

「ですね」キャリアカーでヤリスを検査場に持ち込み、新しいナンバープレートをつけて封印してもらったという。

「大きいキャリアカーを運転できるて、すごいですね」

「慣れたら普通のトラックといっしょです」小森が運転できるのは車を一台だけ積載するキャリアカーだという。

「買い取った車を廃車にせずに名義変更する理由はなんですか」

「車検です。登録を抹消したら車検を継続できません」

「そうか、また一から新規で車検を受けるのはめんどいんですね」

「そのとおりです」小森ははきはきしている。愛想がいい。

「いつ、ヤリスを買い取ったんですか」

「月曜です。今週の」

「前の所有者は」

「誰やったかな……」

小森は額に手をあてて、「そう、箱崎いうひとでした」

一瞬、ぴくりとした。言葉が出ない。顔がこわばったのが、自分でも分かる。

「ヤリスは持ち込みでしたか」玉川が訊いた。

「いえ、出張買取りです」ネットの買取サイトで査定をしたという。

「箱崎さんの自宅か会社に行ったんですか」

「行ったのは矢野といいますけど、今日はお休みです」

「小森さんは箱崎さんに会うてないんですね」

「ごめんなさい。会ってません」

「箱崎さんのフルネームと住所、分かりますか」

「分かります」

小森はいって、車検証の写しを持ってきた。

《自動車登録番号　大阪　５××　さ　４０１２》
《所有者の氏名又は名称　箱崎雅彦》
《所有者の住所　吹田市江坂町７丁目２‐９‐４０５》——だった。

「これ、コピーしてもらえませんか」舘野はいった。

「差し上げます。もう一枚ありますから」

「いただきます」紙片を折ってメモ帳に挟んだ。

「矢野さんに話を聞きたいんやけど、お家に行ってもよろしいかね」玉川がいった。

「いいと思いますよ」

小森はスマホを出した。「——あ、小森です。——いま、刑事さんが事務所に来てるんです。——

買取りしたヤリスのことで、矢野さんに会いたいって。——じゃ、そうします」

小森は話を終えた。「矢野さん、パチンコしてます」

「どこですか、ホールは」

「原山台のクロスモールです。……ていうか、ここからやと、クロスモールに行くまでの右側に『DOMS』ってパチンコ屋さんがあります」

「ありがとうございます。DOMSに行きます」舘野は深々と頭をさげた。

「矢野さん、キャップを被ってるそうです。『ボストン』の」

「了解です」

小森の声を背中に聞いて事務所を出た。

「たーやん、えらいこっちゃぞ」

「ほんまですね。箱崎の名前を聞いた途端、心臓がトクンとしました」

「わしは血圧があがった」

「滋賀県警がひっくり返りますわ。……北原さんには」

「いや、あかん。わしはさっき、千葉さんに口止めされた。箱崎云々はマル秘や」

大阪と滋賀にまたがる強盗殺人——。日本中のメディアが飛びつくだろう。広告代理店元社長の射殺というだけであれほどの扱いになった事件に、新興宗教の宗務総長殺人事件が重なれば、その衝撃は計り知れないものになる。

「栗東署の帳場はヤリスの車《しゃ》あたりをしてるんでしょ。なんぼやっても無駄やないですか」そう、相互カーズの展示場にある白のヤリスは和泉ナンバーに替わっている。

「しゃあない。あとで北原さんには恨まれるわな」

つぶやくように玉川はいい、シートベルトを締めた。

22

原山台——。『DOMS』に入った。電子音がうるさい。赤い光が眼を刺す。どのシマにも客は三、四人しかいない。

「パチンコがオワコンというのはほんまですね」

玉川とふたり、通路を歩く。

「なんや、そのオワコンいうのは」

「終わったコンテンツです」

「そら、そうやろ。パチンコてなもんは胴元だけが金を吸いあげる博打や。年寄りと婦女子が歩いて行ける街中《まちなか》に賭場がある国は日本だけやで」

「玉さんはパチンコせんのですか」

「いやというほどした。若いころはな。笊《ざる》の底が抜けたみたいに負けた」

「なんでやめたんです」

「よめはんに殴られた。眼から星が出て、眼が覚めた」

「そら、よかった」

「わしにはできすぎたよめはんや」

玉川は立ちどまった。「あれやろ。あの帽子」

玉川の指さす先に、黒いキャップを後ろかぶりにした男が座っている。赤い『B』のマークはML

Bの〝レッドソックス〟だろうか。

「矢野さんですか」

そばに行って、玉川が声をかけた。男は振り向く。

「箕面北署の玉川いいます」

「舘野です」

ホールの中だから手帳は見せない。「さっき、小代橋の展示場に行きました」

「ご苦労さんです」

矢野はハンドルから手を離した。「――で、ヤリスがどうかしたんですか」

「ヤリスの出張買取りです。箱崎雅彦さんに会いましたよね」

「ああ、家に行きました」

グレーのジャージにクロックスふうのサンダル。矢野は四十代半ばだろう、そばで見ると、けっこう齢を食っている。

「箱崎さんの住所は」

「車検証の住所は吹田市やったけど、引取り先は富南でしたわ。御山台の一丁目やったかな」PLの祈念塔が見えたという。

「どんな家です」

「住宅街の、けっこう大きい家でしたね。敷地は七、八十坪。スペイン瓦というんか、黄土色の瓦と白い壁の二階建でした」

「ヤリスはカーポートに駐めてましたか」

「カーポートやない。ガレージの前の車寄せです。ガレージは半地下みたいになってて、シャッターが降りてましたか」

「ガレージは広そうでしたか」

「シャッターに幅があったし、車二台は駐められるでしょ」

「家に入りましたか」

「いや、車寄せで話をしました」

「箱崎さんは、このひとですか」

大須の駐車場で撮られた画像を見せた。矢野はしばらく見つめていたが、

「身体つきと顔の感じは似てるけど、はっきりとはいえませんわ」

「髪がちがうんでしょ」

「そう、スポーツ刈りでした」

「柔道選手みたいな？」

「そのとおりです」長身でがっしりしていたという。

「どんな話をしました」

「事務的な話です。譲渡書と委任状と印鑑証明書とヤリスのキーを受けとって現金を渡しました」

「買取価格は」

「百五十六万円です」ヤリスを運転して小代橋に帰ったという。

「車に乗って行かんかったんですか。御山台に」

「引き取りのときは電車で行きます。南海の金剛駅から十分ほど歩きました」

「ほかに憶えてることはないですか、箱崎さんのことで」

「そうですね……」矢野は少し考えて、「葉巻を吸ってました」

箱崎は葉巻を吸う——。喫煙者だ。大迫邸の台所に残されていた煙草の吸殻が脳裏に浮かんだ。

「ほかになにか、印象に残ったようなことはなかったですか」

「特にないですね。書類を受けとって、金を渡して、車を運転して帰っただけです」

「ヤリスはどんな状態でした」

「きれいでしたよ。傷や凹みはなかったし、車内にはゴミひとつなかったです」

会社に帰ったあと、ヤリスを洗車してワックスをかけ、車内を清掃した。陸事でナンバープレートを交換してから展示場に駐めたという。

「清掃は徹底的にしたんですか」

「シートの隅からフロアマットの裏まで掃除機をかけました。ダッシュボード、インパネ、コンソール、シートもみんなクロスで拭きました」

「我々がヤリスを検分するのは可能ですか」

「それって、指紋とか採るんですか」

「おっしゃるとおりです」

指紋は無理かもしれないが、箱崎の毛髪一本でも採取できればDNAを検出できる。

「テレビのドラマみたいですね。『科捜研の女』」

矢野は笑った。「OKです。協力します」

「ありがとうございます。明日にでも、矢野さんあてに鑑識から連絡します」

「科捜研やないんですか」

「箕面北署の鑑識係です」

「箱崎さんて、なにをしたんですか」

好奇心にかられたのか、矢野は訊いた。「ヤリスが盗難車やったりしたら、めんどいやないですか」

「その心配はありません」

玉川が手を振った。「せやから、今日、我々が来たことは、厳に内密に願います」

「はい、誰にもいいません」

神妙な顔で、矢野はうなずいた。


富南市御山台一丁目――。スペイン瓦に白壁の家はすぐに見つかった。碁盤状に整然と区画された住宅地の角家で、東側が生垣を巡らした玄関、北側がバス通りに面したガレージだった。矢野から聞いたとおり、ガレージは半地下で幅広のシャッターが閉じられ、玄関右の門柱には《箱崎》と刻まれた黒い石の表札が埋め込まれていた。

「どうします。張りますか」

「さてな……。家ん中にひとはおらんみたいや」

「張ってたら、家人の出入りがあるはずです」

「その前に家族構成を知りたい」

「交番ですね」

車を停めた。ナビで交番の所在を調べる。一キロほど離れた御山台消防署の西にあった。

交番の前に車を駐め、中に入った。電話をとる。富南警察署につながった。身分をいい、署員に来てもらうよう依頼した。玉川も車を降りてきて交番の椅子に腰かける。

ほどなくして、カブに乗った制服警官が現れた。

「わざわざ呼びつけて申し訳ないです。箕面北署の玉川です」

「府警本部の舘野といいます」

手帳を提示した。制服警官は地域課の安井といい、ヘルメットをとった。短い髪が白い。

「早速やけど、我々は御山台一丁目の箱崎雅彦さんを調べてます」

玉川がいった。「家族構成を教えて欲しいんですわ」

「箱崎さん……」

安井はボードにとめた住宅地図のそばに行った。「ああ、この家ね、独り住まいやなかったかな」

いって、デスクの抽斗に鍵を挿した。巡回連絡簿を出して広げる。

「このひとにはいっぺんも巡回カードを出してもろたことがないですな。……けど、近所のひとに訊いて〝独居〟と判断してますわ」職業も年齢も分からない、と安井はいう。

「いつから住んでるんですか」

「平成二十七年です。前の住人は井上いうひとです」

「六年前に引っ越してきたんですな。井上さんから家を買うて」

「そうですやろ。御山台に賃貸の家は少ないし」

「なんぼぐらいですか、あの家を買うたら」

「土地が八十坪やったら、坪三十万で二千四百万。家は大きいから二千万ほどですか」

「四千四百万……。けっこうな値段ですな」

「ま、このあたりの家はね」

「箱崎さんを見たことありますか」舘野は訊いた。

「巡回カードを渡したときに会うたと思いますけどな」

「どんなひとでした」

「わるいけど、憶えてません」御山台には六百戸を超える住宅があるという。

「箱崎さんの車は」

「それもね……」

安井は連絡簿を見て、「カーポートに車があったら車種やナンバーを書いとくんやけど」すまなそうにいった。

「いやいや、ためになりました」

玉川がいった。「御山台の家の登記はどこの管轄ですか」

「法務局の富南支局です。近鉄の富南西口駅を東へ行った旧街道沿いですわ」

「了解です。ありがとうございました」

玉川は一礼し、腰をあげた。

「次は法務局ですか」車に乗った。

「登記簿や。箱崎の家の権利関係と金銭関係が摑める。四千四百万もの家を抵当も入れずに買うたとは思えんし、ひょっとしたら、箱崎は井上いう人物から家や金を借りてるんかもしれん」

「そういえば、箱崎の住民登録は吹田の江坂ですね」

「印鑑証明は吹田でとってる。せやから、カローラもヤリスもアウディも〝大阪ナンバー〟なんや」

玉川の調べには隙がない。法務局で登記簿を閲覧するというような発想は、舘野にはなかった──。

帳場に帰着したのは午後五時だった。千葉が手招きする。デスクのそばに行った。

「話がある。ついて来い」

千葉は低くいい、ファイルを持って廊下に出た。講堂横の予備室に玉川と舘野を招き入れてドアを閉めた。

「ま、座れ」

千葉はパイプ椅子を広げて腰かけた。玉川と舘野も長テーブルを挟んで座る。

「堺の相互カーズ、行ったか」

「行きました」

「どうやった」

「相互カーズにヤリスを売ったんは箱崎雅彦でした」

「やっぱりな」千葉は驚かなかった。

「管理官は知ってたんですね」

「陸事の回答でな。ヤリスの所有者が箱崎雅彦から相互カーズに変わってた」

「滋賀県警にはいうたんですか」

「報告した。捜査一課長や。いまは一課長と管理官でとまってるらしい」

「こっちは」

「一課長、清水、松田……。それと、君らふたりや」

「いつ知らせるんですか、帳場には」

「今晩の捜査会議や。君らはようやった」

「ありがとうございます」玉川の表情は硬い。

「それはそれとして、箱崎の住民登録や。吹田の江坂には住んでへん」

「どういうことですか」

「賃貸の1DKや。江坂のマンションはな。毎月六万五千円の家賃を、箱崎は払いつづけてる」

「その理由はなんです」

「分からん。ほんまの居住所を隠したいんか、車を〝大阪ナンバー〟にしたいんかもな」

千葉はいって、「箱崎のヤサ、割ったんやろ」

「割りました。富南市御山台です」

玉川はメモ帳を繰った。「御山台一丁目十五番十七号。登記は平成二十七年の十月、井上哲郎から箱崎雅彦に所有権移転してます」

抵当権設定は、債権額・三千八百万円、債務者・箱崎雅彦、抵当権者・デルタ信用保証株式会社——と報告し、「登記事項証明書のコピーもとってます」

「箱崎の家、見たんか」

「見ました。法務局に行ったあと、四時まで遠張りしました。いまは富南署の盗犯係に張ってもろてます」この報告が終わり次第、御山台にもどって張込みをする、と玉川はいった。

「よっしゃ、それでええ。今日から箱崎には二十四時間の張りをつける」

「ひょっとして、管理官は箱崎雅彦という人物を知ってるんですか」

「なんで、そう思た」

「いや、なんとなく、です。管理官の口ぶりで」

「箱崎はな、元マル暴の刑事《デカ》や」

「ええっ……」玉川の声が裏返った。舘野も千葉を見つめた。

「箱崎雅彦は八年ほど前に府警を退職した。四課の石本班におったこともある。二〇〇三年から二〇〇六年の春までな」

「ということは、鳥取の漂着事件で……」

「そう、箱崎と田内は面識がある。二〇〇五年の鳥取覚醒剤漂着事件のとき、箱崎は九星信教会の田内博之とライトイヤーの海棠汎に込みをかけてる」

「本社で四課の甲野さんに話を聞いたんです。田内と海棠に込みをかけた石本班の刑事《デカ》三人のうち、主任は定年退職、先輩も退職した、というたんは箱崎のことでしたか」

「甲野は箱崎の名前を出しとうなかったんやろ」

「なにか、理由《わけ》があったんですかね」

「不祥事や。箱崎はあほみたいなことをしでかした」

「なにをやったんです」

「ま、聞け」

千葉は長テーブルにファイルを広げた。「箱崎雅彦、四十九歳。昭和四十七年六月十九日生まれ。平成三年三月大阪府立田辺高校卒。平成六年三月、国際経済法科大学経済学部卒――」

同年四月、大阪府警察官拝命。同年十月、泉尾署地域課。平成九年、機動捜査隊。平成十一年、花園署刑事課捜査二係。平成十二年、巡査部長。平成十三年、本部刑事部捜査二課七係。平成十五年、刑事部捜査四課一係（石本班）。平成十八年、刑事部捜査二課六係。平成二十年、警部補。平成二十二年、刑事部組織犯罪対策課。平成二十五年、退職――。

「小学校から高校まで東住吉や。本籍は北田辺。国際経済大は現役で入った」

「東京の大学を出て大阪府警に入るて、珍しいことないですか」

「警視庁より大阪府警のほうが出世しやすいと思たんかもな」

「箱崎は四課と二課が長かったんですな」

「優秀や。二十八で巡査部長、三十六で警部補は、出世も早い。三十八で二課から組対に引き抜かれたときは将来の班長候補と目されてた」

「その幹部候補生がなにをやらかしたんです」

「覚醒剤事犯を偽装した」

「なんですて……」

「わしは今日、監察に行った」

千葉はファイルからコピー用紙を出した。十数枚をホチキスでとめ、横書きの小さい字のところどころに蛍光ペンでラインが引いてある。「——箱崎の記録を逐一調べて、もろて来たんがこれや」

「裁判記録ですか」

「ラインのとこだけ読んだら分かる」千葉は椅子にもたれた。

《判決要旨
宣告日：平成25年10月19日（午前10時）宣告
裁判所：大阪地方裁判所第3刑事部　板垣××（裁判長）、西川××、浅野××
事件：平成24年（お）第3856号　覚せい剤取締法違反被告事件
被告人：長谷田功樹（昭和43年3月生、45歳）＝住所不定、金融業
主文
被告人は無罪
理由の要旨
1　公訴事実

本件公訴事実は、「被告人は、法定の除外事由がないのに、平成23年11月下旬から同年12月5日までの間に、大阪府内又はその周辺において、覚せい剤であるフェニルメチルアミノプロパン又はその塩類若干量を自己の身体に摂取し、もって覚せい剤を使用した」というものである。

2 争点

被告人は、本件公訴事実の期間に覚せい剤を使用していない旨供述する。弁護人は、①仮に何らかの方法により被告人の体内に覚せい剤が摂取されたとしても、逮捕後、強制採尿前に行われた取調べにおいて、警察官から提供され、被告人が苦みを感じながら飲んだお茶に覚せい剤が混入されていた可能性がある、などとして、被告人には覚せい剤使用の故意がない。②強制採尿により採取された尿を容器に移し替える際、医師が立ち会っていないので、その際、尿がすり替えられた可能性が高い。③尿から覚せい剤成分が検出されたとの鑑定書は、強制採尿手続きとそれに先立つ逮捕手続きに令状主義の精神を没却する重大な違法があるので、証拠能力が否定されるべきである、などとして、被告人が無罪である旨主張する。

3 当裁判所の判断の概要

当裁判所は、本件採尿前取調べの際、捜査担当のQ警察官が被告人に提供した飲料の中に覚せい剤が混入されていたために、被告人が意思によらずに覚せい剤を体内に摂取した可能性は、相当な確かさがあるというべきであって、被告人が本件公訴事実の期間に、自己の意思で覚せい剤を摂取したと認めるには合理的な疑いが残ると判断した。

すなわち、Q警察官らは、本件採尿前取調べにおいて、任意採尿を促した際、被告人に、お茶や水を紙コップで合計20杯程度飲ませているところ、そのやり方は、覚せい剤使用の疑いのある被疑者に対する飲料提供方法として、警察の内部規定に反する不適切なものであり、異物混入を防止する手当てが十分になされていなかった。

その上、Q警察官は、被告人に元配偶者の住所を教えたり、取調室において携帯電話機を自由に使用させるなど、複数の不当な便宜供与をしている。

このように、Q警察官による捜査には、適正に行われたことを疑わせる事情が複数存在し、その中には、採尿前の飲料提供という、尿中から覚せい剤成分が検出されたことへの推認に直接影響するものも含まれている。

Q警察官は、本件採尿前取調べにおいて被告人に提供した飲料に覚せい剤を混入していない旨証言している。しかし、Q警察官は上記携帯電話機を被告人に使用させたことを一旦は明確に否認する偽証をするなど、その証言の信用性に疑念を生じさせる事情が種々存在するため、同警察官の証言は、他の証拠により裏付けのある部分以外は到底信用することができない。

他方、被告人供述のうち、本件採尿前取調べの際、Q警察官から提供されたお茶が苦く、Q警察官に文句を言ったという部分は、信用できないとして排斥することはできない。

また、採尿前取調べは約5時間も続けられ、Q警察官による飲料の用意は被告人が見ていない場所で行われ、他の警察官はその状況を特に監視等していなかったし、動画撮影等もされていなかった。被告人の取調べにあたったQ警察官やX警察官は、合計約20杯もの飲料を提供しており、Q警察官において、被告人や他の警察官らに気付かれることなく、覚せい剤を混入する機会がなかったとはいえない。

大阪府警においては、「被疑者取調べの高度化及び適正化推進要綱」が制定、実施されているところ、同要綱によれば、取調べ中の被疑者に対しては、必要に応じて水又は公費で購入したお茶を公費で購入した紙コップにより提供する。ただし、被疑者に覚せい剤使用の疑いがあるなど捜査上の目的から緊急に排尿を促す必要がある場合は、未開封のペットボトル入り飲料水を捜査費で購入し、これを被疑者自らの手で開封させて飲ませるものとする、とされている。
10　結論
以上によれば、被告人が本件公訴事実の期間に、自己の意思で覚せい剤を摂取したと認めるには合理的な疑いが残り、結局、本件公訴事実については犯罪の証明がないことになるため、刑事訴訟法336条により、被告人に対して無罪の言渡しをする。

（求刑　懲役3年6月）》

「この〝Q警察官〟いうのが箱崎ですな」玉川がいった。

「平成二十五年やから、八年前の裁判や」

千葉はうなずいて、「当時の府警上層部はこの事案を極力、隠そうとした。その甲斐があったんか、各全国紙の社会面に小さく載っただけで、後追いの記事もなかった」

「憶えてますわ。本部の刑事が被疑者にシャブを食わせた、いうて噂になってました」

「箱崎は起訴されんかったから、名前が公表されることはなかったけど、検察に大恥かかせた。監察に追い込まれて依願退職や」

「なんで懲戒免職にならんかったんですか」

「箱崎がシャブを混ぜた証拠がない。監察も身内をパクるような恥の上塗りはせん」

「ある意味、妥当な結末ですか」

「監察の第一義は隠蔽や。警察官《サツカン》の不祥事のな」

「箱崎はどこで長谷田を調べたんですか」舘野は訊いた。

「忠岡署や。府警本部の調べ室でシャブを食わせたり、携帯を使わせたり、できるわけがない」

「長谷田はそもそも、シャブの常習使用者やなかったんですか」

「長谷田にはシャブの前科《マエ》がある。箱崎はもちろん、それを知ってた。……けど、間のわるいことに、長谷田は箱崎にパクられる前に忠岡町のヤサの近くで職質に遭うて、尿検査を受けてる。……陰性や。腕に注射痕もなかった」

「箱崎は職質のことを聞いてなかったんですか。長谷田から」玉川が訊いた。

「分からん。たぶん、聞いてなかったんやろ」

「箱崎が長谷田を嵌めたかった理由はなんです」

「それや……」

低く、千葉はいった。「わしがこれからいうことは口外無用や。ええな」

「はい……」玉川は小さくうなずいた。

「長谷田は箱崎のSやった」

「箱崎はSを嵌めようとしたんですか……。そら、ひどい」

「長谷田の本業は闇金や。オレ詐欺の金主でもある」

長谷田が金主をしていたオレオレ詐欺のチームが摘発され、アジトに捜索が入った。掛け子四人が逮捕されたが、チームリーダーは逃走し、グループの全容が解明されることはなかった――。「オレ詐欺チームを潰されて、長谷田は箱崎を恨んだ。それまでさんざ協力してきたのに、この仕打ちはなんや、とな。実際、長谷田はほかのオレ詐欺グループや道具屋や、情報屋のネタを箱崎に流してたし、箱崎は闇金の摘発情報を長谷田に流してたらしい」

「長谷田のオレ詐欺チームを潰したんは箱崎ですか」

「掛け子をパクったんは当時の特殊詐欺対策室やけど、箱崎が関わった可能性はある」

「長谷田は逆恨みしたんですな」

「そのあたりは闇や。いまとなってはな」

千葉は小さく笑った。「――箱崎は長谷田を恐れた。こんなやつを娑婆においてたら危ない、とな」

「危ないから嵌めるというのは世間を……いや、警察組織を舐めてますな」

「箱崎はエースやった。エースがエースであるためにはなんでもする。調べ室でシャブを食わせるぐらいは、箱崎にとって大したことやなかったんやろ」

「無罪になった長谷田はどうしてるんですか」

「消えた」

「まさか……。消されたんやないですよね」

「わしが長谷田やったら、飛ぶ。不良刑事のSをしてたことが裏社会の連中にバレたんやからな」

「なるほどね……。いや、よう分かりました」

玉川はうなずいた。「箱崎がエース級の刑事やったら、いままでの流れに説明がつきます。警察捜査に詳しいし、巧いこと裏をすり抜けてます」

「退職した箱崎はいま、なにをしてるんですか」舘野は訊いた。

「探偵や」

「探偵……」

「阿倍野で『総合探偵社WB』いう探偵事務所を経営してる」

〝WB〟は〝ホワイトボックス〟の略だという。「大阪府公安委員会への探偵業開始届出は平成二十七年の二月、届出証明番号は『第20040019号』や」

「スタッフは」

「牧内玲奈。牧内は平成二十八年三月、探偵業務取扱主任者認定試験に合格してる」

牧内のほかにもスタッフがいるかもしれないが、それは不明だと千葉はいった。

「『WB』の住所を教えてください」

「待て……」千葉はファイルを見た。「――阿倍野区松崎町五の一の十二　阪和恒産ビル七〇三」

舘野は住所を書きとった。

「『WB』の張りは」玉川がいった。

「須藤がやってる。三時ごろから」

「このあと、行ってもよろしいか」

「行け。須藤に合流するか、御山台を張るか、あとは任せる」

千葉はファイルを閉じた。顔をあげて玉川と舘野を見る。「あとひとつ、大事な話をしとこ。わしがこれからいうことはまだ裏をとったわけやないから、決して口外するな。ええな」

「了解です」

「話というのは、さっきのつづきや」

「はい……」

「箱崎に嵌められそうになった長谷田が金主をしてたオレ詐欺グループの全容は摑めんままに終わったけど、グループの尻《ケツ》持ちは判明した。尼《あま》崎の行人会や」

「行人会……。ひょっとして、成尾事件の成尾が企業舎弟をしてた組やないですか」

そう、京橋署の知能犯係、須賀から話を聞いた――。

成尾聖寿は二〇一〇年ごろから行人会組長の野村光男と関係し、経営するマルチ企業『エルコスメ・ジャパン』のトラブル処理をさせていた。成尾には行人会準構成員の西村というガード兼運転手が付いており、西村は成尾の内妻の仲野玲子を、成尾が共同経営する笠屋町のラウンジ『エルグランデ』へ毎日、送迎していた。

「管理官……」玉川はつぶやいた。

「どうした」

「わしはいま、血圧があがってます」

「倒れるなよ」

「箱崎は長谷田と行人会を経由して、成尾の存在を知ってたということですか」

「その可能性は大やな」

「となると、成尾事件も……」

「わしは頭が痛いんや。大迫事件と田内事件はともかく、成尾事件にまで箱崎がかかわってるとなったら、府警本部長の首が飛ぶ」

「けど、箱崎は退職警官やないですか」

「退職した不良刑事に探偵業の鑑札をやったんはどこの誰や。大阪府警察を管理監督する公安委員会やないか」

「いわはるとおりですね」

「府警本部長の役割て、なんや」

「大阪府民の安全を守るんです」

「そんなきれいごとをいうてるんやない」

千葉は額に手をやった。「大阪で警備中の要人が殺害されたり、現職警官が立場を利用して重大事件を起こしたり、世間を震撼させるようなまちがいを犯したときに首を差し出すのが、府警のトップたる本部長の役目やろ」

千葉の言葉で、舘野は認識した。そう、これはほんとうの大事件なのだ。

「大迫事件と田内事件、箱崎は徹底して刑事のころの知識を活用してる。成尾事件は別犯人《ベツボシ》としても、まちがいない、本部長の責任が問われる」

「管理官、被害者の大迫と成尾は詐欺師、田内も似たような怪しい人間やないですか」

「ひとの生命に軽重はない」

「大迫と箱崎の接点はなんです」

「分からん」

「接点もないのに大迫を殺《や》ったんですか」

「箱崎の目的は金塊や。三十キロもの金塊を強奪して換金した」

千葉はいって、「箱崎は情報屋を知ってる。それもひとりやふたりやない。箱崎が情報屋からネタを買うたとしても不思議はない」

「箱崎が使うてた情報屋は」

「まだや。これからの調べや」

情報屋の名前はあがっている、と千葉はいい、「分かったら、行け」

「行く前に、もうちょっと教えてください。箱崎はどんな刑事《デカ》でした」

「箱崎は切れた。あちこちにＳがおって、ネタをあげた」

薬物事犯はもちろん、特殊詐欺から組がらみの暴力事件まで、箱崎のもたらした情報で解決した事件は少なくなかったという。「首なし拳銃も五、六丁は挙げたけど、やり口が露骨なだけに、首を傾げる刑事もまわりには多かった」

「何人ぐらいおったんですか、箱崎のＳ」

「十人ほどはおったらしい」

「そら多い。つきあいだけでも大変ですな。金も要りますやろ」

「箱崎の家は東住吉の地主やった。貸し家も五軒ほど持ってた」

箱崎が三十歳をすぎたころ、不動産業をしていた父親が亡くなった――。「遺産の半分は母親、あとの半分を箱崎と妹が相続した」

「箱崎の相続額は」

「三千二百万。東住吉税務署に問い合わせた。……当時の箱崎の同僚がいうには、急に羽振りがようなって、Ｓとのつきあいも派手になったらしい」

「父親は地主やったんでしょ。箱崎の相続額が三千万とは少ないことないですか」

「母親が家付き娘なんや。父親が養子に入って資産を食いつぶしたらしい。不動産業とは名ばかりの素人商売やったんやろ」

「母親は」

「平野の老人ホームにおる」

齢は七十四歳、認知症がすすんでいる。ホームの担当者によると、箱崎の妹が毎月末、月額利用料の支払いを兼ねてようすを見に来るが、箱崎が来たことは一度もないという。

「箱崎の妹は」

「岸本裕子。四十六歳。奈良の橿原《かしはら》在住」

「箱崎の家族関係は」舘野は訊いた。

「息子がおる」

「よめさんは」

「おらん。別れた。十年ほど前や」

箱崎が組対課にいたころだという。「離婚して、高石の家を出た。引越した先が吹田の江坂や」

「賃貸のマンションですね。七丁目の405号室」

箱崎は二〇一一年から江坂に住み、二〇一五年に富南市御山台の家を買って移住した。住民票は移していない――。

「息子は誠也、よめは真規子。別れたあとの名字は未確認」

「ふたりは高石におるんですか」

「おるはずや。まだ接触はしてない」

「箱崎が遺産を相続した当時の同僚いうのは石本班ですか」玉川が訊いた。

「そういうこっちゃ」

「相棒は甲野さん？」

「ちがう。甲野に限らず、箱崎は班の誰とも親しいつきあいをしてなかった」

「けど、相棒はおったでしょ」

「それが長続きせんのや。誰と組んでもな。石本班のときも組対のときも、箱崎は一匹狼や。唯我独尊、独断専行、主任や部屋長のいうことも右から左や」

「仕事はできるけど、使いにくい……。そういう刑事《デカ》、いてますな」

「君がそうか」

「わしは口と愛想で世渡りしてますねん」

「よういうた。そうやって笑うてられるだけでも大したもんや」

にこりともせず、千葉はいって、「箱崎は一匹狼やけど、シンパはおった。むかしのSもあちこちにおるし、情報屋の知り合いもおる。道具屋にもルートがあるやろ。シンパのなかにはいまもつきあいのある刑事がおらんともいいきれん。せやから箱崎のことは……」

「管理官、わしは愛想がええけど性根がわるい。ネタはとってもほかには漏らさんのです」

「そうや、その性根で行け」話は終わったという顔で、千葉は小さく手を振った。

「失礼します」

玉川は頭をさげて腰をあげた。

予備室を出た。玉川は笑いながら、

「さすがや。警視にまで昇りつめた警察官《サツカン》はいうことがちがう」

「本部長がどうのこうの、ですか」

「要らん心配や。御輿の飾りなんぞ、すげ替える首はなんぼでもある」

「けっこう応《こた》えたみたいですね、箱崎が浮上して」

「あれは千葉さんの本音や。自分の触ってる事件《ヤマ》が本部長の進退に関わるとなったら、さぞうっとうしいやろ」

廊下の端、階段室の灰皿のそばに行った。玉川は煙草をくわえて、

「――けどな、千葉さんはまだなんぞ隠しとるぞ」

「それは……」

「隔靴《かっか》掻痒《そうよう》や。わしが思うに、箱崎と被害者には接点があったような気がする。でないと、千葉さん

があんなに狼狽することはない」

「接点……。どんな接点です」

「調べや。箱崎は現役のとき、大迫の会社を調べて、なにかを掴んだんとちがうか」

「大阪ミリアムとティタンですか」

「箱崎は二〇〇六年から二〇一〇年まで捜査二課や。二〇一〇年に『菊富士』が倒産して、そのころから大阪ミリアムとティタンは坂を転げ落ちはじめた」

「自転車操業に陥ったんですね」

「箱崎は二課や。過払い金返還訴訟を受けてミリアムとティタンの内偵に入っても不思議はない」

「それって、ある話ですね」

玉川の読みは鋭い。箱崎と大迫は面識があったのかもしれない――。「千葉さんはそのあたりのことを隠してるんですか」

「わしは性根がわるい。深読みがすぎるんかもしれん」

「箱崎は『エルコスメ・ジャパン』も事件化しようとしたんですかね」

「かもしれんな。なにせ、箱崎はエース刑事《デカ》や」

玉川は煙草を吸いつけた。「たーやんは甲野さんの携帯番号知ってるよな」

「はい」番号はスマホに登録してある。

「甲野さんに訊いてくれ。箱崎といっしょに、九星信教会の田内に会うたときの状況や」

舘野はスマホを出した。二回のコールでつながった。

――甲野さん、舘野です。

――おう、どうした。

――二〇〇五年の鳥取漂着事件のとき、滋賀の九星信教会へ行った石本班の刑事は三人でしたよね。

――ちょっと待て。さっきも同じことを訊かれたぞ。

――えっ、ほんまですか。

――二時間ほど前や。君んとこの帳場の大将から電話があった。

甲野は千葉にも同じこと――田内に会ったときの箱崎のようす――を訊かれたという。

――いや、すんません。自分はまだ話を聞いてないんです。管理官から。

――主任の三浦さんと先輩の箱崎さんとわしや。田内に込みをかけたんは。

――田内には弁護士がついていたんですよね。

――ついてたな。偉そうにしてた。

――箱崎さんはどうでした。

――箱さんは容赦がない。いつもそうや。相手が誰でもな。

――揉めたんですか。

――揉めた。田内に向かって、宗教人がシャブの金主とはなにごとや、恥さらしやろ、と斬り込んだ。田内は横向いてたけど、いきなり灰皿を摑んで壁に投げつけた。おまえみたいなクズに喋ることはないと、箱さんを罵倒した。

――込みの相手を怒らすんが箱崎さんの戦術ですか。

――あれは戦術やない。持って生まれた箱さんの性格や。歯向かうやつは徹底して叩く。

弁護士があいだに入って口論はやんだという。

――暴力沙汰もあったんですか。

――あったな。被疑者が極道やと、調べ室でぼこぼこにした。わしが止めに入ったんも二回や三回やない。

箱崎は優秀なネタ屋だったが、割り屋でもあったという。

――とにかく、きついんや。箱さんにとって被疑者に人権はない。……ある組長の家に行ったとき、犬が吠えかかった。箱さんは犬を蹴りあげた。犬はキャインともいわずに口から血を吐いた。箱さんは平気な顔や。……わしは箱崎いう男を怖いと思た。

――箱崎さんは同僚に嫌われてたんですか。

――ま、親しい刑事はおらんかったな。

――ある意味、怪物ですね。Sにシャブを食わせたんも、その延長ですか。

――その話、誰に聞いたんや。

――うちの大将です。

――箱さんならやりかねんやろ。わしはそう思たな。

石本班が解散して箱崎が二課へ異動したのは厄介払いでもあった、と甲野はいった。

――箱崎さんと甲野さんはライトイヤーの海棠汎にも込みをかけましたね。

――かけたな。三浦さんと三人で泉南市の総本部に行った。

――そのときはどうでした。

――あのときは平和なもんや。三浦さんが箱さんに釘を刺してたし、同席してた弁護士は元大阪地検の次席や。あんなもんに隙を見せたら、なにをされるや分からん。

――教祖の海棠汎はどうでした。

――金張りの椅子にふんぞり返ってたな。無視や。なにを訊いても反応がない。そのくせ、込みの帰りぎわに箱さんを呼びとめて、君はどこの生まれや、と訊いた。……大阪です、箱さんは答えた。

そしたら海堂は、府警のクズはクズらしい大阪弁を喋れ、と箱さんを罵倒した。

——箱崎さんは大阪弁やないんですか。

——東京弁や。国際経済大を出たんが自慢やった。

——箱崎さんは黙ってたんですか。

——顔が白うなってたな。

その後も調べをつづけたが、鳥取覚醒剤漂着事件に対する田内と海棠の関与を立証することはできなかった、と甲野はいった。

——いや、どうもありがとうございました。ためになりました。

話をつづけていると箱崎にこだわる理由を訊かれる。礼をいって、電話を切った。

「長かったな」

「たくさん教えてくれました」

甲野から聞いた情報を伝えた。玉川は煙草のけむりを吐いて、

「箱崎はサイコパスか」

「サイコパス……」

「感情の一部が欠如してる精神病質者。自尊心過大、良心欠如、子供のとき、犬や猫を殺して解剖したような人間や」

低くいって、玉川は顔をあげた。「須藤に電話してくれるか」

「はい」スマホを操作した。

——須藤です。

——すーちゃん、いま、どこや。

――阿倍野です。

――遠張りやな。阪和恒産ビル。

――自分は玄関を張ってます。

相勤の栗本が地下駐車場に駐めた車の中にいるという。

――おれはいま、帳場や。これから合流する。

――了解です。七時ごろですね。

――箱崎について、いろいろ仕入れた。それを教える。

電話を切った。

「な、たーやん、探偵社と興信所のちがいはなんや」ぽつり、玉川がいった。

「どうなんやろ……。探偵社の調査方法は秘密裏が前提で、興信所は公開資料のみ、と聞いたような憶えはあります」

「それだけか。してることはいっしょやろ」

「似たようなもんでしょ」

素行調査、身辺調査、居所確認調査、取引先信用調査、債務者調査、弁護士の法務補助調査――と、思いつく調査をあげた。「箱崎には警察手帳がない。なにを調べるにも苦労してると思いますわ」

「探偵みたいなもんで食えるんか」

「そうそう食えんでしょ。元刑事でも」

「食えんから強盗《タタキ》をしたんか」

「というより、探偵業は隠れ蓑やないですかね」

「どういうことや」

「悪行を隠すにはうってつけですわ。時間的な融通が利くし、なにを調べるにも探偵という肩書は都合がよろしい」

「なるほどな。むかしのSや情報屋にも渡りをつけやすいか」

玉川は煙草を消した。「――箱崎雅彦。きっちり落とし前をつけたろ」

23

駐車場に降りて車に乗り、箕面北署を出た。国道171号から新御堂筋、南森町から阪神高速環状線に入ったとき、スマホが振動した。須藤だ。車載スピーカーに切り換えた。

――はい、舘野。

――箱崎が車に乗りました。赤のタントです。

このあと、阪和恒産ビルの地下駐車場を出るという。

――先輩はどこですか。

――環状線や。阪神高速の。

――我々はタントを追尾します。箱崎は御山台の自宅に向かうと思われます。

――了解。おれは松原線から御山台に先着する。

電話を切った。

「たーやん、飛ばせ」玉川がいう。

「はい」速度をあげて追越車線に入った。箱崎は松崎町の事務所から一般道を走り、文の里入口から阪神高速に入るはずだから、富南《とうなん》に着くのは舘野のほうが早い。

御山台——。箱崎の自宅を張っている富南署の捜査員に電話した。

——府警本部の舘野です。いま、どちらにいてはりますか。

——バス通りです。箱崎の家から東に五十メートル。シルバーのパッソです。

——箱崎の家に、ひとの出入りは。

——ないですね。窓はみんな暗いです。

電話は切らず、バス通りを西へ走った。パッソが見える。すぐ後ろにシビックを停めた。

——ありがとうございます。ここで引き継ぎます。

——了解です。なにかあったら、電話してください。

パッソは走り出した。舘野は車内から手を振った。

「ここで張りますか」玉川にいった。

「いや、ガレージの中が見たい」

「ほな、北側に移動します」

バス通りを西へ行き、箱崎家のガレージを見とおせる住宅道路に入った。須藤に電話をする。

——いま、どこや。

——外環状です。美浦交差点で信号待ちです。

赤のタントは車を三台挟んだ右折車線の前にいるという。

——御山台まで、あと二、三分か。

——ですね。

——分かった。おれはいま、箱崎の家を張ってる。すーちゃんは離れて追尾してくれ。

エンジンをとめ、リアシートに移った。玉川はシートを倒して腹這いになった。

「もうすぐやな」

「箱崎を見られますわ」スマホを撮影モードにした。

「強盗殺人犯を見るのは初めてや」

玉川は肘をついて上体を起こした。「さぞ非道な顔をしとんのやろ」

その言葉で、舘野は思った。自分は何人の殺人犯を見てきたのだろう――。本部一課に配属されて三年半、多くの殺人事件に遭遇し、被疑者の取調べもしてきたが、連続強盗殺人犯はいなかった。

「刑事というやつは見たくもない人間を見るんですね」

「なにごとにも、初めて、はある……。初任署の地域課主任がそんなことをいうてた」

主任は定年後、大手物流会社の契約社員になったという。「去年、報せが来て、葬式に行った。部下に優しい、ええひとやった」

「玉さんもそうですわ」

「そら、うれしい」玉川は笑った。

七時三分――。バス通りに赤のタントが現れた。箱崎家のガレージの前にフロントを入れて停まる。

舘野はスマホを向けた。

電動だろう、シャッターがあがった。タントのヘッドライトがガレージ内に射し込む。

左に白のアウディが駐められていた。ガレージの床は道路より低いが、そう深くはないのでナンバーは見える。肉眼でははっきりしないが、あとでスマホの映像を拡大すれば分かるだろう。

タントはガレージ内に入った。シャッターが降りる。

ほどなくして、ガレージ右上の窓に明かりが点いた。カーテンが閉まっていて、人影は見えない。

舘野は撮影をやめて、スマホを置いた。

「アウディ、あったな」

玉川はリアシートに座った。「犯人《ホシ》は確定した。大迫殺しは箱崎や」

「箱崎を見たかったです」

ガレージのシャッターがリモート操作でなければ、箱崎はタントの車外に出ていたはずだ。

スマホが振動した。千葉だ。

——舘野です。

——状況は。

——ついさっき、箱崎が自宅に帰着して、ガレージ内に入りました。赤のタントです。

ガレージ内に白のアウディが駐められていた、といった。

——アウディを撮影しました。ナンバーは不明瞭です。

——よっしゃ。その映像を送ってくれ。鑑識で解析する。

——了解です。

——君はどこから張っとんのや、箱崎の家を。

——バス通りの反対側です。住宅道路を北に入ったとこに車を駐めてます。

——分かった。移動せい。バス通りを東へ行け。『こもれび』いうデイケアルームがあるから、そこへ行って、部屋を頼むんや。

千葉は御山台の住宅地図かグーグルアースを見ているようだ。

——部屋代、出るんですよね。

ただ、協力してくださいでは無理だろう。

——予算は一日、一万円。満室でも無理やり頼み込め。

電話は切れた。

「千葉さんか」と、玉川。

「デイケアルームから張りをせいといわれました」

「千葉さんらしい用心やな。車から遠張りしてたら箱崎に気取られると読んだんやろ」

「『こもれび』いうデイケアルームです」

スマホの映像を千葉に送り、運転席に移動してシートを起こしたとき、また着信があった。

――須藤です。箱崎は。

――家に入った。シャッター付きのガレージ。……すーちゃんはどこや。

――バス停です。御山台東一丁目。

――そこにおれ。また連絡する。

電話を切った。


『こもれび』はバス通りの、パッソが駐まっていた地点から二十メートルほど東にあった。プレハブの総二階建で、パーキングは狭い。車が四台も駐まればぎりぎりだろう。

建物内に入った。玄関のすぐ向こうが三十畳ほどのワンルームになっている。リハビリに使うのだろう、体操用のマットを積んだ壁のそばに黒いジャージの男がいた。

「こんばんは」

玉川がいった。「わたし、玉川といいます。箕面北署の刑事です」

「はい、どうも」男は怪訝な顔をした。齢は五十すぎ、かなり肥っている。

「つかぬことをお訊きしますが、この施設は部屋を貸してはりますかね」

「貸してませんよ。老人ホームとちがいますから」

「けど、たくさんのひとがここを利用するんですよね」

「昼間はね。……うちは通所リハビリ施設です」

送迎は午前九時半と午後五時。そのあいだは三十人あまりの利用者と十数人の職員がいるという。

「夜は無人ですか」

「わたし、ひとりです」月水金と火木土、交替で当直しているという。

「オーナーさんですか」

「ちがいます。オーナーは隣のお寺さんです」

「無理な頼みとは思いますけど、二階の一室を貸してもらうわけにはいかんですか」

「昼間だけですか」

「いや、二十四時間です」

「そら、あきませんわ。夜間、ひとの出入りは禁止してます」

「困りましたな」玉川はためいきをつき、首の後ろに手をやった。

「見張りですか」察したのか、男は訊いた。

「そうですねん」

「どこを見張るんですか」

「それはいえんのです」

「余計なことかもしれんけど、住職にいうてみましょか」

隣の双達寺の本堂には二階がある。住職一家が二階の部屋を使うことはなく、仏具を収納する倉庫代わりになっているという。

「そら、ありがたい。ぜひ、頼んでください」
玉川は頭をさげた――。

住職に案内されて本堂の二階にあがった。八畳間と六畳間を襖で仕切っている。仏具の須弥壇《しゅみだん》や鉦、大小の木箱は八畳間に積まれていて、奥の六畳間にはなにもない。南側には窓がふたつ並んでいた。ひとのよさそうな住職は張込みの対象も訊かず、礼金も要らないといった。

「今晩からですか」

「そうですね。お願いします」

「じゃ、なにかあったら声をかけてください」

住職は携帯番号を玉川に告げて階段を降りていった。

「親切なひとですね」

「宗教人のあるべき姿やな」

玉川は窓を開けて雨戸を引いた。「よう見える。ちぃと遠いけどな」

舘野も窓の外を見た。距離は遠いが、高い位置から箱崎家の玄関とガレージが一望できる。築地塀に囲まれた本堂の前庭は五十坪ほどの広さがあり、棕櫚の植込みの後ろは砂利敷きで、三、四台の車が駐められる。本堂と庫裡は別棟だから、遠張りには理想的な環境だ。

須藤に電話した。

――すーちゃん、そこから寺が見えるか。

――見えません。並木が繁ってて。

――そのまま、バス通りを西へ来い。双達寺いう寺があるから中に入れ。シビックを駐めてる。

――寺で、なにしてるんですか。

――お参りや。

本堂へ降りた。


シルバーのマーチが寺に入ってきた。シビックの隣に駐まって、須藤と相勤の栗本が車外に出る。

栗本は箕面北署地域課の刑事だ。

「ご苦労さんです」栗本がいった。栗本は舘野より年上だが、腰が低い。

「今晩から張りに入ります。箱崎はいま、家にいてます」

「道具は」と、須藤。

「このあと、帳場にもどる。鑑識に行って借りてくる」

望遠レンズつきのカメラ、三脚、録画機器――。双眼鏡も要る。

栗本と須藤を連れて本堂の二階にあがった。玉川は窓のそばにいた。

「おう、援軍が来たな」

玉川は振り返った。「君ら、飯は食うたんか」

「ハンバーガー、食いました。車ん中で」栗本がいった。

「わしらはまだや」

「交替します」

「すまんな。そうしてくれ」

玉川は立ちあがった。僧侶が使う金襴の座布団を敷いていた。「なかなかに座り心地がええ。隣の部屋にまだ二、三枚あるから使え」

「罰があたりそうですね」

「わしはあたらへん。日々、功徳を積んでる」玉川は手の甲で腰を叩く。

「帳場に帰りはるんですよね」須藤がいった。

「ああ、いったん帰る」

「千葉さんにいうて、調べてもらえんですかね。箱崎の家の間取りを知りたいんです」

「間取りな……。それはええことに気ぃついた」

ひとつ間があった。「――建築確認やな。申請書には図面が添付されてるはずや」

申請書の提出先は富南市の建築指導課だろう、と玉川はいい、「確認申請書類の存置期間は十五年と聞いた憶えがある」

「それ、ナイスですね。あの建物はけっこう新しそうです」

「今日はもう遅い。……というより、金曜や。図面を手に入れるのは月曜やな」

低くいって、玉川は六畳間を出た。

＊　＊

カーテンを少し開けて窓の外を見た。さっきタントをガレージに入れるとき、左のフェンダーミラーに白い小型車が映ったからだ。車はバス通りの向こう、北側道路の街灯のそばに駐まっていて、リアをこちらに向けていた。見慣れない車だから気になったのだが、いまは街灯しか見えない。

気にしすぎか――。

いや、それはない。いくら用心しても、しすぎることはない。現に、玉造筋のコンビニでは邀撃《ようげき》に遭った。網に引っかからなかったのは、培った経験と警戒心があったからだ。

洋室からガレージに降りた。ウェストポーチから、梅田でおろした現金三百万円と六枚のキャッシュカードを出す。

キャッシュカードを手にして、しばらく考えた。このカードはまだ使える。ATM機に挿した瞬間、銀行のマザーコンピューターに察知され、大迫事件の帳場に通報されるだろうが、三百万円は引き出せる。明日は東大阪、明後日は西宮、明々後日は京都か奈良と移動して行けば、毎日三百万円がおろせるだろうが、長くはつづかない。コンビニのカメラと付近の防犯カメラの映像から足どりと人物が特定され、手錠《ワッパ》がかかる。

そう、金をおろすのは危ない。今日が最後だ――。

梅田の大同銀行で身につけていたワッチキャップとウインドブレーカー、ジップパーカ、ジーンズ、スポーツシューズ、ウェストポーチを鋏とカッターナイフで切り刻み、ごみ袋に詰めた。明日は地域のごみ収集日だが、車寄せには出さない。タントに載せて阿倍野へ行き、文の里一丁目にあるファミリーレストランのトラッシュボックスに捨てるのだ。

一斗缶にジーンズの切れ端を入れ、灯油を注いだ。マッチを擦って落とす。燃えあがった炎の中に六枚のキャッシュカードを投げ入れた。

＊　＊

外環状線を北へ向かった。なに食う――、と玉川がいう。

「なんでもいいです。つきあいます」

「それをいわれると、わしも食いたいもんがない」

「牛丼ですか、うどんですか」

「あれはどうや」

玉川の指さす先に食べ放題の焼肉チェーン店があった。

「玉さん、あの手の焼肉は食い負けしますよ」

「ロースやタン塩ばっかり食うたら元はとれるやろ」

「ですかね……」そんなはずはないだろう。

ウインカーを点けてパーキングに入った。案内板を確認する。食べ放題のレギュラーコースは《90分－4158円》だった。

「あれは、ふたりで、か」

「まさか。ひとり分です」

「高い。一時間半も肉ばっかり食えん」

「やめますか」

「先にジャンケンや」

「どういう意味ですか」

「わしが勝ったら、ここで食う」

「負けたら」

「牛丼」

あまりの勝手ぶりに、笑ってしまった。


外環状線沿いの牛丼チェーン店で、玉川は牛鮭定食、舘野は牛丼と豚汁を食い、阪神高速と新御堂筋を経由して箕面北署に着いたのは午後九時——。帳場にあがると、千葉と眼が合った。玉川とふたり、デスクの前に立つ。

「どうやった、基地は確保したか」

「いや、『こもれび』は断られました」

玉川がいった。『こもれび』を経営してるのは東隣の双達寺で、本堂の二階が倉庫代わりになってます。住職に頼んで、六畳間を貸してもらうことにしました」

「いまは栗本さんと須藤が張ってます」舘野は補足した。

「住職に協力費は」

「要らんそうです」と、玉川。

「とはいうてもな……。一日、二、三千円は払うか」

「そうしてください。こっちも遠慮が要りません」

「このあと、どうするんや」

「鑑識へ行って道具を揃えたら、御山台にもどります」

「そうしてくれ。あとふたりほど、応援をやる」

六人態勢で三交代の張りをする、と千葉はいって、「君らが撮った映像を解析した。アウディのナンバーや」

抽斗からメモを出した。「《大阪　3××　み　26-28》。所有者は箱崎雅彦でまちがいない」

「大須の駐車場の映像に残ってたアウディのナンバーは《大阪　3××　み　96-48》でした」

「〝2〟の上に〝9〟と〝4〟を貼って偽造したんやろ」

「とことん、やってますな」

「ある意味、狂的や。箱崎の警戒心は尋常やない」

「けど、そのガードに穴が空きました」

「あとは物証《ブツ》や。六枚のキャッシュカード。こいつを箱崎が使うたときが勝負や。引きずり倒して手錠《ワッパ》をかけたる」

「大同銀行や三協銀行のキャッシュカードを箱崎に売った道具屋は」

「そいつは別の班が洗うてる」箱崎が現役のころ使っていたSと情報屋をリストアップしている、と千葉はいった。

「年貢の納めどきは近いですね」

「近い。決め手は箱崎の尾行や」

「管理官は箱崎が現役のころを知ってるんですか」

「顔と名前は知ってた。エースや。肩で風切ってた」

箱崎は千葉の五、六期下だが、言葉を交わしたことはないという。「向こうもわしのことは知ってたやろけど、エレベーターでいっしょになっても目礼ひとつせんかったな」

「態度が大きかったんですね」

「身体もデカかった」

「こっちはどうでした」玉川は小指を立てた。

「そこらの調べはこれからや」

「箱崎とSのつきあいは」

「金か……。それも調べる」

さも当然といった顔で千葉はいい、「明日、箱崎は阿倍野の事務所に行くやろけど、深追いの尾行はするな。絶対に気づかれたらあかん。阿倍野にも別班を置いとくから、そこに引き継げ」

「阪和恒産ビルの駐車場で、タントにGPS発信機を付けるのはどうですか」

「それは危ない。あとでトラブる」

GPS追跡捜査にはいま、違法、適法の両論があり、決定的な法制化がなされていない、と千葉はいう。「——阪和恒産ビルの駐車場は私有地か公有地か」

「そら、私有地でしょ」

「GPS発信装置の装着、取り外しに伴って、管理権者の承諾や令状なく私有地に立ち入ることはできん」

「そこですか」

「五年ほど前、わしが一課の班長やったときや。ミナミの半グレが絡んだ強盗《タタキ》事件で、担当の本部係検事に、半グレの車に発信機を付けたいと頼んだ。検事は最後まで首を縦に振らんかった」

「石頭ですね、その検事」

「いや、わしはそれでよかったと思てる。いまはな。誰かれかまわず発信機を付けられるようになったら、日本は警察国家になってしまう」

千葉の言い分はまちがっていない。舘野もそう思う。玉川も黙ってうなずいた。

「もうええか。分かったら行け。箱崎を張れ」

千葉は下を向き、小さく手を振った。


鑑識係に寄り、箕面北署をあとにした。双達寺に着いたのは十一時前——。本堂の二階にあがって三脚付きの望遠カメラと録画機器をセットした。箱崎の家まで距離は七十メートルほどか。

舘野は望遠カメラを覗いた。生垣の奥、玄関灯が点いている。二階の窓は暗い。ガレージの左は台所だろうか、面格子の付いた磨りガラスに棚のような影が見える。

視界を玄関にもどしたとき、赤い光が眼に入った。二階の屋根の下だ。

「玉さん、防犯カメラです。赤外線防犯カメラが付いてます」

「なんやて」

玉川は双眼鏡を手にとった。箱崎の家に向ける。「確かに、付いとるな」

「ガレージの右のほうにもあります」

ブロック塀の端、黒いポールの先にもカメラがあった。

「こいつはヤバいな。わしは箱崎がゴミを出したら回収するつもりやった」

「回収するとこを撮られたら、我々の存在がバレますわ」

早くに気づいてよかった。あの角家のそばには近づけない。

「箱崎の腐れめ、ほんまに尋常な警戒やないぞ」

玉川は金襴の座布団を引き寄せて胡座をかいた。栗本と須藤に、「――張りを代わろ。三時間ずつ四交代でどうや」

「寝るのはええけど、風邪ひきそうですね」栗本がいった。

「警務課にいうて寝袋を持ってきた。車に積んでる」

寝袋は四つ、携帯枕もある、と玉川は笑った。

＊　＊

十一月二十日、土曜日――。いつもより十分早く起きて防犯カメラの映像をチェックし、七時三十分に家を出た。タントを運転して外環状線を北へ走る。赤信号の交差点では早めに停まり、走行車線をゆっくり走ったが、尾行してくる車はなかった。羽曳野インターから南阪奈道にあがり、阪神高速松原線へ。文の里出口で降り、あびこ筋を北へ行く。文の里一丁目の交差点近くのファミリーレストランに入った。このファミリーレストランのパーキング――厨房の裏手にはトラッシュボックスがあることを以前から知っている。

しばらくようすを見てから車を降り、リアハッチをあげてごみ袋を出した。もう一度、周囲を確認し、トラッシュボックスの蓋を開けてごみ袋を捨てる。蓋の上に輪ゴムを置いて店内に入った。

オニオンスープとトマトサラダ、ホットドッグ、コーヒーの朝食をとり、三十分後にパーキングにもどった。輪ゴムはトラッシュボックスの蓋の上にあった。

八時五十分――。阪和恒産ビルの地下駐車場にタントを駐めた。見慣れない車や、中にひとのいる車はない。地階からエレベーターで七階にあがる。出社はいつも九時五分前だ。

「おはようございます」

「おはよう。あの車、よく走るよ」

玲奈はデスクにいた。

「ありがとうございます。所長の車はいつですか」

「今日、現車を見に行く。中古のアバルト」箱崎も座った。

「アバルトって、フィアット500ですよね」

「おれは若いころから小さい車が好きなんだ」

ＢＭＷに買収される以前の英国製ミニは欲しかったが、乗る機会を逸した。ベンツ190Eは真規子と別れるとき、高石の家に置いてきた。

「どうだった、昨日は」

「三件です。ネットの広告を見たっていうひとが」

「ネットは正解だな。君のお手柄だ」

「鶴見と此花です。二件とも盗聴器を見つけました」

「此花のどこ」

「千鳥橋のマンションです」

千鳥橋と伝法は近い。成尾の家は伝法駅のそばだ。

「三件めは」

「橿原のひとでした。話をしているうちに、このひとはおかしいと思って断りました」

被害妄想だろう、と玲奈はいった。

「これからはそういうのが増えるだろうな」

「所長も話をしてみてください。ほんと、変ですよ」

「わるいが、変なのと凶暴なのは、さんざっぱら相手にした。刑事《デカ》のころにな」

「それって、薬物ですか」

「覚醒剤依存がすすむと人格が変わるんだ。暑くもないのに汗をかく。汗の匂いが甘い。顔がカサカサで目尻のあたりが黒ずんでくる。瞳孔が開くから眼がギラギラする」

「怖いですね」

「怖いよ」

電話が鳴った。玲奈がとる。総合探偵社ＷＢです——。話しはじめた。

＊　＊

御山台から外環状線に出たところで尾行をやめた。千葉に連絡する。

——舘野です。箱崎は赤のタントを運転して外環状を北上してます。阪神高速松原線を経由して阿倍野の探偵社に出社すると思われます。

——分かった。阪和恒産ビルの遠張り班に引き継ぐ。

——我々はどうします。

——阿倍野へ行って遠張り班に合流せい。箱崎は今日も、どこぞのＡＴＭで金をおろすはずや。

——了解です。遠張り班はどこですか。

——阪和恒産ビル周辺のコインパーキングに待機してる。車、五台。人員、十二名。おたがい連絡をとって交代しながら追尾せい。

遠張り班の頭は清水班主任の白井、と千葉はいい、電話は切れた。

「玉さん、遠張り班のリーダーは、うちの主任の白井です」

「ああ、あのひとは手堅いみたいやな」

玉川はうなずいて、「白井さんの携帯番号は」

「スマホに入ってます」

「ほな、電話してくれ。白井さんに合流しよ」

玉川はサイドウインドーをおろして煙草をくわえた。

白井は阪和恒産ビルの斜向かい、コインパーキングに駐めた軽自動車の助手席にいた。舘野はシビックをそばに駐めて車外に出た。

「ふたりか」白井がいった。

「ふたりです。玉川さんと」

「須藤と、もうひとりは」

「御山台です。寺の本堂から箱崎の家を張ってます」

「箱崎を見たか」

「ガレージのシャッターがあがってタントが出てくる。シャッターがおりてタントが走り出す。……その光景を撮っただけです」

フロントガラスに太陽光が反射して箱崎の顔ははっきり見えなかったが、黒っぽい上着と白いシャツは確認できた。その服装で、箱崎が出社すると判断した。

「なんや、さっきからニヤニヤして」

「いや、イメージがちがいますね。主任が〝軽〟というのは」

「そこが狙いや。箱崎はタントやし、軽は軽で尾行するのが似合いやろ」

「ほかの車も軽ですか」

「軽が二台、ハッチバックが二台、ミニバンが一台や」

「自分のシビックも入れたら、全部で六台ですね」

「十台でもええくらいや。相手は刑事《デカ》のやり口を熟知しとる」

「赤のタントは」

「八時五十分、ビルの地下駐車場に入った」

駐車場内に遠張りの車は配置していないが、機械室にひとり、一階ロビー奥の階段室にもひとり、捜査員を配置している、と白井はいった。「WB探偵社が契約してる駐車場の区画は12と13や。いまは12にタント、13にフィットが駐まってる」

「フィットは誰の車ですか」

「登録所有者は箱崎雅彦」

午前八時半、シルバーのフィットが区画に駐まった。降りたのは女だった――。「牧内玲奈やろ。探偵社のスタッフ。タントの所有者は牧内や」

箱崎はフィットとタントを交換して牧内のタントに乗っているのだろう、と白井はいった。

「ひっかかりますね。箱崎はアウディを御山台の家のガレージに駐めたままです」

「箱崎の用心やろ。あいつはカローラとヤリスを処分した」

「ということは……」

「アウディも処分するやろな」

「徹底してますね。証拠隠滅」

「所詮は浅知恵や。今日もキャッシュカードを使いよるわ」

そこへ、白井のスマホが鳴った。「――わしや。――そうか。ふたりか。――運転は男か。――いや、ほっとけ。標的《まと》は箱崎や」

いって、白井はスマホを離した。

「どうしました」

「牧内と男がフィットに乗って駐車場を出た。T字アンテナみたいなもんを後ろに積んでるから、営業やろ」

『総合探偵社WB』はネット広告によると盗聴器バスターをしているという。「箱崎は七階の事務所におる。たぶん、ひとりや」

「阪和恒産ビルは防犯カメラ、付いてますよね」

「カメラは一階ロビーと地下駐車場にある。それで二十四時間の出入りが確認できる」

データは昨日、メモリにコピーして回収した、と白井はいった。

「箱崎の尾行は」

「双達寺におる須藤を除く全員でかかる。途中で先頭車両を交代する。……A組からE組。君らはF組や」

「了解です」

シビックにもどった。

＊　＊

玲奈と亀山が出ていくのを待って、箱崎は服を着替えた。スーツの上着をフランネルのジャケット、ズボンをチノパンツ、靴をデザートブーツに替えて事務所を出る。地下駐車場に降りて、タントに乗った。駐車場に人影はない。

＊　＊

スマホが振動した。白井だ。

——箱崎が動きだした。赤いタントが地下駐車場を出る。人着《にんちゃく》はスポーツ刈り、白マスク、灰色のジャケット、ベージュのズボン。

——追尾は。

——A組の園田が先頭や。君はわしの後ろに付け。

白井のアルトがコインパーキングを出た。舘野も出る。

アルトはバス通りからあびこ筋に入った。北上する。天王寺バイパスを渡り、上町筋を行く。車が混んでいるから流れは遅い。

アルトは法円坂交差点を右折した。中央大通を東へ走り、森之宮から高井田へ。第二寝屋川を越えて長田西交差点を左折した。

「どこへ行くんや、おい。この辺りは工場街やぞ」

銀行もＡＴＭもない、と玉川がいったとき、アルトのウインカーが点滅した。道路の左に寄って停車する。舘野も停まった。

スマホが振動した。

――タントはこの先や。二百メートルほど先の中古車ディーラーに入った。展示車は輸入車が多いそうや。

――いまの先頭車は。

――笹井や。

笹井のほかはタントの後ろを外れて舘野たちの後ろにいる。

――このまま待て。タントがディーラーから出てきたら、笹井が追尾する。

白井はいって、電話は切れた。

「どう思います」箱崎は中古車ディーラーにいる、と玉川にいった。

「タントは牧内玲奈の車や。……箱崎は車を売るんやないな。買うんとちがうか」

「次々に替えるんですね、車を」

「金は腐るほどあるくせに新車は買わん。どこまでも用心してくさる」

「箱崎がＡＴＭに行くとしたら、午後ですね」

「今日はもう、金をおろさんような気がするな」

玉川はサイドウインドーをおろして煙草に火を点けた。

24

アバルト500の運転席に座った。シートが身体にフィットする。インパネもスポーツ車らしい雰囲気がある。

エンジンをかけた。排気音が低い。走行距離は一万三千キロだ。試乗したいが、ナンバーがないから公道は走れない。

「どうですか」スタッフが訊いた。

「うん。もらおう」

事務所に入って契約した。タントに乗ってディーラーを出た。


御山台──。ガレージにタントを駐めてシャッターをおろした。玄関にまわって外に出る。メールボックスを見ると、レターパックが入っていた。差出人は東京の伊島だ。回答は週明けだといっていたが、二日早くとどいた。

リビングに入ってレターパックを開けた。資料と現金書留封筒が入っている。封筒の表には伊島の住所と名前、封筒裏の空白には鉛筆で小さく、〝¥300,000〟と記入されていた。伊島はいつもこんなふうに請求額を書いてくる。

ダブルクリップでとめられたA4用紙の資料は右上にナンバー──〝1〟から〝13〟がふってあっ

た。クリップを外して読んでいく。

《海棠汎・湊孝昌。宗教団体『ライトイヤー』主宰者。

①資金源等。

２０１８／05／23　大阪××新聞朝刊

宗教団体関連会社に対し、所得隠し60億円余と認定

大阪国税局は神道系宗教団体として活動している「ライトイヤー」の関連会社である日用品、美術品販売の「ライトコア」に対し、宗教団体として非課税処理された収入は私企業の経理とすべきものであり、これらを所得隠しにあたるとして、追徴課税処分の対象となるとの指摘をした。ライトコアによる所得隠し額は２０１８年３月までの３年間で60億円余り、追徴税額は重加算税を含め約30億円になるとみられる。ライトイヤー側も国税当局から通告を受けたことを明らかにし、国を相手に追徴の無効と損害賠償を求める訴訟を起こした。

裁判資料や関係者によると、ライトイヤーは海棠汎（本名・湊孝昌）氏を教祖に１９８８年に活動を始め、90年にライトコアを設立した。

ライトコアの収入は、ライトイヤーの会員らを対象としたセミナーやイベント会場での「開運祈願の印鑑」、「救霊、除霊の美術品」、教祖の著書などの販売が主という。このため、大阪国税局は「ライトコア社は会社組織による収入を、非課税になる利点を生かすため、宗教法人による収入と装った」と指摘している。

これに対し、ライトコア側は同国税局の査察着手直後から、「当社は法人税法の『人格なき社団』に該当する宗教団体の一部であり、印鑑や美術品の購入者がライトイヤーの会員と教義の理解者であ

ることから、その収入が非課税になるのは自明」と主張。海棠氏が記者会見し、「国税当局は信教の自由を侵害している。徹底して闘う」と表明した。

伊島メモ――。ライトイヤーの公称会員数は約10万人。月会費は正会員3000円、準会員1500円で、年間の会費収入は約15億円。その主たる資金源は会費収入と物品販売、セミナー、イベントなどへの参加料、救霊・祈禱など儀式への参加料などで、合わせると年間50億円を超えるとみられるが、これらは洗脳が解けて脱会した信者が申告した被害であり、実際の被害額は年間100億円を超えるだろう（なお物品の通常価格は、印鑑・30万円、壺・70万円、絵画・80万円。祈禱、除霊など儀式への献金は、海棠教祖が行う場合、最低でも100万円は必要とされており、これら献金はすべて非課税である）。

②政界との関係。

伊島メモ――。海棠は惣田元首相ら大物保守系政治家との関係が深く、多額の政治献金をしてきた。民自党の団体献金窓口に例年3000万円以上を献金し、政治家個人に対してもパーティー券購入で支援、総務省公開の政治資金収支報告書によると、2018年は惣田に「4回・600万円」、中沢一郎に「5回・750万円」、鳥山邦夫に「3回・450万円」等、年間購入額は2000万円を超えている。また国政選挙、地方選挙の際は民自党候補者に対し、投票及び無償の運動員を派遣している（ライトイヤーの選挙支援で特徴的なのは電話作戦――マンションの一室などを借りて、そこから選挙区の一軒ずつに電話をかけて投票を呼びかける。電話作戦は運動員にとっていちばんのストレスだが、ライトイヤーの会員は黙々とこれを行うという）。

③被害報道等。

２０１１／２／17号　週刊ディテール　特集記事より抜粋

ライトイヤーに1億5千万円賠償提訴　夫のガン、息子の交通事故で

夫のガン・悪性リンパ腫を治してあげると知人に勧誘され、新興宗教の会員になったところ、1億2千万円あまりを騙し取られたとして、大阪府内の経営者の妻が先月末、この宗教団体などに対し、慰謝料など1億４９００万円を求めて大阪地裁に提訴した。

訴えられたのは大阪府泉南市に総本部を置く宗教団体「ライトイヤー」。訴えによると、経営者の妻（62）は、ガンで寝たきりになった建築会社経営の夫（68）について、２００７年頃、知人が教団長をしているライトイヤーに相談し、主宰者から「あなたの一家は前世で蝦夷地開拓の屯田兵を指揮していたが、私腹を肥やすばかりで五百人もの開拓民を餓死させてしまった。その責はなによりも重く、餓死してしまった何倍もの人を現世で救わなければ夫の病気は治らない」と言われ、入会して十回あまり除霊祈禱などを受けたが、夫は亡くなり、半年後、会社を継いだ息子（35）が交通事故で重傷を負ったため、教祖自らの祈禱などを受けた。妻は脱会する２０１０年までの間に、教祖の御言葉《みことば》が印刷された「九星天聖教」の掛軸や美術品の購入、カンボジア教団施設建設のための賛助金、先祖供養、地上界と霊界で祝福してもらえる「二界祝福」など、さまざまの名目で献金を強要されたとしている。

ライトイヤー幹部は、「私たちは国が認定した宗教団体であり、人を脅かしたり、不安につけこんで物品の購入を勧めることは一切ない。カンボジア教団施設建設賛助金は提訴者からの申し出を受けたものであり、この種の宗教弾圧ともいえる受難には断固たる姿勢をもって闘う」と熱弁した。

提訴した経営者の妻の代理人の弁護士は、「屯田兵の祟りとは荒唐無稽も甚だしい。オレオレ詐欺のシナリオのような、さまざまなパターンの前世談と脅し文句があるのだろう」と言った。

２０１２／03／04　大阪××新聞夕刊

神戸の主婦が宗教団体を提訴「救霊名目で金詐取」

子供の引きこもりや自身の病気を治してもらおうと新興宗教の会員になったところ、祈禱料などの名目で7千万円余りをだまし取られたとして宗教団体「ライトイヤー」の会員だった神戸市内の会社員（47）と妻（46）が3日、同団体を主宰する海棠汎氏（60）らを相手取り、慰謝料など８８００万円を求める訴えを神戸地裁に起こした。

訴えによると、妻は子供の引きこもりや自身の病気、夫の仕事上のトラブルなどの悩みについて、２００５年4月、同教団に相談したところ、家族ぐるみで会員になるよう強く勧められ、教団のセミナーやイベントに参加するようになった。セミナーの相談会で海棠氏らから「あなたの病気や悩みは水子のたたりのため、その霊を救わないといけない」と言われ、除霊祈禱や「救霊師」資格の取得、神社設立準備金など、さまざまな名目で献金を求められ、退会までの6年間で7千万円余りを教団にだまし取られたとしている。

同団体に対しては前年、大阪府の元経営者の妻が約1億5千万円の損害賠償訴訟を起こしている。ライトイヤー広報室長は「誠意を尽くして対応してきたのに提訴され、驚いている。誤解は解ける」と話している。》

被害報道はこの二件を含めて、玉串料返還訴訟、教団職員七人による地位保全訴訟、セクハラ訴訟など九件あったが、伊島メモによると、五件が和解、一件がライトイヤー側の敗訴、三件が係争中だった――。

「笑止だ……」つぶやいた。騙すほうは詐欺師の集団だが、騙されるほうもどうかしている。ひとはここまで不安や恐怖に弱いのか。脅しに弱いのか。理性が壊れてしまうものなのか。いい齢をした信者はそれで満足かもしれないが、信者二世はどうなるのか。

海棠汎を殺す。教祖の皮を被った詐欺師が現世に存在していてはいけない――。

葉巻を吸いつけて、資料を読みすすめた。

《④教団が訴えた裁判。
伊島メモ――。○ライトイヤー関連の記事に関して、夕刊紙発行元の『日刊昭報社』と編集長を名誉毀損で提訴。棄却。○広洋社を提訴、棄却。○はなわ出版を提訴、棄却。○東京公論社を提訴。請求額1億円に対して判決は11万円。○薔薇《そうび》書店を提訴、棄却――。》これらの詳細は便箋一枚分、十七件あった。

《⑤海棠の日常。
伊島メモ――。ほぼ毎日、移動している。イベントやセミナーの日程と会場は事前に公表されるが、海棠が会場に現れるのは早くても二十分前で、会場までの行程は不詳。これまでも海棠にはSNSによる脅迫や襲撃予告がなされた事例があり、海棠は身辺警護を怠らない。常時、複数のSSと行動をともにしており、宿泊施設は明かさない。ホテル等を予約するときは教団名を明かすが、海棠の名は使わない。

⑥海棠の行動スケジュール。
11／21（日）　松山市道後高原ゴルフクラブにて『MINATOツアー・チャレンジトーナメント』開催（賞金総額3600万円。優勝賞金550万円）。18時より、松山市久米記念ホールにてライイヤー主催のオペラコンサート。海棠出演。
11／22　チャレンジトーナメント（8時〜17時）。
11／23（祝日）　チャレンジトーナメント。16時より表彰式。海棠出席。
11／24　泉南市教団本部にて『アジア宗教平和会議』（会員対象　14時〜17時）。
11／25　イベント、セミナー共に予定なし。
11／26　東京新橋××ホールにて――》

二十六日以降のスケジュールも記されているが、それは無視した。要は直近だ。

二十一日から二十三日まで、海棠は愛媛県松山市にいる。二十一日の夜はおそらくオペラの打ち上げで、そのあとはホテルに宿泊するはずだ。

海棠を襲うのは二十一日の夜か、二十二日の夜、SSが身辺を離れたホテルの一室だ。そのためにはまず、宿泊するホテル――たぶん、松山でいちばんのホテルのスイートだろう――を特定する必要がある。

伊島に電話をした。すぐに出た。

――伊島。

――箱崎。レターパックが着いた。いま、資料を見た。

——電話がかかってくるころだと思ってた。……で、どうだった。

——よくできてる。

——これで食ってるんだ。

——いくつか質問がある。

——訊いてくれ。

——海棠に愛人はいるのか。

——その噂はない。教祖さまには珍しいがな。

海棠には六歳下の華道家の妻がいて、離婚歴はない。子供は四人。孫が七人いる、と伊島はいった。

——跡取りは。

——長男だろう。

長男の湊昌之——四十二歳はライトコアの代表で、ライトイヤーのセミナーを仕切っているという。

——イベントの仕切りはしないのか。ゴルフやコンサートの。

——それは『ＭＩＮＡＴＯエージェンシー』というのがやってる。

ライトイヤーには子会社と傍系会社が十数社ある、と伊島はいった。

——十一月二十一日と二十二日、海棠はどこに泊まるんだ。

——分からん。調べたがな。

——あんたにも分からんことがあるんだ。

——むかしの仲間に訊いたらどうなんだ。つきあいはあるんだろ。

——刑事《デカ》仲間とは一切、縁を切った。……というより、元々、つきあいがない。

——そうか。野暮なことを訊いた。

——ライトイヤーの地方イベントのとき、海棠のホテルを予約するのは秘書室か。

——そう、秘書室だ。

——秘書室長は。

——武石健。

——字は。

——武士の〝武〟、ストーンの〝石〟、健康の〝健〟。

便箋に書き加えた。

——あとひとつ訊きたい。海棠はいまもカジノに行ってるのか。

——行ってる。年に二、三回。今年は春と夏に行ったはずだ。……確認をとろうか。

——いや、そこまではいい。……行ったのはマカオか。

——だろうな。海棠はタイパ島の『ネプチューン』のＶＩＰだ。

——ＳＳは。

——マカオまでは行かない。が、お付きの秘書が同道する。男がふたり。

——分かった。金は今日、送る。

——そうしてくれ。

電話は切れた。スマホを置く。

札入れから金を出して三十枚を数えた。現金書留封筒に入れて封をする。割印は押さず、手書きのサインをして、ジャケットの内ポケットに入れた。

＊　＊

午後三時――。ガレージのシャッターがあがった。赤のタントが出てきて車寄せに停まる。シャッターが降りはじめた。

舘野は白井に電話をした。白井たち追尾班は御山台の月極駐車場や食品スーパー、集合住宅の駐車場などに分散して待機している。

――箱崎が出ました。赤のタントです。

――どっちや。東か西か。

――東です。いま、バス通りを外環状へ向かいました。

電話を切った。須藤と栗本を残して、玉川とふたり、本堂の二階から駆け降りる。前庭に駐めていたシビックに乗って発進した。

三時十分――。白井から電話。

――タントは郵便局に入った。富南《とうなん》の本局や。

富南郵便局は外環状線と近鉄長野線を東へ越えた旧街道沿いにあるという。

――箱崎の着衣は。

――見てない。タントから降りるとこはな。……舘やんはどこや。

――外環です。南に向いてます。

――タントが本局から出てきたら追尾する。舘やんは本局に行って事情を訊け。

――了解です。

スマホを置いて、玉川に報告した。

「まさか、郵便局で金をおろすんやないやろな」

「それはないでしょ。箱崎がゆうちょ銀行に口座を持ってるとは、聞いてません」

「中古車屋に行ったり、郵便局へ行ったり、なにをしとんのや」玉川は舌打ちする。

「探偵らしいことはしてませんね」

白井たちは長田の中古車ディーラーに込みをかけていない。箱崎とディーラーのスタッフが旧知の仲なら、話が漏れるかもしれないからだ。

〝富南郵便局〟をナビに入れた。外環状線を南へ走り、富南西交差点を左折する。近鉄電車の踏切を越えたところで車を停め、白井に電話した。

──箱崎は。

──タントが郵便局を出た。旧街道を北へ向かってる。

車五台、十人で追尾している、と白井はいった。

舘野はまた走りだした。旧街道に入ると、富南郵便局が見えた。けっこう大きい建物だ。

駐車場にシビックを駐め、局内に入った。土曜日の本局はATMコーナーにマイバッグを提げた女がひとりいるだけで、閑散としている。

郵便物受付のカウンターに行った。局員が来る。

「すんません。ちょっと訊きたいことがあります」

手帳を見せた。局員はうなずく。舘野と同年配の男だ。

「ついさっき、大柄な男がここに来たんですけど、応対されましたか」

「大きいひと……。どんな服ですか」

「服装は分からんのです。短い髪で、がっしりしてます」

「ああ、あのひとか。現金書留を受け付けました」

「その書留、見せてくれんですかね」玉川がいった。

「ごめんなさい。いったん受け付けた郵便物を見せることはできんのです」

局員に警戒する色が見えた。当然だろう。

「箕面北署の玉川といいます」

玉川は手帳をかざした。「ほら、本人でしょ」

「確かに……」局員は手帳の顔写真を覗き込む。「巡査部長ですか」

「孫のおる刑事です」

玉川は笑った。局員は笑わない。

「刑事さん、書留はもう、集配ボックスに入ってますねん」

「そうでしょうな」小さく、玉川はうなずいて、「ほな、その現金書留の差出人と宛先、金額を教えてもらえんですか」

「…………」局員は俯いた。躊躇《ためら》っている。

ここで局員に拒否されると面倒だ。警部の清水か、警部補の白井に報告して、捜索差押許可状《ガサ》をとらないといけない。

「すんません」舘野はいった。「現金書留を押収するんやないんです。封筒に書かれてることだけ教えてもろたら、我々の仕事は終わります」

「分かりました……。待っててください」

局員はいって、カウンターの奥に消えた。

「きっちりしとるな」

「はいはい、と書留を持ってくるようではオレ詐欺にひっかかりますわ」

いって、ATMコーナーを見ると、マイバッグの女と眼が合った。舘野たちを胡散臭そうに見るから手を振ってやった。

局員がもどってきた。便箋に手書きで、

《届け先　東京都港区元麻布8－15－21－508　伊島恵一
依頼主　大阪府富南市御山台1－15－17　箱崎雅彦》とあった。

「書留の金額は」

「三十万円です」

「届け先と依頼主の電話番号は」

「依頼主だけ、書いてます」

「教えてください」

「電話、かけるんですか」

「かけません」

「080－4648－41××です」

金額と番号を便箋に書き加えた。四つ折りにしてメモ帳に挟む。

局員に礼をいい、郵便局を出た。車に乗り、千葉に電話をする。

――舘野です。

――どうした。

――白井さんから連絡ありましたか。

――白井はいま、箱崎を追尾してる。そろそろ、御山台やろ。

箱崎は自宅に帰るようだ、と千葉はいう。

――君らも双達寺にもどれ。

——その前に報告です。箱崎は富南郵便局から現金書留を出しました。在中金額は三十万円。届け先は、伊島恵一。東京の元麻布です。

伊島の字と住所、箱崎の携帯番号をいった。

——分かった。伊島恵一のデータをとる。

電話は切れた。

「伊島は前科《マエ》持ちとちがうか」

玉川がいう。「箱崎から三十万もの金を、それも現金で受けとるのは、堅気の人間やない」

「箱崎は伊島からなにかを買うたんですかね」

「どうやろな。伊島が道具屋やったらおもしろい」

最近、裏社会に出まわっている中国製のマカロフやトカレフの値は三十万円前後だと玉川はいった。

双達寺——。前庭に車を駐めて本堂の二階にあがった。須藤と栗本は窓のそばにいた。

「三時四十三分、タントがガレージに入りました」須藤がいった。

「箱崎は富南の本局へ行った」現金書留の経緯を伝えた。

「いまどきの決済は振込ですよね。それをわざわざ書留にした理由はなんです」

「振込は足がつく」

「そうですよね」

「箱崎は鉄砲を買うたんや」

「ほんまですか」須藤は座布団から跳ねた。

「——やったらおもしろいな、いう話や」笑ってしまった。

「今日はもう、閉店休業やろ」

玉川がいった。「箱崎は家から出んと思う」

その言葉どおり、ガレージのシャッターがあがることはなかった——。

＊　＊

ネットで松山市周辺の地図を見た。道後高原ゴルフクラブは奥道後温泉の北西にある。

松山市のホテルを調べた。一流とされているのは五つで、どこも宿泊料は三万円以上だが、うちふたつが飛び抜けて高い。『サンズリゾート奥道後』が一泊八万円から、『ホテル藤堂』が一泊九万円から、と表示されている。

『ホテル藤堂』に電話をした。

——お電話ありがとうございます。『ホテル藤堂』です。

——お伺いしたいんですが、スイートルームはありますか。

——あいにくですが、ございません。

——特別室は。

——申し訳ありません。特別室はございませんが、ほかより広いお部屋はご用意できます。

——一泊、いくらですか。

——十三万円です。

——わたし、『ライトイヤー』の秘書室のものですが、二十一日と二十二日、その部屋を予約できますか。

——かしこまりました。ライトイヤーさま、宿泊されるお客さまのお名前から頂戴いたします。

――いや、すみません。確認して折り返します。

海棠が宿泊するのは『ホテル藤堂』ではない。『サンズリゾート』にかけた。

――『サンズリゾート奥道後』、フロントの和田と申します。

――ライトイヤー秘書室の武石といいます。

――武石さま、この度はありがとうございます。

――予約の確認をお願いします。二十一日と二十二日の宿泊はスイートですね。

――はい。二泊です。スイートルームと、七階に二室を予約していただきました。

――海棠はワンフロアを希望しているんですが。

――武石さま、スイートルームは最上階に一室だけです。

――承知しました。ありがとうございます。

――お待ちしております。

電話は切れた。マウスをスクロールして『サンズリゾート奥道後』の案内画面を出す。最上階の八階が〝ペントハウス・スイート〟となっていた。

＊　＊

午後八時すぎ、清水からの電話があった。伊島のデータがとれたという。

――伊島恵一、六十八歳。情報屋や。詐欺、有印私文書偽造、競売等妨害、談合、威力業務妨害、公務執行妨害等で八件の前科《マエ》がある。年季の入った古狸や。

――収監は。

――詐欺で二年、釧路刑務所。談合と威力業務妨害で一年十カ月、長野刑務所。

伊島は八〇年代から九〇年代にかけて、ゼネコンの社内談合屋だった。

当時、ゼネコンが請ける公共工事はほぼ百パーセントが談合で決まっており、ゴルフ場開発や繁華街のテナントビル建設などの民間工事は地上げ屋が持ち込んでくる案件が多くを占めていた。伊島の上司、柿崎某は業界で名の通った談合屋だったが、バブルが弾けた途端、会社を放逐され、伊島も退職して柿崎とともに企業内談合屋からフリーの談合屋に転身した——。

——九〇年代の終わりごろまでは柿崎の下で食うてたみたいやが、建設業界から談合そのものが消滅していった。師匠の柿崎も死んで、伊島は談合屋から情報屋になった。それまでに作った有象無象のコネクションが役に立ったんやろ。

——伊島は情報屋としてどうなんですか。

——大物や。警視庁は常時、伊島をマークしてる。大きな事件があったときは、ネタを取りに行くこともあるらしい。

——伊島は込みに協力的なんですか。

——んなことは分からん。情報屋というやつは金でしか釣れん。

——伊島と箱崎の接点は。

——それも分からん。箱崎が現役のころ、Sをとおして知り合うたんやないか、というのが千葉さんの意見や。

——なるほど、ですね。

うなずいた。千葉の読みは正解だろう。

——箱崎が現金書留で送った三十万は情報料やろ。その情報を知る術《すべ》はないんか。

——どうですかね……。今日の午前中、郵便局員が箱崎の家のポストにレターパックを入れたところは画像に記録してます。

――それはレターパックプラスか、レターパックライトか。

――青いパックやし、ライトです。

レターパックライトは郵便受けに配達されるから、受取人の印鑑が不要だ。

――箱崎がポストからレターパックを出したんは、長田の自動車ディーラーから帰ったあとです。

――くそっ、箱崎が留守のときにレターパックの差出人を見たかった。

それは違法捜査でしょ――。思ったが、口には出さなかった。

――今日はこのあと、どうするんや。

――遠張りします。箱崎の家を。

――四人交代でか。

――そうですね。

須藤と栗本、玉川と舘野だ。

――それやったら、寝る前に、ひと仕事してくれ。

――なんです。

――箱崎のむかしのSが何人かあがった。そのうちのひとりの所在を確認してくれ。

――そいつの名前は。

――平沢稔《みのる》。住所不定。箱崎が退職した平成二十五年当時はミナミのアメリカ村で占い師をしてた。

占い師が何人もおる『占いの館』や。

――館の名称は。

――分からん。

――平沢の所在をつかんだあとはどうするんですか。

――ヤサを特定するんや。いつでも身柄《ガラ》をとって尋問できるようにな。……ただし、平沢には接触するな。いまも箱崎とつるんでたら、チクられる恐れがある。

――箱崎のSは何人あがったんですか。

――いまんとこ、四人。ヤサが分からんのは平沢だけや。

――了解です。アメリカ村へ行きます。

平沢の齢と犯歴を聞いて電話を切った。

「玉さん、込みです。アメリカ村」玉川にいった。

「おう、分かった」玉川は腰をあげる。

須藤に張りを頼んで階段を降りた。


西心斎橋、アメリカ村――。コインパーキングに車を駐めて三角公園横の交番に入った。当直の警官に訊くと、《占いの館》は周辺に六軒あり、閉店は午後十時が多いという。あと一時間もない。

「特定したい人物は平沢稔、五十二歳。アメリカ村で占い師をしてるという情報があります」令和元年に強制わいせつ未遂で懲役一年、執行猶予三年の判決を受けたことはいわなかった。

「すみません。店名が分からんと……」

警官のひとりがいいかけたが、もうひとりが、

「『リボーン』とちがうかな。あそこは男の占い師がいてますわ」

占い師に男は珍しい。十人に九人は女だという。

「その『リボーン』からまわってみますわ。六軒の場所を教えてください」

アメリカ村の地図をコピーした紙にマーカーで印を打ってもらい、交番を出た。

周防町通を東へ歩いた。二筋目を左へ行く。古ぼけた煉瓦タイルのビルに《リボーン》という袖看板が出ていた。

ビルに入り、ロビーの案内表示を見た。占いは占星術や四柱推命、タロット、手相、姓名判断から風水まである。観相術の部屋の主が《北条稔《ほうじょう》》で、顔写真は中年男だった。

「これやないですか。〝稔〟がいっしょですわ」

「たぶんな」玉川もうなずいて、「人着が見たいけど、ふたりはまずい。たーやん、行ってくれ」

いわれて、エレベーターのボタンを押した。

三階にあがった。狭い廊下に小部屋が四室、並んでいる。《観相術　北条稔》のドアをノックすると、どうぞ、と声が聞こえた。

「こんばんは」部屋に入った。水晶玉の向こうに男が座っている。黒のジャケットに黒のシャツ、幅広のブルーのネクタイがまるで合っていない。白い顎ヒゲの痩せぎす。ロビーの顔写真とは似ても似つかぬ貧相な男だ。

「おたく、チップは」

「なんです……」

「一階にあったでしょ。チップの自販機が」

「チップが見料ですか」

「三十分、五千円」

「買うてきますわ」

部屋を出た。一階に降りる。

「どうやった」と、玉川。

「荒れ野の案山子《かかし》みたいなおっさんですわ。チップを買うてこいというから、ちょうどええ、出てきました」

「よっしゃ。尾行してヤサを割ろ」

「歩きやったらかまわんけど、バイクやチャリンコやったら困りますわ」

さっきの交番でカブとヘルメットを借りてくる、と舘野はいった。


十時すぎ——。白ヒゲがビルから出てきた。黒いダウンコートをはおっている。舘野はスマホで白ヒゲを撮影し、カブを押して尾行した。ヒゲが周囲を気にするふうはない。

ビルから一筋離れた駐輪場に、ヒゲは入った。舘野と玉川は電柱の陰で待機する。

ヘルメットを被ったヒゲが原付バイクに乗って出てきた。舘野はカブに乗って追尾する。

原付バイクは周防町通から四つ橋筋を越え、北堀江に入った。そのまま西へ走って新なにわ筋を渡る。中央図書館の一本南の通りを西へ行き、幼稚園に隣接する集合住宅に入った。舘野は幼稚園の手前でカブを停め、電柱の住所表示を確認して玉川に電話した。

——いま、ヒゲがヤサに入りました。南堀江五丁目の三階建のアパートです。

アパートの名称とヒゲの号室を確認してアメリカ村の交番にもどる、といった。

部屋は1Kか1DKだろう、外廊下と外階段のアパートを撮影し、十分ほど時間をおいて敷地内に入った。階段裏にメールボックスがある。アパートは《あさみハイツ》、302号室の住人が《平沢》だった。

十時三十分――。交番で玉川と合流した。カブを返却し、清水に平沢のヤサを報告して、車を駐めたコインパーキングへ歩く。

「この寒いのに、ひとが多いな。若者ばっかりや」

「ま、アメ村ですからね。昼間、三角公園で若手の漫才師がネタを繰るそうです」

その漫才を目当てに多くの若者が集まると聞く。

「芸人か……。わしの甥っ子が目指してた。大学を二年で中退してな。母親が泣いてた」

「芽が出んかったんですか」

「はっきり、下手や。おもしろいこともなんともない。相方と二回もコンビ別れしたんは性格に難があるんやな」

「いまはどうしてるんですか」

「三人めの相方と結婚して、派遣社員をしてる」

相方は女だった――。

「モテ男くんですね」

「イケメンや。わしによう似てる」

「なるほど」

笑うに笑えないネタを、玉川はいった。

帰途、ドライブスルーのハンバーガーショップに寄り、双達寺にもどったのは十一時半だった。栗本が遠張りをし、須藤は寝袋に入って新書を読んでいた。

「なんや、それ」須藤に訊いた。

「宇宙論です。〝ビッグバン〟」

「おもしろいんか」

「おもしろいけど、ややこしい。寝落ち本ですわ」

「寝落ちする前に食お。温《ぬく》いうちに」

紙袋を畳に置き、栗本にハンバーガーと紙コップのスープを手渡した。ごちそうさんです――。須藤も寝袋から出てきた。

遠張りは単調で辛い作業だが、四人いると、少しは紛れる。栗本は午前一時まで。一時から四時は舘野。四時から七時は須藤、七時からは玉川、とシフトを決めて遠張りをつづけた――。

25

十一月二十一日、日曜日――。

十時に起きて室温を見ると、二十三度だった。エアコンの設定を二十六度にあげ、ジャージにブルゾンをはおって庭に出る。スズメの餌を替え、睡蓮鉢のメダカのようすを見たが、水底でじっとしている。そろそろ冬越しの準備なのだろう。

ミネストローネとサラダ、ベーコンエッグ、グラノーラの朝食をとり、コーヒーを淹れてリビングへ行く。アンプとターンテーブルの電源を入れ、マイルス・デイヴィスをかける。ソファにもたれてパイプ煙草を吸いつけた。パイプは同じ葉を喫《す》ってもそれぞれ味がちがうからおもしろい。

昼すぎまでモダンジャズを聴き、書斎に行った。ノートパソコンを立ちあげて、〝カジノカード〟を検索した。

《カジノカード――――。カジノに入場する際に必要なものではないが、カジノ内でチップを購入するたびにポイントがたまるため、これを作る客が多い。そのポイント高によってカジノやホテルでのサービスが上がり、ＶＩＰカードを持つ客はＶＩＰ専用ルームに入れるなどの特典がある。ＶＩＰカードの発行にはパスポートの提示を求められ、名前、生年月日、旅券番号と写真が登録される。
カジノカードは会員証として客の個人情報を管理するものであり、客のお金の管理とは切り離されているため、クレジットカードからカジノカードへの入金はできない。客がチップを換金し、銀行送金を求めた場合はカジノがカジノカードのＩＤをもとに送金する。》

海棠が『ネプチューン』のＶＩＰカードを持っていることは、ほぼまちがいない。が、海棠のＶＩＰカードやクレジットカードから箱崎のカジノカードへの入金は不可能だと確認した。となると、海棠から教団の経理担当者に電話をさせて、飛ばしの銀行口座にいくら送金させるかが勝負だ。ひとつの口座に億単位の送金をさせると経理担当者が怪しむから、口座は複数あるといい。

道具屋の志岐に電話をした。

――はい、小林さん。

――口座が欲しいんだ。銀行口座。通帳と印鑑。

――キャッシュカードは。

――つけてくれ。

――数は。

――そうだな、五つもあればいい。

――口座が五つ……。お大尽やな。

――値は。

――百万。

――ばか、いえ。

前に買った口座は、ひとつが十六万円だった。

――小林さん、このごろは銀行が警戒しよるんや。そうそう簡単に口座は作れんのやで。

――分かった。明日だ。どこで会う。

――かなわんな。今日いうて、明日かいな。

――一時だ。いつものファミレスに来てくれ。

――文の里の『アイリス』ね。……ほんまにな、人遣いが荒いわ。

ためいきまじりに志岐はいい、電話は切れた。さすがに道具屋だ。銀行通帳はいくつもストックしているらしい。

夜は鮨と赤だしの出前をとった。一日中、外出しなかった。

十一月二十二日――。タントに乗って出社した。九時すぎに玲奈と亀山が外出して、ひとりになる。

二件、電話がかかった。盗聴器調査の依頼だ。玲奈の携帯に転送した。

十二時すぎ、電話が鳴った。

――総合探偵社ＷＢです。

――ネットを見て、お電話しました。相談にのっていただきたいんですが、よろしいでしょうか。

年輩の女の声。言葉遣いが上品だ。

――はい、お聞きします。

――実は、息子が探偵社からお金を要求されて、自分はお金がないものですから、わたしに払ってくれといってきたんです。

――それは、盗聴器調査でしょうか。

――いえ、その、そういうのじゃなくて、電磁波なんです。

――電磁波……。探偵社とは関係ないですが。

――だから、あの、おたくさまではなくて、ごめんなさい、東京の探偵社なんです。

話が読めない。なにをいっているのだろう。

――失礼ですが、おたくさまは。

――服部と申します。

――なぜ、うちに相談されたんでしょうか。

――盗聴器を見つけていらっしゃるので、電磁波にもお詳しいかと思いました。

――つまり、こういうことでしょうか。息子さんが服部さんに黙って、東京の探偵社に電磁波対策を依頼して、その料金を請求されていると。

――おっしゃるとおりです。おたくさまも探偵社ですから、こうしてお話を……。

――待ってください。息子さんは電磁波攻撃を受けた、といっておられるんでしょうか。

――被害妄想やと、思うんですけど。

息子は二十五歳、無職だという。おそらく、引きこもりなのだろう。

――その探偵社から要求された料金は。

――四十万円です。

——払ったんですか。

——いえ、まだです。

——よかった。絶対に払ってはいけません。最近、電磁波対策調査をうたったサイトが跋扈《ばっこ》しています。心神耗弱状態で判断能力が低下しているひとを狙って金を騙しとるんです。

——でも、息子は調査を依頼したそうです。

——よく聞いてください。電磁波調査云々は犯罪です。準詐欺罪です。息子さんがどういおうと、あなたは一円たりとも金を払ってはいけません。……服部さんはどちらにお住まいですか。

——東成区の玉津です。

——だったら、このあと所轄署に電話をしてください。今里署の番号をいいます。

パソコンで電話番号を検索し、伝えた。

——いいですか、服部さん、息子さんとあなたはいま、オレオレ詐欺や還付金詐欺と同種の犯罪被害にあってるんです。今里署の刑事課に電話をして事情を話すんです。なんなら、うちに相談したといってもらってもけっこうです。

——ありがとうございます。ご親切に。……あの、相談料とかは。

——やめてください。わたしまで詐欺に加担したことになる。

電話を切った。いい気分はしない。時間を無駄に使った。

〝今日は直帰する〟とメモに書き、玲奈のデスクに置いて事務所を出た。

＊　＊

タントが阪和恒産ビルから出た、と白井から連絡があった。あびこ筋を南へ向かっているという。

――箱崎の着衣は。

――黒のジャケットにグレーのズボン。眼鏡、なし。帽子、なし。

ATMで金をおろす感じではない、と白井はいった。

――了解です。自分はいま、阿倍野区役所交差点を右折しました。

――そのまま、まっすぐ行け。

今日は六台の車でタントを追尾している。車種は三台が変わり、白井は白のプリウスだ。

また、スマホが振動した。車載スピーカーに切り換える。

――タントがファミレスに入った。阪神高速、文の里出入口近くの『アイリス』。舘野は駐車場に入らずに、あびこ筋で待機。

――了解。

信号の向こうに《アイリス》が見えた。左のウインカーを出して車を停める。

「昼飯を食いに出ただけですかね」玉川にいった。

「気に入らんな。いちいち車に乗ってファミレスに行くか」

「食うたあと、車で行くとこがあるんやないですかね」

「そうやな。それが正解やろ」

玉川はサイドウインドーを降ろして煙草を吸いつけた。

二十分後――。坂上から連絡があった。

――おれに付いて来い。対象は白のBMW。おれと舘やんで追尾する。

――了解です。

シビックを発進させた。坂上が乗っているのはシルバーのパッソだ。パッソのすぐ後ろを追走する。

――ＢＭＷいうのは。

――箱崎はアイリスで、ひとと会うてた。その相手の車がＢＭＷや。

設備工事業者風のツナギを着た杉本が昼食をとる体《てい》でアイリスの店内に入ると、箱崎は厨房近くの席で男と話をしていた。男はテーブルに手提げの紙袋を置き、箱崎から茶封筒を受けとって席を立った。男が店を出て、乗った車がＢＭＷだったという。

――箱崎はまだ店におる。ひとりでパスタを食うてる。ＢＭＷに乗った男は五十すぎで、グレーのスーツの会社員風や。

追尾中、ＢＭＷのナンバーが分かり次第、帳場に知らせて所有者を特定する、と坂上はいった。

「箱崎は取引したんですかね」

「たぶんな。茶封筒の中身は金とちがうか」

「紙袋の中身を見たいです」

「どうせ、ろくでもないもんが入っとるんやろ」低く、玉川はいった。

パッソは西田辺駅前交差点を右折した。府道5号を西へ行き、阪神高速堺線の玉出入口から高架にあがった。パッソを挟んで、前にＢＭＷが見える。

パッソは環状線から池田線に入った。淀川を越えて、加島出口から一般道へ。車の流れがわるくなり、ＢＭＷとの間隔が縮まった。5シリーズのセダンだ。

「このあたりは何区や」

「淀川区ですかね」ナビを見た。「この先の神崎川を渡ったら豊中ですわ」

加島交差点を左折した。バス通りを西へ行く。

山陽新幹線の高架をくぐったところで、ＢＭＷはマンションに入った。パッソはそのままバス通りを行く。舘野もつづいた。

パッソはマンションの西隣の家電量販店に入った。舘野は駐車区画の隣にシビックを駐めて車外に出る。坂上がサイドウインドーを降ろした。

「見たか。マンション」

「見ました。『ドミール西加島』」

玄関前のゲートに表示されていた。「七階建でしたね」

「数えたんか」

「ベランダの数をね」

集合住宅を見ると階数を確認するのが習い性になっている。

「ま、中規模マンションや。部屋数、三、四十の」

「ＢＭＷのナンバーは」

「班長に知らせた。おっつけ、回答が来るやろ」

それで男の氏名、現住所が特定できるだろう。舘野はシビックにもどった。

「こないだからな、洗濯機の調子がおかしいんや」

家電量販店の明かりを見て、玉川がいう。「脱水のとき、ブルブル震えて床がギシギシする。乾燥機のついた全自動を買え、とよめはんにいうんやけど、電気代が高うつくいうて、十年も前のやつを騙し騙し使うとる」

「パンフレットをもろてきたらどうですか。売場に行って」

「この夏にもろた。パンフレットはな。ドラム式の洗濯乾燥機は二十万円ほどする」

「それは高いんですか、安いんですか」

「よめはんには高いんやろ」

「ようできた奥さんですね」

「結婚せい。籍を入れた夫婦というのはええもんや」

「いっぺん、奥さんに会わせてください」

「おう、びっくりするなよ」

「びっくりするほどきれいなんですか」

「あたりまえやろ。わしと似合いや」

似合い、の意味を考えた。分からなかった。


パッソの助手席から坂上が降りてきた。

「連絡が来た。ＢＭＷの登録所有者は志岐彰一、五十四歳。現住所は『淀川区加島５丁目３－６－５０２』。車庫証明の住所も同じや」

坂上はいって、「志岐は道具屋や。横領、詐欺利得、有印公文書偽造、有印私文書変造、有価証券変造、盗品等保管、不正電磁的記録カード所持、譲り渡しで、前歴十回以上。前科三犯。箱崎が首なし拳銃を挙げたときは志岐の名前が取り沙汰されたこともある」

「なんでもありやないですか。拳銃まで扱う道具屋は珍しい」

「箱崎にいわれて仲介したんやろ。志岐は組関係にも顔が利くらしい」

志岐は淡路島の川坂会系三次団体、東照会の密接交際者だと、坂上はいった。

「どうします。このあと」

「『ドミール西加島』に行って、駐車場のＢＭＷと、５０２号室の住人を確認しとけ」

そのあと白井たちの箱崎追尾班に合流、と坂上はいい、パッソにもどって家電量販店を出ていった。

舘野は玉川と《ドミール西加島》へ行った。そばで見ると、建物は古い。白い外壁は薄汚れてクラックが目立った。植栽も伸び放題だ。

「分譲か、これは」

「みたいですね」賃貸マンションなら入居者募集の表示がどこかにあるはずだ。

ルーフの波打った自転車置場の脇を抜けた。裏の駐車場はけっこう広い。区画は三十ほどあり、右奥にＢＭＷが駐められている。確認して、玄関にまわった。

一階、エントランスに入った。右の壁にメールボックス、奥に二基のエレベーターがある。《５０２》のプレートは《志岐》だった。

「各階に四室……。七十から八十平米の３ＬＤＫか」

「そんなとこでしょ」舘野が住む大正駅近くの古マンションは五十平米の２ＤＫだ。

「道具屋の家族構成を知りたい」

「賃貸なら簡単やのにね」

「交番か」

「悪党が巡回連絡に協力してるとは思えんです」

「しゃあない。区役所へ行くか」

「行きましょ」志岐は住民登録をしているだろう。

マンションを出た。

＊　＊

ガレージに降りて、アウディのナンバープレートを偽装した。〝2〟を〝8〟に、〝8〟を〝2〟に変えてクリアラッカーを吹きつける。新しいナンバーは《大阪　3××　み　86－22》だ。Nシステムに捕捉されるのを避けるため、赤外線カットナンバープレートカバーも装着した。

シャベルを持って庭に出た。紫陽花の根方の枯葉をどけて土を掘る。三十センチほど掘るとプラスチック製の道具箱が出てきた。箱は週刊誌大で厚みがある。蓋を開けてビニール包みを出し、空箱は埋めもどして枯葉をかけた。

ビニール包みを階段に置いて風呂場に行った。シャワーを浴びて身体を洗い、服を替える。ボクサーパンツにグレーのカーゴパンツ、黒のソックス、黒のTシャツ、黒のトレーナーに濃いグレーのジップパーカをはおった。着替えた服はすべて無地だ。

ビニール包みを持ってガレージにもどった。布テープで三重に包装した袋を開いて拳銃とホルスター、フォールディングナイフを取り出す。

鈍色に油光りした拳銃はPB。ロシア製マカロフに外付けサプレッサーが装着されている。牛骨の柄に収納されたナイフの刃渡りは十二センチだ。

ウエスで銃の油を拭い、マガジンをリリースした。弾は五発、装塡されている。確認してマガジンをもどした。

玲奈に電話をした。

――おれだ。いま、どこ。

――島本町です。

――ご苦労さん。おれはもう社を出た。メモを残しておいたが、今日は直帰する。

――お疲れさまです。

――それと、明日は出社しない。内密の調査だから、電話をしないでくれ。

――わたしと亀山くんも明日は出社しません。

――そうか。明日は祝日だったな。

――明後日は出社されるんですか。

――そのつもりだ。予定が変わったときは、こちらから連絡する。

電話を切った。スマホの電源をオフにして、テーブルの抽斗に入れる。

午後四時――。拳銃とナイフ、ナイロンロープ、結束バンド、布テープとコートをバックパックに詰め、飛ばしのスマホと革手袋をポケットに入れてアウディに乗った。シャッターをあげる。エンジンをかけて外に出た。

＊　＊

「ガレージのシャッターがあがりました」須藤がいった。

舘野と玉川は階段を駆け降りて本堂から出た。シビックに乗る。スマホが振動した。白井だ。

――アウディや。箱崎はアウディに乗ってる。

御山台から外環状に向かっている、と白井はいう。

――了解です。追尾します。

――杉本の後ろにつけ。白のワゴンＲや。

ワゴンＲは百メートルほど先を走っている。舘野はアクセルを踏み込んだ。

白井から続々と情報が伝わる。箱崎の着衣は濃いグレーのジップパーカ。眼鏡はかけていない。アウディA3のナンバーは《大阪　3××　み　86-22》。本来のナンバーの《26-28》を偽装したようだ。

「箱崎は金をおろすんですよね」

「今日が勝負や。どこぞのATMに行くんやろ」

「ひとつ気になります。なんで、タントやないんですか」

「そこや。わしもちぃと気に入らん。赤い車はヤバいと思たんかの」

「奈良とか京都とか、他府県に行くんですかね」

「それにしても、いちいち車を替えるのが妙や。軽四でも奈良や京都には行ける」

玉川は自分の言葉を呑み込むようにうなずいた。

ワゴンRは羽曳野入口から南阪奈道に入り、阪和道を経由して近畿自動車道を北上する。

「目指すは京都か。第二京阪道に入って」

「ですね」

ワゴンRはしかし、第二京阪道路には入らなかった。近畿道をまっすぐ行く。

門真《かどま》から守口、摂津、ワゴンRは吹田インターから中国自動車道に入った。

「おかしいぞ。どこへ行くんや、箱崎は」

「神戸ではなさそうです」

箱崎の目的地が神戸なら、阪神高速の神戸線か湾岸線を使うはずだ。

スマホが鳴った。

――ワゴンRと下村のデミオを追い越して、前に行け。

――下村さんの前は。

――わしや。白のソリオ。

このあとの追尾班の構成を確認した。ノートを先頭に、セレナ、パッソ、ソリオ、シビック、デミオ、ワゴンRの七台となる。総勢十五人。車の色はすべて白かシルバーだ。

＊　＊

神戸ジャンクションで中国自動車道から山陽自動車道に入った。龍野西サービスエリアでオムレツとパスタの夕食をとる。コーヒーを飲んでレストランを出たときは、日が暮れていた。

車に乗り、スマホで龍野から松山までの所要時間を調べた。三時間九分だった。いまは六時だから、九時すぎには松山に着く。想定より一時間ほど遅いが、よしとした。海棠を襲うのは日付が変わってからだ。

＊　＊

双眼鏡でアウディの運転席を見た。箱崎の顔が明るいのはスマホを見ているからだろう。レストランから出てきた箱崎の着衣はグレーのジップパーカにグレーのカーゴパンツ、黒のブーツだった。

アウディが山陽自動車道に入った時点で、追尾班は箱崎の目的がATMで金をおろすことではなく、ほかのなにかだと見ている。

アウディのヘッドランプが点いた。サービスエリアを出て行く。ソリオがアウディの後ろについた。

捜査陣はアウディを追った。箱崎からは尾行車のヘッドランプしか見えないだろうが、白井の指示で車列を交替しながら追尾する。

アウディは尾道からしまなみ海道に入った。

「おいおい、どこへ行くつもりや」

「終点は今治ですね。愛媛県」

「四国に渡って、なにをするんや」

「よからぬことでしょ」

箱崎はアウディのナンバーを偽装し、オービスや覆面パトカーに捕捉されないよう、車の流れにのって走っている。そう、やつの目的は犯罪だ。

「わし、しまなみ海道は初めてや」

玉川はウインドーに顔を寄せた。「ええ景色や。島がシルエットになってる」

「月は」

「見えん。まだ出てないんやろ」

海は凪いでいる。漁船のあかりがちらほら見えるという。「なにを釣っとんのかのう」

「イカとかタチウオとちがうんですか」

「たーやんは釣りするんか」

「子供のころです。親父と淡路島へ行って夜釣りをしました」

タチウオ狙いだったが、アオリイカがたくさん釣れた、といった。

「わしはフナしか釣ったことがない。近所のため池のフェンスを乗り越えてな」

アオサギが来る池にはコイやフナがいると玉川はいい、ペットボトルの茶を飲んだ。

＊　＊

しまなみ海道を渡り、今治市内に入った。国道317号を南へ向かう。

交差点の赤信号で停まったとき、後続車のヘッドランプが妙に遠いように感じた。五メートルは離れている。普通、そんなに間隔はとらないだろう。

ルームミラーをじっと見た。白い小型車だ。男がふたり乗っているのが気に入らない。

信号が青になった。前のトラックが発進し、箱崎もつづいて交差点に進入する。

交差点の半ばでウインカーを点け、右折した。白い小型車は右折せず、直進していった。

箱崎は東へ二百メートルほど走り、三叉路を左へ入った。ついて来る車はない。

過敏だ。神経が尖りすぎている——。が、それでいいと思った。

コンビニのパーキングに入ってナビを検索した。今治から松山へは国道317号と国道196号がある。196号を走って奥道後へ行くルートを入力した。

＊　＊

白井からの連絡があった。アウディを失尾したという。

——別名《べつみょう》の交差点や。アウディは急に右折した。

——気付かれたんですか。尾行に。

——いや、そんなふうやなかった。

アウディの後ろには下村のデミオがついていたが、咄嗟の判断で直進した。デミオの後続車は坂上のパッソだったが、あいだに数台の車を挟んでいたため、アウディの右折には気付かなかったという。

——自分はどうしたらいいんですか。

——３１７号をそのまま南へ行け。アウディを見つけるんや。

——どこまで行くんですか。

——３１７号の終点は松山や。

——その先は。

——八幡浜。宇和島。

——やみくもに走るんですか。

——あほいえ。眼を皿にしてアウディを探せ。

Nシステムによるアウディの追跡を帳場の千葉に依頼した、と白井はいって電話は切れた。

「Nシステムて、映像を解析するんやろ」

玉川がいった。「撮影から解析まで、どれくらいの時間がかかるんや」

「警部補とか警部の有資格者がシステムにアクセスして車のナンバーを入力したら、瞬時に、いつどこを通過したと照合できるみたいですね。オービスのように車の速度までは分からんけど、Nシステムの下を手配車両が通過したら、カメラに連結されたコンピューターがナンバーを読み取って、数秒後には検問中の警官の携帯端末に知らせが来るんでしょ」

「そんな仕組みがあるんやったら、端から尾行なんぞせんでもええやないか」

「玉さん、コンピューターが箱崎に手錠《ワッパ》をかけることはできんのです」

前を走る軽トラックを追い越した。白いパッソが走行車線にいる。坂上の乗るパッソだった。

＊　＊

《奥道後》の交差点を右折し、五百メートルほど行ったところでナビの誘導が終了した。道路の両側に高い建物が並んでいる。奥道後の温泉街だ。『サンズリゾート奥道後』を確認し、そのまま西へ走った。

小高い雑木林の切れ間の空き地に丸太が堆《うずたか》く積まれ、その奥に陸屋根の工場のような建屋が見えた。製材所だろう。後ろについて来る車とはかなりの距離がある。

ウインカーを点けずに右折した。後続車は直進して離れていく。

製材所に入って建屋の裏にまわった。鉄骨屋根の下に板材や柱材が積まれている。二台のフォークリフトのあいだにアウディを駐めた。ヘッドランプを消し、エンジンを切って車外に出た。首筋を冷気が撫でる。山から風が吹きおろしていた。

リアハッチをあげてバックパックを降ろした。カツラを出して被り、黒縁眼鏡をかける。ジップパーカの上に黒のステンカラーコートをはおり、バックパックを背負って歩きだした。県道には出ず、製材所裏から未舗装の農道伝いに『サンズリゾート奥道後』を目指した。

＊　＊

松山市内――。石手川を渡ったところで小学校のそばにシビックを駐め、317号を走る車を張った。アウディは見つからない。

九時十分――。白井から電話。車載スピーカーに切り替えた。

――アウディが松山に入った。国道196号や。

瀬戸内海に近い堀江町でNシステムに捕捉されたという。

――箱崎は南へ向かってる。松山市街や。市街に走れ。

集合場所は松山城、と白井はいい、電話は切れた。

「なんで、こんなに時間がかかったんや。Nシステムともあろうものが」

「箱崎はNシステムの設置場所を知ってるんですかね」

「それはないやろ。中国道や山陽道でNシステムを回避することはできん」

「ということは、プレートに細工してるんですか」

「んなことができるんか」

「赤外線避けのカバーがあります。Nシステムのカメラの機種によって、ナンバーが読み取れたり、読み取れんかったりするみたいです」

「ほんまにそんな細工をしとるんやったら、捜査の手口を知り尽くしとるな」

「エースといわれた刑事《デカ》でした」

「性根は捻じ曲がっとる」

玉川は吐き捨てた。

26

松山城前の広場にソリオ、パッソ、デミオが駐まっていた。セレナとノート、ワゴンRはまだ到着していないようだ。

舘野はシビックを降り、パッソのそばに集まっている白井、坂上、下村のそばに行った。

「その後、どうですか」白井に訊いた。

「あかんな。堀江町からあと、アウディは捕捉されてへん」

「市内に潜伏してるんですかね」

下村がいったところへ、白井のスマホが鳴った。白井は下村を手で遮って、

「――はい、白井です。――松山市内です。――いま、ここにおるのは、車四台、人員八人です。――えっ、ほんまですか」

白井は驚いたようすで話をつづけた。「――了解です。奥道後へ走ります」

いって、スマホをポケットに入れた。

「誰です」坂上が訊いた。

「千葉さんや」

「なんでした」

「ライトイヤーの海棠が奥道後の『サンズリゾート』いうホテルに泊まってる」

「いま、奥道後におるんですか、海棠が」下村の声が甲高い。

「箱崎の狙いは海棠やろ。箱崎は石本班のとき、泉南のライトイヤーで海棠に会うてる」

白井はパッソの助手席のドアを開けた。「時間がない。説明はあとや。奥道後へ走れ」

全員が車に乗った。パッソを先頭に発進した。

松山市街から奥道後に向かう国道317号に入ったところでスマホが振動した。白井だ。

――帳場に電話して事情を訊いた。

――教えてください。

――松山の道後高原ゴルフクラブで、日曜日から『ＭＩＮＡＴＯツアー・チャレンジトーナメント』いうのが開催されてる。日曜の夜は松山の久米記念ホールでライトイヤー主催のオペラコンサート。海棠汎が出演した。

ゴルフトーナメントは明日、十一月二十三日が最終日で、十六時から表彰式だと、白井はいった。

――表彰式は海棠が出席して優勝カップと賞金を渡す。

――それで、海棠は松山におるんですね。

――『サンズリゾート奥道後』。昨日から八階の〝ペントハウス・スイート〟に宿泊してる。……箱崎はナンバーを偽装したアウディで愛媛に来た。まちがいない。箱崎は今晩、海棠汎を襲う。

――千葉さんは海棠に、そのことを知らせたんですか。

――もちろん、知らせた。海棠は聞く耳持たず。鼻で笑われたそうや。

――なんと、太いやつですね。

――というより、海棠に対する脅迫はいまに始まったことやない。訴訟事は山ほど抱えとるし、ネットで襲撃予告をされたことも一遍や二遍やない。

――千葉さんは大迫事件と田内事件の被疑者が松山におる、と海棠にいうたんですか。

――んなことをいうわけがない。一般人である海棠に捜査の手の内を明かすことになる。……それにや、ホテルの七階に泊まってる秘書ふたりは海棠のガードも兼ねてる。

――海棠は舐めとるんですね。

――そう、教祖さまは世間を舐めとる。

班長の清水が帳場を出た。拳銃三丁と本部四課の刑事を三人連れてこっちへ来る、と白井はいった。

――大阪から松山まで四時間はかかりますよ。

——パトカーを飛ばしたら三時間半や。

インパネの時計を見た。九時二十分だ。清水が来るのは午前一時だろう。

——防弾ベストは。

——千葉さんが愛媛県警に手配した。ホテルのフロントにとどく。

電話は切れた。

「そうか、そういうことやったか」

低く、玉川がいった。「帳場はひっくり返っとるな」

「大迫、田内、海棠まで殺《や》られたら、ほんまに府警本部長の首が飛びますね」

「成尾事件も箱崎の仕業やろ。わしはそう思う」

「箱崎は拳銃を持ってますよね。大迫を撃った銃」

「それや。それがいちばん危ない」

「我々に要るのは防弾ベストより拳銃でしょ。愛媛県警に借りたらええやないですか」

「あほいえ。警察はギャングやない」

「清水さんの拳銃が間に合わんかったら」

「捜査員に死傷者が出るかもしれん」

「それはひどい」箱崎に向きあった瞬間、撃たれる自分が思い浮かんだ。

「もっとあかんのはホテルの客や従業員に被害が出ることや。客を人質に立てこもりなんぞされてみい、帳場の幹部連中は全員退職や」

「箱崎をホテルに入れたらあきませんね」

「入るとこを引くんや」

玉川はひとつ舌打ちをした。

『サンズリゾート奥道後』の駐車場はふたつあった。山の麓に第一駐車場、そこから五メートルほどの階段をあがったところが第二駐車場で、その突きあたりが八階建のホテルだった。出入口は正面玄関のほかに搬入口や従業員通用口があるはずだが、駐車場からだと分からない。舘野は駐車場を一周してアウディが見あたらないことを確認し、第二駐車場の東奥にシビックを駐めた。エンジンを切り、ヘッドランプを消す。

「だだ漏れやな」玉川がいった。

「そうですね」広大なホテルの敷地と急勾配の道路を隔てているのは丈の低い植栽帯だが、その外周道路が私道のようにも思える。正面玄関前の車寄せが広いロータリーになっているのはゴルフクラブのような造りだ。

「敷地の中にはどこからでも入れる」

箱崎がアウディを駐車場に乗り入れる必要はない。ホテルに近い公道に駐めておいて、そこから徒歩で敷地内に侵入するかもしれない、と玉川はいう。「わしが箱崎やったら、そうする。駐車場と駐車場の入口には防犯カメラがあるはずやからな」

「要は邀撃ですよね。箱崎が敷地内に入ったら逮捕する」

「けどな、下手に手出しをしたら刑事《デカ》が撃たれる。箱崎をパクるときは、有無をいわさず引き倒して手錠をかけんといかん」

玉川のいうとおりだ。緊急逮捕でも現行犯逮捕でもいい。逮捕理由はあとでなんとでもなる。

そこへ、白井から電話がかかった。

——舘野です。

——どこや。

——駐車場です。ホテルの第二駐車場。

——よっしゃ。車を降りて玄関からホテルに入れ。ひとりずつや。客のような顔してな。

それを聞いて、玉川が車外に出た。舘野は五分ほど待って車を降り、玄関に向かった。


ホテルのロビーに入ると、坂上がフロントの近くにいた。目配せをする。小さくうなずいて、そばに行った。

坂上につづいてフロント横の部屋に入った。警備室を兼ねたスタッフルームだろう、衝立の向こうに二台のモニターがあり、主任の白井以下、下村と佐々木、園田、杉本、笹井、玉川と、追尾班の箕面北署捜査員六人がテーブルのそばに座っていた。もうひとり、紺色のジャケットに同色のネクタイの男はスタッフのようだ。

「こちら、冬木さん。フロントマネージャー」白井がいった。

「よろしくお願いします」冬木は頭をさげた。舘野も低頭する。

「まず、ライトイヤーの海棠氏や。八階のペントハウス・スイートにおる。ふたりの秘書は七階のエグゼクティブルームや」

「秘書もスイートに同室させたらええやないですか」

「それは海棠氏にいうた。プライベートに他人が介入するのは我慢ならん、と断られた」

ペントハウス・スイートは全室、明かりを点けている。ドアをノックされたときはフロアマネージャーに連絡するよう伝えた、と白井はいった。「——けんもほろろや。協力するふうはまるでない。

……というより、警察を忌み嫌うてる」

「海棠氏の車は」

「白のベントレー。車寄せに駐めてる。ライトイヤーの教祖がペントハウスに泊まってると、囮にはなるやろ」

「ペントハウスにあがるのは」玉川が訊いた。

「専用エレベーターが一基。七階から下は六基」

「いったん、七階で乗り換えるんですな」

「おっしゃるとおりです」冬木がいった。七階は〝エグゼクティブフロア〟で、フロア係がエレベーター近くのカウンターに常駐している、と補足した。

「階段は」

「エレベーターホールの左、廊下の中ほどにあります。七階にあがってこられたお客様は必ず、フロア係の眼にとまります」

「七階とペントハウスをつなぐ階段は」

「ございません。専用エレベーターだけです」

「ちなみに、宿泊費は」

「ペントハウス・スイートが一泊七十万円、エグゼクティブルームが十八万円です」

「なるほど」

玉川は小さく肩をすくめた。「ペントハウスの非常口は」

「北側です。化粧室前の廊下の突きあたり。鉄扉のアクリルカバーを割って赤いボタンを押します」

非常口から七階北側の屋上に出ると螺旋状の非常階段があり、各階から裏庭に降りることができるという。

「非常階段の出入りは」

「同じです。カバーを割ってボタンを押すと、全館に非常ベルが鳴ります」

「濫《みだ》りに触れんですな」

「当ホテルのオープンは八年前です」

冬木がいった。「非常ベルが鳴ったことは一度もないし、誤作動もありません」

八年前と聞いて、舘野は思い出した。シンガポール発祥の『サンディ・インターナショナル・グループ』が奥道後にリゾートホテルを建設するというニュースが流れたことを。そう、このホテルは外資系なのだ。

「部屋数を教えてください」冬木に訊いた。

「百六十六室です」二階から六階に百五十室、七階に十五室あるという。

「奥道後ではいちばんですか」

「規模的にはいちばんですね」部屋数の多いホテルはほかにあるようだ。

「よし。邀撃配置を決めよ」

白井がいって、冬木に退席するよう求めた。冬木は一礼して部屋を出ていった。

「確認や」

白井は全員を見まわした。「みんな、箱崎の顔は頭に叩き込んでるな」

いって、箱崎が刑事だったころの集合写真と肖像写真、探偵業開始届出書に添付された身分証明書の写真、名古屋大須の駐車場と貴金属買取店で撮影された写真をテーブルに並べた。

「箱崎は柔道二段。身長百七十七センチでがっしりしてる。髪はスポーツ刈り。耳が畳擦れで変形してる。ヅラを被ったり、眼鏡をかけたり、マスクをしてることも考えられるから、迷うたときは耳を見るんや」

はい――。全員がいった。

「次、配置や」

白井はテーブルに館内の平面図を広げた。

第一駐車場に笹井と杉本、帳場の箕面北署捜査員ひとり。第二駐車場と正面玄関付近に坂上と下村と捜査員ひとり。館内ロビー付近に白井と捜査員ひとり。七階エグゼクティブフロアに捜査員ひとり。ホテル北側の搬入口付近に玉川と舘野。佐々木と園田と捜査員ふたりはパッソとノートに乗ってホテル周辺の警戒と駐車場で箱崎を確保したときの応援に入る――という人員配置が決められた。

「――ええか、まず第一はアウディの発見や。見つけたら、ホテルの駐車場かホテル周辺の道路に駐まるのを待て。箱崎がアウディから降りたとこを確保や。まちごうてもホテルの中に入れたらあかん。箱崎は大迫を撃った銃を所持してると考えて行動するんや。ぐずぐずするな。声をかける必要はない。対象が箱崎であると確認した時点で有無をいわさず引き倒せ。絶対に銃を構えさせたらあかん。……警棒を持ってるのは誰や」

はい、と手をあげたのは佐々木と杉本、追尾班捜査員ふたりだった。

「それ、出してくれ」

白井は四本の特殊警棒をテーブルに置かせて、笹井と下村、佐々木と園田に渡した。

「防弾ベストはとどきしだい配布する。……よし、解散」

全員がスタッフルームを出た。白井が箕面北署の捜査員に警棒を渡さなかったのは、清水班の刑事が率先して箱崎の確保にあたれという示唆だったのだろう。

＊　＊

『サンズリゾート奥道後』の裏手、雑木の生い繁った斜面を抜けると、丈の低い植栽の境界壁があった。壁の向こうがホテルの敷地だろう。

バックパックから双眼鏡を出した。立木の陰からペントハウスを見あげる。

ペントハウスはかなり大きい。切妻の屋根が左右に長く、明かりの点いた窓が等間隔に七つ並んでいる。自分はホテルの北西側にいるようだ。ペントハウスの南側はテラスになっていて、そこに露天風呂やジャグジーが設置されているのだろう。

八階建のビルに沿うように鉄骨の階段があった。階段は一階から七階の屋上までつながっている。縦の格子に囲まれた螺旋状の階段だ。

非常階段、それも外部階段──。ホテル内に入ってエレベーターでペントハウスにあがるよりはいいと直感した。姿を見られず、直接、七階の屋上へ行ける。

コートのボタンをとめて襟を立てた。ホテルの敷地内に入り、姿勢を低くして非常階段に近づく。周囲に人影はない。

非常階段の基部に鉄扉があった。革手袋をつけてハンドルを引いてみたが、ロックされている。ハンドルの下に透明アクリルの丸いカバーがあり、中に赤いボタンが見える。カバーを破《わ》ってボタンを押せば鉄扉は開くのだろうが、それは危ない。消防施設は報知設備と連動する。鉄扉の上部に緑の回転灯があるのがそれだろう。

縦格子は黒くペイントされた太さ二十ミリほどの鉄材で、隙間は二十センチほどか。格子を熔接で固定しているリング状の横桟は間隔が粗く、上下に一メートルは離れている。

縦格子と横桟を眺めながら考えを巡らした――。そう、この鳥籠のような螺旋階段の中に入ることはない。縦格子は七階の屋上まで伸びている。格子を両手でつかみ、横桟に足をかけて屋上まであがっていけばいい。海棠はペントハウスにひとりでいるはずだ。秘書たちは七階に二室を予約しているのだから。

スマホの時計を見た。十時七分――。まだ早い。

非常階段から離れた。広葉樹の根方に背中をつけてうずくまる。あたりにドングリがいっぱい落ちていた。

＊　＊

玉川と舘野は駐車場にはもどらず、館内のメインレストランを迂回してホテル北側の搬入口にまわった。カーゴバンと保冷トラックがバックヤードに駐められている。トラックのそばのデッキにはふたりの男がいて、台車に載せた食材を保冷庫に搬入していた。

玉川は外に出て、煙草を吸いつけた。

「月がデカいな」

「満月みたいです」雲がない。天の川を久々に見た。

「しかしなぁ、こんなとこから箱崎が侵入するか」

「せんでしょうね。ここは車の出入りがあるし、人目もある。箱崎は駐車場にアウディを駐めて、客のフリして玄関からロビーに入るはずですわ」

「いま、何時や」

「十時半です」

「愛媛県警はなにしとんのや。早う防弾ベストを持ってこんかい」

「特殊警棒もね」

「たーやんは、逮捕術はどうなんや」

「可もなく不可もなくです」

「拳銃は」

「はっきりいうて、下手です。十メートル先のドラム缶にも当たりません」

「あれはセンスやというな」

「確かに。ボーッと口あけて洟《はな》たらしてるようなやつが妙に上手い」

「わし、拳銃は上手いんや」

「お見逸れしました」下を向いた。


煙草を吸い終えた玉川が吸殻を踏み消して舘野のそばに来た。

「たーやん、階段が見えるか」低くいう。

「階段……」

「こっちや」

肩を押されてバックヤードに入った。「非常階段や。そこの柱の陰から見てみい」

「非常階段ね……」

柱に肩をつけて外を見た。搬入路の左、植栽の向こうは芝生の庭だ。白いガーデンセットがいくつか置かれている。その庭の端、ホテルの壁面に沿って螺旋状の階段があった。

「たーやんのよう見える眼で見てくれ。階段の上のほうや。なんか、動くもんがないか」

「動くもん……」

眼を凝らした。黒く小さい蜘蛛のようなものが階段の向こう、縦格子に張りついている。それはジリッと上に動いた。

「玉さん、人間です」

「どこにおる」

「屋上の近くです」

「箱崎や」

玉川はスマホを出した。

＊　＊

八階――。手すりに足をかけて七階の屋上に降り立った。人工芝を敷きつめている。クーリングタワーの陰に入った。バックパックからマカロフとスタンガンを出す。マカロフにサプレッサーを装着した。左脇にホルスターを付け、マカロフを挿してホックをとめる。スタンガンはボタンを押して火花が飛ぶことを確認し、ステンカラーコートの右ポケットに入れた。

軒の深いペントハウスの北側には窓がふたつ。どちらも一枚窓で大きくはない。その窓のあいだに鉄扉があった。非常口だろう。鉄扉にも小さいワイヤーガラスの窓がついている。どの窓も明るい。非常口のそばに移動した。アクリルの透明カバーと赤いボタンが付いている。ドアハンドルは動かなかった。

右の窓の下に行った。下開きで、施錠されている。霞模様のガラス窓の向こうはドレッサールームのようだ。

微かに音が聞こえた。テレビではない。海棠の好きな曲――オペラだ。ひとりで聴いているのか。

左の窓の下に移動すると、そこはトイレットだった。

壁にもたれて考えた。ドレッサールームもトイレットも窓を破るのは危ない。海棠に気付かれたら通報されるし、海棠がひとりだと確かめたわけではない。

軒を見あげて思いついた。そう、南側のテラスに行けばいい。テラスからだと部屋のようすが分かる。海棠がひとりかどうかも判断できる。

バックパックを背負い、手すりの上端に足をかけて軒に取りついた。体重を移動して傾斜した屋根にのぼる。銅板葺きだろう、等間隔に線状の接合部がある。

両掌を接合部にあて、張りつくようにして少しずつ屋根をあがっていった。切妻の尾根を越え、慎重に降りていく。

ペントハウスの南側は予想していたとおり、広いテラスと露天風呂だった。半透明のドーム状の屋根を設《しつら》えた楕円の風呂から湯気がたちのぼっている。風呂の手前にガラス張りのシャワールームがあるのがリゾートホテルらしい。

低い姿勢のまま、軒の下端まで降りた。音楽がさっきより大きく聞こえる。

手すりに足をかけてテラスに降り立った。壁に背中をつけて左に移動し、レースのカーテン越しに中を覗くと、そこはリビングだった。テレビボードとサイドボード、バーカウンター。大ぶりのソファに赤いガウンの男がひとり、こちらに背を向けて座っている。ＤＶＤでオペラを観ているようだ。黒く染めた長髪を後ろで束ねているのは海棠にまちがいない。

掃き出し窓に掌をあてて右に押した。開かない。クレセント錠がおりている。

シャワールームに移動した。ガラスドアは抵抗なく開いた。シャワールームは更衣室につながり、更衣室はリビングにつながっている。

足音をひそめて更衣室に入り、リビングに侵入した。バーカウンターのそばに跪《ひざまず》いてスタンガンをコートのポケットから出す。オペラの歌声が響く。

スタンガンを右手に持って踏み出した。海棠は動かない。

すばやく間合いを詰めて首にスタンガンをあてた。青い電流が走る。海棠は小さく叫び、テーブルに突っ伏した。

バックパックから布テープとロープ、フォールディングナイフを出した。意識を失った海棠をカーペットに横たえ、口に布テープを貼る。両腕を後ろにまわしてロープで縛り、膝と足首も縛った。

「起きろ」

仰向きにして頬を張った。海棠の眼は開かない。

くそっ――。バーカウンターの中に入り、冷蔵庫から瓶入りのソーダ水を出した。栓を抜いて、海棠のそばにもどる。顔にソーダ水をかけると、海棠は呻いて覚醒した。

「な、海棠さん、分かるよな」

ナイフの刃を出した。額に突きつけて引く。赤い筋が浮きあがった。

「そう、あんたはいま、ひどいめにあっている」

またナイフを引いた。額の筋が十字になった。「おれに逆らうと死ぬんだ」

「…………」海棠は何度もうなずいた。額の血がこめかみから耳に伝う。

「いうとおりにしろ」

ナイフの刃を頸動脈にあてた。「まず、あんたの金庫番だ。ライトイヤーの会計のトップを教えてもらおうか」

口のテープを剝がした。海棠は騒がず、

「逸見《いつみ》……。経理部長」小さくいった。

「このあと、逸見に電話をするんだ。明日の朝九時までに金を振り込めと。口座は五つ。五千万円ずつ。口座番号はおれが指示する」

「………」海棠は答えない。

「どうなんだ、え」

「分かった」

――と、そのとき、チャイムが鳴った。ドアをノックしている。

剝がしたテープを海棠の口に貼って立ちあがった。前室へ走る。

ドアは開いていた。ドアガードがかかっている。開いた隙間に手を差し入れて「海棠さん」と呼びかけている。隙間の向こうに複数の男も見えた。フロア係ではない。海棠のＳＳでもない。刑事だ。

ホルスターからマカロフを抜いてセイフティを外した。ドアに向かって撃つ。木片が弾けて声がやんだ。

海棠が叫んだ。なにか喚いている。

リビングにもどった。叫ぶ海棠を狙って撃つ。三発、連射してドレッサールームに走り、銃のグリップで非常口のアクリルカバーを破った。赤いボタンを押す。緑の表示ランプが点滅した。

北側の屋上に出た。マカロフをベルトに差して走る。非常階段のドアを開けて縦格子の中に入り、螺旋階段を駆け降りる。一階まで降りた。「箱崎ッ」と、人影が三つ走ってきた。

マカロフを抜いた。人影に向かって撃つ。ひとりが勢いのまま突っ伏すように倒れた。

階段の外に出た。芝生の上を走る。植栽帯を突っ切って斜面を駆けあがる。雑木林の中に入り、なおも走る。追ってくるやつはいない。


製材所――。アウディに乗った。エンジンをかけたとき、ハッと気づいた。ナンバープレートだ。アウディのナンバーはNシステムで追跡されているにちがいない。

車外に出た。赤外線遮蔽カバーを外して、偽装したプレートの数字をひとつ、ナイフの刃で剝ぎとる。アウディのナンバーは《86－28》になった。元のナンバーに近いが、Nシステムに数字の相似を認識する機能はない。

カバーをもとにもどして、箱崎は製材所を出た。


松山市街を抜けて国道196号に入ったところで、道具屋の志岐に電話をした。十数回のコールでつながった。

――はい、小林さん。

――パスポートが欲しいんだ。免許証もな。

――誰の。

――おれのだ。

――こんな夜中に電話をしてきて、いきなり、パスポートと免許証かいな。

志岐は舌打ちして、いつ欲しい、と訊く。

――明日だ。

——水曜日?

——まだ日付は変わっちゃいない。明日は火曜日だ。

——あんたな、おれをなんと思とんのや。便利屋とちがうで。火曜は無理や。

——だったら、水曜でいい。

——いうとくけど、急ぎの仕事は高いで。

——いくらだ。

——九十九万や。

——半端だな。

——パスポートが六十万。免許証が三十万。九万は消費税や。

志岐は笑った。舐められている。

——分かった。それでいい。受け取りは水曜だ。

——午後にしてくれ。

——午後は十二時間もある。

——午後二時。文句ないやろ。……写真は。

——ない。

——なんじゃい、撮影もせんといかんのか。

——だから、パスポート用と免許証用のスピード写真を撮って、明日の朝、あんたの家に行く。

——家はあかん。西加島の『サルタン』にしてくれ。

『サルタン』はファミリーレストランだ。

——分かった。九時に行く。

——名前はどうするんや。

——小林はまずい。鈴木か田中か、佐藤にしてくれ。

——齢は。

——四十七。

——あんた、四十七か。

——どうでもいいだろ。

電話を切った。志岐はクズだが、クズなりの仕事はする。

左に鉄道線路が見えてきた。ＪＲ予讃線だ。

27

清水が来た。白井が先導して、舘野たちはペントハウスにあがった。

リビングのソファの横、カーペットには大量の血が付着している。

「海棠は」清水が訊いた。

「ＩＣＵです。愛生会松山病院」と、白井。

「容体は」

「持ちこたえてます」

「なんとしても死なすわけにはいかんな」

「一発が膀胱、一発が左眼から左側頭部に抜けてます」

箱崎は八階廊下にいた捜査員に向かって一発、海堂に向かって三発、撃った。一発は外れて、跳弾がサイドボードの扉を砕いた——。

「佐々木は」

「脛《すね》です。脛骨《けいこつ》をやられました。粉砕骨折です」

弾は貫通したと白井はいい、「海棠と同じ愛生会病院です」

「歩けそうか」

「医師がいうには、大丈夫です。走りには支障があるかもしれんです」

「くそっ、箱崎……」

清水は歯噛みをして、「拳銃は」

「サプレッサーを装着したオートマチックと思われます。前室のドア付近とサイドボードの後ろの壁から九ミリ弾を摘出しました」薬莢は全室にひとつとリビングに三つ、一階の非常階段内でひとつ採取した。佐々木の脛を貫通した弾は愛媛県警に人員を要請して捜索中だという。

「弾を見つけたら大阪に持ち帰れ。科捜研で線条痕検査や」

大迫を撃った銃と一致するだろう、と清水はいった。「サプレッサー付きのオートマチックてなもんは、そんじょそこらにない」

「もっと早うに防弾着を手当てすべきでした。自分のミスです」

「ミスはわしや。愛媛県警に手配するのが遅れた」

防弾ベストを装着していても足はカバーできない。佐々木が脛を撃たれたのは不幸中の幸いだった——。海棠が撃たれたとき、八階の廊下にいた舘野はそう思った。

「侵入ルートは」清水は部屋を見まわした。

「テラスです」

「どういうことや」

「箱崎は北側屋上からペントハウスの屋根伝いに南側テラスに移動して、無施錠のシャワールームと更衣室からリビングに侵入したと思われます」

「屋上建屋が仇《あだ》になったということか」

清水は小さく舌打ちをして、「遺留品は」

「あのあたりに」

白井は振り向いた。海棠の血痕の周囲に、黒いバックパックとスタンガン、布テープ、ナイロンロープ、ソーダ水の空瓶が散乱している。「バックパックの中身は結束バンドと双眼鏡だけでした。海棠の額を切ったナイフは箱崎が所持してると思われます」

「額の傷は」

「十文字で、一部は骨に達してます。海棠の顔は血塗れでした」

海棠の後頸部に点状の発赤《ほっせき》があることから、箱崎は海棠の背後から忍び寄り、スタンガンをあてて失神させた。海棠を横たえてロープで縛り、冷蔵庫のソーダ水を顔にかけて覚醒させ、額を切って責めた——というのが白井の見立てだった。

「箱崎の目的は、海棠を責めて金を奪《と》ることやな」

「箱崎は架空口座を用意して、そこに入金させようとしたんやないですかね」

「そういや、箱崎は道具屋に会うとるな。文の里のファミレスで」

「志岐です。志岐彰一」

「志岐のヤサは淀川区加島です」舘野はいった。

「よっしゃ。今日中にガサをかけよ」

清水はいい、「箱崎が海棠の額を切ったとこへ、君らが行ったんやな」

「フロア係のマスターキーでペントハウスのドアを開けたけど、ドアガードがかかってました」

白井が答えた。「海棠さん、と呼びかけた途端、ドアが弾けて、海棠が叫ぶ声が聞こえました。箱崎はリビングにもどって……」

「海棠を撃ったんやな」

「目撃はしてません」

「発砲音は」

「聞きました。パン、パン、パンと、つづけさまに三発です」

いくら高性能のサプレッサーでも消音はできない。音を抑制して小さくすることはできるが、九ミリ弾だとかなりの発射音は生じる——。「ドアの隙間からオペラも聞こえてました」

「海棠はオペラを聞いてたんか」

「けっこう大きな音量でした」

笹井が特殊警棒でドアガードを壊した。全員がペントハウス内に突入したとき、箱崎はいなかった。北側の非常口から七階の屋上に出ると、外部非常階段の扉が開いていた。箱崎、逃走——。白井がいったとき、遠く下の庭から、パンッという音が微かに聞こえた。

「舘野や笹井は非常階段を降りて、自分と坂上はペントハウスにもどりました」

「海棠はどうやった」

「瀕死の重傷でした。呼びかけても反応なしです」

「海棠のＳＳは」

「海棠が撃たれたと知って、ただ、おろおろしてるだけです」

「おろおろしてるだけでもマシや。警察官《サツカン》のSPやったら、まちがいなく飛ばされる」

さも見くびったように清水はいい、「箱崎はどこにアウディを駐めてたんや」

「不明です。ホテルの駐車場でも、ホテルの周辺道路でもないことは確かです」

白井が松山に来る車中の清水に事態を報告し、清水が愛媛県警に要請して緊急配備をしたのは箱崎が逃走した二十分後だった。Nシステムによるアウディの追跡も、現時点で反応はない。

「――Nシステムにはヒットするはずや。箱崎は高速道を利用して四国から本州に走るやろし、アウディの偽造ナンバーが我々に知られてるとは勘づいてないやろ」

「これが昼間やったら、白のアウディが視認しやすいんですけどね」

「なにがなんでも箱崎をパクる。帳場の威信にかけてな」

独りごつように清水がいったとき、愛媛県警の機動鑑識班が現れた。清水と白井は鑑識班に仁義を切り、玉川と舘野はテラスに出た。

「一泊七十万……。十二月はいっぱいやと聞いた」

「みんな、キャンセルですね」

「このペントハウスは閉鎖やろ。海棠の生死にかかわらずな」

「にしても、ええ景色ですね」

月明かり、山稜がシルエットになり、麓のところどころに灯が見える。「タワマンに住む人間の感覚がちょっと理解できますわ」

「たーやん、景色は三日、ローンは一生や」

そこへ、坂上が出てきた。アウディが駐められていたらしい場所が特定できたという。

「製材所や。ここから西へ四百メートル。緊配の警官から知らせがあった。行って、事情を訊け」

「了解」

玉川とふたり、エレベーターホールに向かった。

シビックに乗り、第二駐車場を出た。県道を西へ走る。

道路の右側に原木が積まれていた。その奥に工場のような建物がある。製材所だ。フェンスもゲートもない。

右折して敷地内に入った。かなり広い。高い鉄骨屋根の下に角材や板材が積まれている。

建屋の裏にまわると、デミオが駐まっていた。水銀灯の下、二台のフォークリフトのそばに、先着した下村と制服警官がいる。

舘野は車を駐めて降りた。下村が小さく手をあげる。

「ここですか」訊いた。

「みたいやな」

十一時四十分ごろ、製材所の向かいにある長距離運送会社の従業員がトラックの貨物の積み込みに立ち会って事務所にもどるとき、製材所から出てくる白い車を目撃したという。

「製材所は六時に作業を終えて、六時すぎには無人になる。灯も消す。その真っ暗なとこから夜中にヘッドライトが出てきたのを従業員は憶えてた。ハッチバックの白い車や」

「運送会社に防犯カメラは」

「あるけど、映ってへん。……というより、カメラは県道に向いてへん」

「製材所に裏道は」

「工場の裏に出たら畑と雑木林や。県道に並行した農道を東へ行ったら、サンズリゾート奥道後や」

温泉街のメイン通りではなく、農道伝いにホテルまで行けるということだ——。

「走ったら、三、四分ですね」

時間的に符合する。箱崎はホテルから製材所へ逃走し、駐めていたアウディに乗ったのだ。「白いハッチバックはここを出て、どっちへ行ったんですか」

「西や」

「その先は」

「国道317号に入って西へ行ったら松山城、東へ行ったら今治方面。あと県道20号から国道196号に入るルートもある」

「317号も196号も今治からしまなみ海道に入れますね」

「東温《とうおん》市から国道11号を東へ行って坂出から瀬戸大橋を渡ることもできます」制服警官がいった。

「淡路島から明石海峡を渡る手もないことはない」

下村は空を仰いだ。「要するに、Nシステムの追跡待ちということや」

「箱崎はこの製材所のどこにアウディを駐めてたんですかね」舘野はいった。

「分からん。タイヤ痕もない」

製材所のなかはフォークリフトで踏み固められている——。

「遺留品、探しますか」

「そうやの。……んなもんを残してるとは思えんけどな」

下村は煙草をくわえた。玉川もくわえて、携帯灰皿を広げた。

＊　＊

今治からしまなみ海道には入らず、国道196号から国道11号を経由して坂出に向かった。瀬戸大橋を渡って倉敷、山陽道を走って阪神高速神戸線から大阪市内に入ったときは午前六時をすぎていた。眠気はまったくない。海棠を撃った光景が何度も脳裏をよぎった。

なぜ、ペントハウスに刑事が現れたのか――。その疑問でいっぱいだった。

大阪から尾けられていたとしか考えられなかった。そう、しまなみ海道を渡り、今治市内に入った国道317号の交差点で停まったとき、後続車のヘッドランプが妙に遠いように感じたのは尾行車だったのだ。咄嗟に右折し、後続車が直進したため、警戒心が緩んでしまった――。

非常階段を降りたところで、刑事たちが「箱崎ッ」と叫んでいた。身元も割れているのだ。御山台の自宅も張りがついている。ガレージに隠してある金が欲しいが、諦めるしかない。マカロフは脇下のホルスターに挿しているが、弾切れだ。

金が要る。道具屋の志岐に渡す九十九万円が要る。

いま、現金はグローブボックスの中に帯封つきの札束がひとつある。それと、札入れに二十数万円。阿倍野の事務所の金庫に八十万円ほど入っているが、取りに行く方法《てだて》はない。

名古屋の買取業者に金塊を売って金を振り込んだ飛ばしのキャッシュカード六枚を処分してしまったことが悔やまれた。あのカードはまだ、二、三日は使えたのだ。

そう、いまとなっては自分名義の正規のクレジットカードとキャッシュカードを使うしかない。キャッシュカードは大同銀行と三協銀行、興和銀行のカードが札入れに入っている。大同と三協の残高は一千万円以上、興和は四百万円ほどあるはずだ。ATMによる生体認証取引の限度額は一千万円。これを今日中におろさないといけない。

焦って金塊を売ったのはまちがいだったか――。

いや、金塊を御山台のガレージに隠していたとしても、絵に描いた餅だ。捜査の網をかいくぐって取りに行くことはできない。

成尾から奪った現金をガレージではなく、江坂のマンションか、阿倍野の事務所に隠していたらどうだったのか──。

それも無駄だ。みんな足がついている。金塊も現金も、偽名で借りた奈良、和歌山あたりの賃貸住宅に隠しておかないといけなかったのだ。

──が、ただひとつ、海棠を殺したことはよかった。泉南の教団本部で金ぴかのソファにふんぞり返った詐欺師に罵倒されたことは片時も忘れてはいない。海棠はおれをクズ呼ばわりした。クズにクズと罵られて、思わず拳を握りしめた。

海棠はおれを斜に見て薄ら笑いを浮かべた。ロココ風の部屋には弁護士が同席し、傍らには間抜け面の秘書が控えていた。おれはあのとき誓った。ケジメはとる、と。

阪神高速、道頓堀出口で降りた。西へ走り、島之内のコインパーキングに車を駐める。堺筋へ歩いて、早朝からやっている喫茶店に入り、サラダとホットドッグのモーニングサービスを注文した。まるでおもしろくない格闘技系の漫画本を読みながらコーヒーを二杯飲み、NHKの七時のテレビニュースを待った。

新宗教『ライトイヤー』の教祖、海棠汎が松山市奥道後のリゾートホテルで襲われた事件は六時台のニュースでも流れていたらしく、その続報という扱いだった。

海棠がホテル八階のペントハウスに侵入した暴漢に襲われ、拳銃で撃たれた──。救急病院に搬送された海棠は意識不明の重体──。ホテル内で襲撃犯に対したのは愛媛県警ではなく大阪府警の捜査員だった——。捜査員によると、襲撃犯と海棠の関係は不明——。逃走した襲撃犯の特定には至っていないが、いまも海棠を撃った拳銃を所持しているとみられる——。襲撃犯は白のハッチバック車をひとりで運転し、愛媛県から大阪方面に向かった可能性が大きい——。

ニュースはそこで終わったが、警察側が要点を伏せているらしく、海棠の容体について、撃たれた箇所や負傷状況は分からなかった。箱崎の名も出てはいない。また、逃走車をアウディA3と発表しなかったのはアウディ社からのクレームを危惧したのかもしれない。

警察のメディア対応とはそういうものだ。概要はあっても内容はない。

——がしかし、海棠がまだ死んでいないのは誤算だ。ニュースでは重体とされていたが、万が一、意識を回復して五つの口座に送金するよう責められたことを喋れば、箱崎の目的が金だったと知れる。それにもまして、海棠は以前に事情聴取をした箱崎を憶えているかもしれない。

時間がない。捜査の網が絞られている。一日でも早く海外へ飛ぶのだ。

箱崎は喫茶店を出た。

道仁《どうにん》公園の南、道仁教会に隣接するコンビニの駐車場で証明写真ボックスを見つけた。中の椅子に座ってアコーディオンドアを引き、黒縁眼鏡をかけてパスポート用と運転免許証用の写真を撮る。プリントを待ってボックスを出た。

コインパーキングにもどってアウディのフロントナンバーを間近に見ると、ラッカーを吹きつけた痕が剝がした数字の〝2〟の形で残っていた。一部にナイフの傷もついている。気にすることはないと思ったが、腕の時計を見ると、志岐に会うまでまだ一時間はある。

車のナビで〝百均ショップ〟を検索すると、松屋町筋に一軒あった。歩いて店に行き、シールはがしスプレーを買ってコインパーキングにもどった。ナンバープレートの赤外線遮蔽カバーを外してスプレーを吹きつける。ラッカーの痕を拭きとって、また遮蔽カバーを取りつけた。

西加島の『サルタン』に入ったのは九時十分だった。店内を見渡すと、志岐は奥の窓際の席にいた。朝っぱらからナッツをつまみにビールを飲んでいる。

「遅い」志岐は舌打ちした。

「ああ……」シートに腰をおろした。「飲んでもいいのか」

「歩いてきたんや」志岐はアーモンドをつまむ。

スタッフを手招きしてコーヒーを注文し、二枚の写真をテーブルに置いた。志岐は一瞥してジャケットの内ポケットに入れ、

「金は」

「いくらだ」

「いうたやろ。九十九万や」志岐は眉根を寄せた。

「裏商売に消費税はないだろ」

封筒を手渡した。志岐は中を見て、

「帯封やな」

「百万だ。釣りをくれ」

「へっ……」志岐はさもうっとうしそうに札入れから一万円を出した。

「受け取りは」

「おれがいままで約束を違《たが》えたことあるか」

「ない」

「明日の二時や。場所はここ。遅刻すんなよ」

「分かった」腰を浮かした。

「待てや。コーヒー頼んだんとちがうんかい」

「もういい」

立って、店を出た。


加島入口から阪神高速道にあがり、東大阪線の水走《みずはい》で降りた。外環状線を南下し、近鉄奈良線の高架を潜ると左に大きいラブホテルがあった。一階が屋内駐車場のようだ。ホテル内に入って車を駐め、ナンバープレートに目隠しのボードを立てかけてロビーへ行く。〝空室〟のボタンを押してエレベーターで十二階にあがり、部屋に入った。

もう、くたくただった。シャワーを浴びるのも面倒だ。ベッドに横になってテレビの電源を入れる。ニュースを見るまもなく、眠りに落ちた。

＊　＊

西加島――。玉川と舘野が《ドミール西加島》に入ったのは午後三時、白のＢＭＷセダンは裏の駐車場に駐められていた。

「おるな」

「いますね」祝日の午後、志岐は勤めにも出ていない。

「あの車、高いんか」

「〝5シリーズ〟は七、八百万でしょ」

「商売繁盛か」

「税金も払わんからね」まちがいない。志岐は道具屋だ。

エントランスに入り、エレベーターで五階へ。昨日、淀川区役所で調べた住民登録によると、志岐彰一は独り住まいだ。

502号室のインターホンを押した。はい、と返事があった。

――志岐さん、警察です。

それっきり、声は聞こえない。またボタンを押した。ドアの向こうでコール音が鳴る。

――志岐さん、警察です。出てくれんですか。

レンズに向けて手帳をかざした。

――どこの警察や。西淀署か。

――府警本部です。舘野といいます。

――府警の刑事がなんの用や。

――ちょっと訊きたいことがあります。

――せやから、訊きたいことをいえや。

――ドア越しには訊きにくいんです。

――消えろ。うっとうしい。

――志岐さん、ガサ状を持ってきたら夜になるし、おおごとにもなる。ほかの住人にも知れるけど、それでもよろしいか。

玉川がいった。

――おれはな、デコスケが嫌いなんや。

――わしも嫌いですねん。

――いうとけ。

錠の外れる音がした。ドアが開く。志岐は廊下のようすを確かめるように見て、外に出てきた。鼻下に薄い髭、生白い五十男だ。赤いカーディガンに白のゴルフズボン、サンダルを履いている。

「志岐さん、立ち話もなんやし、部屋に入れてくださいや」玉川がいった。

「あほぬかせ。おれがいつ、おまえらを招《よ》んだんや」

志岐はカーディガンのポケットから茶色のスティックを出した。

「なんです、それ」

「見て分からんのかい」

志岐はスティックをくわえた。「灰皿がないからの」

「旨いですか」

「んなもんが旨いわけないやろ」

志岐はわざとらしく舌打ちした。「ほら、さっさといえ。用事を」

「昨日の昼すぎ、文の里の『アイリス』で、ある男に会いましたな」と、玉川。

志岐は返答しなかったが、表情が変わった。どう反応すればいいか考えているふうだ。

「誰です。相手は」

「…………」志岐はスティックを吸う。

「答えとうないみたいですな。……箱崎雅彦。阿倍野の松崎町で〝WB〟いう探偵事務所をしてる男です」かぶせるように玉川はいった。

「おまえら、箱崎を尾けてたんか」

「かもしれませんな」

「なにをしたんや、箱崎は」

「それを知りたいから、志岐さんに会いにきたんやないですか」

玉川は小さく笑った。「あんた、アイリスで箱崎から茶封筒を受けとって、手提げの紙袋を渡しましたな。なんの取引をしたんですか」

「見てたんかい」

「見てましたで。袋の中身はなんですねん」

「知らん、知らん」

「あんたは道具屋や。けっこうな前歴、前科がある。箱崎が首なし拳銃を挙げたとき、あんたが都合したという噂もあった。……な、志岐さん、箱崎に渡した袋の中身は拳銃とちがうんかいな」

「おもしろいことをいうのう。おまえらはそうやって善良な市民に罪をかぶせるんかい」

「あんたは市民や。けど、善良やない。税金も払うてない」

「どつかれんなよ、こら。調子に乗りくさって」

玉川の狙いどおり、志岐を怒らせた。ひとは興奮するとボロを出す。

「志岐さんよ、よう考えろや。あんたが箱崎に売った拳銃で市民が死傷したらどうなるんや。あんた、箱崎の共犯やで」

「あほんだら。寝言は寝てからいえ」

「なかなかの強面《こわもて》やな。あんた、ヤ印か」

「やかましい」

「な、箱崎がどこにおるか、あんたなら知ってるやろ。協力してくれたら、あんたは無罪放免や」

「ええ加減にせんかい。おとなしいしてたら好き勝手いいくさって」

志岐は怒声をあげた。くわえていたスティックが床に落ちる。「誰がおまえ、チャカなんぞを箱崎に売らないかんのじゃ。おれは道具屋かもしれんけどな、チャカやシャブみたいなもんを触ったことは、ただのいっぺんもないんじゃ」

「ほな、おまえは箱崎になにを売ったんや、アイリスで」

「やかましい。なにも売ってへんわい」

「チャカか、シャブか」

「ぶち殺すぞ、こら」

――と、廊下の向こうでドアが開いた。年かさの女が顔をのぞかせる。舘野は女に向かって小さく首を振った。

玉川はスティックを拾って志岐に手渡した。志岐は黙ってポケットに入れる。

「な、志岐さんよ、土産が欲しいんや。刑事《デカ》がふたりもガンクビそろえて、手ぶらで帰るわけにはいかんのや」

玉川は静かにいった。志岐は下を向き、顔をあげた。

「――通帳と印鑑とキャッシュカードや。箱崎に渡したんは」

「飛ばしの口座やな」

「まあな」

「通帳は」

「五つ」大同銀行、三協銀行、興和銀行……と、五つの銀行を志岐はあげた。

「口座の名前は」

「知らん。いちいち憶えてへん。おれが作った口座やない」道具屋は道具屋同士、仕入れのルートがあるという。

「箱崎からなんぼもろたんや」

「なんぼでもええやろ」

「五十万か、百万か」

「おまえら、税務署員かい」志岐はせせら笑った。

「箱崎から連絡は」

「ない。昨日も今日もな」

「アイリスで会うたあと、連絡はないんやな」

「しつこいのう。おれはあいつが嫌いなんや。あいつもおれが嫌いやろ」

「箱崎とはいつからや」

「あいつが腐れ刑事のころからや。おれは便利使いされてた」

「あんた、箱崎のSもしてたんか」

「〝S〟てなんや。スパイのことか」

「情報提供者とも密接協力者ともいうな」

「ま、持ちつ持たれつやった。箱崎とはな」

志岐は小さくうなずいた。「もういっぺんだけ訊くぞ。箱崎はなにをした」

「恐喝や。詐欺師を脅した。あんたから買うた口座に、脅し取った金を振り込ませようとな」

「あいつは腹の底から腐っとる。腐れ刑事が腐れ探偵になりよった。世も末やで」

なにがおかしいのか、志岐はひとり、笑い声をあげた。

「ひとつ警告や」

玉川はじっと志岐を見た。「わしらは箱崎を逮捕する。逮捕した箱崎が、あんたから連絡を受けて逃げたというようなことを吐いたら、あんたは逃走幇助や。……ええな。忘れたらあかんで」

「なにが悲しいて箱崎を救《たす》けたらなあかんのじゃ。叩き殺したれ。くそ迷惑をかけくさって」

志岐は吐き捨てて、「もう、ええか。話は終わったやろ」

「すんませんでしたな。為になりました」

「二度と来るなや」

志岐はドアの向こうに消えた。


「けっこうな猿芝居をしよったな」

「しましたね」

舘野はエレベーターのボタンを押す。「けど、口座を売ったというのはほんまでしょ」

「計算しよったんや。箱崎がパクられて口座のことを吐いたら、自分の心証がわるうなると」

「猿知恵ですね」

「猿芝居やからの」

エレベーターが来た。乗る。

「次は」

「ミナミですね」

一階に降りた。駐車場に出て車に乗る。アメリカ村の『リボーン』に電話をした。

――占いの館『リボーン』です。

――ちょっと訊きたいんです。観相術とかやってますかね。

――観相術はありますが、今日は先生のご都合で、午後五時から十時です。

先生の名は北条稔だと、訊きもしないのにいう。

――ありがとうございます。夕方、お伺いします。

――お待ちしております。

電話は切れた。

「平沢は五時からです。どうします」

「ヤサは南堀江やったな」

「アパートです。『あさみハイツ』の302号室」

「よっしゃ。南堀江に行こ」

「了解」エンジンをかけた。

28

新なにわ筋――。市立中央図書館の南の通りを西へ行った。青空と花畑を描いた幼稚園の塀際に車を駐める。幼稚園の少し先、《あさみハイツ》に入った。

「この手のアパート、家賃はなんぼくらいや」

「さあ……。築二十年、三十平米の1Kか1DK。立地はわるうないから、五、六万円ですかね」

「確かにな、立地はええ。大阪市でいちばんの大きな図書館に歩いて行ける」

「いちばん大きいのは中之島の図書館とちがうんですか」

「あれはそうでもない。建物自体が文化財やから、狭いし、本の数は少ない」

「詳しいですね」

「よめはんといっしょになったとき、西区で家を探した。図書館に近いとこをな」

適当なアパートはあったが、家賃が高くて諦めたという。

「さすが、勉強家です」

玉川は物知りだ。捜査関連はもちろん、社会全般に対する好奇心が強い。相勤になって実感した。

「わしの頭は半分がスカスカでな、よめはんと行った温泉や近所のおっさんの顔はすぐに忘れるけど、字で読んだことはけっこう憶えてるんや」

「玉さんは本が好きなんです」

「好きやな。読みたい本が山ほどある」

気になった本のタイトルはメモ帳に書いておく。定年後は晴耕雨読や、と玉川は笑った。

階段をあがり、３０２号室の前に立った。インターホンはない。ドアをノックした。

はい――。返事があった。

「平沢さん、警察です」

いうと、足音がしてドアが開いた。顔を出した黒いジャージの男は『リボーン』の占い師だった。

「あんた、どこかで会うたかな……」平沢は舘野を憶えていた。

「会いました。観相術の部屋で」

「ああ、土曜日の客や」

平沢は不機嫌そうに、「チップを買いに行ったきり帰ってこんかったな」

「いや、どうも、見料の五千円がなかったんです」

「刑事がくだらん嘘をつくな」

平沢は舌打ちした。「訊き込みにきたんやろ」

「おっしゃるとおりです」

「なにが訊きたいんや」

「その前に、部屋に入れてくれんですか」

玉川がいって、手帳を呈示した。「箕面北署の玉川です」

「府警本部の舘野です。捜査一課です」舘野も手帳を見せた。

「捜査一課……。殺人やないか」

「殺人、強盗、傷害、誘拐、放火、性犯罪……。凶悪犯罪を担当してます」

「平沢さん、箱崎雅彦を知ってますな」

玉川がいった。「箱崎の関係者に事情を訊いてますねん」

「箱崎な……」

平沢は上を向き、視線をもどした。「ま、ええ。入れや」ドアを大きく開けた。

舘野と玉川は部屋に入った。三和土は狭い。失礼します――。靴を脱いで台所にあがった。塩ビタイルの床が冷たい。平沢と玉川は二人掛けのダイニングテーブルに向かいあって座り、舘野は流し台のそばに立った。

「シンプルライフですね」

「あん……」平沢は舘野を睨めつける。

「いや、きれいに片付いてるから」

片付いてはいない。モノがないのだ。作りつけの棚に皿や茶碗が乱雑に置かれ、流し台とガスコンロのそばには片手鍋とフライパンとヤカンがあるだけだ。冷蔵庫の横のふたつの段ボール箱にコンビニ弁当の容器や空のペットボトルと発泡酒の缶が放り込まれて山になっている。平沢はカップラーメンのひとつも作らず、急須で茶を淹れることもないらしい。この不健康に痩せた強制わいせつ前科一犯の男はデリヘルの女を部屋に招くこともないのだろう。

「――で、なんや。さっき、関係者というたんはどういう意味や」

平沢は白い顎ヒゲをなでながら、玉川と舘野を見た。

「おたくの名前が登録されてましたんや。本部四課に〝捜査協力者〟としてね」

「待てや。警察にそんなもんを登録した憶えはないぞ」

「箱崎が登録したんですわ。〝平沢稔。職業、占い師。年齢住所、不詳〟」

暴対や組対の刑事がSと飲み食いしたり小遣いを渡したようなとき、相手が登録済みのSなら全額とはいえないまでも捜査協力費が出る。箱崎は十人以上のSを飼っていたエースだったから、月に二、三十万円の協力費を使っていただろう――。

「平沢さん、最近、箱崎に会いましたか」玉川はつづける。

「会うてへん。会うわけがない。あいつが辞めてからはな」平沢の眼が泳いだ。

「そんなはずはない。あんたは箱崎とのつきあいが長いし濃密やった。……そう、あんたは箱崎が登録した最初のSなんや」

「箱崎がいうたんか。おれのことを」

「箱崎の携帯の通話記録を調べましたんや。ドコモでね」

玉川はカマをかけた。箱崎から聞いた情報ではないというところが巧い。

「待てや。箱崎がおれにかけてくるんは飛ばしの携帯やぞ」

「ほう、なんで飛ばしの携帯やと知ってますんや」

「……………」平沢は黙り込んだ。

「平沢さん、喋ってくださいな。箱崎に会うたんですやろ」

「いっぺんだけや」平沢はうなずいた。

「いつ会うたんです」

「先週や。あいつが来た」

「先週の何曜日です」

「さぁな……」平沢は手を首にあてた。「たぶん、火曜の夜や。閉店前やった」

「ちょうど一週間前ですな。閉店前ということはリボーンに来たんですか」

「相変わらずや。くそえらそうにしてくさった」

「箱崎の目的は」

「ネタが欲しいといいよった。……西成の五祖連合。知ってるやろ」

「老舗ですな。五祖薬局は」

「シャブの金主と、その金主に宗教団体が絡んでないか知りたい、と箱崎はいいよった」

「それで……」

「調べたったがな。わしの顔でな」

五祖連合の金主のひとりがライトイヤーの海棠汎だった、と平沢はいう。「――まさかな、その海棠が撃たれるとは思いもせんかった。やったんは箱崎やろ」

「ノーコメントですわ、平沢さん」玉川は小さくかぶりを振る。

「カエルの面に小便やの。箱崎は松山で海棠を撃って逃げとんのやろ。箱崎をパクりとうて、おれのとこに来たんとちがうんかい」

勝ち誇ったように平沢はつづける。「いうとくけどな、箱崎に会うたんは先週のいっぺんだけや。あのクソがなにをしようが、わしは一切、関係ない。もちろん、どこに隠れてるかも知らん。……ええか、よう分かったか。二度とカエル面を見せんなよ」

「見料はなんぼでした。五祖連合とライトイヤーの絡みを調べて」

「やかましい。訴えるぞ」

「えらい強気やな」

さもおかしそうに玉川はいった。「箱崎と会うたんは一回だけというあんたの証言、いちおう信用しとこ。……ただし、箱崎を引いて、あんたの証言とちがう事実が判明したら、あんたは逮捕されて、持ってる弁当も食わないかん。分かってるわな」

「なんやと……。弁当がどうしたんや」

「あんた、執行猶予中や。占いの客への強制わいせつ未遂」

玉川は名刺を出した。裏に帳場の直通番号を書く。「もし箱崎から連絡があったら、即、わしか舘野に知らせること。よろしいな」

名刺をテーブルに置いて部屋を出た。


車に乗った。煙草、ええか——と、玉川がいう。どうぞ——。エンジンをかけた。

玉川はサイドウインドーをおろして煙草を吸いつけた。舘野は新なにわ筋へ走る。

「小物やな」

「小物ですね。道具屋の志岐みたいな骨はない」

「所詮はインチキ占い師や。箱崎の逃走を幇助するてなことはできんわな」

玉川はけむりを車外に吐いて、「平沢と志岐を見て、わし、思た。志岐には裏がある。まだなにか隠しとるような気がするんや」

「そこ、同感です。西加島にもどって、志岐を叩きますか」

「あいつは叩いて吐くようなタマやない」

「任同して叩くのはどうですか」

「任同するには引きネタが要る」

「千葉さんに具申しますか。志岐を張りたいと」

「誰が張るんや」

「玉さんと自分です」

いま、箱崎の御山台の自宅と松崎町の探偵事務所、箱崎が所有している江坂のマンションには二十四時間の張りがついている。

「よっしゃ。わしが具申する」

玉川はスマホを出した。


午後五時すぎ——。西加島の家電量販店に車を駐めた。舘野は車外に出て東隣の《ドミール西加島》へ行く。

裏の駐車場に志岐のＢＭＷは見あたらなかった。舘野は量販店にもどった。

「志岐は出かけたみたいです」玉川にいった。

「飯でも食いに出たんか」

「ですかね……」

車を駐車場の東の端に移動させた。柱のあいだから《ドミール西加島》の駐車場を見とおせる。

「寝てください。張りは自分がします」

「すまんな。ありがたい」玉川の眼は落ち窪んでいる。

松山から箕面北署の帳場に運転を交代しながら帰着したのは昼前だった。舘野と玉川は椅子にもたれて一時間ほどの仮眠をとったあと、情報屋の志岐に込みをかけるべく、西加島へ向かった——。

「弱音は吐きとうないけど、この二日間はほんまにきつい」

寄る年波には勝てん——、ぽつり、玉川はいってシートを倒し、すぐに寝息が聞こえはじめた。

＊　＊

携帯の音で目覚めた。ベッドから手を伸ばしてとる。志岐だった。

——明日の取引やけどな、場所を変えたいんや。

——『サルタン』じゃないのか。

——さっき、刑事が来た。ふたりや。府警本部やといいよった。

道具屋にまで手がまわったのか……。頭上に暗雲が垂れ込めた。

——部屋には入れんと、廊下で話をした。刑事はあんたとおれが文の里のファミレスで会うたことを知ってた。あんたに渡した手提げの紙袋の中身をしつこく訊きよったから、銀行の通帳と印鑑やというた。……心配ない。口座の名前はいうてへんし、足がつくことはないけど、気をつけろや。

——ばかか、おまえは。ほんとのことをいってどうするんだ。

——刑事はな、おれがあんたにチャカを売ったと勘ちがいしとんのや。ええ迷惑や。おれが共犯になってしまう。

——共犯？　どういうことだ。

——奥道後の事件や。おれはぴんと来た。あんたの仕業やとな。刑事は眼の色変えてあんたを追いかけとるぞ。

——おまえ、明日のことをいったんじゃないだろうな。

——誰がおまえじゃ。おれがいつ、あんたの風下に立ったんや、え。

——分かった。明日はどうするんだ。

——おれはいま、女の部屋におる。また刑事が来よったらうっとうしいし、四、五日は西加島に帰らへん。パスポートと免許証は明日の昼、偽造屋んとこに取りに行く。あんたと会うのは寝屋川や。京阪電車の香里園駅。香里センター街に『わかば』いう喫茶店《さてん》があるから、そこに来てくれ。

——香里センター街の『わかば』だな。時間は。

——二時や。

——もっと早くならないのか。

——おれが二時というたら二時なんや。……それと、ブツの値段が変わった。

——なんだと。

——パスポートが二百万、免許証が百万。消費税は負けとくから、追い金をくれ。九十九万はもろたから、あと二百一万や。

殺すぞ——。言葉を呑み込んだ。

——おれもヤバい橋を渡ってるんや。あんたという疫病神を背負い込んでな。もちろん、警察にはパスポートのことなんぞ口が裂けてもいわへんし、あんたがどこに飛ぼうと知ったこっちゃない。……な、小林さん、あんたを脅してるわけやないんやで。明日、パスポートと免許証を渡して、あんたが雲の彼方に消えてくれたら、みんな丸う収まるんや。

――よく分かったよ。あんたがプロの道具屋だということがな。

――そう、おれはあんたのためにヤサを出て、女の部屋におる。そこがプロなんや。ちぃとは感謝せなあかんで――。志岐はいって、電話は切れた。


午後六時――。ＮＨＫと民放のニュースを見た。松山市内の救急病院で治療を受けている海棠は〝重体〟のままだった。海棠は頭部と下腹部に二発の銃弾を浴び、頭部の負傷が重篤な被害をもたらした、というのが新たな情報だった。

箱崎は三発撃った。二発が命中したようだ。

リビングにもどって至近距離から撃てばよかったが、その余裕はなかった。逃げることしか考えていなかった。

ホテルの裏庭で足を撃たれた府警の捜査員ひとりは全治三カ月の重傷だが、氏名は分からない。海棠と捜査員を撃った男は年齢不詳で、身長は百八十センチ前後、がっしりした体格で黒っぽいコート姿だったという。男は拳銃を所持しており、白色のドイツ製ハッチバック車を運転して大阪方面に逃走した。大阪府警は男が海棠を襲った目的について、強盗と怨恨の両面から捜査を進めるとしている――。

少し安堵した。今朝のニュースから大した進展はなかった。

黒縁眼鏡をかけてマスクをした。部屋を出て一階に降りる。フロントの呼び鈴を押すと、カウンターの向こうに女が現れた。

「チェックアウトですか」

「いや、今晩は泊まります。このあと出かけるからデポジットを」

「お客様のお部屋は」

「１２０３かな」

「１２０３ですね」

女はパソコンのキーを叩いた。「八千八百円です」

「じゃ、これを」

一万円を渡した。「精算は明日でいいから」

カードキーとレシートをもらってフロントを離れた。

駐車場に駐めていたアウディに乗り、ホテルを出た。外環状線を南へ走る。三キロほど行った交差点の近くでユニクロを見つけた。

車を駐め、店に入った。ブリーフ、ソックス、Ｔシャツ、ネルシャツ、トレーナー、チノパンツ、ジップパーカ、ブルゾン、キャップ、バックパック――をバスケットふたつに放り込み、現金で支払いをして車に載せた。

ユニクロの近くのラーメン屋で餃子と炒飯を食いながら八時のテレビニュースを見た。海棠襲撃事件の逃走犯の乗る〝白色・アウディＡ３スポーツバック〟の同型車の画像が流れていた。府警は逃走犯が拳銃を所持しているとして車種を公開したのだ。
危ない――。アウディを処分しないといけない。人目をひかない夜のうちに。

そう、新幹線だ。新大阪駅の駐車場にアウディを乗り捨てておけば時間が稼げる。捜査陣は東京、博多に逃走したと読むだろう。

外環状線から中央環状線、長田入口から阪神高速道に入った。東大阪線を西へ走り、北浜出口から新御堂筋へ。新大阪駅の駐車場にアウディを駐めたのは九時すぎだった。ユニクロで買った衣類を袋ごとバックパックに詰める。マカロフとサプレッサー、ホルスター、フォールディングナイフはグローブボックスに入れた。逃走犯が凶器を所持していないと捜査陣が知れば緊配の人員が大きく削減されるだろう。車内の指紋を拭きとることも考えたが、いまさら無駄だと笑ってしまった。バックパックを持って車外に出る。ドアをロックし、リモコンキーは雨水溝の格子の中に捨てた。

駅のタクシー乗場へ行き、タクシーに乗った。

「近鉄の瓢簞山《ひょうたんやま》駅。阪神高速の水走で降りてくれるかな」

瓢簞山駅からラブホテルまで歩いて十数分だろう。シートにもたれて眼を瞑った。

＊　＊

鳥籠のような螺旋階段に蜘蛛がいる。蜘蛛は夜空に向かって糸を出し、風にのって舞いあがった。月の中にひとがいる。顔をもたげてこちらを見た。真っ黒な眼がいくつもある。蜘蛛だ。口が十字に切れていた。蜘蛛はこちらに這ってくる。やめろ――。

ハッと気づいて覚醒した。男が車を覗き込んでいる。サイドウインドーをおろした。

閉店です――。男がいった。インパネの時計は九時。眠っていたのは三十分ほどか。

マンションの駐車場を見た。ＢＭＷは駐まっていない。

「あ、どうも。出ます」

エンジンはかけていた。ヒーターが利いている。玉川がシートを起こした。

家電量販店の駐車場を出て路上に停車した。

「ようすを見てきます」

玉川にいって車外に出た。《ドミール西加島》の玄関ドアは夜間オートロックだから中に入れない。左の自転車置場にまわって裏の駐車場に行き、５０２号室のベランダを見あげた。掃き出し窓には明かりがない。それを確認して、車にもどった。

「志岐は帰ってません」

「フケたんやないやろな」

「あいつは込みをかけられてフケるような素人やないでしょ」

「酒でも飲んどんのか」

「飲酒運転をするようなあほでもなさそうです」

夜中までには帰ってくるだろう、といった。「あいつが駐車場にＢＭＷを駐めて玄関に行くとこを挟み撃ちにしましょ。……志岐は老舗の道具屋ですわ。箱崎に通帳と印鑑を売っただけやない、もっとほかのものも売ったように思うんです」

「それはなんや。チャカか、スタンガンか」

「その可能性もありますけど……箱崎は名古屋で金塊を売るとき、小林僚名義の健康保険証やマイナンバー通知カードを使いました。同じように偽造の身分証明書を志岐から買うたんやないですかね」

「身分証明書か……」

「いちばん便利なんは運転免許証ですわ。箱崎がアウディを捨ててレンタカーを使うようなとき、不可欠なんは偽の免許証です」

「その意見、もろた。免許証な……。たーやんの読みに賛成や」

玉川は大きくうなずいた。「くそったれ、志岐が帰ってきたらタダではおかんぞ」

「逃亡幇助で叩きましょ」

「徹底的に叩いたる。今度は四の五のいわせへん」

玉川は両手をヘッドレストにあてて伸びをした。

＊　＊

十時すぎ――。ホテルにもどった。フロントにひとはいない。

タッチパネルの前に女がいた。フェイクファーのコートにジーンズ。デリヘル嬢か。女は振り返ったが、すぐに眼を逸らした。

エレベーターで十二階にあがり、部屋に入った。バックパックをベッドに放ってバスルームへ行き、バスに湯を張る。

ベッドに腰をおろしてテレビの電源を入れた。どの局もニュースはやっていない。

十一時前まで待ってＮＨＫのニュースを見た。松山の〝教祖襲撃事件〟はラーメン屋で見たのと同じで進展はなかった。海棠は重体、捜査員は重傷、ふたりを撃った拳銃についてはオートマチックともリボルバーとも分からない。逃走車の〝アウディＡ３スポーツバック〟のナンバーも公表されなかった。日本警察の秘密主義は変わらず、情報公開も遅れている。逃走犯は拳銃を所持しているのに。

ゆっくり湯に浸かり、バスローブをはおってベッドに横になったが、輾転反側《てんてんはんそく》、何度も目覚めた。

疲れているのに眠れない。

夢だ。真昼の太陽のようなフラッシュを浴び、手錠をかけられて拘引される。いくら歩いても檻に辿り着くことがない。似た夢を何度も見た。ようやく眠りに就いたのは明け方だったろうか。

＊　＊

十一月二十四日、水曜日――。夜が明けた。志岐は帰ってこなかった。

「フケよったな……」玉川がつぶやいた。

「込みをかけたからですか」

「としか、考えられんな」

玉川はあくびをした。「――どうもな、わしの考えが甘かった。志岐と箱崎が『アイリス』で取引をしたと手の内を明かしてしもた。志岐は箱崎に、刑事《デカ》が来たとチクりよったにちがいない。わしは逃亡帮助を帮助してしもたんや」

「志岐に込みをかけたんは玉さんの考えやない。上の指示ですわ」

「その指示を考えもなしに聞いたんがあかんのや」

志岐には接触せず、遠張りをするべきだった、と玉川はいう。

「どうします。Nシステムですか」

インパネの時計を見た。〝5：40〟だ。千葉は帳場にいるだろう。

玉川は帳場に電話をした。ＢＭＷのナンバーを千葉にいい、Nシステムによる追尾をするよう依頼した。

「どうでした、千葉さん」

「このまま張りをつづけろ、やと。志岐が帰ってきたらガサに入る。志岐のスマホを押収して通話記録を洗うんや」

千葉は地裁に〝犯人隠避〟容疑で志岐彰一居宅の捜索差押許可状《ガサ》を請求する、と玉川はいった。

「いつとどくんですか、ガサ状は」

「八時か九時やろ」

「ガサ状が来ても、志岐の身柄《ガラ》を押さえんことにはあきませんね」

強制捜索に入るには居住者の立ち会いが必要だ。「志岐が帰ってこんかったら……」

「張りや。志岐がNシステムにひっかかるまでな」

「貧乏くじ引きましたね」

「たーやん、わしらは縁の下の賽銭箱なんや」

「はい……」

「縁の下の賽銭箱に金は落ちん」

玉川は笑って、「腹、減った。小便もしたい」

「バス通りにコンビニがありました。交替で行きましょ」

「ジャンケンで勝ったら先に行く。食いもんと飲みもんも買うてくる。それでどうや」

「そういうジャンケンやったら負けたいですね」

舘野はグー、玉川はチョキだった。

＊　＊

目覚めたのは午前九時、各局のテレビニュースを見たが、変わりはなかった。その変わりのなさで、捜査の網が絞られつつあると感じた。今日一日が勝負だ。なんとしても逃げおおせてみせる。

バスローブを脱ぎ、ユニクロで買った下着と服を身につけた。黒縁眼鏡をかけてキャップを被る。カツラと昨日まで着ていた衣類をレジ袋に詰め、バックパックに入れて部屋を出た。

瓢箪山駅へ行く途中、ファミリーレストランの駐車場に入った。厨房裏の室外機のそばに大型のダストボックスがある。付近にひとがいないことを確認してボックスの蓋を開け、レジ袋を捨てた。

駐車場を出た。バス通りを歩く。空車のタクシーを見つけて手をあげた。

ミナミ。千日前――。運転手にいった。

「どう行きましょ」

水走から高速に乗りますか、と運転手はいう。任せる、と箱崎はいった。


お客さん――。運転手の声で気づいた。車は国立文楽劇場の前を走っている。

「どこで停めます」

「もう少し行ってもらおうか」

堺筋を越え、千日前交差点の手前でタクシーを降りた。アーケードの下を南へ行く。ウィークデーの午後、人通りが多い。

なんば南海通の旅行代理店に入った。カウンターの向こうに女性スタッフがいる。

「フィリピン行きの航空券、今日の便はとれますか」箱崎は椅子に座った。

「空席はあると思います」午後の直行便はマニラ行きしかないという。

「関空発は何時ですか」

「お待ちください」

スタッフはパソコンのマウスを操作する。「――十五時十五分発が二便ですね。ＡＮＡとフィリピン航空です」

「それ以降は」

「ありません」

まずい――。志岐からパスポートを受けとるのは十四時だ。香里園から関空まで一時間走ると十五時になる。

日本が犯罪人引き渡し条約を結んでいる国はアメリカと韓国だけだ。その数が極端に少ないのは日本に死刑制度があるためとされており、日本側からの犯罪人逮捕、引き渡し要請に対して協力的な国は多くない。なかでも警察力の弱いフィリピンが逃亡するにはいちばんだと、箱崎は考えていた。

「成田からマニラだと、もっと遅い便はありますか」

「――十五時二十分と十六時三十五分、十八時五十分発のマニラ直行便は二便です」

「十八時五十分の便を予約できますか」

「できます」ＡＮＡとＪＡＬの二便とも、半分以上が空席だという。

「パスポートは家にあるんです」

「いま申込書を書いていただいて、あとでパスポートナンバーと有効期限を電話で教えていただければ手続き完了です」

「ビザは」

「三十日以内の滞在であれば不要です」その場合、往復チケットが必要だという。

「いくらですか、チケットは」

「往復だと二十四万円ですね。あと、発券手数料一万三千二百円と、緊急発券手数料五千五百円が必要です」

「了解です。ありがとうございました」立ちあがった。

「あの、お手続きは」

「また来ます。パスポートを持って」

旅行代理店を出た。二時に志岐と会ってパスポートを入手し、関空で成田までの国内便とマニラへの直行便のチケットを買おうと思った。


道頓堀の焼肉店でロースやカルビを食いながら瓶ビール二本とハイボール一杯を飲み、千日前筋の煙草専門店で〝モンテクリスト〟を箱ごと買った。坂町の喫茶店でシガーを吸い、時間をつぶす。一時前に喫茶店を出て堺筋からタクシーに乗った。

「香里園。京阪の香里園駅」運転手にいった。


香里センター街に『わかば』という喫茶店はあった。店構えが古い。一度、前を通りすぎて周辺に〝張り〟がないことを確かめ、コンビニに入った。雑誌コーナーから外を見る。

志岐は二時五分前に現れた。商店街を『わかば』に向かって歩いていく。尾行はされていない。

箱崎は電話をした。志岐は立ちどまってスマホを耳にあてた。

――どうした。

――いま、あんたを見ている。

――なんやて。

――車はどこに駐めた。

――コインパや。女のマンションの裏。昨日から駐めてる。

――おれは『わかば』に行かない。そこから引き返すんだ。ゆっくり歩け。

――なにを考えとんのや。おれを信用してへんのかい。

――あんたのことは信用してる。……ヤサに刑事が来たんだろ。

――尾けられるようなヘマはしてへんわい。

――いうとおりにしろ。声をかける。

電話を切ってコンビニを出た。

前を歩く志岐に近づき、果物店の前で呼びとめた。志岐は振り向き、顔をしかめて舌打ちした。

「最低やな、え。指図ばっかりしよって」

「客にそれはないだろ。……ブツは」

「ここや」志岐はジャケットの内ポケットを叩いた。「金は」

「これからおろす。近くに銀行があるだろ」

「駅前に三つ、四つあったな」

「じゃ、つきあえ」

「ふざけたおっさんやで」志岐は随《つ》いてきた。


センター街から香里園駅へ行くバス通りに三協銀行があった。

「ここで待っててくれ」

いって、ＡＴＭコーナーに入った。けっこう広い。ＡＴＭ機が八台並んでいる。先客はひとりだ。バックパックを足もとに置き、札入れからキャッシュカードを出した。〝引き出し〟をタップし、カードを機械に挿して生体認証をする。

〝2・0・0・万〟と押した。機械の中で作動音がする。蓋がスライドして開いた。

二百万円をブルゾンのポケットに入れた。同じように四回繰り返して八百万円をバックパックに入れ、ATMコーナーを出た。志岐は街路樹のそばで煙草を吸っていた。

「遅いぞ。窓口へ行ったんか」

志岐はATM機でおろせる一日の限度額が五十万円だと思っているらしい。箱崎は答えず、

「ブツを見せてくれ」

「こっちや」

肩を押されて近くのコインパーキングに入った。パスポートと運転免許証を受けとる。どちらもいい出来だ。写真は〝スポーツ刈りに黒縁眼鏡〟、名前は〝鈴木有介〟だった。

「パスポートは本物や。名前と生年月日を変えといた。一九七四年の五月七日生まれやから、齢は四十七」

免許証の生年月日は昭和四十九年五月七日、と志岐はいい、「干支は寅。もし訊かれたときはまちがうな」

「寅だな……。憶えとこう」訊かれることはないだろう。

ブルゾンのポケットから二百万円を出して渡した。

「二百一万やな」志岐は数えず、ジャケットの内ポケットに入れた。

「二百万だ」

「ちゃんと払えや」

こいつ──。カッとしたが、札入れから一万円を足した。

「鈴木さん、これが最後や」

志岐はにやりとした。「おれはあんたのことを忘れた。あんたもおれのことを忘れる。それがおたがいのためや、な」

誰にものをいってるんだ――。怒りを抑えた。

「ほな、な」志岐は踵を返した。

「待て。西加島にはいつ帰るんだ」

「いうたやろ。四、五日は帰らへん」振り向いて、志岐はいった。

「あんたのヤサ、ガサが入るかもしれないぞ」

「そら楽しみやのう。次は三回目や」

ヤバいものは部屋にないと志岐はいい、去っていった。

箱崎は駅前へ歩いて大同銀行に入った。ATMで一千万をおろす。興和銀行のATMで四百三十万円を引き出し、窓口で九百三十万円を志岐から買っていた飛ばしの普通預金口座に預けた。口座の名義は〝長濱良一〟だった。次に大洋銀行へ行き、窓口で〝宮元英治〟の口座に八百万円を預けて、手持ちの二千二百三十万円のうち、千七百三十万円の処理は終えた。バックパックの中にはまだ五百万円があるが、これは現金のままフィリピンに持ち込む。マニラの空港税関は緩いと聞いた憶えがある。

二時三十五分、香里園駅のタクシー乗場からミナミへ向かった。

29

舘野のスマホが振動した。清水だ。

――はい、舘野です。

——箱崎雅彦の口座から金がおろされた。四十分前や。……三協銀行の香里園支店で一千万。そのあと、大同銀行の香里園駅前支店で一千万、興和銀行香里園駅前支店で四百三十万。……箱崎は現金二千四百三十万を拐帯して逃走してる。

——その金は窓口でおろしたんですね。

——いや、みんなＡＴＭ機や。生体認証やと一日に一千万までおろせる。

銀行員は箱崎を目撃していないが、ＡＴＭコーナーの防犯カメラには箱崎らしき男が映っている、と清水はいう。

——黒のキャップに黒縁眼鏡、灰色のブルゾン、灰色のズボン、靴は黒のスニーカー。箱崎はおろした現金を黒のバックパックに詰めて銀行を出た。そのあとの逃走経路はいまんとこ不明や。

——箱崎は香里園に潜伏してるんですか。

——ま、聞け。志岐のＢＭＷがＮシステムに捕捉された。昨日の十六時七分、阪神高速池田線の加島入口から高速にあがって、守口線の守口出口で降りてる。国道1号を北東へ行って、寝屋川バイパスから国道１７０号。木屋南の交差点近くで軌跡は途切れた。京阪の香里園駅は木屋南から東へ一キロ弱や。

——ということは、志岐は十六時四十分ごろ、香里園に着いたんですね。

——木屋南からあと、ＢＭＷはＮシステムにひっかかってない。志岐は昨日、香里園近辺に泊まって、今日の午後、箱崎と合流したと見てる。

——志岐は箱崎を匿《かくも》うてるんですか、香里園近辺に。

——その可能性がある。

いま、帳場は香里園周辺のビジネスホテルやモーテルなど宿泊施設と志岐の交友関係を調べている。

志岐の交友関係者のなかに香里園に居住しているものがいれば、そこに箱崎がいるかもしれない、と清水はいった。

――車《しゃ》あたりや。まずは志岐のBMWを見つける。枚方署と寝屋川署に応援を要請した。

――我々はどうしたらええですか。

――そこで志岐を張れ。志岐が帰ってきたら有無をいわさず確保。〝犯人隠避〟でも〝公妨〟でも、被疑はなんでもええ、逮捕状《キップ》はあとや。

――了解です。箱崎のアウディは見つかったんですか。

――Nシステムにもかかってない。またナンバーを偽装しとんのやろ。

――めんどいやつですね。

――めんどい。帳場の手の内をよう知っとる。

――箱崎と志岐が合流した理由はなんです。

――分からん。志岐は道具屋や。箱崎に逃走用のブツを都合しよったんかもしれん。

――それは。

――鉄道、フェリー、飛行機のチケット。身分を詐称するための偽造免許証とか、ひょっとしたら海外へ飛ぶための偽造パスポートというのも考えられる。念のため、関空署には手配した。

箱崎が拳銃を所持しているため、府下全域の機動警ら隊と所轄署交通課の捜査員が箱崎のアウディを追っている、と清水はいい、電話は切れた。

「どうやて」玉川がいった。

「志岐は香里園におるみたいです」清水から聞いたことを伝えた。

「やっぱり、フケよったな」

玉川はウインドーをおろして煙草をくわえた。「箱崎がパクられるまで帰ってこんぞ」

「なんかね、自分と玉さんは蚊帳の外ですわ」

「御山台と江坂で遠張りしてる連中も蚊帳の外や」

玉川は煙草を吸いつけて、「しかしな、箱崎は二千四百万もの金をおろして、なにをするつもりや」

「逃走資金でしょ」

いま金を引き出しておかないと預金を凍結される。箱崎はそれを危惧したのだろう。

「二千四百万の原資はなんや」

「成尾事件と田内事件で奪《と》った金の一部やないですかね」

「稀代の凶悪犯が奥道後のホテルでドアの向こうにおった……。嘘みたいや」

「あのとき、玉さんはドアの隙間に手を入れてたんです」

「ほんまやな……」

玉川は煙草を挟んだ指をじっと見つめた。

＊　＊

タクシーは環状線湊町出口から一般道へ出た。元町から難波へ。箱崎は高島屋近くの旅行代理店に入り、関空から成田までの国内便航空券と、成田からマニラへの国際便航空券を偽造パスポートの〝鈴木有介〟名で買った。パスポートを手にとったスタッフに不審そうな素振りはなかった。
三時二十分――。箱崎は南海なんば駅からラピートに乗り、関西国際空港へ向かった。

＊　＊

西の空が赤く染まっている。道路の斜向かいに停まったバスから赤いコートの女が降りた。女はコートの襟を立てて足早に歩いていく。

「寒そうですね」

「そら寒いやろ。あと一週間で十二月や」

「師走いうのは、先生が走るほど忙《せわ》しいからですか」

「先生やのうて、坊《ぼん》さんがあちこちの檀家を駆けまわるらしいな」

「そんな風習があったんですか」

「経を読むんやろ。ご先祖さまに、今年一年、無事に過ごせてありがとうございました。来年もよろしくお願いします、とな」

「むかしはお寺さんの書き入れ時やったんですね、十二月は」

「わしらも箱崎を引いて正月を迎えたいもんや」

「ほんまにね」

年の瀬は強盗や放火など凶悪事件が頻発する。刑事にとっても師走は忙しい。ここ数年、舘野は満足に正月休みをとれたことがない。

玉川のスマホが鳴った。「千葉さんや」玉川はスピーカーフォンに切り替えた。

――新大阪へ行ってくれ。加島から近いやろ。

新大阪駅の駐車場でアウディを発見した、と千葉はいう。

――新大阪は近いけど、志岐の張りはどうします。

――志岐より、箱崎の確保や。車を捨てて、新幹線に乗ったかもしれん。

――了解です。新大阪駅に向かいます。

その言葉を聞いて、舘野は車を発進させた。十三筋を東へ走る。

――警ら隊のパトカーが白いアウディのハッチバックを見つけてナンバーを照会したら、プレートの一字が偽装されてた。それでNシステムにひっかからんかったんや。

アウディは無人でドアはロックされていた。警ら隊員は応援を要請し、パトカーを駐車場近くの郵便局に駐めてアウディを遠張りしているという。

――箱崎がもどってきたら確保する。くれぐれも事故のないようにな。

千葉の声はやんだ。

「事故て、どういう意味ですかね」

「警官の被弾やろ」

「防弾ベストが要るやないですか」

「そんな悠長なことをしてる暇はないんや」

箱崎確保の瞬間を想像した。なぜかしらん警官が撃たれてアウディのそばに倒れている。

「本音をいうてもよろしいか」

「分かってる。みなまでいうな」

「…………」佐々木の二の舞にはなりたくないと思った。

新大阪駅の屋外駐車場は広い。その南側の外周道路を挟んで郵便局があり、車寄せにライトを消したパトカーと警察車両らしいミニバンが駐められていた。

舘野は郵便局の前に車を停めた。ミニバンから降りてきたのは坂上だった。

「どうも……」ヘッドランプを消し、車外に出た。

「アウディが駐車場に入ったんは昨日の二十一時八分や」

坂上がいった。「主任と杉本と警ら隊員三人がいま、駅におる」

「防犯カメラですね」

「手分けして映像を見てる。改札とホームや。箱崎が映ってたら逃走先が分かる」

「我々はどうするんですか」

「さっき、班長から指示があった。舘野が来たらアウディを捜索せい、とな」

「箱崎はアウディを乗り捨てたと読んだんですね」

「乗り捨てたとは限らん。もどって来ることも考えて行動する」ＪＡＦにドアロックの解除を要請した、と坂上はいった。

「――捜索は手早くや。終わったら、また遠張りをする」

「いつ要請したんですか、ＪＡＦに」

「五時半や」

坂上が腕の時計に眼をやったとき、ＪＡＦのロードサービス車が外周道路に現れた。


ＪＡＦの隊員がアウディのそばを離れた。坂上に向かって小さくうなずく。

サービス車が去るのを待って、坂上は捜索用のビニール手袋をつけて右のフロントドアを開けた。

舘野は助手席、玉川はリアドアを開ける。

スマホのライトでシートとレッグスペースを見た。チリひとつない。きれいなものだ。

ドアポケットにもコンソールボックスにも遺留物はなかった。

グローブボックスを開けた。

「これは……」思わず、声が出た。

「どうした」坂上も身を乗り出してグローブボックスを覗き込む。

「拳銃です」

黒っぽい革のホルスター、オートマチック拳銃のグリップにホルスターのストラップが巻きついている。ボックスの奥にあるのは折りたたみナイフだろう。

坂上はホルスターごと拳銃を出した。拳銃にはサプレッサーが装着されていた。

「これはなんちゅう拳銃や」

「マカロフ」玉川がいった。「このごろはトカレフと同じくらい出まわってる」

一昨年、箕面北署の暴犯係が押収した銃のなかにマカロフが一丁あったという。

玉川はホルスターからマカロフを抜いた。リリースボタンを押してマガジンを抜く。

「空《から》や。弾はない」

玉川はスライドを少し引いてチェンバー内にも弾がないことを確認し、マガジンをもとにもどした。手慣れたしぐさだ。

舘野は折りたたみナイフをグローブボックスから出した。柄は鹿の角か牛骨だろう、茶色の溝がある。

「刃渡りは」坂上がいった。

舘野はナイフの刃を出した。けっこう長い。十二、三センチはありそうだ。スマホのライトをあてると刃先に曇りがあった。

「これで海棠の額を切ったんですかね」

「たぶんな」

坂上はナイフを取って刃をたたみ、拳銃とホルスターといっしょに、用意していたポリ袋に入れた。アウディのドアを閉め、少し離れたところでスマホを耳にあてた。

「――坂上です。いま、アウディの車内を捜検して、サプレッサー付きのマカロフとナイフを発見しました。――弾は入ってません。――鑑識にいうて、こっちに取りにきてくれんですか。――それと、遠張りの要員を出してください。――こっちは、わしと舘野と玉川です。――了解です。待ってます」

坂上はスマホをポケットに入れた。

「管理官ですか」舘野は訊いた。

「なんかしらん、ホッとした声やったな。……そらそうやろ、箱崎がひとを撃つ恐れはなくなった」

「応援は」と、玉川。

「十人ほど来る。班長もいっしょや」

箱崎はもどってこないだろうが、たとえもどってきても撃たれることはないという安心感は大きい。

「張りはわしらがする。君と玉川さんは香里園へ行け。さっき、東香里園町の駐車場で志岐のＢＭＷが発見された。三丁目の『竹田パーキング』。君らは志岐に会うてる。見つけて確保せい」

いまは枚方《ひらかた》署員がＢＭＷの遠張りをしていると坂上はいい、背中を向けた。


東香里園町の『竹田パーキング』に着いたのは午後五時だった。枚方署に電話をして訊いた警察車両――シルバーのヴィッツ――が出入口のフェンス際に駐まっている。舘野はヴィッツの後ろに車を駐め、署員に話を聞いた。

「ＢＭＷを見つけたんは三時すぎです。それからずっと張ってます」

「志岐はこの付近のマンションかアパートですかね」

女の部屋にいるのだろうか。そんな気がした。

「いつから駐まってるんですか。ＢＭＷは」

「昨日の十六時四十九分です。十六時五十分に中年の男が車を降りて駐車場を出たところまではカメラに映ってるんですけど、その先が分からんのです」

付近に防犯カメラはない。東香里園町は京阪香里園駅から東へ十分ほど歩いた古い住宅地で、駐車場周辺は一戸建てと集合住宅が立ち並んでいるという。

「了解です。ご苦労さんでした。張りを代わります」

いって、車にもどった。玉川はウインドーをおろして煙草を吸っている。

「ここで志岐を待つしかなさそうです」

「しゃあないな。交代で寝るか」

「玉さんが先に寝てください」

「わしは眠とうない」

「スマホで映画でも観ますかね」

「んなことができるんか」

「そういうサイトに加入したらね」その気はまったくない。

志岐はいつ現れるのだろうか。また長い退屈なときがすぎていく。

＊　　＊

ＬＣＣのライトウイング２３８便が成田空港に到着したのは十七時四十八分だった。箱崎は国内線到着ロビーから国際線出発ロビーへ急いだ。

十八時五十分発〝ＪＬ７４５便〟の搭乗手続きははじまっていた。

ＪＡＬのカウンターへ行き、パスポートとチケットを呈示してバックパックを預けた。グランドスタッフはパスポートの写真を見るでもなく、事務的に作業をした。

搭乗券を受けとり、保安検査場へ行った。手荷物はない。スマホと札入れ、腕時計とポケットの中の小銭をトレイに載せてセキュリティゲートを通過する。アラームは鳴らなかった。

出国審査は緊張した。係官は箱崎を一瞥し、パスポートに眼を落とす。査証欄に出国スタンプが押されたときは思わず頭をさげた——。

＊　＊

日が暮れた——。いつから降りはじめたのか、雨の滴が一筋、二筋、フロントウインドーを伝い落ちる。ワイパーのレバーに手を伸ばしたとき、

「たーやん……」

「はい……」

玉川の指さす先、ビニール傘の男女が駐車場に入っていく。

男の着衣に見憶えがある。『ドミール西加島』で込みをかけたときの赤いカーディガンと白いゴルフズボンだ。

舘野は車を降りた。走って男女に追いつく。

「志岐さん」声をかけた。男は振り向いて、にやりとした。

「なんや、おい、しつこいの」

「どこ行くんですか」

「晩飯を食いに行くんやないか」

志岐は傍らの女を見た。小柄で化粧が濃い。齢は三十代か。顔だちは東南アジア系だ。

「なにを食うんですか」

「いちいちうるさいのう。タイ料理や」

志岐はBMWに向けてリモコンキーを押した。ウインカーが点滅した。

「車で行ったら酒を飲めんやないですか」

「要らん心配するな」

志岐は笑い声をあげた。「ま、おまえら、警察やもんな」

「志岐さんよ、教えてくれ」

玉川がいった。「あんた、箱崎に会うて、なにを渡したんや」

「なんべんも同じことをいわすなや。わしは銀行の通帳を箱崎に売った。それだけや」

「な、箱崎は拳銃を所持しとんのや。もしまた被害者が出たら、あんたも寝覚めがようないやろ。ちがうか。ここは機嫌よう協力してくれんかな」

新大阪駅駐車場のアウディの車内からマカロフを押収したことを玉川はいわなかった。

「なにを協力するんや」

「訊きたいことはひとつだけや。通帳のほかに、箱崎に売ったもんを教えてくれ」

「知らん。知らん。一昨日、来いや」

「そこまで箱崎に義理立てする理由があるんか」

「んなもん、あるかい」

「しゃあない。あんたを逮捕する」

「あほか。なにを根拠にいうとんのや」

「犯人隠匿、逃亡幇助や」

「くそボケ。チャラぬかすな」

「ちょっと、あんた、よろしいか」

玉川は女にいった。「お名前は」

「…………」女は答えない。

「お国はどこですか」

「…………」女は首を振る。

「在留カード、見せてくれんですか」

「おい、なにをアヤつけとんじゃ」

志岐が喚《わめ》いた。玉川は無視して、

「不法残留なら知らんふりはできん。入管に引き渡さないかん」

「やめんかい」

志岐は女の腕をとり、前に出た。「――パスポートと運転免許証や」玉川にいう。

「箱崎に売ったんやな。架空名義のパスポートと免許証を」

「売った。わるいか」

「ええことはない」

玉川はうなずいて、「名前は」

「それをいうたら、わしらは用済みか」

「用済みや。あんたらふたりは機嫌ようタイ料理屋に行ける」

「鈴木有介」

「生年月日は」

「一九七四年五月七日」

「分かった……」

低く玉川はいい、背中を向けた。

＊　＊

ボーディングブリッジが離脱し、シートベルト着用サインが点いた。窓の外の景色が転回し、JL745便は滑走路へ向かう。

機は停止し、離陸態勢に入った。キャビンクルーが着席してベルトを締める。

箱崎は安堵した。逃げ切ったのだ。寝て起きたときはマニラだ。

——が、機は発進しなかった。エンジン音は変わらない。

機長のアナウンスが聞こえた。管制室の指示により待機します、という。

胸騒ぎがした。風向きがわるいのか——。先に離陸する機があるのか——。

管制室の指示というのが気になった。まさか——。

機はまた移動をはじめた。誘導路にもどっていく。

箱崎は窓を覗き込んだ。タラップ車が近づいてくる——。

30

警視庁捜査一課による箱崎雅彦逮捕の報を受けて、帳場は富南《となん》市御山台の箱崎の自宅と吹田市江坂七丁目の賃貸マンション、阿倍野区松崎町の総合探偵社WBの捜索に入った。

江坂のマンションには家財道具がなく、箱崎が生活していた痕跡もなかった。

探偵社のスタッフ、牧内玲奈と亀山俊郎は寝耳に水といったようすで事情聴取を受けたが、箱崎の裏の顔にはまったく気付いておらず、その証言に不審な点はなかった。

御山台の家には多くの遺留物があった。ガレージのスティールストッカーから帯封のついた二億一千万円の札束を発見し、札束には微小の白い粉が付着していたため、此花の成尾事件で成尾宅の床の間の壁を壊したときの石膏の粉とみて、科捜研で成分を調べた結果、石膏ボードの粉と一致した。

また、ガレージ内には泥の付いたシャベルと土汚れのついたカーゴパンツもあった。捜査員は庭を捜索し、土を掘って埋めもどした跡を見つけた。そこを掘り起こすと菓子缶がふたつあり、ひとつは空だったが、もうひとつの缶には『紫禁城25元金貨』百二十枚と金の延べ板一本があったため、成尾事件は箱崎の犯行であると断定した。

箱崎は十一月十五日月曜日に、三協銀行の本人名義の普通預金口座に九百万円、大同銀行の口座に九百万円を預けているが、その原資は九星信教会宗務部長の田内博之から奪ったものと推測された。田内事件は十一月十二日金曜日の犯行であり、田内は日頃、教団本部の自宅に二千万円前後の現金を置いていた。

十一月三十日——。警察庁は大阪府警、滋賀県警、愛媛県警の刑事部長を招集し、箱崎雅彦による連続強盗事件に対する合同捜査を指示した。

十二月十日——。逮捕手続書、弁解録取書、供述調書、実況見分調書、押収品目録交付書等、捜査書類一式と箱崎雅彦の身柄を大阪地検に送致して大迫事件の帳場は解散し、清水班は本部一課にもどった。

十二月十七日——。舘野は千里山の玉川の自宅に行った。

「初めまして。舘野です。お招きにあずかり、ありがとうございます」切り花を渡した。

「あらっ、蠟梅《ろうばい》ですね。いい匂いでしょ」

すらりと姿勢のいいひとだ。玉川よりひとつ年上だと聞いていたが、とてもそうは見えない。オフホワイトのパーカにクラッシュジーンズが似合っている。

「まだ一分咲きです。クリスマスのころ、満開になるそうです」

「ありがとうございます。さ、どうぞ。あがってください」

リビングに通された。炬燵《こたつ》の上にカセットコンロと水を張った三島の土鍋、瓶ビールが二本並んでいる。

「わるいな。たーやんと忘年会したかったんや」

玉川は笑って、「よめはんがな、たーやんに会いたいというもんやから」

「自分も奥さんを見たかったです」

玉川の耳元に顔を寄せた。「奥さんの名前、教えてください」

「知らんのか」

「よめはん、としか聞いてません」

「聡子《としこ》や。聡明の聡《そう》と書いて、聡子」

ま、座れ、と玉川はいう。「今日はてっちりや。よめはんが天然ものを黒門市場で買うてきた」

「天然もののトラフグ……。口が腫れますね」

「祝いや。事件の決着はつけた」

玉川はビール瓶を手にとった。舘野はグラスをとる。おたがいに注いで乾杯したとき、玉川の印象が変わったことに気づいた。

「入れたんですか、歯」

「ようやっとな」玉川は下唇を指で押す。

「イケメンやったんですね」

「いうとけ」

そこへ聡子さんが皿を持ってきた。青い染付に菊盛りのてっさがのっている。

「すごいですね。これ、奥さんが」

「わたしは薄く切っただけです。てっさ用の切り身を」

「とこちゃんも食え」

「うん」聡子さんはコンロの火を点けた。「野菜とフグ、用意するし」いって、キッチンへ行った。

「とこちゃん、て呼んでるんですか」

「わるいか」玉川はビールを飲む。

「聡子さんは」

「伸ちゃん、や」

そう、玉川の名は伸一だった。

「とこちゃんと伸ちゃん、ええ夫婦ですね」

「まぁな」玉川はてっさをつまむ。

舘野もてっさをとった。ポン酢をつけて口に入れる。旨い。歯ごたえがある。

聡子さんがもどってきた。フグの切り身をのせた大皿と野菜を持った大皿を卓に置く。湯が沸騰するのを待って昆布をとり、骨付きの切り身から鍋に入れていく。

「奥さんもどうですか」

ビールをすすめた。聡子さんはグラスをとる。舘野が注ぐと一気に飲みほした。

「美味しぃ」

「たーやん、よめはんはわしより強いんや」

「それは、それは」

二本めの栓を抜き、ふたりに注いだ。

「訊いてもいいですか」

聡子さんがいった。「伸ちゃんに捜査のことを訊いたら嫌がるんです」

「いいですよ。なんでも訊いてください」

「じゃ、ひとつだけ。箱崎がフィリピンに逃げたらどうなってたんですか」

「正直なとこ、逮捕はできてないでしょうね。フィリピンは特に。逃亡者天国です」

「理由は」

「治安がわるい。犯罪者が多い。賄賂も横行してます。金さえあれば何年でも潜伏できます」

フィリピンからタイ経由の海上ルートを使えば、マレーシアやインドネシアなど東南アジアのどこへでも行けるといった。「ま、金さえあれば、という条件ですけど」

「箱崎は金を持ってた」

玉川がいった。「本人名義の口座から合わせて二千四百三十万をおろして、飛ばしの口座に預けた」

「二百万を道具屋に渡して、五百万円を現金で機内に持ち込んでました」

舘野はいった。「逃走資金が尽きたら、日本にもどってくるつもりやったんでしょ」

「でも、偽造パスポートの名前は分かってるんでしょ」

「それもね、フィリピンから日本の道具屋に電話したらいいんです。偽造パスポートを郵送してくれと。二、三百万はぼったくられるでしょ」

「箱崎がそういったんですか」

「箱崎は完全黙秘です。捜査員とはいっさい口を利きません」

「あいつは死人の眼をして、ただじっと調べ室に座ってた。箱崎の声を聞いた刑事《デカ》はおらんのや」

だから供述調書に箱崎の供述はない、と玉川はいい、骨つきのフグの身を取り鉢に入れた。

参考文献
今井　良『警視庁科学捜査最前線』（新潮新書）
服藤恵三『警視庁科学捜査官――難事件に科学で挑んだ男の極秘ファイル』（文藝春秋）

この作品はフィクションであり、登場する団体、人物は架空のものです。
初出「週刊朝日」二〇二一年十一月十二日号から二〇二三年三月三日号
単行本化にあたり加筆修正しました。

装画　黒川雅子
装幀　フィールドワーク（岡田ひと實）

黒川博行（くろかわ・ひろゆき）
1949年愛媛県生まれ。京都市立芸術大学美術学部彫刻科卒業。高校の美術教師などを経て、83年「二度のお別れ」でサントリーミステリー大賞佳作を受賞し、翌年、同作でデビュー。96年『カウント・プラン』で日本推理作家協会賞、2014年『破門』で直木賞、20年に日本ミステリー文学大賞を受賞。主な著書に『後妻業』『桃源』『騙る』『熔果』『連鎖』ほか多数。

NexTone PB000054092 号

悪逆《あくぎゃく》

2023年10月30日　第1刷発行

著　　者　黒川博行
発 行 者　宇都宮健太朗
発 行 所　朝日新聞出版
〒104-8011　東京都中央区築地5-3-2
電話　03-5541-8832（編集）
03-5540-7793（販売）

印刷製本　TOPPAN 株式会社

ISBN978-4-02-251937-5
定価はカバーに表示してあります。

落丁・乱丁の場合は弊社業務部（電話03-5540-7800）へご連絡ください。
送料弊社負担にてお取り替えいたします。